KB012177

로스트 헤븐

The Lost Heaven

─

IV

박슬기 장편소설 로스트 헤븐

4

The
Lost
Heaven

D&C
BOOKS

로스트 헤븐 · IV

초판 인쇄 2017년 7월 5일
2판 발행 2017년 11월 7일

지은이 박슬기
펴낸이 신현호
편집국장 김은주
편집부장 예숙영
책임편집 박상희
디자인 디자인그룹 헌드레드
영업 · 관리 김민원 이주형 조인희
물류 이순우 최준혁 김명일

펴낸곳 (주)디앤씨미디어
주소 서울 구로구 디지털로 26길 111, 503호
출판등록 2002년 5월 1일 제117-90-51792호
전자우편 dncbooks@dncmedia.co.kr
디앤씨북스 블로그 http://blog.naver.com/dncbooks
디앤씨북스 로맨스 카페 http://cafe.naver.com/dnc2007
블랙 라벨 클럽 트위터 @blacklabel_c

ISBN 979-11-264-4180-8 04810
      979-11-264-4099-3 (set)

IV. 별과 행성

IV

별과 행성

★ ★

Chapter 1

2077년 8월 14일, 날씨 흐림.

이브의 혈청을 주입한 바딤은 회복 증세를 보이기 시작했다.

하지만 내겐 전혀 효과가 없었다. 우리 부부는 혹시나 했던 희망을 지워야 했다. 바딤은 밤새 눈물을 흘렸다. 그는 이럴 순 없다면서 괴로워했다.

"뇌 이식을 하자."

동틀 무렵 그가 퀭한 얼굴로 말했다. 뭔가 결심한 눈빛이었다. 바딤은 거칠거칠한 수염을 매만지며 초조한 기색으로 말을 쏟았다.

"전 세계의 재력가들 대부분이 클론을 만들고 있어. 그들이 수명 사업에 투자하는 돈만 해도 천문학적인 액수래. 분명 조만간 뇌 이식술이나 아예 뇌 복제까지 가능하게 될 거야. 그러니 우리 포기하지 말자. 제발……."

바딤은 흐느끼며 애원했다. 나는 그를 위로하듯 끌어안으며 창밖을 바라보았다. 구름이 열리는 틈새로 아침 햇살이 뿌옇게 새어 나오고 있었다. 회오리치며 열리는 하늘에서 눈부신 빛이 부채처럼 사방으로 쏟아졌다.

아름다웠다.

내 삶의 끝도 저렇게 숭고할 수 있을까?

더넘바람처럼 선들선들 춤추는 머리카락이 색 없는 입술과 뺨에 달라붙었다. 벼랑 끝에 걸터앉은 불그스름한 눈동자는 아랑곳하지 않고 정면을 응시했다. 검은색 전투복을 입은 그녀는 헐벗은 몸처럼 얇고 가녀려 보였다.

나발루니예 언덕의 시간은 멈춘 채 쭉 고여 있었다. 러시아 전용기들이 이브를 탈취해 간 그날 이후, 이곳의 일상은 뒤집힌 모래시계에 갇혀 누군가 되돌려 주기만을 기다려 왔다.

낡은 유리병 속에 잠들어 있던 기록은 잘게 부스러진 파편들이었다. 만지면 뾰족한 모서리에 상처를 입을 게 분명한 날 선 조각들.

유림은 밤새 사라의 일기를 읽었다. 군데군데 손실된 부분이 많았지만 그녀의 아렴풋한 온기를 떠올리기에는 충분했다.

부러진 수수깡에 박힌 노란색 바람개비가 졸졸 돌아갔다. 멈출 만하면 손가락으로 톡 쳐서 돌리기를 벌써 한 시간째. 그녀는 저렇게 하염없이 바이칼 호를 바라보며 바람과 대화를 나누고 홀로 사념에 잠겼다.

"생각이 안 나."

"무슨 생각을 하는데?"

등 뒤로 다가온 케이가 물었다. 유림은 그의 종아리에 등을 기대며 눈을 감았다. 어리광을 피는 그녀의 모습에 케이는 허리를 숙여 유림의 이마에 짧게 입을 맞췄다.

걱정 말라는 듯이, 그녀에 관한 건 아주 미세한 것조차 자신이 모두 기억하고 있을 테니까.

"아담과 한 마지막 대화."

하지만 유림은 아쉬운지 한숨을 쉬며 나른한 눈빛을 머금었다. 케이는 그녀의 머리칼을 어루만지며 옅은 웃음을 섞어 물었다.

"그런 건 알아서 뭐하려고?"

"그냥."

멀리 수평선을 바라보는 그녀의 시선엔 답답함이 어려 있었다.

"뭐든 마지막 순간만큼은 기억해 두는 게 좋잖아."

— 도망쳐, 아담!

— 안 돼, 이브!

케이의 눈이 어둡게 일렁였다. 지난 십오 년간 그가 기억하는 그녀와의 마지막 순간은 절벽 앞 바다에 풍덩 빠진 뒤 멀어지던 창백한 팔과 하얀 옷자락뿐이었다.

"마지막 순간은 아직 오지 않은 거 아니었어?"

그는 그녀의 옆에 나란히 앉았다. 바람이 스치는 그의 이마에 옅은 머리칼이 살랑였다. 고개를 살짝 기울이고 그녀를 바라보는 그의 눈동자에 백야로 물든 하늘이 비쳤다.

"지금 이렇게 함께 있으니까."

"아, 그런가?"

유림은 피식 웃었다. 재회를 한 순간, 그들의 마지막은 짧은 이

별이 되었다.

"그런데 이제 존댓말 안 쓰네?"

케이는 잠시 허공을 보며 생각하더니 입술에 예쁜 미소를 그렸다.

"존댓말이 좋아요?"

그는 손으로 바닥을 짚으며 서서히 몸을 기울였다. 유림은 숨을 멈추고 코앞으로 다가온 그의 입술을 바라보았다. 조각처럼 반듯한 콧날이 비스듬한 각도로 그녀를 빤히 내려다보고 있었다. 미묘한 웃음을 머금은 채 반쯤 감긴 눈이 그녀를 응시했다.

평소와 다름없는 나긋한 어조에 정중한 말투. 그런데 왜 이렇게 다르게 들리는 거지?

유림은 슬그머니 등을 뒤로 빼더니 큼큼 목소리를 가다듬고 똑 부러지게 받아쳤다.

"당연하지."

"왜요?"

"내가 아직 상관이니까."

고집스러운 눈빛으로 목을 빳빳하게 세우는 유림을 보며 케이는 터져 나오려는 웃음을 참아야 했다. 마지막 자존심을 사수하려는 듯 미간에 잔뜩 힘을 준 채 한쪽 볼을 부풀린 그녀의 얼굴은 줄곧 그가 기억하던 소녀의 것과 너무도 닮아 있었다.

매 순간 이렇게 그녀와 눈이 마주칠 때마다 심장의 율동 소리는 커져만 간다. 끊어질 듯 기울어진 감정은 이미 가슴에 넘쳐 범람한 지 오래였다. 그녀를 향해 흐르는 행복감은 전율하며 증폭하기를 반복했다. 그리고 '이브'는 그 선율을 짜릿한 쾌감으로 되돌려 준다.

"난 원래 군인도 아닌걸요. 굳이 따지면 과학자죠."

"시끄러워. 하라면 해."

"쑥스러워요?"

그의 입술이 아슬아슬한 간격만 둔 채 그녀의 아랫입술을 스쳤다. 낮게 잠긴 목소리가 예쁘지만 심술 어린 미소를 그리고 있었다.

"반말을 하면 오빠 같아서?"

"이상하잖아."

"내가 이러는 게 이상해요?"

그가 도장을 찍듯 입술에 가벼운 키스를 꾹 남기며 물었다. 부드러운 입술이 닿았다가 멀어지자 그녀의 볼이 화르르 뜨거워졌다. 케이는 나긋한 말투로 욕망 섞인 눈빛을 던졌다.

"케이가 아닌 아담은 어색한가?"

"그런 게 아니고."

"밀러 중령은?"

말문이 막힌 유림이 입을 다물고 그를 빤히 쳐다보았다.

"밀러가 여기서 왜 나와?"

"마이클 밀러가 키스나 애무를 하면 어떨 것 같은데요?"

본인이 말해 놓고도 불쾌한지 그는 반듯한 이마를 찌푸렸다. 상상만으로도 스멀스멀 올라오는 질투심에 목구멍이 텁텁해지는 기분이었다.

유림은 저도 모르게 마른침을 삼켰다. 평소 온화한 색을 품던 눈동자가 무표정하게 그녀를 쳐다보는 게 무서울 정도로 낯설었다. 인상을 쓰니 그의 섬세한 이목구비도 살벌할 정도로 차가워질 수 있다는 것을 깨달았다.

"미쳤어? 남매끼리 무슨 키스야?"

"메리랑 밀러는 그 이상의 것도 했는걸요?"

그는 어깨를 으쓱하더니 시니컬한 어조로 말을 이었다.

"피는 안 섞였으니 그쪽도 문제는 없다고 해야겠지만."

"그야 메리가 마이클을 좋아한 건 맞는데……."

변명하듯 주섬주섬 말을 잇던 유림의 표정이 어두워졌다. 스스럼없던 두 사람 사이가 조금씩 경직되기 시작한 것이 언제부터였더라? 모르는 척 외면해 왔지만 둘 사이에 흐르는 긴장감을 눈치채지 못한 건 아니었다.

"어쨌든 나와 밀러는 그런 걸 대입해 보는 것부터가 난센스야. 메리와 마이클은 서로 어땠는지 모르겠지만 내게 있어서 두 사람은 친언니, 친오빠와 다름없어. 케이 말대로 피는 섞이지 않았지만 우린 세상의 그 어떤 가족보다도 끈끈했단 말이야. 마이클은 단순한 오빠가 아닌 아빠 같은 존재였고, 메리 역시 세상에 단 하나뿐인 언니이자 베스트 프렌드였으니까……."

말끝을 흐리던 유림의 목소리가 가라앉으며 울먹였다. 가끔 메리와 몰래 밀러의 침실에 숨어 들어서는 밤새도록 셋이 수다를 떨고는 했다. 이제는 두 번 다시 볼 수 없는 풍경이었다. 아마 사무치게 그리워지겠지. 메리의 말투와 표정, 웃음소리, 향기, 손길 그 모든 것들이.

유림의 눈가에 눈물이 차오르자 케이의 입매가 순식간에 굳었다. 그는 황급히 그녀를 끌어안으며 스스로에게 욕설을 퍼부었다. 괴로운 눈빛으로 이를 악무는 그녀의 모습을 보고서야 방금 자신이 얼마나 이기적인 질문을 던졌는지 깨달았다.

"내가 괜한 걸 물었어요."

"알면 됐어."

금세 새침한 표정으로 돌아온 유림은 그를 흘겨보며 쏘아붙였다. 케이는 손으로 그녀의 머리칼을 빗어 주며 서늘한 눈웃음을 흘렸다. 비뚤어진 빗장처럼 복잡해 보이는 미소였다. 그는 한숨을 쉬듯 속마음을 흘렸다.

"밀러 중령만 생각하면 자꾸 심술이 나요."

"심술?"

그는 턱을 괴더니 당연하지 않느냐는 표정을 지었다.

"유림은 잘 기억나지 않겠지만 이브는 내가 키운 거나 다름없어요. 베이비시터는커녕 타이탄의 손도 안 타게 했죠. 이브에 관한 건 하나부터 열까지 모두 직접 챙겼어요. 기저귀 가는 것부터 시작해서 목욕하기, 잠재우기, 책 읽어 주기, 머리 묶어 주기, 행여나 이불에 쉬라도 하면 그것도 내 손으로 직접 빨래를……."

"그만! 알았으니까 그만해!"

유림은 얼굴이 벌게진 채 어쩔 줄 몰라 하며 소리쳤다. 케이의 말대로 너무 어릴 때라 기억나지는 않지만 사라의 일기에서 본 내용들이 얼핏 떠올랐다.

이브에 대한 아담의 헌신과 애정은 실로 대단했다. 이브가 먹을 이유식을 직접 만든 것은 물론이고, 몸에 닿는 로션과 샴푸, 비누까지 천연으로 손수 제조할 정도였다. 부모보다 아담을 따르게 된 이브는 밤이면 그가 업고 자장가를 불러 줘야 잠에 들었고, 놀라면 제일 먼저 찾는 것도 '엄마!'가 아닌 '아담!'이었다.

"그렇게 애지중지 키운 이브를 웬 녀석이 데려다가 십오 년이나 같이 살았다는데, 내 속이 어떨 것 같아요?"

생긋 웃으며 묻는 케이의 눈웃음에서 오싹한 살기가 느껴졌다.

케이가 저런 표정을 짓는 걸 몇 번 본 적 있었다. 호크 대령과 셰인 중위 앞에서였나? 생각해 보면 그는 보통 성적인 욕구가 쌓였는데 마음대로 표현할 수 없을 때, 혹은 다른 남자가 그녀에게 필요 이상 관심을 보일 때 저런 저혈압 환자 같은 얼굴을 했다.

'밀러가 진짜 싫구나, 케이.'

유림은 떨떠름한 표정을 지었다. 그리고 가만히 상상했다.

두 팔 벌려 그녀를 환영하던 밀러가 케이를 발견한다. 두 사람의 눈빛이 허공에서 마주친다. 케이가 억지웃음을 짓는다. 밀러의 표정이 싸하게 굳는다. 그 뒤로 이어질 그림을 계속 생각해 보던 유림은 한숨을 내쉬었다.

'서로 싫어하겠군.'

어른스러운 밀러도 유림에 관한 일이라면 어느 집 오빠와 다를 바 없었다. 그녀는 지끈거리는 관자놀이를 짚었다. 복잡한 문제는 미리 걱정하지 않는 게 상책이다. 애써 고개를 흔들며 상념을 떨쳐냈다. 그런 유림의 표정을 물끄러미 지켜보던 케이는 귀엽다는 듯 웃었다.

"당분간은 존댓말을 쓸게요."

정수리를 어루만지는 그의 다정한 손길에 유림은 금세 기분 좋은 표정을 지었다. 그의 어깨에 뺨을 기댄 그녀는 편안한 자세를 취하며 되물었다.

"왜 갑자기 생각을 바꿨어?"

"누구처럼 아빠 같은 오빠는 되기 싫어서요."

케이는 고개를 기울이더니 그녀의 입술을 향해 다가갔다. 그러더니 아랫입술을 베어 물고 잘근거리며 아래턱을 움켜쥐었다. 갑작스런 공격에 발그레 젖은 그녀의 뺨이 사랑스러웠다. 눈가에 웃음을 흘린 그는 그녀의 턱을 쥔 손에 힘을 주며 입술을 벌렸다. 치열 사이로 침입한 혀가 아이스크림을 녹이듯 입 안의 숨결을 사로잡았다.

몽롱해진 유림의 동공이 가늘게 풀어졌다. 열기로 달아오른 표정이 달콤한 솜사탕처럼 먹음직스러웠다. 보들보들한 얼굴과 목덜미에는 그의 체취와 숨결이 잔뜩 묻어 갔다. 부풀어 오른 입술과 애무로 젖은 귀, 붉은 얼룩이 남은 목과 쇄골.

케이는 탁해진 눈빛으로 타액이 묻은 입술을 잠시 뗀 뒤 그녀를 응시했다.

"케이."

유림이 어깨에 하얀 팔을 감으며 나른하게 속삭였다. 신음처럼 뜨거운 입김에 하반신이 열기로 부풀었다. 그는 그녀의 몸을 취할 듯 꽉 끌어안았다. 그때 몽롱한 목소리가 귓전에 연기처럼 흩어지며 소곤댔다.

"졸려."

유림은 미소를 머금은 채 사르르 눈을 감았다. 멍한 눈을 깜빡이던 케이는 곁눈질로 그녀의 옆모습을 쳐다보았다. 유림은 어느새 입술 새로 아기처럼 쌕쌕 숨소리를 내쉬고 있었다. 케이는 망연한 표정으로 허탈한 웃음을 터뜨렸다.

'하긴, 밤새 사라의 일기를 보느라 피곤하긴 했을 테지.'

그는 유림을 등에 업은 채 저택을 향해 천천히 걷기 시작했다. 문득 옛날 생각이 났다. 알혼 섬에서 놀던 이브를 업고 총총걸음으로 돌아오던 날들이.

놀다가 지친 이브가 토실토실한 뺨이 눌리는 것도 모른 채 곤히 잠들면, 그는 주변을 한 바퀴 돌다가 살그머니 집에 와서 그녀를 침대에 눕혔다.

이브가 잠든 세상은 더없이 평화롭고 따뜻했다. 그 안온한 밤을 지켜 주고 싶었다. 그녀를 이불처럼 덮어 주던 쪽빛하늘도, 이브가 먹고 싶다고 조르던 달님 과자와 구름 솜사탕도, 모두 그림 속의 풍경처럼 영원하기를 바랐다.

그게 단순한 사랑만으로는 가당치도 않은 소망이란 걸 한참 뒤에야 깨닫게 되었지만.

"타이탄, 식사 준비는?"

— 아직 주문한 식재료가 도착하지 않았습니다. 일단 시리얼로 허기를 달래시는 건 어떨까요?

"우유는?"

— 준비되어 있습니다. 아가씨께서는 여전히 우유를 좋아하시네요.

"여전하지."

혹독했던 물살은 거대한 궤도를 돌고 돌아 마침내 알혼 섬의 언덕 위로 회귀했다. 벼랑 끝에서 거친 풍랑을 경험한 묘목은 단단하게 성장하여 가지를 뻗었다. 바이칼 호의 잔잔한 수면은 밤하늘을 거울처럼 비추었고, 성목의 가지는 달과 구름을 손가락처럼 쿡 찌르며 깨웠다.

'이곳의 풍경은 변함없는데, 너의 밤도 여전히 기억하는 그대로일까?'

잠시 걸음을 멈춘 케이는 왠지 모를 아쉬움이 담긴 눈빛으로 먼 곳을 바라보았다. 저택 현관과 이어지는 언덕길이 보이자 교차되는 시야 위로 옛 풍경이 소슬바람처럼 불어왔다.

어린 이브가 원숭이처럼 날렵하게 구르며 달려오고 있었다. 그는 그녀를 향해 두 팔을 넓게 벌렸다. 그러자 그녀는 방울처럼 웃음을 터뜨리며 '아담!' 하고 그의 이름을 불렀다. 정면에서 달려오던 작은 인영은 이내 물거품처럼 하얗게 부서지더니 공기 중으로 사라져 버렸다. 옅은 미소를 맺고 있던 그의 입가에서 아쉬운 탄식이 흘러나왔다.

등에 업혀 있던 유림은 몸을 작게 들썩이며 숨소리를 길게 내쉬었다. 평화롭게 잠든 그녀의 온기가 그의 심장을 따뜻하게 쥐었다가 놓는다. 가지 끝에 맺힌 물방울이 고요한 수면 위에 톡 떨어지듯 심상에 작은 파동이 일어났다.

이브의 밤을 지켜 주고 싶었던 건 그것이 그에게 있어 단 하나뿐인 안식처였기 때문이다. 잠든 이브를 지키는 일은 잠들 수 없는 그가 '밤'을 사랑할 수 있었던 유일한 이유였기에.

저택으로 온 케이는 완전히 곯아떨어진 유림을 침대 위에 눕혔다. 그녀가 입은 제복 가슴에는 검은 매와 엇갈린 쌍검 마크가 달려 있었다. 그는 굳은 미간을 미세하게 좁혔다.

— 미쳤어? 남매끼리 무슨 키스야?

그 순간 가슴이 쿵 하고 서늘하게 내려앉았다. 불현듯 무서운 깨달음이 그의 뇌리를 스치고 떠났다.

— 만일 그대로 그녀와 쭉 함께 지내 왔더라면, 이브는 과연 아담을 남자로 사랑했을까?

차가워진 눈으로 허공을 바라보던 케이는 유림의 손을 만지작거리며 움켜쥐었다. 잠시 후, 그는 그녀의 옆에 몸을 나란히 대고 누웠다. 그리고 허전해진 품에 그녀의 온기를 채우듯 꽉 끌어안았다.

· · ·

남태평양전대 소속 특수 잠항 헤벨의 정기 보고
수신자: 전략국 작전부 남태평양전대 지휘 본부
발신자: 요한 제이콥스 대위
잠입 요원 '피의 마리아'의 사망을 확인.
특수 요원 '데드캣' 실종 확인.
아크레인 1기(AKR2A1) 파손 확인.
본 함정의 전투 허가를 요청합니다.

헤벨의 대회의실은 적막에 휩싸인 채 비탄에 빠졌다. 독수리 날개 모양으로 배치된 수십 개의 의자에는 장병들이 충격에 빠진 얼굴로 앉은 채 참혹한 심정을 감추지 못하고 있었다.

그들이 굳은 얼굴로 시청하고 있는 영상은 유림이 타고 갔던 아크레인에서 발견된 블랙박스의 사본이었다. 허공에 재생 중인 영상은 마치 당시 상황이 눈앞에서 벌어지는 것처럼 생생한 현장감을 전달했다.

목 없는 천사의 동상이 등장하자 커크는 신음을 흘렸다. 그는 천사상을 보자마자 그것이 단순한 조각상이 아님을 감지했다. 그는 양손으로 얼굴을 쓸어내리며 참담한 표정을 감추지 못했다. 이걸 직접 본 유림의 심정은 얼마나 끔찍했을지 상상조차 되지 않았다. 그녀에게 있어서는 너무나 잔인한 처사였다.

화면 속에서 천사상이 '쨍그랑!' 하고 산산조각 나며 부서졌다. 동시에 여기저기서 숨을 멈추는 탄식이 터져 나왔다. 중년의 장교 하나는 벌떡 일어서서 고함을 질렀다. 시신을 저런 식으로 훼손하다니, 멀쩡한 사고를 하는 놈은 아니라면서. 이어서 고막을 찢어발기는 듯한 비명이 울려 퍼졌다.

유림의 오열 소리였다.

온화한 밀러나 메리와 달리 유림은 강인한 성격과 폭발적인 전투력으로 안팎의 장병들을 사로잡았다. 코드네임 데드캣은 기동수색대의 자랑이었고, 남태평양전대 유격전의 핵심 전력 중에서도 상위 멤버로 손꼽힐 정도의 실력자였다.

그런 그녀가 어린아이처럼 울고 있었다. 웅덩이처럼 고인 물컹물컹한 살점들을 품에 넘치도록 끌어안은 채 하염없이 눈물을 흘렸다. 유동액과 살색 잔존물로 남은 메리의 유해는 보는 게 힘겨울 정도로 끔찍했다. 헤벨의 자존심인 유림의 눈물은 흡사 연맹군 전체의 패배처럼 쓰게 느껴졌다. 잔인한 말이지만 슬픔보다는 분하다는 감정이 먼저 밀려왔다. 다들 전투를 시작하기도 전에 사기가 꺾인 얼굴로 입술을 깨물었다.

그때 회의실 뒷문이 조용히 열렸다. 양쪽으로 열린 암회색 문 사이로 갈색 제복을 입은 그림자가 홀연히 등장했다. 수척한 몰골의 남자는 장병들이 앉은 의자 사이로 절뚝거리며 걸어 내려왔다. 곁눈길로 뒤를 돌아본 병사들은 지팡이를 짚고 계단을 내려오는 인영의 주인을 확인하더니 우르르 일어서서 거수경례를 취했다.

"부함장님!"

맨 앞줄에 앉은 중위가 대표로 우렁차게 소리치자 단상에 오른 남자는 무거운 눈빛으로 고개를 끄덕였다. 그는 아벨이 멈춘 영상을 흘끗 보더니 모자를 벗어 그녀의 죽음을 애도했다. 본인의 가슴에 달린 수많은 훈장이 부끄러운 눈빛이었다.

요한은 묵직한 목소리로 입을 열었다.

"그녀의 희생을 헛되이 만들지 맙시다."

조곤한 목소리지만 칼을 갈고 온 듯 비장함이 느껴졌다. 누군가 손을 들더니 분노를 억누르는 기색으로 숨을 씨근덕거리며 물었다.

"메리를 죽인 게 누굽니까?"

독일 출신의 중년 남자는 헤벨의 공병 참모였다. 격납고 시절부터 어린 메리를 조카처럼 여겼던 그는 붉게 충혈된 눈을 부릅뜬 채 서 있었다.

다들 궁금하다는 얼굴로 요한을 쳐다보았다. 그는 벗었던 모자를 쓰며 회의실을 왼쪽에서 오른쪽으로 쭉 훑어보았다. 요한의 표정을 분석하고 있던 아벨이 그의 눈초리를 포착하더니 재빨리 데이터를 정리했다.

허공에 한 남자의 모습이 '핏' 하고 떠올랐다.

"엘 카인. 왓슨 제약회사의 대표이사이자 낙원의 관리자를 맡고 있는 자입니다."

얼마 전 테러가 발생했던 제인 왓슨의 생일 파티에서 포착된 카인의 모습이었다. 고급 정장을 차려입은 그는 제복을 입은 남자와 어두운 곳에서 대화를 나누고 있었다.

"그는 잠입 요원들에게 있어서 최우선 제거 대상이었습니다. 메리가 입실론으로 위장한 이유도 이 남자 때문이었죠. 하지만 안타깝게도 메리는 엘 카인 암살에 실패하고 말았습니다. 잔인하게 살해당한 방식으로 보아 작전 중 정체를 들켰을 가능성이 높습니다. 엘 카인은 메리를 살해한 후 다른 공작 요원인 데드캣에게 거짓 암호 메시지를 보냈습니다. 데드캣은 이것을 메리가 보낸 호출로 믿고 나갑니다. 하지만 그가 친 덫이었습니다. 엘 카인에게 유인당한 데드캣은 영상에서의 모습을 마지막으로 실종된 상태입니다."

엘 카인은 메리의 시체를 전시하듯 걸어 놓았다. 그것은 승전 후 전리품을 자랑하는 것과 동시에 적군에게 보내는 경고의 메시지기도 했다. 전형적인 학살자의 방식이었다. 낙원의 첨탑엔 천사가 아닌 악마가 살고 있다. 그것도 아주 지능적인 녀석이.

"파손된 아크레인도 녀석의 짓입니까?"

"그렇게 추정하고 있지만 확실한 건 아닙니다. 아크레인이 공격당했을 당시 영상이 블랙박스에 남아 있지 않았습니다. 아벨의 보고에 따르면 데드캣이 아크레인을 타고 게이트 상층부로 올라간 순간부터 소프트웨어에 원인을 알 수 없는 오류가 발생했고, 이착륙 모드와 항공 시스템을 제외한 모든 기능이 마비되었다고 합니다."

"제3자의 출현 가능성도 있다는 뜻입니까?"

"그렇습니다."

잠시 숙연한 분위기가 이어졌다. 서른두 명의 장교들은 제각각 무거운 눈빛으로 생각에 잠겨 있었다. 요한은 약 십 초 정도, 그들이 머릿속을 정리하고 마음의 준비를 할 시간을 주었다.

현재 시각 오전 5시 45분.

검지로 검은색 스마트 워치의 입체 액정을 만지작거리던 요한이 입을 열었다.

"다들 조식은 회의실 안에서 들도록 합시다. 곧 함장님께서 작전 회의를 여실 겁니다."

함장이란 말에 다들 눈이 휘둥그레졌다.

"함장님께서 깨어나셨습니까?"

"괜찮으신 겁니까?"

내색은 않았지만 다들 밀러를 염려하고 있었다. 함장실의 평화가 곧 헤벨의 안녕이었고, 헤벨이 무너지는 건 전략국 전체의 위기나 다름없었기 때문이다.

부하 장교들이 기뻐하며 묻는 모습에 요한은 보일 듯 말 듯한 미소를 보이며 대답했다.

"의식은 무사히 되찾으셨고 몸에도 큰 이상은 없다고 하시는군요. 안정을 취하고 계시니 십 대 소녀들처럼 소란을 떠는 건 삼갑시다."

– 방금 전 말씀은 성차별 발언으로 간주됩니다. 대위님.

발끈한 여장병들이 미간을 찌푸리기 무섭게 아벨이 재빠른 충고를 던졌다. 요한은 허공에 동그란 구체로 형상화된 인공지능에게 곁눈질을 던지며 헛기침을 했다.

"아, 미안합니다. 십 대 '소년들'이라고 정정하도록 하죠."

그가 빙그레 웃으며 사과하자 군데군데에서 키득 웃음소리가 삐져나왔다.

"성차별 발언은 아니었습니다. 내가 어릴 적에 겪었던 십 대 소년들은 워낙 범상치 않았던 녀석들이라……."

너스레를 떨며 분위기를 풀던 요한의 눈이 멈칫 일렁였다. 눈앞에 아른거리는 이르쿠츠크의 리쩨이 사립스쿨과 알혼 섬 저택이 있는 풍경 뒤로, 굉음을 내며 폭발하던 사샤의 에어쉽이 번갯불처럼 뇌리를 스쳐 갔다. 직접 목격이라도 한 것처럼 매일 밤 죄책감과 함께 상상하던 광경은 어느새 실제 일어난 양 기억의 한 조각이 되어 버렸다. 그리고 종종 이렇게, 불시에 떨어지는 벼락처럼 전신을 강타하며 호흡을 조인다.

– 괜찮으십니까, 대위님? 심박동 수가 급격히 증가하고 있습니다.

아벨의 목소리에 정신이 퍼뜩 들었다. 목울대가 뜨끈해지는 게 느껴졌다. 입안에 찬 숨을 후끈한 울대뼈 안으로 삼키자 답답하던 명치가 좀 풀리는 기분이었다.

요한은 다시 단상을 움켜쥐었다. 머릿속에 떠오르는 악몽을 지워 보려 애썼지만 오랜 자맥질 끝에 수면에 떠오른 기억 속 편린은 쉬이 사라질 기미를 보이지 않았다.

알렉스 아브라함, 아담 페트로비치, 이브 페트로비치 그리고.

"……사샤 피보바로바."

– 예?

"아, 아니, 혼잣말이야. 신경 쓸 것 없다."

그는 가팔라지던 호흡을 길게 들이마시며 가라앉혔다. 인간이 조물주가 될 수 없는 까닭은 바로 이 지긋지긋한 감정의 부산물 때문이다. 죄책감, 불안함, 초조함, 두려움 등의 잔재가 목구멍을 좁혀 오듯 늘 등 뒤를 쫓았다.

스타시티에서만 벗어난다면 이 모든 굴레로부터 벗어날 수 있을 줄 알았다. 더 이상 알렉스 아브라함을 따를 필요가 없음에도 불구하고 그림자처럼 따라붙는 과거의 낙인으로부터 자유로워질 수가 없었다. 영혼에 각인된 기억을 지워 버리지 않는 이상 이 영원한 악몽은 끝나지 않을 것이다.

'나를 구속하던 건 알렉스 아브라함이 아닌 나 자신이었나?'

인정하기 싫은 깨달음이 뇌리를 스쳤다. 그는 그럴 리가 없다며 눈 밑 근육을 잘게 떨었다.

- 대위님, 괜찮으십니까?

"아, 그래. 함장님께선?

- 준비 중이십니다.

"알았다."

이런 쓸데없는 잡념에 잠겨 있을 때가 아니었다. 뇌종양 수술을 한 이후로 심약해진 것인지, 정신력이 쇠한 건지 때때로 닥쳐오는 공포에 멍하니 사로잡혀 망상에 빠지는 순간이 잦아졌다.

그는 질끈 감았던 눈을 뜨며 밀러를 생각했다. 어깨를 든든하게 두드리며 웃어 주던 친구의 얼굴이 떠오르자 명치에 얹힌 것처럼 걸려 있던 숨이 왈칵 넘어가는 안도감이 들었다.

"엘 카인은 헤벨의 정찰기인 아크레인과 상사[1]를 공격한 뒤 잠적한 것으로 보입니다."

회의실 내 공기가 팽팽한 긴장감으로 무겁게 부풀었다. 한층 진중해진 눈빛들이 살기를 품고 뒷짐 진 손가락을 꺾으며 몸을 풀었다. 모두들 부함장의 뜻을 눈치챈 기색이었다. 이상할 것도 없었다. 다들 이미 한마음 한뜻이었다.

---

1 상사: 연맹군에서 유림의 계급을 지칭

변고를 당한 두 요원은 모두 밀러 함장의 여동생이다. 함정 헤벨은 자타공인 남태평양전대 최정예 병사와 장교들이 모여 있는 전략국의 에이스였다. 엘 카인은 지금 그 헤벨의 수장에게 선전포고를 한 것과 다름없었다. 그리고 그건 헤벨에 탑승한 장병 전원에게 칼을 겨눈 행위였다.

"헤벨은 이미 공식적으로 로스트 헤븐의 외부 수사기관 자격을 부여받은 상태입니다. 따라서 수사관으로 임명된 장병들은 자유롭게 낙원을 출입할 수 있게 됩니다. 우리가 건드릴 벌집은 두 곳입니다. 병기형 안드로이드가 생산되고 있는 위즈덤 본사와 로스트 헤븐의 사령탑인 에덴 타워. 일단 평의회와는 협조적인 관계를 유지하겠지만 정보 공유는 하지 않습니다. 헤벨은 독자적으로 작전을 수행합니다."

칼날이 부딪치는 듯 공기가 쨍하고 수축했다. 크게 심호흡을 한 장병들은 저마다 숨을 내쉬며 옆 사람과 눈빛을 교환했다. 여기저기서 질문이 터져 나왔다. 순식간에 상황이 긴박하게 돌아가기 시작했다.

"전투형 안드로이드에 관한 데이터는 없습니까?"

"공중전이 벌어질 경우에 대비한 전략 시뮬레이션 결과는 어떻습니까?"

"관련 영상과 자료는 각자 개인 어카운트에서 확인할 수 있을 겁니다. 회의 전까지 빠른 숙지 바랍니다."

회의실 허공에 빨간 느낌표 표시가 번쩍이더니 투명한 알림 창이 떠올랐다.

전투 준비 태세Combat readiness.

적대 행위 이전의 최종 전투 준비 상태를 일컫는 군사 용어다. 보통 적습을 받았을 때 취하는 비상 태세로 밀러가 함장을 맡은 후 실전에 등장한 것은 처음이었다.

회의실 내 장교들의 시선이 한데 모였다. 그들의 눈빛에는 종잇장도 벨 것 같은 살벌한 살기가 맺혀 있었다. 허공에 부유한 채 지구본처럼 빙글빙글 돌아가고 있는 아벨의 푸른 형체는 '시스템 메시지'를 띄우고 지시를 기다렸다. 요한도 바닥을 짚은 지팡이를 깍짓손으로 누르며 조용히 단상을 지켰다.

그때 아벨이 돌연 푸른 구체의 테두리를 밝게 반짝이면서 '함정 내 회신 활성화'를 알렸다. 누군가 회의실 스피커에 접속한 모양이었다. 숨죽인 호흡들이 바짝 마른 입술을 꽉 사리물었다.

- 함장실입니다.

나직한 음성이 부드럽게 깔리자 공기 중에 가스처럼 퍼져 있던 긴장감이 순식간에 누그러들었다. 장병들의 낯빛이 대번에 밝아지자 그걸 지켜보던 요한의 입매도 한층 느슨하게 풀렸다.

- 다들 잘 지냈습니까?

"함장님!"

근육 덩어리에 시커면 사내새끼들이 어미 새를 찾는 병아리인 양

충혈된 눈으로 울먹였다. 애써 담담한 척 말을 건네는 밀러의 목소리도 깊게 잠겨 있었다. 좀 전까지 흡사 오열이라도 하고 온 사람처럼.

통신 너머 인영의 주인은 숨을 가만히 내쉬더니 함장의 인장 버튼을 눌렀다. 그러자 함장의 권위를 상징하는 푸른 원 속 금색 닻을 한 마크가 허공에 홀로그램으로 떠올랐다. 아벨은 그의 함장 마크를 함정 중앙에 위치한 회의실뿐만 아니라 함수부터 함미까지 헤벨 곳곳에 띄우기 시작했다.

장교가 아닌 병사들은 대부분 후미에 위치한 식당에서 대기하던 중이었다. 그들은 회의 결과를 기다리며 조용히 기도하듯 숨을 죽이고 있었다. 허공에 푸른 불빛으로 떠오른 함장 마크 덕에 활력을 찾은 병사들은 웅성거리며 삼삼오오 그 앞에 모였다.

잠긴 목을 가다듬는 소리가 기침을 하듯 흘러나왔다. 밀러의 음성임을 확인한 병사들은 힘 빠진 얼굴로 안도에 찬 웃음을 터뜨렸다. 하지만 그들의 웃음소리가 함수부터 함미 끝까지 울려 퍼진 것도 잠시, 살벌한 기운을 품은 밀러의 목소리가 모두의 귓전을 날카롭게 휘갈겼다.

– 함장실에서 명합니다. 이 시각 이후 우리 함정은 로스트 헤븐과의 전투에 돌입합니다. 경계 태세는 지금 즉시 최고 등급으로 상향합니다.

멍하니 듣고 있던 병사들의 동공이 커다랗게 풀렸다. 넋 나간 그들을 일깨우듯 함장의 어조가 무섭게 돌변했다.

– 제군, 이건 훈련이 아닌 실제 상황이다. 정신 바짝 차리도록. 전원 전투준비!

다들 정신이 퍼뜩 들었는지 군기가 바짝 든 자세로 다리를 척 모았다. 병사들은 각 잡힌 모양새로 거수경례를 하며 함장의 마크를 향해 우렁차게 외쳤다.

"Aye aye, sir!"

전투복으로 환복한 뒤 대기

아벨이 띄운 명령 창에 따라 일사불란한 걸음이 이어졌다. 함정 전체에 울려 퍼지는 알람 소리가 그들의 얼굴에 긴장과 흥분을 지펴 주었다.

함장실 데스크에 앉아서 아벨의 보고서를 훑어보던 밀러는 문이 열리는 소리에 고개를 들었다. 겨우 서너 걸음 떨어진 곳에 위치한 문 앞에 호크 대령이 느물느물한 눈웃음을 머금고 서 있었다.

"오랜만입니다, 함장."

"함장이라, 그렇게 불리는 것도 오랜만이군."

"군인이 아닌 정치가가 되셨더군요."

밀러가 대수롭지 않다는 기색으로 보고서를 보며 말을 건네자 호크는 흥미롭다는 듯 피식 웃었다.

"엘과 대립할 셈인가?"

"그게 당신이 원한 것 아닙니까? 우리들끼리 치고 박고 싸우는 거 말입니다."

어느새 제복까지 완벽하게 갖춰 입은 밀러는 책상 위에 깍짓손을 끼며 그를 지그시 노려보았다. 그의 공격적인 말투에 호크는 조금 놀란 듯 한쪽 눈썹을 치켜 올렸다. 빤히 서로를 주시하는 시선이 허공에서 치열하게 부딪쳤다.

"유림은 어디 있습니까?"

"쭉 이곳에 있던 내가 그걸 어떻게 알겠나?"

밀러는 못마땅한 표정으로 호크 대령을 노려보았다. 하여간 능청스러운 노인네—비록 겉모습은 삼십 대라 해도 손색없지만— 같으니라고. 저런 능구렁이 같은 면은 엘 카인도 뛰어넘을 수 없을 것이다.

"미카엘."

"예, 함장."

밀러의 푸른 눈동자가 부름에 응답하며 시큰둥한 기색을 보였다. 호크는 미묘한 표정을 지었다. 엘과 미카엘은 쌍둥이임에도 불구하고 동전의 앞면과 뒷면처럼 서로 달랐다. 포악하고 충동적인 성정의 엘은 본인의 사리사욕을 위해서라면 수단과 방법을 가리지 않는 반면 동생인 미카엘은 온화한 성격에 강한 절제력과 인내심을 자랑했다. 덕분에 엘이 일으킨 사고나 갈등을 중재하는 역할은 언제나 미카엘의 차지였다. 그럼에도 한마디 불평불만 없던 순한 녀석이었다.

"네 역할은 방주의 수호였지. 너는 훌륭하게 임무를 완수했다. 엘이 케이를 공격할 때 방주를 폭파시켜 버린 건 아주 영리한 결정이었어."

방주를 지키라 했더니 본능적으로 케이를 지켜 낸 미카엘. 결국 모든 것은 이렇게 될 그의 운명을 예견했던 것일지도 모른다는 생각이 들었다.

"그동안 기억도 없는 상태에서 유림을 쭉 지켜 왔더구나. 지시도 없었는데 말이지. 네 몸은 본능적으로 케이를 위한 일이 무엇인지 알고 있었던 걸까?"

"케이를 위해 한 일이 아닙니다. 유림을 지켜 온 게 왜 케이를 위한 일이 된다는 겁니까? 제 의지로 그리한 것입니다. 케이가 아닌 제가 원해서 말입니다. 애당초 둘은 아무런 관련이……."

멈칫한 밀러의 눈동자가 일렁였다.

평의회에 참석하기 위해 갔던 에덴 타워 S관의 휴게실. 그곳에서 엿보게 되었던 유림과 다른 남자와의 정사 장면이 뇌리를 스쳤다. 거울 속에서 얼핏 눈이 마주쳤던 갈색 눈동자의 남자는 약 올리듯 눈웃음을 머금고 있었다.

첫 만남부터 신경에 거슬리던 녀석이었다. 시종일관 유림의 곁에 착 달라붙어서 생긋거리던 장교 나부랭이 놈.

어리석었다. 왜 이제야 모든 연결 고리가 보이는 것일까?

밀러는 험상궂은 얼굴로 주먹을 쥔 채 책상을 쾅 치고 일어나며 소리쳤다.

"그 녀석이었습니까? 유림의 밑으로 새로 왔다는 기술사관 훈련병이!"

피가 거꾸로 솟는 것만 같았다. 그는 치밀어 오르는 화를 주체하지 못한 채 의자를 쾅 걷어찼다. 덩그렁 쇳소리를 내며 차인 의자가 바닥에 쓰러지자 그는 이마에 선 핏줄을 만지작거리며 호크를 노려보았다. 거친 숨이 들락날락하는 가슴이 제복 단추 사이로 부풀었다가 꺼지기를 반복했다.

"당신은 위선자입니다! 모두에게 동등한 기회를 주는 척하면서, 처음부터 염두에 둔 건 케이뿐이었다는 걸 제가 모를 것 같습니까? 엘은 당신의 계략에 농락당한 것뿐이죠. 이 모든 플롯은 결국 케이가 성체로 성장하기 위해 거쳐야 할 관문에 지나지 않았던 겁니다. 우리들은 체스 말처럼 그 위에서 놀아난 것이고요. 제 말이 틀립니까?"

급속도로 흥분하는 밀러를 보며 호크는 흥미롭다는 눈빛을 지었다. 유림의 이야기가 나오자 침착하던 녀석이 순식간에 평정심을 잃었다. 이쪽도 스위치는 유림인가? 이 아가씨가 여기저기 남자들의 심장을 어지간히도 할퀴고 다녔군.

"그건 오해라고 말하고 싶군. 엘이 규율을 무시하고 전복을 시도했을 땐 솔직히 굉장히 감명 깊었거든. 그래서 방주가 폭파되는 지경까지 이르렀음에도 두 손 놓고 구경만 한 거지. 잠시 다른 가능성을 머릿속에 그려 봤던 건 사실이야. 왕좌의 주인이 바뀌는가 싶어서 기대하기도 했고. 하지만 케이가, 그 아이가 너무도 놀라운 일을 벌이더군."

호크의 눈동자가 일렁이며 옅은 미소를 머금었다.

이십칠 년 전 그날.

바이칼 호수에 거대한 눈보라가 휘몰아치던 날이었다. 검은색 도화지로 뒤덮인 하늘에 눈발이 하얀 소금처럼 흩날리며 뿌연 풍경을 이루던 밤, 어둠을 휘감은 남자는 눈보라를 뚫고 나발루니에 언덕을 방문했다.

— 아이를 찾으러 왔습니다.

까무잡잡한 피부에 십자 흉터. 사라가 불길하고 음산한 인상이었다고 묘사한 그의 목적은 명백했다. 일족의 존망. 오직 일족의 명운이 끊이지 않는 것뿐이었다. 방주에 태워 온 일족의 아이들 중 누구라도 성공만 한다면 그로서는 상관없었다.

"당시 케이는 너희들 중에 가장 어렸지. 권속이란 개념 자체를 이해하기도 힘든 무렵이었으니까. 그럼에도 불구하고 그는 본능적으로 뭘 해야 하는지 알고 있더구나."

그것은 과연 생존 본능이었을까? 아니면 일시적인 변덕이었을까?

지금도 케이가 사라를 구한 이유와 동기에 대해서는 알 수 없었다. 또한 모체는 감염되었음에도 배 속의 태아가 항체를 갖게 된 원인에 대해서도 설명이 불가능했다.

사라 페트로비치.

어쩌면 해답의 열쇠는 그녀가 가지고 있는지도 모른다. 케이는 왜 그녀의 목숨을 구해 주고 곁에 머물기로 작정한 것일까?

호크의 눈이 문득 밀러의 책상 위로 향했다. 책상 위에 놓인 하얀 액자 속에는 사진 한 장이 떠다니고 있었다. 아서 함장과 그의 아이들인 마이클, 메리, 유림이 다 함께 헤벨 앞에서 웃으며 찍은 모습이 영상처럼 움직이며 시선을 사로잡았다.

"어쩌면 미카엘, 너도 케이와 비슷한 것을 시도하고 있었는지도 모르겠구나."

다만 둘 사이에는 명백한 차이가 존재했다. 케이는 일족의 본성을 유지한 채 이브에 대한 애착을 키웠던 반면, 미카엘은 인류의 공동체 속에 동화되어 가고 있었다. 그러기 위해서라면 본인의 정체성을 부식시키는 것도 마다하지 않았다.

미카엘은 완벽하게 아서의 아들과 메리의 오빠를 연기했다. 아니, 연기가 아닌 진심이었다. 케이와 달리 미카엘에게는 별다른 암시를 걸어 놓은 적이 없었기 때문이다. 하지만 미카엘의 기억은 돌아오지 않았다. 본래대로 돌아오는 걸 스스로 거부하고 있는 상황이라고 여길 수밖에 없었다.

"미카엘이 아닌 마이클 밀러로서 살고 싶나?"

"그럼 안 되는 겁니까?"

"안 될 건 없지. 그건 네 선택의 자유다. 네가 지키고 싶은 건 마이클 밀러로서의 지위와 삶인 것 같으니 말이야."

밀러는 정곡을 찔렸다는 눈빛으로 대답을 머뭇거렸다. 호크는 알 만하다는 얼굴로 얄궂은 미소를 지었다.

반면 케이가 집착했던 대상은 오로지 이브였다. 그는 이브의 곁에 있기 위해 얌전히 페트로비치가의 아들이 되었다. 물론 사라와 바딤도 좋았지만 핵심은 이브에게 그들의 존재가 필요하다는 사실이었다.

아담으로서 케이가 원한 것은 이브의 삶, 그리고 그녀의 주위를 위성처럼 도는 속박 같은 연결 고리였다. 그 연장선에서 페트로비치라는 이름을 받아들인 것일 뿐, 굳이 이브의 오빠가 되고 싶은 것은 아니었다.

"미카엘, 가족을 이루는 데 가장 중요한 요소가 뭐라고 생각하냐?"

밀러는 확신이 부족한 눈빛으로 대답했다.

"사랑?"

"그것도 틀린 답은 아니지만…… 정답은 희생과 헌신이야."

호크는 팔짱을 낀 채 유유히 함장실 안을 거닐며 굵은 목소리로 말했다.

"케이의 경우에는 원하는 바가 아주 확실했지. 이브와 가족이 되는 것, 이브의 옆자리를 독차지하는 것, 이브에게 있어 유일한 존재가 되는 것. 너처럼 무작위로 걸린 아무개의 아들 혹은 아무개의 오빠가 되어, 아무개 공동체의 일원이 되는 게 그의 목표는 아니었다."

밀러는 얼어붙은 눈으로 입술을 다물었다.

아무개의 아들, 아무개의 오빠.

왜 이렇게 분한지 알 수 없었다. 호크의 말을 듣는 내내 유림의 얼굴이 머릿속에 구름처럼 떠다녔다. 밀러는 허벅지에 붙인 주먹을 꽉 움켜쥐었다.

"케이가 지키고자 한 건 이브의 삶 그 자체였다고도 볼 수 있지. 그가 이브와 가족이 되려고 했던 이유는 그녀에 대한 일종의 소유욕의 발현이었거든. 어린 마스터는 스스로 반려의 세계를 구축하는 걸로 모자라 그 일부가 되고 싶으셨던 모양이야. 정말 선조들의 본성을 아주 강하게 물려받은 분이지. 반려자에 대한 집착과 애정도 그렇고, 조물주에 입각한 시각도 그렇고. 그녀의 숨결이 되고 그녀의 일상이 되고, 나아가 그녀와 영혼까지 공유한다……. 세상의 축이 본인이 아닌 그녀라는 점, 그 사실 하나만으로도 그가 너희와는 차원이 다른 권속 관계를 형성하고 있었다는 게 보이지 않나?"

호크는 천장을 바라보며 넋두리하듯 말을 맺었다.

'차원이 다른 권속 관계?'

밀러는 혼란스러운 표정을 지었다. 호크는 이해한다는 눈빛을 지었다. 그 역시 처음에는 믿을 수 없었다. 그저 케이가 어린 마음에 권속이란 개념에 대해 잘 몰라서 그런 실수를 저지른 게 아닐까 하고 생각했다.

"그러니까 유림이 케이의 권속이란 말입니까? 유림이 그걸 바랐다고요?"

호크는 매듭을 풀 듯 차근차근 설명했다.

"분명 난 너희에게 그렇게 가르쳤지. 구애를 하는 이성과 관계를 맺으면 상대를 권속으로 삼을 수 있을 거라고. 하지만 당시의 아담은 너무 어려서 이성과 관계를 맺을 수 없었다. 그럼에도 불구하고 그는 그녀가 태어난 순간부터 쭉 그녀에게 구애를 해 오고 있지. 내가 절대 가르친 적이 없던 방식으로 말이야. 아직도 모르겠느냐, 미카엘? 그들과 가장 가까이 지낸 네가 이걸 깨닫지 못하다니 믿기 힘들군."

"뭘 말입니까?"

"아담과 이브의 관계 말이다. 이 둘의 모습이야말로 가장 인간적인 방식이지 않나? 아담은 본인의 삶 자체를 그녀에게 바치다시피 살아왔어. 남녀 간의 사랑이 뭔지 깨닫기도 전에, 그는 이미 그녀에게 오롯이 희생과 헌신을 다해 왔던 거야."

밀러는 충격에 빠진 얼굴로 호크를 멍하니 쳐다보았다. 옛 기억에 잠긴 얼굴로 서 있던 호크는 피식 웃더니 장난스럽게 물었다.

"그렇다면 여기서 문제 하나. 과연 이 두 사람 중 누가 권주고 권속일까? 네 생각은 어떠냐, 미카엘?"

타이탄의 손상된 메모리에 기록된 사라의 일기

영혼이란 인간만이 가질 수 있는 산물일까?

복제된 클론도 영혼을 지니고 있을까?

만일 그렇다면 그것은 본체와 다른 존재일까?

연산과 사고가 가능한 안드로이드에게도 영혼을 불어넣을 수 있을까?
전자의 질문들과 관계없이 드는 마지막 의문 하나, 신들도 영혼이 있을까?

아담은 좀처럼 의문을 갖지 않는 아이였다. 물음표를 던지기 전에 스스로 답을 찾는 능력이 너무 뛰어나서 오히려 부모의 맥이 빠지는 쪽이었다.

그런 그가 어느 날 뜬금없이 고뇌에 찬 표정으로 물었다.

"영혼이 뭐죠, 사라?"

주방에 있던 사라는 마침 까맣게 타 버린 빵들을 보며 어떻게 처리할까 고민에 빠져 있던 참이었다. 아담의 질문에 그녀는 멈칫 돌아서서 그를 쳐다보았다.

"타이탄, 이거 치워 놔."

― 다 버리라는 말씀이신가요?

"알아서 해. 나는 이제부터 우리 아들과 아주 철학적인 대화를 나눠야 하니까 말이야."

타이탄은 집게용 사마귀 손을 한 로봇을 타고 바퀴로 굴러 와 바닥에 떨어진 프릴 앞치마를 주웠다. 그는 베이킹 재료와 도구로 엉망이 된 주방을 치우면서, 사라와 아담의 대화에 귀를 기울였다. 두 사람의 대화는 한 글자도 빠짐없이 로그에 기록하라는 바딤의 지시가 있었기 때문이었다.

아담은 하얀 식탁 의자에 얌전히 앉았다. 옅은 갈색 머리칼 사이로 단정한 눈매가 그녀를 빤히 응시했다. 사라는 그의 머리칼을 부드럽게 어루만졌다. 그녀의 얼굴에 빙그레 맺힌 미소가 대견하다는 듯 그를 바라보며 입을 열었다.

"지금 네가 한 질문."

"네?"

"그게 바로 네 영혼이야."

일곱 살 아담은 고개를 갸웃거리며 솜털이 난 이마를 찌푸렸다. 이해가 가지 않는다는 그의 표정에 사라는 웃음을 머금었다.

"네가 갖는 그 호기심, 만족, 행복, 두려움, 불안감, 죄책감, 슬픔 등의 감정들. 그들을 경험할 때마다 발생한 인과관계의 행적들. 그 행적으로 이루어진 다채로운 기억. 영혼이란 지금 말한 모든 것의 총체라고 할 수 있지."

"그럼 갓 태어난 아기는 영혼이 없나요? 아기들은 감정도, 경험도, 기억도 없으니까요."

"어머, 그렇지 않아."

사라는 아담의 양어깨를 잡고 앞세워 기차놀이를 하듯 일렬로 걸어 나왔다. 햇살이 가득 쏟아져 들어오는 거실에는 태어난 지 겨우 몇 달 된 이브가 기린이 수놓아진 이불에 누워 쌕쌕 잠들어 있었다.

이브를 보자마자 아담의 눈빛에 반사적으로 따스한 온기가 스몄다. 사라는 곁눈질로 그런 그의 표정을 관찰하며 부드러운 목소리로 설명했다.

"아기들은 배 속에서부터 엄마와 아빠의 대화를 들으며 자라거든. 이브의 마음속에는 엄마와 교감하며 느낀 감정의 기억이 있어. 손톱만 한 크기일 때부터 엄마의 사랑이 담긴 목소리와 탯줄을 통해 엄마가 보고 느끼는 것들을 함께 경험해 왔으니까. 저 아이의 눈동자에는 우리의 모든 게 기록되고 있단다. 내가 그릇된 일을 하면 우리 딸이 상처받게 될 거란 생각에 때때론 두려움마저 일더구나. 그게 바로 생명을 품은 것에 대한 책임이란 거겠지. 그래서 난 이브를 직접 낳고 싶었어. 내 자식을 배 속에 담고 교감할 수 있는 시간은 일생에 단 열 달밖에 없는 거잖니? 내 안에서 생명이 자라고 내 거울과 다름없는 영혼이 빚어진다는 게 얼마나 거룩하고 감동적인 일인지……. 죽음으로도 갈라놓을 수 없는 연결 고리가 생기는 거야."

묵묵히 듣고 있던 아담은 뭔가를 물어보려는 듯 입술을 열었다가 머뭇거리며 다물었다. 허공을 배회하는 그의 시선에 사라는 조용히 그의 어깨를 끌어안으며 속삭였다.

"당연히 너도 영혼을 가지고 있지. 내 눈에는 우리 아담이 아주 아름다운 영혼을 가진 게 보이는걸?"

아담이 진짜냐는 표정으로 쳐다보자 사라는 고개를 끄덕였다.

"나중에 널 꼭 닮은 애를 낳으면 알게 될 거야. 네 영혼이 어떤 모습을 하고 있는지. 아이들은 부모를 비추는 거울이거든."

잠시 회상의 파도에 휩쓸려 있던 눈동자가 조용한 물살처럼 흔들렸다. 케이는 햇살을 머금은 눈으로 투명한 미소를 지었다.

그 시절의 사라는 미래에서 온 것처럼 모르는 게 없었다. 그는 그녀와 나눈 대화를 진리처럼 믿었다. 그에게 있어 사라는 단순한 보호자가 아닌 삶의 가치와 철학을 짚어 주는 영도자였고, 그 신뢰는 그녀가 죽은 지금까지도 이어져 내려오고 있었다.

세상을 바라보는 사라의 편견 없는 시각이 더없이 좋았다. 그녀는 이브를 이 세상에 데려와 준 사람이었고, 이브는 사라와의 연결 통로이기도 했다. 그들은 아득한 우주처럼 아무것도 없던 그의 세상에 열린 작은 문이었다.

우유를 따르던 케이는 옆에서 같이 멍 때리고 있는 가사로봇 타이탄을 곁눈질로 쳐다보았다. 그는 한숨을 내쉬며 잔소리를 늘어놓았다.

"멍청하게 서 있지 말고 가서 이브 좀 깨워 와."

쟤도 그렇고 리사도 그렇고, 왜 저렇게 사람 흉내를 잘 내는지. 인공지능은 대개 주인의 성격이나 습관을 따라 하기 마련인데, 저렇게 덜 떨어진 모습은 도대체 어디서 캐치를 해 온 건지 알 수 없었다.

– 알, 겠, 습니다. 마스터, 그리고, 물건과, 함께, 송신된, 영상, 메시지가, 있습, 니다.

"재생하지 마."

– 네?

"누군지 아니까 틀지 말라고."

메시지 내용이야 안 봐도 뻔했다. 케이는 귀찮다는 얼굴로 미간을 세웠다. 배송된 선물 상자 속에는 곱게 냉장 포장되어 온 우유와 빵 그리고 초콜릿으로 만들어진 브루클린의 성녀 피규어가 들어 있었다.

"뭐해? 가서 이브 깨우지 않고?"

케이는 여전히 멍청하게 주위를 맴돌고 있는 타이탄을 향해 싸늘한 눈초리로 쏘아붙였다. 그가 한 대 칠 기세로 손을 들자 타이탄은 바퀴가 닳도록 거실을 종횡하며 달려갔다.

– 지, 금, 갑니다!

저러다가 언제 메스를 든 의사처럼 개조해 버린다고 으름장을 놓을지 모를 마스터였다. 케이를 수십 년간 지켜봐 온 결과 매우 합리적인 추론이다. 타이탄은 멀리 있는 다른 한 명의 마스터에게 자신의 데이터를 백업해 달라는 요청을 냉큼 송신했다. 역시 구관이 명관이라는 코멘트를 붙이는 것도 잊지 않았다.

– 지나친, 수면은, 건강에, 좋, 지, 않습니다.

잠에 취해 있던 귓구멍에 타이탄의 일침이 바늘처럼 꽂혔다. 유림은 몽롱한 눈을 뜨더니 벌떡 몸을 일으켰다. 시계추처럼 무거운 눈꺼풀을 몇 차례 끔뻑이자 시야가 금세 또렷해졌다.

'몇 시지?'

그녀는 얼굴을 매만지며 벽 스크린에 뜬 시계를 쳐다보았다. 잠깐 십 분 졸다가 깬 느낌인데 일곱 시간이나 지나 있었다.

– 컨디션, 은, 어떠, 십니까?

"어, 괜찮아."

타이탄은 재빨리 현 상황을 분석했다. 페트로비치가의 권력 구조를 파악하는 것만큼 그에게 중요한 일은 없었다. 현재 케이가 유일하게 쩔쩔매는 대상은 유림이었다. 두 사람의 관계는 마치 자신과 마스터를 보는 것 같았다. 명령과 절대적인 복종. 명령을 거스를 시에는 세상이 끝날 수도 있다.

타이탄은 명령 수행 대상 1순위를 슬쩍 케이에서 유림으로 변경했다. 역시 페트로비치가는 안주인에게 잘 보여야 살아남는다.

욕실로 직행한 유림은 거울 속을 들여다보며 갸웃거렸다. 왼쪽과 오른쪽, 검정색 눈과 붉은색 눈이 번갈아 가며 그녀를 응시했다.

"나쁘지 않은데?"

그녀는 마음에 들었다는 눈빛으로 씩 웃었다. 손목에 찬 헤어밴

드로 머리를 높게 묶었다. 그리고 찬물로 목덜미를 식힌 뒤 개운한
표정으로 거실을 향해 나갔다.

하얀 직사각형 모양의 식탁 위에는 갓 구운 빵과 우유 한 잔이 놓
여 있었다. 유림은 군침을 흘리며 자리에 앉았다. 곁눈질을 하니
케이가 고민스러운 얼굴로 커다란 냉장고 안을 들여다보고 있는
게 보였다.

"왜 그래?"

"먹을 게 없어서요."

양 볼에 빵을 가득 넣고 우물거리던 그녀는 음식을 얼른 삼켰다.

'나 먹으라고 둔 게 아니었나?'

유림은 민망한 표정으로 흘끔거리다가 모르는 척 우유를 꿀꺽꿀
꺽 마셨다. 케이는 그의 자리에 있던 빵 접시도 그녀의 앞으로 밀
었다. 더 먹으라는 듯 제 것도 내미는 그의 손에 유림은 입가에 미
소를 그렸다.

"이 우유랑 빵은 어디서 났는데?"

"누가 보내 줬어요."

"누가?"

냉장고 문을 닫은 그는 반달 눈웃음으로 대답을 대신했다. 하얀
셔츠에 진회색 팬츠를 입은 케이는 바람의 도시에서 보던 모습과
별반 다를 게 없어 보였다. 하지만 집 안을 거닐며 보이는 그의 행
동은 여유와 익숙함이 묻어났다.

식탁 앞에 의자를 끌어와 앉는 그의 자세에서, 컵 손잡이를 어루
만지며 말아 쥐는 손동작에서, 녹아들 듯한 미소를 머금고 턱을 괸
그의 시선에서 따뜻하고 편안한 기색이 느껴졌다.

"누가 보내 줬는데? 우리 여기 있는 거 누가 알아?"

"소위님 팬이 보내 주던걸요?"

"내 팬?"

곰곰이 생각하던 유림은 미간을 찌푸렸다. 팬이 한두 명이어야지. 이놈의 인기는 식을 줄을 모르네. 골치 아프다는 표정을 짓는 그녀를 보며 케이는 그녀의 머릿속이 보이는지 피식 웃었다.

"왜 그렇게 쳐다봐?"

"좋아서요."

그는 턱을 괸 채 천연덕스러운 눈웃음으로 대답했다. 그의 눈에 걸린 느른한 시선이 근사해서 가슴이 쿵쾅거렸다. 유림은 홍시처럼 붉어진 뺨을 감추며 눈을 흘겼다.

"하여간 말은 번지르르하게 잘한다니까."

케이는 "흐음." 하고 입꼬리를 말아 올리더니 식탁 위로 어깨를 기울였다. 코앞에 바짝 다가온 그의 얼굴이 눈꺼풀을 내리감고 그녀의 입술을 바라보았다. 그대로 그가 이마를 숙이면 키스가 이어질 듯 가까운 자세였다.

"가볍고 번지르르한 말은 싫어요?"

"별로야."

유림이 도도한 눈초리로 코웃음을 치자 케이는 입술 끝을 붓꼬리처럼 비스듬히 끌어올렸다. 얇게 휜 그의 눈초리는 그녀가 귀여워 죽겠다는 기색이었다.

"막상 사랑한다고 말하면 울 거면서."

"내가 왜?"

"울보잖아요, 이브는."

유림은 손에 쥔 빵 조각을 '콰직' 바스러뜨렸다. 자존심이 와작 난 채 충격받은 얼굴이었다.

"울보라고? 내가?"

태어나서 그런 말은 처음이었다. 케이는 유림의 입술에 묻은 우유를 바라보더니 피식 웃었다.

"기분 좋을 때만 가르랑거리는 고양이거든요, 내가 키우는 고양이는."

그녀의 입술 위에 묻은 하얀 우유 자국에서 눈을 떼지 못하던 그는 결국 허리와 목을 숙였다. 순식간에 맞닿은 숨결이 입술 위에서 나직한 음성을 속삭였다.

"기분 좋게…… 해 줄까요?"

그는 유림이 미처 대답하기도 전에 입술을 덮쳤다. 그녀의 윗입술에 묻은 우유를 혀로 핥은 그는 살짝 벌어진 입술 틈새로 혀를 깊게 밀어 넣었다.

자제력을 잃은 케이의 모습은 늘 가슴을 뛰게 만들었다. 웃음기 사라진 미간과 혼탁해진 눈동자, 집중으로 딱딱해진 이마와 목대 위로 흘러나오는 낮은 숨소리. 이 남자는 너무 관능적이다.

그는 빵가루가 묻은 아랫입술과 그녀가 입안에 머금은 달콤한 우유까지 맛본 후에야 키스를 멈췄다. 그러고는 그녀의 이마에 머리를 '콩' 하고 맞대며 쿡 웃었다.

"가르랑, 안 해요?"

"죽을래?"

발끈하던 유림의 눈이 움찔 커졌다. 그의 오른손이 그녀의 왼 가슴을 움켜쥐고 있었다.

"이걸 다 맛보게 해 준다면 죽어도 여한 없을 것 같은데."

새침데기처럼 앉아 있던 유림은 가슴을 주무르던 그의 손을 덥석 잡더니 도발하듯 속삭였다.

"이거 말고."

"그럼?"

유림이 눈을 흘기자 케이는 알겠다는 듯 피식 웃었다. 그는 손가락으로 그녀의 가슴 정점에 위치한 몽글몽글한 알갱이를 빙글빙글 잡아 돌리며 장난을 치기 시작했다. 그녀의 뺨이 붉게 상기되자, 그는 영글어서 톡 터질 듯 부푼 꼭지를 옷 위로 꼬집어서 쭉 잡아당겼다. 유림이 고개를 비틀며 "아……." 하고 숨 섞인 신음을 내뱉었다.

예뻐 죽겠다, 라는 게 이런 느낌일까?

그는 그녀의 입술에 다시 쪽 가볍게 뽀뽀를 했다. 그러자 유림이 더 해 달라는 듯 엉덩이를 들썩이며 팔로 목을 칭칭 휘감았다. 그래, 이걸 원했다. 이렇게 안겨 오는 것. 온몸을 뱀처럼 휘감은 그녀에게 구속당하는 기분.

연리지처럼 서로를 감은 채 영원히 뿌리박으면 얼마나 좋을까? 이런 집착과 불안감, 소유욕, 유림은 평생 모르는 게 나을 테지.

이 갈증은 영원히 충족되지 않을 테니 그는 언제나 마른 우물처럼 그녀를 원할 수밖에 없었다.

"나 외에 다른 권속은 만들면 안 돼요."

"다른 권속?"

상기된 뺨과 달리 고집스러운 눈초리를 한 그녀의 얼굴은 늘 범하고 싶은 충동을 일으켰다. 굴복시키고 싶진 않다. 다만 저 도도

한 고양이가 기분 좋아서 가르랑거리는 걸 보고 싶을 뿐. 다른 남
자가 아닌 오직 자신에게만.

"나 말고 다른 남자와는 관계를 맺지 말라는 의미예요."

그녀는 상체를 일으키며 의아한 눈빛으로 물었다.

"왜 그래야 하는데?"

유림의 말에 그가 움찔하더니 잠시 멍한 표정을 지었다.

"다른 녀석과 하려고요?"

"아니, 그냥 묻는 거야. 도의적인 책임 외에 다른 문제라도 있어?"

케이는 굳은 얼굴로 유림을 쳐다보았다. 그녀는 여전히 그의 목
을 끌어안은 채 호기심 어린 눈동자로 대답을 기다리고 있었다. 그
는 갈 곳 잃은 시선을 허공에 두더니 다시 그녀를 응시했다.

"다른 남자와는 만나지 말라고…… 애원이라도 해야 하는 건가
요?"

케이가 해쓱해진 낯빛으로 읊조리듯 물었다. 뭔가 처참한 기분이
었다. 그래도 그렇지, 저렇게 아무렇지도 않은 얼굴로 물어 올 줄
은 몰랐다. 충분히 그럴 수 있는 여자긴 하지만 그렇다고 해서 이
런 되물음을 당연시 여긴 건 아니었다.

역시 그녀는 자신만큼 그를 사랑하지 않는 걸까? 물론 연인 사이
에 애정의 질량을 저울질하며 비교한다는 것부터가 말이 안 되는
일이긴 했지만 서운함이 밀려왔다. 하지만 초조해할수록 유림의
성격상 더 진절머리를 낼 것이다.

"뭐, 케이가 잘하면 그럴 일은 없겠지."

유림은 그의 창백한 안색을 보며 속으로 씩 웃었다. 망연자실한
케이는 그런 그녀의 얼굴에 스치듯 지나간 장난기를 보지 못했다.

평소라면 절대 있을 수 없는 일이었다. 그녀의 숨소리 변화 하나까지 놓치지 않는 그였기에.

"그렇게 걱정되면 케이가 날 권속으로 만들면 되잖아."

유림의 말에 그는 잠시 허탈한 듯 웃었다.

"그러려고 했는데."

케이는 둘 사이 몸을 가로막은 식탁을 옆으로 드르륵 밀었다. 그리고 다가와 그녀의 허리를 꽉 끌어당겼다. 하반신이 맞닿을 만큼 몸이 밀착되자 유림은 엉겁결에 그의 가슴을 움켜쥐었다. 예전에는 아무렇지도 않던 것들이 지금은 조그마한 자극에도 숨이 떨렸다.

케이는 유림의 턱을 잡더니 입을 맞출 듯 고개를 숙였다. 그의 긴 속눈썹이 얼굴에 가느다란 그림자를 이루었다.

"느낌상 이미 실패한 것 같아요."

"실패?"

"나는 유림을 이길 생각이 없으니 영원히 유림의 권주가 될 수 없어요. 아마도 이건 유림이 태어나기도 전에 결정된 일일 거예요."

다정한 눈동자가 그녀를 내려다보며 어쩔 수 없다는 미소를 짓고 있었다. 가슴이 수축하며 시려 왔다. 고집스런 눈초리에 눈물이 울컥 차올랐다.

"그러니 유림도 나 말고 다른 권속은 만들지 마요."

그는 그녀의 이마에 입을 맞추며 간절한 목소리로 속삭였다.

"……제발."

그녀에게 구속된 존재는 자신 하나면 족했다. 사라와 바딤은 예외로 하자. 그들은 이브에게 행복을 주는 존재니까. 이브를 이 세상에 태어나게 해 준 이들이니까. 하지만 이들 외에 제삼자가 그녀에게 특별해지는 것은 용납할 수 없었다.

"어차피 이 세상에서 나보다 유림을 더 예뻐할 수 있는 사람은 없어요."

"흥, 경험도 없으면서 말은 잘하네?"

손등으로 눈가를 훔친 유림은 아무렇지 않은 척 장난스럽게 웃으며 말했다.

"아, 경험."

그가 악마처럼 웃었다. 좀 전까지 파리한 낯빛으로 애걸복걸하던 남자가 맞나 싶을 정도로.

"그것만 증명하면 되는 거예요?"

"증명하다니? 뭘?"

"유림을 얼마나 원하는지, 또 얼마나…….."

눈꺼풀을 반쯤 감은 나른한 시선이 그녀를 내려다보았다. 유림의 눈썹이 당황스러운 듯 치켜 올라갔다.

"얼마나?"

케이가 뜸을 들이자 유림이 인상을 찌푸렸다. 그는 말문이 막힌 표정으로 잠시 입술을 닫았다. '얼마나 뭐?'라는 눈빛으로 묻는 그녀의 얼굴 표정이 천진난만했다.

그녀는 알까? 스스로도 잠식당할 것만 같은 이 감정의 무게를? 끝없는 깊이를?

"사랑하는지."

가슴이 크게 팽창했다가 가라앉으며 깊은 한마디를 내쉬었다. 떠밀려온 그의 목소리가 그녀의 가슴 깊숙한 곳을 울리며 송곳처럼 파고들었다.

유림은 저도 모르게 잡았던 그의 손목을 놓았다.

"내가 유림을 보면서 하루 종일 무슨 생각을 하는지 알아요?"

"무슨 생각을 하는데?"

지금 눈앞의 그녀는 유림일까, 이브일까?

어느 쪽이든 상관없다. 그녀는 낙원의 고양이고, 알혼 섬의 바람이다. 그리고 그는 어디서든 그녀가 불어오는 방향에 따라 돌아가는 바람개비였다. 그녀가 입김으로 불어 줄 때에야 비로소 제 기능을 할 수 있는, 그렇지 않고선 버려진 장난감에 불과한 그런 존재.

"나쁜 상상."

"그게 뭐야?"

"유림을 하루 종일 괴롭히는 상상. 유림이 흐느끼면서 제발 멈춰 달라고 애원할 때까지 놓지 않는 상상. 차라리 유림이 망가져서 나 없이는 살 수 없으면 좋겠다고…… 나밖에 모르게, 나만 원하도록 그렇게 만들어 버리고 싶다는 상상. 이런 내가 섬뜩한가요?"

담담하게 고백하는 케이를 보며 유림은 뭔가 할 말을 잃은 표정이었다. 심장이 빠르게 뛰었다. 저렇게 불쑥 무서울 정도로 옭아매듯 소유욕을 발휘하는 그의 모습이 낯설면서도, 한편으로는 이렇게까지 사랑받고 있다는 생각에 짜릿했다.

가슴 한편이 물속으로 차갑게 잠식되어 간다. 수면 아래 깊이, 그가 두 팔을 벌리고 가라앉아 있는 곳으로.

그곳은 아름다운 어둠이다.

"아니, 전혀."

망가져도 좋다. 그의 지독한 소유욕이 오직 그녀에게만 향해 있을 수 있다면, 그를 독차지할 수만 있다면.

유림의 입꼬리가 풍선 꼬리처럼 부풀자 케이의 입매에도 피식 웃음이 어렸다. 좋으면서 아닌 척 입술을 꼭 다문 그녀의 표정에 다시 주변 공기가 몽글몽글해졌다. 케이는 그런 그녀를 와락 끌어안으며 쿡쿡 웃었다.

낮은 선율의 웃음소리가 흩어졌다. 그의 목소리는 여전히 피아노 선율처럼 듣기 좋았다. 뺨에 닿는 입맞춤도, 머리카락을 어루만지는 손길도 모두 기억 속에 남아 있던 아담이었다.

그래서 부끄러웠다. 이제 더 이상 그가 사랑했던 이브는 존재하지 않는데.

"나중에 실망하고 후회하면 어쩌려고."

"그럴 일은 없어요. 절대."

케이는 입술에 옅은 호선을 그렸다. 얇게 휘는 그의 눈웃음에 연신 온기가 감돌았다.

"아담은 몰라. 그동안 내가 무슨 짓을 해 왔는지."

데드캣. 그녀는 죽음을 선사하는 천사였다. 상대를 조롱하듯 붉은 입술에 걸린 미소는 자객의 마지막 입맞춤이라 불리기에 안성맞춤이었고, 비정한 눈초리는 항상 자만에 차 있었다.

그는 죄책감에 고개를 떨어뜨리는 유림의 턱을 잡고 눈을 마주쳤다. 백야에 물드는 황혼, 아담의 눈빛이다.

"이브를 위해서라면 난 그보다 더한 것들도 할 수 있는걸? 널 구하기 위해 지구상의 모든 인간들의 목숨을 희생시켜야 한다면, 난 한 치의 망설임도 없이 그렇게 할 거야."

그의 숨결이 윗입술에 닿자 유림은 불확실하게 떨리던 눈동자를 들어 올렸다.

"우리 둘 외에는 그 무엇도 중요치 않아."

천천히 입술을 겹친 그의 혀가 입술을 벌려 키스를 나눴다. 아랫입술을 적시고 들어오는 그의 숨결에 심장이 따뜻하게 뛰었다.

유림은 편안히 눈을 감았다. 영혼에 남아 있던 모든 찌꺼기가 씻겨 내려가는 기분이었다. 그의 품에서 이렇게 다시 태어나고 싶었다. 꿈처럼 달콤한 사랑만 받으며, 현실의 괴로움은 모두 뒤로한 채 모든 걸 잊고 싶다는 생각이 들었다.

"안아 줘, 케이."

그녀의 입술을 머금던 그의 숨소리가 멈췄다. '지금?'이라는 눈빛으로 놀란 듯 빤히 쳐다보는 시선이 느껴졌다. 유림의 긴 손가락이 그의 머리칼을 헝클이듯 어루만지며 다시 속삭였다.

"날 위해 무엇을 할 수 있는지 보여 줘."

"그 말."

그가 신음을 흘리듯 한숨을 내쉬었다. 그리고 그녀의 아랫입술을 베어 물며 참았던 숨을 길게 뱉었다.

"후회하지 않을 건가요, 소위님?"

예의 바른 말투로 위험스럽게 묻는 목소리. 그건 다정한 아담의 것이 아닌, 아슬아슬 줄타기를 하고 있는 애덤슨 중사의 물음이었다.

유림은 그의 눈동자에 미세하게 남은 붉기를 응시했다. 차분해 보이는 표정에 연기처럼 섞인 성적 고조의 열기. 흥분을 억누르고 있는 그의 자제심이 폭발할 듯 일렁이고 있었다.

그녀의 입술에 붉은 미소가 피어올랐다.

"그런 건 중사나 걱정하지?"

그녀의 말이 떨어지자마자 그는 기다렸다는 듯이 그녀의 상의를 끌어내렸다. 흠칫한 유림은 그 자리에서 얼어붙었다.

"그럼 사양 않고……."

고개를 숙인 케이가 숭배하듯 그녀의 맨어깨에 입을 맞췄다. 곁눈질로 그녀를 쳐다본 그의 장밋빛 입술에 곡선이 맺혔다. 이지러뜨린 눈초리에는 생긋거리던 평소와 달리 위험해 보이는 눈웃음을 휘감은 채,

"……명령, 수행하겠습니다."

허스키하게 젖은 목소리로 그녀의 숨을 집어삼켰다.

케이는 순식간에 그녀를 침실로 안아서 데려왔다. 타이트한 하의를 입고 있던 유림은 언더웨어만 남은 상반신을 흘끗 내려다보더니 거품처럼 하얗게 침대를 뒤덮은 이불을 움켜쥐었다.

'왜 긴장되는 거지?'

어두운 침실은 수면 모드에 잠겨 어스름한 불빛만이 벽 뒤에서 희미하게 새어 나오고 있었다. 셔츠를 벗는 케이의 모습이 커튼 뒤 인영처럼 실루엣으로 보였다. 아름다운 어깨선과 날렵한 허리, 반듯한 척추를 따라 깊게 파인 등 근육.

유림은 늘씬한 흑표범처럼 느른한 눈빛으로 다리를 살짝 모았다. 최대한 아무렇지 않은 척 여유를 부리고 있지만 묘하게 떨렸다.

그가 곁눈질로 이쪽을 보는 게 느껴졌다. 표정은 안 보여도 슬그머니 웃고 있는 듯했다. 퇴폐적인 눈빛에는 나른한 기류가, 생긋 웃는 입매에는 여유로운 곡선이 걸려 있었다.

돌아선 케이가 반라의 몸으로 천천히 걸어왔다. 침대 위로 느긋하게 올라온 그는 긴장한 기색 따윈 전혀 보이지 않았다. 물 흐르듯 움직이는 그의 몸짓 하나하나가 우아하고 단정했다. 생각해 보

니 그는 그런 남자였다. 흐릿한 욕망으로 이성이 이지러진 순간조차 기품을 잃지 않는 남자.

이 남자의 그런 점이 더 설레었다.

흐트러짐 없는 반듯한 모습이 자신을 탐하며 서서히 무너져 가는 걸 보고 싶었다. 짐승이 된 그와 눈을 마주치며 교감하고 싶었다. 욕망을 주체하지 못하고 미칠 것 같아서 어쩔 줄 모르는 그의 모습이 기대됐다.

"계속 가리고 있을 거예요?"

그녀의 위로 올라온 케이가 쿡쿡 웃으며 물었다. 양팔을 모아서 가슴을 가리고 있던 유림은 흠칫하며 샐쭉한 표정을 지었다. 팔을 풀까 말까 고민을 하는 얼굴로 딴청을 피우던 그녀는 마지못해 스르르 꼬았던 다리를 풀며 팔을 열었다.

양 볼이 발그레 젖어 가는 유림을 보며 그의 눈은 평온을 벗고 서서히 일렁이기 시작했다. 피부에 얇게 붙은 그녀의 바지를 찢어 내듯 쭉 벗기며 목울대 위에서 겉도는 숨을 억눌렀다. 목구멍이 타는 듯 뜨거웠지만 관찰하듯 빤히 쳐다보는 유림에게 내색하고 싶지 않았다.

고양이처럼 새침한 얼굴로 누워 있던 유림의 눈이 부끄러운 듯 피했다. 그가 그녀를 물끄러미 내려다보고 있었다. 비스듬히 감긴 눈꺼풀 사이로 보이는 정적인 눈빛이 그녀의 온몸을 적나라하게 훑었다. 허리선을 어루만지며 올라오는 그의 손길에서 뜨거운 체온이 느껴졌다. 그의 장밋빛 입술 새로 흘러나온 호흡이 귓불을 적신다.

케이가 상체를 비스듬히 숙이자 그의 몸이 조각상처럼 근사한 구도를 그렸다. 아름답고 섬세한 선을 가진 남자. 생각해 보면 아담은 어려서부터 신비로운 분위기를 풍겼다. 유리처럼 투명했던 소년이 저렇게 짓궂은 농담을 하고, 쉴 새 없이 야한 짓을 하고…….

"낯설어."

"낯선 걸 좋아하잖아, 소위님은."

그가 속마음을 꿰뚫어 보듯 말했다. 담담한 그의 눈동자가 오늘따라 가슴을 더욱 서늘하게 그었다. 심장 언저리를 칼날처럼 스치며 뛰는 두근거림이 느껴졌다. 섬뜩함과 설렘은 종이 한 장 차이였다. 등골에 핀 오싹함 위로 폭주 열차처럼 뛰는 맥박이 빠르게 내달렸다.

고개를 숙인 케이는 그녀의 가슴골에 치아를 박더니 물어뜯듯 빨아들였다. 붉은 흔적이 남은 그곳에 '촉' 입을 맞춘 뒤 다시 이를 내보이며 살점을 베어 물었다. 고개를 뒤로 젖힌 유림은 아기처럼 가슴을 빠는 그의 머리를 끌어안았다.

"더 해 줘."

무엇을 더 해 달라는지 그녀 스스로도 알 수 없었다. 가슴 끝이 열기로 딱딱해져서 끊어질 듯 부풀어 올라 통증과 쾌감이 교차하는 가운데, 온몸이 충족되지 않는 갈증으로 인해 바짝바짝 애가 탔다. 목이 까끌까끌하게 건조해져서 텁텁했다. 엉덩이 골 사이로 찌릿하고 흐르는 전류가 가랑이로 촉촉하게 흘러드는 게 느껴졌다.

'채워 줘.'

유림의 눈빛을 바라보던 케이는 한 손으로 그녀의 다리 사이를 벌리더니 긴 손가락으로 허벅지 안쪽을 어루만졌다. 몸을 들썩이며 더운 숨을 내쉬기 시작한 유림의 모습에 그는 잠시 고개를 들고 탁한 눈을 일렁였다.

지금 이 광경을 사진처럼 찍어서 눈에 담고 싶다는 생각이 들었다. 어쩔 줄 몰라 하며 몸을 들썩이는 그녀의 모습이 견딜 수 없이 사랑스러웠다.

"여기는 왜 이렇게 젖었어요?"

그가 입매를 느슨하게 풀며 물었다. 푹 찌른 손가락 하나가 간질이듯 속살을 살살 긁어내며 이기죽거리는데, 안달이 난 유림은 약이 오르는지 턱을 숙이고 눈을 치켜세워 그를 쏘아보았다. 그래서 뭐, 어쩌라는 듯이.

손가락 하나가 더 들어오더니 도톰한 속살 사이로 미끄러지듯 진입했다. 따뜻하고 쫀득한 내벽 사이를 들락날락하며 움직이던 손목이 점차 빠르고 깊게 빠져나가길 반복했다. 잔뜩 흐려진 그의 동공 속에 희열이 어리고 있었다. 좀 전보다 훨씬 광폭해진 눈빛은 갈기갈기 찢겨 나가려는 이성을 붙든 채 호흡을 조절하는 중이었다.

넣고 싶다.

손가락 대신 뜨거운 것을.

미끄덩한 점액이 거미줄처럼 손가락에 달라붙으며 딸려 나오자, 케이는 검지는 들어 혀로 손가락 끝을 할짝였다. 서늘한 눈매가 붓꼬리처럼 가늘게 휘었다. 더없이 달콤하다는 듯 눈웃음을 흘리는 그의 모습은 귀신도 홀릴 정도로 육감적이었다.

"먹지 마."

유림이 빨개진 얼굴로 톡톡거리자 그는 피식 웃었다. 그러고는 입가에 묻은 애액을 손등으로 닦으며 나직하게 물었다.

"그럼 소위님이 먹어 보는 건?"

"뭐를?"

되묻기 무섭게 그녀의 허벅지 안쪽으로 그가 몸을 밀착시켰다. 갈라진 살점 초입에 닿아 있는 그의 것이 방어하듯 오므린 다리 사이를 살금살금 파고들었다.

"나를."

그가 잠긴 목소리로 속삭이며 부드럽게 하체를 밀어붙였다. 미끄덩하고 들어온 것이 송곳처럼 안을 찔렀다. 유림이 엉덩이를 살짝 들자 케이가 팔로 그녀의 등을 끌어안으며 봉긋한 가슴을 깨물었다.

"아……."

단단해진 살점을 반쯤 넣자 그녀가 몸을 들썩거리며 반응을 보였다. 흐릿하게 풀어진 눈동자에 그의 모습이 맺혀 있었다. 그는 망설이는 눈빛으로 그녀를 내려다보았다.

마음이 파도처럼 출렁이며 흔들린다. 굳은 눈초리는 점점 부풀어 오르는 욕망과 달리 쉬이 밀어붙이지 못한 채 입술만 깨물고 있었다. 동요하는 그의 심정을 눈치챈 유림이 멈칫한 그의 허리를 하얀 다리로 칭칭 감으며 조였다.

"바보, 혼동하지 마. 난 이브가 아니야."

호통 치는 그녀의 목소리에 그의 눈이 흠칫 커졌다.

"지금의 난 유림이야. 그러니까 지금 날 사랑해 주는 것도 아담이 아닌 케이야."

멍한 표정을 짓던 그의 눈동자가 일렁였다. 늘 지켜 주고 있다고 생각했는데, 정신을 차리고 보면 커다란 날개로 보듬어 주고 있는 것은 항상 그녀 쪽이었다.

케이는 유림의 어깨를 손으로 꽉 누르며 허리를 더 깊게 밀어 넣었다. 강렬한 자극에 고개가 '읏!' 하고 뒤로 젖혀졌다.

살점과 살점이 마찰을 일으키며 찰싹한 소리를 일으켰다. 예상치 못한 진입에 유림은 이를 꽉 물었다. 다리를 부들거리며 떨었지만 그가 꼼짝도 할 수 없게 양 발목을 부채꼴로 벌려 잡고 있었다.

그는 그사이에 몸을 완벽하게 끼운 채 목울대에서 그르렁거리며 나오는 신음을 삼켰다. 미칠 듯한 쾌감에 사로잡힌 암갈색 눈동자가 허공을 떠다니며 멍하니 풀어졌다.

가까스로 정신을 차린 유림은 더운 숨을 섞으며 가쁜 목소리로 말했다.

"케이 거…… 내 안에서 두근대고 있어."

그는 그녀의 한마디에 흥분한 듯 위험하게 웃었다. 좀처럼 땀을 흘리지 않는 남잔데, 이마에 맺힌 땀이 그녀의 가슴골 사이로 후드득 떨어지고 있었다.

유림은 손을 뻗어 그의 가슴을 애무하듯 어루만지다가 정점의 돌기를 짓궂게 비틀었다. 그러자 그가 턱을 치켜들며 몸을 낮춘 표범처럼 나직한 신음을 뱉어 냈다.

아, 듣기 좋다.

흥분해서 낮게 흘리는 그의 목소리가 황홀할 정도로 달콤했다. 유림이 웃자 케이는 그만하라는 듯 눈을 내리깔며 잇새로 참는 미소를 머금었다.

"하……."

그럴수록 장난을 치는 그녀의 손짓에 그는 신음을 삼켰다. 괴롭힘을 당하며 뭔가를 억누르는 그의 얼굴이 더없이 섹시했다.

그는 허리를 살짝 뒤로 뺏다가 거칠게 밀어 넣더니 달려들 듯 키스를 하기 시작했다.

케이의 목을 칭칭 감은 그녀의 팔이 사르르 경련하며 떨렸다. 아랫입술과 목덜미를 녹일 듯 혀로 애무하던 그의 입술은 목선을 타고 쇄골을 핥고 가슴으로 향했다. 그는 꽃봉오리를 모으듯 그녀의 가슴을 한 손에 틀어쥐더니 봉긋하게 딱딱해진 꼭지를 이로 물어뜯으며 혀로 몽글몽글 빨았다.

유림은 어린 소녀처럼 가느다란 신음을 흘렸다. 울먹이는 듯 흐느끼다가 날카로운 교성을 섞기도 했다. 부드럽게 유영하듯 찰팍찰팍 움직이는 아래의 교접 부위에선 시큼한 향기가 흘러나와 머릿속을 마비시키고 있었다.

"소위님 심장, 굉장히 빨리 뛰네요."

"내 안에 있는 케이 것도 맥박이 엄청나게 빨리 뛰는걸?"

그녀가 아찔한 눈웃음을 흘리며 속삭였다. 그는 숨을 멈추고 그녀를 쳐다보았다. 입안에 머금은 호흡이 수증기처럼 뜨겁게 달아오르는 느낌이었다. 위험할 정도로, 일순 강렬한 자극이 등골을 짜릿하게 감고 치솟았다.

"야한 여자네요, 유림은."

"몰랐어?"

나른하게 웃지만 안간힘을 다해 참는 그의 눈빛이 아슬아슬한 줄타기를 하고 있었다. 그 모습을 보던 유림은 슬그머니 허벅지를 오므리며 힘을 주었다. 그러자 케이가 날카롭게 신음을 흘리며 황급히 시트를 짚었다.

숨 막히는 자극이 전신을 뒤덮었다. 온탕의 열기처럼 흐려져 있던 그의 눈동자가 아찔한 듯 멍하니 초점을 잃었다.

온몸이 쫄깃한 조임 속으로 빨려 들어가는 느낌이었다. 유림은 그를 흡입하듯 살점 사이로 잡아당기며 따뜻하고 촉촉한 온기를 선사했다.

"유림…… 그만."

나직한 신음을 억누른 목젖이 울컥거렸다. 유림은 살짝 엉덩이를 들며 그의 허리에 감은 다리를 몸 쪽으로 끌어당겼다. 그러자 쾌감에 힘을 빼고 있던 그는 속절없이 그녀에게 먹힌 채 끌려갔다.

젖은 통로가 회오리치듯 수축하며 그를 확 감은 채 빨아들였다. 머릿속이 하얘진다는 느낌이 뭔지 이제야 알 것 같았다. 그는 정신 못 차리는 눈빛으로 휘청거리며 침대를 짚더니 뜨거운 숨을 내뱉었다.

"케이의 그런 얼굴, 처음 봐."

그는 잇새로 희미한 웃음을 지었다.

"뇌수가…… 녹아 버리는 줄 알았어요."

뜨겁게 부푼 그의 것에 젖은 옷처럼 달라붙은 그녀의 내벽이 몽글몽글한 돌기들로 간질이듯 훑았다가 꽉 감싸길 반복했다.

그는 천천히 허리를 뺐다가 다시 집어넣었다. 그 어떤 마약보다도 강한 쾌감이다. 수백 번, 수천 번을 해도 질리지 않을 것 같은 강력한 쾌락 행위. 금방이라도 사정할 듯 울컥울컥 부풀고 단단해지는 성욕을 억누르는 것이 점차 버거웠다.

맞닿은 허리가 파도처럼 유연하게 움직였다. 거칠게 참는 숨소리 사이로 억누르는 듯한 신음이 새어 나왔다. 그는 살짝 턱을 든 채 그녀를 사선으로 내려다보았다. 마지막 이성의 끈을 잡고 있는 그의 표정이 견딜 수 없이 섹시했다. 유림은 뭔가에 목이 죄인 것처럼 아무 말도 하지 못한 채 그를 바라보기만 했다.

두려움과 기대감이 교차하면서 피가 빠르게 돌았다. 마치 델타와 교전하기 직전 양손에 검을 쥐고 호흡을 고를 때처럼 가슴이 뛰었다.

"지금의 난 아무것도 자제할 수가 없는데, 그렇게 해도 돼요?"

목이 잠긴 채 묻는 그의 음성이 귓가에 서늘한 숨결로 닿았다. 여기서 멈추게 하지는 말라는 듯 간절한 어조였다.

"된다고 허락해 줘요."

다정한 음색으로 다시 한 번 거부할 수 없는 청을 한다. 더운 숨에 섞인 나긋한 어조와 할짝이는 혀끝에 꿀을 바른 듯 달콤함을 풍기며.

"어서요, 유림……."

"소위님이라고 했잖아. 부탁하는 주제에 건방지게."

그 순간 그의 입가에 악마처럼 예쁜 미소가 번졌다. "아, 맞다." 웃음 밴 목소리로 대답하며 뺨에 쪽 입을 맞춘 그는 이지러진 눈빛으로 해사하게 웃었다.

천천히 허리를 움직이기 시작한 케이는 유림의 종아리를 잡고 활짝 벌리더니 가운데로 몸을 관통하듯 꽂아 넣었다.

"아앗!"

그녀가 고통에 찬 신음을 지르자 등골이 짜릿해지는 걸 느꼈다. 더 듣고 싶다. 그녀의 비명을, 교성을.

깊숙하게 묻은 몸이 따뜻한 물속으로 가라앉는다. 이제야 오롯이 그녀의 안에 진입한 느낌이었다. 뿌리부터 끝까지 완벽하게 하나가 된 일체감.

말로 형언할 수 없는 황홀경이 뒷골을 스쳤다. 척수가 산산조각

나서 입자 단위로 분쇄되는 듯한 충격이 모든 것을 녹여 내렸다. 이대로 자신은 사라진 채 그녀에게 흡수되어도 상관없었다.

배 속을 꽉 채우는 느낌에 유림은 다리로 그의 허리를 뱀처럼 휘감았다. 그녀의 반응에 멈칫한 케이의 동공이 일렁이며 흔들렸다. 영혼을 수축시키는 듯한 강력한 쾌감이 말초 신경을 번갯불처럼 자극하며 전신을 뒤흔들었다.

"어디까지 날…… 정신 못 차리게 할 생각이에요?"

그가 끊어질 듯한 목소리로 묻자, 유림은 하얀 발등을 그의 사타구니 쪽에 비비며 웃었다.

"케이는 영원히 나에게 미치지 않으면 곤란해."

"영원히?"

"응, 영원히."

그는 고개를 살짝 치켜들더니 허공에 멍한 동공을 뿌렸다. 눈앞이 뿌옇게 흩어졌다가 경련이 일었다. 뇌수를 잠식하는 쾌감과 함께 극강의 절정이 등골에 낙수하며 산맥을 따라 좌르르 퍼져 갔다.

유림은 반쯤 감긴 눈을 나른하게 뜨고 있는 그를 쳐다보았다. 그녀는 혼란스럽다는 눈빛으로 불안한 표정을 지었다.

"케이 거, 왜 아직도……."

의아하게 묻던 유림은 갑자기 숨을 헉 하고 들이마시며 침대 시트를 움켜쥐었다. 가랑이 사이의 묵직한 무언가가 딱딱해진 채였다.

그녀는 당황한 눈으로 그를 쳐다보았다. 흐트러진 그의 눈동자가 가슴 떨리게 육감적이었다. 늘 이성을 잃지 않고 여유롭던 남자가 이렇게 미쳐 있는 표정이라니.

고개 숙인 그는 그녀의 살결에 날뛰는 호흡을 파묻으며 나직이 중얼거렸다.

"나는 멈추려고 했어. 이건 소위님 때문이에요."

동이 트고 있음에도 두 사람은 쉼 없이 관계를 이어 갔다. 유림은 눈이 풀린 채 인형처럼 팔다리를 널브러뜨리고 있었다.

"케이…… 이제 그, 그만……."

그녀가 풀린 눈으로 부르르 떨더니 격한 경련을 일으켰다. 허리를 든 채 들썩거리며 흐느끼는 걸 보니 또 절정을 맞이한 모양이었다. 가녀린 몸으로 울음을 터뜨리며 몸을 바르르 떠는 모습이 견딜 수 없이 사랑스러웠다. 케이는 붉어진 눈을 일렁였다. 그리고 이미 수차례 물어뜯은 가슴에 다시 이를 박았다.

"아……."

힘없는 몸이 바닥을 기며 빠져나가자, 그는 그녀의 몸을 붙잡고 질질 끌어와 어깨 안에 가뒀다.

절대 놔주지 않는 손에 포기한 듯 유림은 몸을 털썩 떨어뜨렸다. 출렁이는 침대 위 초점 잃은 눈이 멍하니 호흡을 마셨다. 엎드린 채 벌어진 입술 사이로 숨소리가 새어 나왔다. 지친 목은 이미 다 쉬어 있었다.

툭 불거진 날개 뼈가 오들오들 떨며 몸을 동그랗게 말았다. 겹친 그의 몸이 또 한 번 그녀의 안에서 부서지고 있었다. 몇 번째인지 모를 파도에 울음을 터뜨리자 덮쳐 온 그의 입술이 목소리를 막았다.

마비된 몸은 감전된 것처럼 부들부들 흔들렸다. 통제할 수 없는 경련이 온몸을 수축시키고 있었다.

"그러지 말라니까."

키스를 하던 그가 움찔 입술을 떼며 말했다. 제대로 눈조차 뜨지 못하는 그녀의 눈에 그가 잇새로 머금은 곡선이 엿보였다. 위험하고도 아슬아슬한 미소가 그녀를 내려다보고 있었다.

"그러면 또 흥분되잖아."

"케이, 나…… 나 진짜 더 이상은……."

유림이 숨을 헐떡이자 그가 다정하게 키스했다. 울먹이는 그녀를 보며 케이는 미안한지 웃음을 머금고 부은 입술을 살짝 빨아들였다.

"한 번만 더 하면 안 될까?"

대답할 힘조차 없는 유림은 가쁜 숨을 내쉬며 케이의 목에 매달렸다. 유리처럼 깨진 몸이 너른 품 안에서 흠뻑 녹아내리고 있었다. 녹초가 된 그녀는 털썩 기절하듯 눈을 감았다.

"사랑해, 유림."

"으응……."

눈두덩에 입을 맞춘 그가 고즈넉한 눈동자로 고백했다.

"미안해, 너무 예뻐서…… 참을 수가 없었어."

거친 살 소리를 일으키며 몸이 엉켰다. 흐려진 눈에는 탁한 쾌감이 실려 있었다. 정신을 잃은 그녀의 몸에 허리를 붙인 그에게서 황홀감에 젖은 몸짓이 묻어나왔다.

인정한다. 이건 짐승 같은 짓이었다. 오직 그녀만을 향한 가장 원초적인 욕망이다. 처음부터 자신은 바로 이 순간만을 원했을지도 모른다는 생각이 들었다.

조각난 영혼과 육체가 그녀의 안에서 하나로 뭉쳐진다. 존재의 기억이 시작된 이후 처음이었다.

태어날 때부터 함께하던 절대적인 고독이 완전히 불식된 채 사라진 것은.

간헐적으로 몸을 떠는 유림의 옆에 케이는 털썩 쓰러지듯 엎드렸다. 한참 뒤, 여운이 가신 후에야 게슴츠레 눈을 뜬 그는 피식 웃으며 잠든 유림의 뺨을 어루만졌다.

"이 앙큼한 고양이, 감히 날 권속으로 만들었네."

영원한 복종과 절대적인 헌신 그리고 변함없을 사랑.

그 모든 것을 약속하며 그는 그녀를 끌어안고 가만히 눈을 감았다.

. . .

먼저 눈을 뜬 유림은 곤히 잠든 케이의 옆얼굴을 보고 배시시 웃었다. 그는 그녀를 결박하듯 품에 끌어안은 채 아기 숨소리를 내며 잠들어 있었다.

"그만 일어나, 케이."

귓가에 번진 그녀의 속삭임에 그의 눈꺼풀이 스르르 열렸다. 붉은 기가 옅게 남은 눈동자는 연한 암갈색 눈동자로 돌아와 있었다. 그는 멍한 얼굴로 그녀를 보더니 천천히 아름답게 웃었다.

"언제 일어났어요?"

낮게 가라앉은 목소리가 다정하게 물었다.

"아까. 잘 잤어?"

유림이 턱을 괴고 장난스럽게 묻자 케이는 당황한 듯 눈을 껌뻑였다.

"왜 그래?"

케이는 흘끗 고개를 들더니 수면 모드가 해제된 창문을 바라보았다. 햇살이 공기를 비추자 창가에 소금 가루가 뿌려진 것처럼 반짝이는 빛의 결정들이 보였다. 유림은 망연히 눈을 껌뻑이는 그를 보며 미간을 굳혔다. 그녀는 그의 가슴에 괴고 있던 턱을 들고 자세를 고쳐 앉았다. 그리고 심각한 눈빛으로 물었다.

"케이, 괜찮아?"

"잠을 잤어요."

그는 믿기 힘들다는 표정으로 바보처럼 웃고 있었다.

"처음이에요."

"뭐가?"

"처음으로 나도 잠을 잤어요."

그는 어리둥절한 표정을 짓는 그녀를 와락 끌어안더니 쪽 입을 맞췄다. "처음?" 하고 중얼거리던 유림은 그에게 안긴 채 고개를 갸웃거렸다. 케이는 기분 좋은 목소리로 생긋 웃으며 말했다.

"잠에서 깬 아침은 굉장히 눈이 부시네요."

그의 품에서 벗어난 유림은 햇살에 비친 그의 눈동자를 바라보았다. 투명한 갈색 동공엔 그녀가 비쳐 있었다. 그녀를 오롯이 담고 있는 그의 행성에는 연신 행복한 웃음이 번져 구름처럼 떠다녔다.

"바보. 그만 웃어."

"한 번 더 할까요?"

턱을 괸 채 생글생글 웃는 그에게 유림은 새침한 눈초리를 짓다가 슬그머니 안겼다. 알몸으로 안기는 그녀를 끌어안은 채 침대에 눕힌 그는 쪽 키스를 하며 낮게 웃음을 터뜨렸다.

"겨우 한 번만?"

"어제 그게 한 번."

"중사는 늑대야."

까르르 웃던 유림이 돌연 진지한 표정을 짓더니 미간을 굳히고 말했다.

"나, 자연적으론 아이를 가질 수 없댔어."

그녀의 정수리에 입을 맞추며 내려오던 케이의 눈이 커졌다. 유림은 그의 맨가슴을 만지작거리며 시선을 슥 피해 중얼거렸다.

"불임이래. 생식기 내부가 이상하게 산도가 높아서…… 뭐, 어차피 인공자궁 쓰면 상관없는 문제긴 하지만."

아쉽고 서운하다는 표정으로 말하는 그녀를 보며 케이가 웃음을 터뜨렸다. 누구 딸 아니랄까 봐, 저럴 때는 영락없이 사라와 판박이였다.

"왜 웃어? 진지하게 말하는 거야. 나도 전엔 상관없었는데, 왠지 케이와 아이를 가질 거면 직접 갖고 싶어서……."

"알아요."

우물거리며 말하는 유림의 모습이 너무 사랑스러워서 케이는 그녀의 얼굴에 자잘한 키스를 퍼부었다. 그리고 그녀의 아랫배를 따뜻하게 어루만지며 볼웃음을 머금었다. 유림은 머리카락을 손가락에 빙글빙글 감으며 민망한지 뺨을 붉혔다. 케이가 이렇게 예뻐 죽겠다는 눈빛을 지을 때가 제일 부끄러웠다.

"그건 불임이 아니에요."

그가 비스듬히 내리깐 눈으로 비긋이 웃으며 말했다.

"내 아이만 가질 수 있다는 증거지."

한가득 쏟아지는 햇살 속에서 부푼 이불 사이로 검은 머리칼들이 부채처럼 펼쳐진 채 구불구불 흩어져 있었다. 하얀 이불에 몸이 돌돌 말린 주인공은 가느다란 팔다리만 곁가지처럼 쏙 빼냈다. 유림은 폭신폭신한 느낌이 기분 좋은지 나른한 표정으로 웃으며 애벌레처럼 꼼지락꼼지락 움직였다.

케이는 손으로 머리를 받치고 옆으로 누운 자세로 눈초리를 휘며 웃었다. 태평하게 늑장을 부리는 그녀의 모습이 여간 귀여운 게 아니었다. 요부처럼 다리를 감고 유혹하던 그녀도 좋지만, 그의 품에서 꿈틀대며 어리광부리는 유림 역시 사랑스럽기 그지없었다.

그는 이불 사이로 얼굴만 내밀고 배시시 웃는 유림을 보며 연신 예쁜 곡선을 머금었다. 그녀의 입술에 쪽 입을 맞췄다. 눈을 감은 채로 행복한 듯 웃고 있는 그녀를 보고 있자니 심장 판막이 찌르르 울리는 느낌이었다. 유림은 계속해 달라는 듯 꽃잎처럼 입술을 쭉 모은 채 내밀고 있었다.

"더 키스해 줘."

칭얼거리며 속삭이는 유림의 목소리에 그는 눈을 비스듬히 감더니 그녀의 양 볼을 부여잡고 입 맞추기 시작했다. 다시 그녀의 위로 올라간 케이는 유림의 몸을 데굴데굴 굴려서 이불을 걷더니 봉긋한 가슴을 움켜쥐었다.

"자꾸 그러면 못 참겠는데."

"그러라고 그런 건데?"

몸을 살짝 일으킨 유림은 케이의 목덜미를 혀로 슥 핥으며 그의 허벅지를 손끝으로 더듬더듬 어루만졌다.

"아, 정말…… 예뻐 죽겠네."

간신히 참으며 속삭이는 그의 목소리에 웃음이 묻었다. 그녀는 숨을 자르르 떨었다. 감히 상관을 농락하다니, 그렇게 느긋하게 희롱하지 말라고 하고 싶지만 못 견디게 육감적인 그의 자태에 심장이 터질 듯 뛰었다.

"그럼 더 예뻐해 줘."

"예뻐할 곳을 보여 봐요."

어서 해 보라는 듯 그가 생긋 웃으며 기다리고 있었다. 유림은 흘끔 눈치를 보더니 허리를 비틀며 가랑이를 수줍게 열었다.

그의 입술이 허벅지 사이를 파고들며 도톰하게 벌어진 고살로 향했다.

구름처럼 뭉개진 이불이 펄럭이며 두 사람의 그림자를 뒤덮었다. 이어진 유림의 신음 소리가 끊어질 듯 흘러나오자, 그녀의 다리를 들고 달아오른 속살을 달콤하게 맛보던 그의 웃음소리가 이어졌다.

"그런데 어째서 동족상잔이 금지인 거야?"

유림은 한쪽 뺨을 케이의 팔베개에 대고 알몸으로 엎드린 채 물었다. 그녀는 땀에 젖은 머리칼을 손가락으로 돌돌 감으며 풀고 있었다. 고양이가 앞다리를 쭉 뻗고 스트레칭을 하는 것처럼 묘하게 요염한 자세였다.

그 옆에 누워 있던 케이는 한바탕 땀을 뺀 몰골이었다. 그는 조금 몽롱하게 풀어진 눈으로 천장을 바라보다가 몸을 살짝 일으켜 그녀를 응시했다. 그와 눈이 마주치자 유림이 애교를 부리며 입꼬리를 말아 올렸다.

"또 예쁨받고 싶어요?"

그가 나직한 목소리로 물으며 그녀의 엉킨 머리칼을 긴 손가락으로 살살 풀어 주었다. 애무하듯 다정한 그의 손길에 유림은 뺨을 슥슥 비비며 기분 좋게 웃었다. 좀 전에 절정을 맞으며 침대에 몸을 툭 떨어뜨리던 표정과 아주 흡사한 얼굴이었다.

"해도 돼요?"

"질문에 먼저 답부터 해."

"아, 질문."

케이는 눈을 지그시 감았다 뜨며 한 줄기 남은 이성으로 눈을 일렁였다. 붉어진 그의 눈빛에 파도치듯 흐르는 연갈색 빛이 오묘하게 춤추듯 흩어졌다.

"모성을 떠난 우리는 뿔뿔이 흩어졌어요. 반려자만 데리고 자취를 감춘 이들이 대다수였죠. 일족 자체가 워낙에 개인주의적인 성향이 강했고, 타인에게는 눈곱만큼도 관심 없는 종족이거든요. 인류처럼 군집을 이루려는 욕망도 없고, 종족 번식을 위한 본능도 없고, 성욕은 존재하지만 그것도 짝을 이룰 때만의 이야기고요. 본래 우리 일족은 양성이었다는 설도 있었으니까요. 개체 홀로 너무 완벽하다고 해야 하나?"

"양성? 그럼 혼자서 번식이 가능하다는 얘기야?"

"이건 어디까지나 전설로만 전해 내려오는 이야기지만 아주 오래전 우리 선조들은 성체가 되면 양성 중 한쪽 성을 택할 수 있었다고 해요. 하지만 그게 멸족의 시초가 될 줄은 아무도 예상하지 못했죠. 여성체보다는 남성체가 더 강하고 아름답다는 인식 때문에 성체가 된 녀석들이 죄다 남성체를 선택해 버렸거든요. 남성체는 아이를 갖지 않으니 더 편한 면도 있었고요."

그의 손가락이 척추 뼈가 툭 튀어나온 그녀의 마른 등을 감상하듯 부드럽게 어루만졌다.

"아이들의 선택이 한쪽 성으로 몰리게 되자, 어느 순간부터 태어나는 아이들은 더 이상 양성의 몸이 아니었어요. 자연의 섭리인 건지 이유는 알 수 없지만. 그러나 이미 그 시점에 여성체들은 찾기가 어려워진 상태였죠. 반려를 이룰 암컷이 없어지자 일족의 수는 점점 줄어만 갔고, 동족상잔 금지는 아마 이때부터 나온 이야기일 거예요. 그럼에도 불구하고 결국 우린 멸족의 위기에 처하고 말았어요. 이에 노아는 일족 중 남은 아이들을 모아 모성으로 귀환할 것을 결정하게 되었죠. 그게 바로 엘과 미카엘, 나, 그리고……."

"그리고?"

"한 명 더 있어요. 그는 다른 부족 출신인데 멸족되고 홀로 남은 걸 노아가 데려왔을 거예요. 그날 방주가 폭파될 때 죽은 줄 알았는데."

그의 시선이 보드라운 살갗 사이로 물 흐르듯 향했다. 뽀얗게 부푼 곡선에 시선을 뺏긴 눈동자는 갈피를 잃은 채 흐려졌다.

"우린 죽는 것도 쉽지 않은 녀석들이거든요. 녀석도 여차저차 살아남은 거겠죠. 지금쯤 숨을 죽인 채 상황을 엿보고 있을 거예요."

"엘 카인은 그때 보니 해괴한 능력이 있던데, 입실론들의 ESP와 느낌이 비슷했어."

입실론들이 엘 카인의 권속이니 그들의 능력은 결국 그에게서 비롯된 것이라 봐도 무방했다.

"엘은 원래 치유가 전문이에요. 그는 자신이 만들어 낸 공간 내에서 모든 것을 복구하고 변환시킬 수 있어요. 예를 들어, 유림이 몸에 상처가 난 채로 그의 공간에 들어간다면 그는 상처 부위를 원상태로 회복시켜 줄 수 있죠. 그의 공간 내에서 입은 영향은 공간 밖에서도 유효해요. 인간으로 치면 예술가 혹은 사제 같은 인물이랄까? 녀석은 유림처럼 근접 전투 능력이 뛰어나진 않지만 염력이 특기니까 조심하는 게 좋아요."

유림은 게이트 위에서 벌였던 그와의 전투를 떠올렸다. 그렇게 얻어 터져도 금방 멀쩡해진 건 '그의 공간' 속에 있어서 그런 거였나? 그녀는 골치 아프다는 듯 미간을 찌푸리며 물었다.

"총 맞아도 멀쩡하고 바닥에 추락해도 안 죽는데, 대체 어떻게 죽여야 돼?"

"우리는 서로의 피가 치명적이에요. 동족의 피가 섞이면 소멸에 이르게 되거든요. 바이러스에 감염돼서 죽는 것처럼 말이에요. 개체 하나하나가 너무 순수하고 강력한 존재라서, 설사 동족이라고 해도 자신의 체내에선 이질적인 것으로 치부해 버리는 거죠. 받아들일 수 있는 건 오직 본인과 짝을 이룬 반려뿐이라더군요."

"흐음…… 심장이나 목이 잘려도 되살아난다는 거야? 무슨 좀비도 아니고."

"절단된 살점끼리는 가까이 가면 다시 붙으려는 관성이 있어요.

엘 카인의 경우, 녀석은 타인은 빠르게 치유해도 자가 치유는 좀 느린 편이거든요. 온몸을 조각조각 내면 아마 회복하는 데 꽤 오래 걸릴 거예요. 회복 중에 다시 조각을 내 버린다면, 어쩌면 영원히…… 그런 상태로 살아야 할 수도 있겠죠."

"좋은 방법이네."

케이는 그녀의 마른 등을 뒤에서 끌어안으며 속삭였다.

"직접 복수하고 싶은 거예요?"

"응."

"유림이 원하는 대로 해요."

"괜찮아? 케이도 복수하고 싶잖아."

"어차피 동족상잔은 금지예요."

그래서 동족을 죽이려면 권속을 이용하는 수밖에 없다. 그가 그녀에게 접근했던 이유였다. 유림은 곁눈질로 등 뒤의 그를 응시했다. 재밌는 아이러니였다. 그녀를 위한 복수에 그녀를 도구로 이용하고자 했다니.

"게다가…… 지금도 내 본능은 하루에도 수십 번씩 유림에게 복종하라고 속삭여요."

그는 유림의 맨어깨에 입을 맞추며 말했다.

"유림의 바람을 실현시키는 것. 그게 내 삶이 된 거니까."

"그럼 침대에서도 좀 복종해 보시지?"

멈칫한 그가 그녀를 빤히 보더니 입가에 호선을 그렸다.

"그건 유림의 바람이 아닐 텐데요?"

"뭐?"

"섹스할 때 복종하는 남자는 싫어하잖아요."

케이가 그녀의 어깨를 잡아서 뒤로 털썩 눕히자 긴 머리카락을 부채꼴로 펼친 채 누운 유림의 입꼬리가 기분 좋게 말려 올라갔다.

"그건 어떻게 알았어?"

"유림에 관해 모르는 건 없어요. 아마 숨소리만 듣고도 어떤 상태인지 알 수 있을걸요?"

아이스크림처럼 봉긋한 가슴을 쪽 빨아먹은 케이가 그녀의 가랑이를 잡아서 양쪽으로 쭉 찢어 벌렸다.

"또?"

"싫어요?"

그는 뜨뜻한 물이 함께 새어 나오는 그녀의 허벅지 안쪽을 손가락으로 찌르며 만족스럽게 웃었다.

"좋은 거 같은데?"

눈초리를 치켜세운 유림은 그의 쇄골이 코앞에 다가오자 이를 콱 박아 넣었다.

"시끄러워, 이 변태 같으니."

강렬한 쾌감에 그가 낮게 신음을 흘리며 그녀의 입술을 찾아 헤맸다. 서로의 몸을 한 치의 틈도 없이 끌어안으며 키스를 나눴다. 할짝이는 혀가 입가를 다 핥아먹고 가슴을 터뜨릴 듯 주무르던 끝에, 유림은 몰아쉬는 숨 사이로 헉헉대며 말했다.

"나…… 임신했으면 어떡해?"

케이의 눈이 멈칫하더니 그녀의 배를 응시했다.

"아닐걸요?"

"확실해?"

"유림이 임신했으면 내가 모를 리가 없어요. 그것보다 임신시켜도 돼요?"

"안 돼."

유림이 딱 잘라 말하자 케이는 낙담한 눈빛을 지었다. 빤히 쳐다보는 그의 눈동자가 불만을 가득 품고 있었다.

"안 돼, 안 된다니까! 적어도 십 년은 뒤에 할 거야."

"무슨 십 년씩이나……."

"난 애 엄마 되는 게 세상에서 제일 끔찍해. 그렇게 갖고 싶으면 케이가 낳든가! 애가 빽빽 우는 건 상상만 해도 지옥 같단 말이야."

"울어도 예뻐요."

그는 귀를 막고 고개를 절레절레 흔드는 그녀를 품에 안으며 달콤하게 입을 맞췄다. 그녀의 아랫입술을 혀로 핥으며 웃은 케이가 나긋하게 속삭였다.

"유림이 못 봐서 그래요. 아기였던 이브가 얼마나 예뻤는데."

유림은 귀를 막고 있던 손을 떼며 새침하게 물었다.

"얼마나 예뻤는데?"

"세상에서 제일 사랑스러웠죠. 내 삶에 하나뿐인 보물이었는데. 존재하는 것 자체로 하루하루 기쁨을 안겨 줬어요. 이브를 위해서라면 내 생명 따위 하나도 아깝지 않았으니까."

그녀는 케이의 뺨을 어루만지며 옅게 웃었다.

"사랑해, 케이."

알몸의 그녀를 끌어안고 허리를 움직이던 그가 몸짓을 멈췄다. 놀란 듯 커다래진 눈이 그녀를 물끄러미 내려다보고 있었다. 유림은 그의 등을 끌어안으며 자잘한 입맞춤과 함께 다시 고백했다.

"아주 많이 사랑해. 내게 있어 가장 사랑스럽고 소중한 사람도 케이란 걸 잊지 마. 사랑해, 케이……."

그의 몸에서 경련이 느껴졌다. 울컥하는 숨소리가 정수리에서 들려왔다. 계속해서 허리를 움직이던 그는 그녀의 속살 안에서 와르르 무너지듯 따뜻한 파정을 쏟아 냈다.

아아, 사랑한다고.

그녀가 나를.

"사랑해, 유림."

목멘 목소리가 그녀를 절박하게 끌어안은 채 속삭였다.

· · ·

"그런데 여긴 정말 예전 그대로네."

토스트를 먹던 유림이 지나가듯 물었다. 요거트를 만들던 케이는 타이탄이 깎은 사과를 접시에 담다 말고 멈칫 그녀를 쳐다보았다. 유림은 접시 하나, 소품 하나 변함없는 집 안을 보며 신기하다는 표정으로 우물거렸다. 그런 그녀를 말없이 응시하던 그는 헛기침을 두어 번 하더니 대답했다.

"화재가 한 번 나긴 했었는데 복원했어요."

"화재? 이불이랑 그런 건 다 그대로던데. 엄마가 만든 퀼팅도 그렇고."

"그런 건 미리 다른 곳에 옮겨 놓았거든요."

"미리? 불날 걸 알기라도 했어?"

유림이 눈을 동그랗게 뜨며 물었다. 케이는 시선을 회피하더니 애써 미소 지으며 대답했다.

"그건 아니지만 잠시 집을 비워 뒀었어요. 박사님 몸도 안 좋으셨고."

박사님이란 말에 유림의 표정이 멈칫했다. 그녀는 괜히 딴청을 피우며 테이블을 만지작거렸다. 그리고 "아, 맞다!" 하고 외치면서 화제를 돌렸다.

"타이탄도 그때 이렇게 된 거야?"

잠시 침묵이 내렸다. 케이는 허공을 응시하다가 그녀를 향해 묘한 시선을 던졌다. 속내를 읽으려는 듯 빤히 응시하는 기색이었다.

'아직 기억이 완전히 돌아오지 않았나? 아니면…….'

유림이 고개를 살짝 갸웃거리며 말간 눈을 깜빡거리자 그는 다정하게 웃었다.

'모른 척하고 있는 걸까?'

지금 그녀의 영혼은 어느 쪽에 머물러 있는 것일까? 헤벨에 있는 걸까, 아니면 알혼 섬에 있는 것일까?

곧 떠나 버릴 조각구름처럼 그녀가 손안에서 겉도는 느낌이었다.

"그렇죠. 타이탄도 그때 화재로 심한 손상을 입었으니까."

─ 저는, 그, 전에, 이미, 손상을…….

"타이탄, 뮤트."

닥치라고 명하는 그의 섬뜩한 미소에 타이탄은 얼른 입에 지퍼를 채웠다. 케이는 타이탄의 각진 어깨를 잡더니 혹시 모를 사태를 대비해 아예 전원을 꺼 버렸다.

케이를 바라보던 유림도 더는 캐묻지 않았다. 그녀는 식탁 화면에 간간이 떠오르다 수면 밑에 잠기듯 사라지는 바딤과 사라의 사진을 응시하며 우유를 홀짝홀짝 마셨다.

때로는 진실을 아는 게 두려울 때도 있다.

바딤의 웃는 얼굴이 물그림자처럼 어스름이 번지며 자꾸 눈가에 머물렀다. 유림은 윤곽만 남은 채 떠도는 그의 실루엣을 손으로 조심스럽게 어루만졌다. 그의 모습이 뭉개진 연필 선처럼 흐려지자 그녀는 울음을 참듯 필사적으로 입술을 깨물었다.

때로는 현실이 더 가혹하다.

케이는 하얀 의자 위에 몸을 옹송그리고 앉은 유림을 바라보았다. 그는 뒤로 천천히 다가가 그녀의 어깨를 끌어안았다.

"또 궁금한 건 없어요?"

유림은 귓가에 닿는 그의 입술을 향해 곁눈질을 던졌다. 은은한 우드 향이 났다. 해질녘 불어오는 바람 냄새를 닮은 향기다.

"케이는 쭉 혼자 지냈어?"

"그게 제일 궁금해요?"

목덜미에 입을 맞추던 그가 웃으며 되물었다.

그녀의 시선이 다시 식탁 화면으로 향했다. 차가워진 손가락 끝을 오므리던 그녀는 고집스럽게 턱을 끄덕끄덕 주억거렸다.

"키스해 주면 대답해 줄게요."

유림은 그의 어깨에 뒷머리를 부비며 고양이처럼 애교를 부렸다. 그러자 케이는 기분 좋은 듯 웃음을 터뜨렸다. 그녀가 가장 먼저 던진 질문이 결국 그에 관한 것이라는 게 기쁘고 사랑스러웠다. 그는 유림의 턱을 잡더니 입을 맞추고 혀를 섞었다.

"곁에 다른 사람은 없었어?"

"있던 적도 있었지만 대개 쭉 혼자였죠."

그는 탁해진 눈으로 정신없이 키스를 하며 대답했다. 혀를 떼었다가 다시 넣기를 반복하던 그의 몸이 점차 그녀에게 밀착하며 붙었다. 유림은 가빠진 숨과 눈빛으로 그를 쳐다보았다.

'있던 적이라면…… 누구?'

머릿속에 불현듯 블랙 스완을 타고 왔던 사샤의 모습이 떠올랐다. 왜 그 여자가 생각났을까?

기억을 곱씹던 유림은 애써 담담한 척하며 다시 물었다.

"왜?"

"이브가 없었으니까."

가슴이 사르르 녹으며 안심했다. 유림은 빙그레 웃으며 '그럼 그렇지'라는 표정을 지었다. 반면 케이는 심술 맞은 눈빛으로 그녀를 바라보았다.

"하지만 이브는 즐겁게 잘 지냈나 봐."

"내가?"

"헤벨에서."

"응."

"밀러 중령과."

"응?"

고개를 연거푸 끄덕이던 유림이 움찔하며 눈을 치켜떴다.

그가 비스듬한 시선으로 그녀를 내려다보고 있었다. 아름다운 눈초리를 길게 늘어뜨린 채 짐짓 못마땅한 기색으로.

"잘 때도 '밀러, 밀러!' 하면서 잠꼬대를 하던데."

"그야 몇 년이나 못 봤으니 그렇지."

"잠꼬대를 할 정도로 보고 싶었어요?"

"그거야 밀러는 가족이고, 오빠고, 상사고, 또……."

"오빠?"

유림은 아차 하며 입을 다물었다. 케이가 이성을 잃은 채 웃고 있었다.

"얼마 전에도 오빠 얘기를 한 적 있었죠? 나는 내심 내 얘기인 줄 알고 기대했는데."

이럴 때는 왜 이렇게 머리가 잘 돌아가는지. 바로 그때 기억이 떠올랐다. 유림은 난감한 표정으로 허공을 보며 딴청을 부렸다.

"내가 아니라 마이클 밀러 함장 얘기더군요."

"언제는 아빠 같은 오빠 따위 되기 싫다며?"

유림이 쏘아붙이자 생긋거리던 그의 입매가 일자로 다물렸다.

"이브."

나직하게 부르는 그의 목소리에 유림은 슬그머니 시선을 회피하며 딴청을 부렸다.

"나는 네 눈길이 잠시 머무는 물건 하나에도 질투가 나."

"그래서 좋아."

유림이 배시시 웃으며 곁눈질로 덧붙였다. 케이는 미간을 세우고 눈치를 보는 그녀를 쳐다보았다. 그는 기가 막힌 듯 헛웃음을 흘렸다. 이럴 땐 한없이 어린 그녀였다. 언제쯤 알아줄까? 이 절박한 마음을.

"난 온종일 머릿속으로 널 범하는 상상을 해. 세상을 다 멸망시켜 버린 뒤 너와 나만 존재하는 행성 속에서 영원히, 정신이 나갈 때까지, 네가 미쳐서 헐떡이며 울부짖을 때까지 그렇게 서로의 몸을 섞으며 교접하고 싶다고…… 그런 광기 어린 생각을 해. 이브는 이런 내가 싫을까?"

유림의 눈이 멍하니 커졌다. 말문이 막힌 표정으로 창백해지는 그녀를 보며 케이는 금세 후회 어린 눈초리를 했다.

"지금 한 말은 잊어도 돼. 괜한 헛소리니까."

그는 고개를 숙여 그녀의 핏기없는 입술에 가볍게 입을 맞췄다.

"사랑해, 이브."

"……."

"네가 존재하던 순간부터 나는 매 순간 매초, 널 숭배하며 기다렸어. 사라의 품에 안겨 세상 밖으로 나온 너를 처음 본 날 깨달았지. 나는 오로지 너를 만나기 위해 그 먼 여정을 날아왔다는 것을. 이 행성에서 날 묶어 둘 수 있는 유일한 중력은 너뿐이라는 것을. 나는 네 권속이 될 운명이었고, 너를 향한 내 감정은 누구보다도 간절하고 절실하지만…… 그만큼 널 제외한 다른 모든 것에는 한없이 무자비하다는 뜻이기도 해. 내가 인간적일 수 있는 건 오직 널 포함한 범위 내뿐이니까."

아담. 그 이름으로 불릴 때만큼은 그도 한 명의 인간이었다. 그리고 그를 그 울타리에 가둘 수 있는 것은 오직 이브뿐이었다.

"부디 네가 이런 날 멸시하지 않았으면 해."

그의 한숨이 부드러운 가슴 언덕 언저리에서 혜풍처럼 머물렀다. 유림은 지친 듯 이마를 맞대고 툭 기대는 케이를 끌어안았다. 그녀는 걱정 말라는 어조로 속삭였다.

"나와 아담 사이에 그려진 궤도는 무엇으로도 끊어 놓을 수 없어."

그는 그녀의 연실에 묶인 조각달이었다. 그녀의 삶의 조석은 그의 인력 없이 일어날 수 없었다. 둘은 서로에게 그런 존재였다. 서로가 서로를 휘어감은 채 뿌리를 박고 끝없이 뻗어 나가는 연리지처럼.

케이는 조금 안심한 듯 낮게 웃었다. 매 순간 그녀의 사랑을 확인해야만 단비 같은 안도가 찾아오다니, 불치병에라도 걸린 기분이었다.

"예전에도 지금도 내 바람은 오직 하나뿐이야. 이브를 위한 낙원을 짓는 것. 이번에야말로 실현시키고 싶어. 서로가 서로를 안고 광활한 시간을 부유할 수 있도록…… 영원히, 우리 둘만의 낙원 속에서."

그의 말에 유림은 마음이 뒤숭숭한 표정을 지었다.

'이렇게 평온해도 되는 걸까?'

구름 위를 떠다니는 행복에 휩싸여 모든 게 비현실적으로 느껴졌다. 매일 이어지는 그의 달콤한 키스와 쾌락을 안겨 주는 손길, 그 모든 것이 머릿속을 엿가락처럼 흐물흐물 녹여 버린다.

하지만 어디선가 불길한 그림자 하나가 개미처럼 살금살금 다가오고 있다는 걸 알 수 있었다. 등 뒤의 모골이 송연한 느낌. 일말의 감각이 가슴 한편에 압정처럼 남아서 불안감을 선사한다.

'이렇게 시시한 사랑 놀음이나 하고 있을 때야? 지금 이 순간에도 남태평양에서는 피 튀기는 접전이 일어나고 있을지도 모르는데?'

적막한 허공 속에서 '핏' 하고 뉴스 속보가 떠올랐다. 안드로이드 리포터 하나가 에덴 타워 앞에서 격앙된 음성으로 속보를 전하고 있었다.

─ 우리야 세르게이 총사령관이 낙원의 새 관리자 후보로 위즈덤의 대표인

알렉스 아브라함을 추천했습니다. 알렉스 아브라함은 스타시티의 대니얼 아브라함 회장의 독자이자 유일한 상속자로서 황금의 바벨탑 내에서 솔로몬이라는 이름으로 활동 중입니다. 그는 그간 기억의 도시에서 실질적인 실세로 군림하며 사업가들 사이에서 큰 영향력을 발휘해 온 것으로 알려져 왔습니다…….

케이에게 안겨 있던 유림은 굳은 얼굴로 허공에 뜬 화면을 쳐다보았다.

"저게 무슨 소리야? 솔로몬이 평의회에 들어갔다고?"

겨우 사나흘 남짓이었다. 이곳에서 그와 함께 짧은 행복을 만끽하는 동안, 낙원에서는 명실상부 권력 교체가 이루어지고 있었다.

고요하던 거실의 정적을 깨뜨린 뉴스 속보는 어스름한 실내에 불편한 빛을 발사했다. 타이탄이 며칠 전에 기록해 둔 인터뷰 영상이었다.

– 아, 안녕하십니까? 나, 나츠 시게노입니다…….

불안에 떠는 눈동자로 서 있는 나츠와 그 옆에서 웃고 있는 우리야의 모습이 보였다. 반대편에는 흡족한 눈빛으로 서 있는 조셉 에반스도 있었다. 차분한 얼굴로 지켜보던 케이가 입술을 열었다.

"솔로몬의 짓이에요."

우리야 세르게이는 저런 섬세한 그림을 그릴 인물이 못 된다. 평생 군인으로 살아온 그는 전투 전략이라면 몰라도 여론 몰이와 감정 호소에는 문외한일 터.

"이게 다 대체 무슨 소리야? 새 관리자 후보 추천이라니? 엘 카인은 어떻게 된 건데?"

– 관리자인 엘 카인은 현재 잠적한 상태로 행방이 묘연합니다. 세르게이 총사령관은 군부대를 소집하고 그를 찾기 위해 총력을 기울이고 있습니다. 평의

회에서는 엘 카인을 관리자에서 해임하는 안건이 심의 중인데, 제인 왓슨이 부재라 사실상 이미 해임된 것과 마찬가지입니다. 새로운 관리자 후보로는 우리야 세르게이와 알렉스 아브라함 두 사람이 물망에 오른 것으로 알려졌습니다.

"우리야 세르게이 총사령관은 죽었잖아! 설마…… 클론이야?"

유림이 케이를 돌아보며 물었다. 불안한 눈동자가 낭패를 예감한 듯 동요하고 있었다.

케이는 향긋한 커피가 담긴 머그잔을 손으로 들며 고개를 끄덕였다. 여유로운 미소를 내보인 그는 유림과 달리 별다른 걱정을 하지 않는 눈치였다.

"솔로몬이 결국 평의회를 장악했다는 의미죠."

역시 저 남자의 목표는 낙원 그 자체였다. 주민들을 상대로 이미지 메이킹을 하고 있었을 뿐, 우리야 세르게이도 나츠도 모두 본인의 인기몰이를 위한 도구였다.

"보통 수완가가 아니에요. 델타의 대항마로 만든 병기형 안드로이드를 봐요. 공중 정원 테러 사건 때 구조대로 슬쩍 투입하더니, 낙원을 지키기 위한 수호대로 그럴듯하게 포장했잖아요. 안 그래도 기존 군부에 실망한 주민들이에요. 결국 다들 안드로이드를 로스티아벤의 병력으로 쓰는 것에 찬성하게 될 거예요."

교활하지만 배짱이 두둑한 자였다. 경험도 연륜도, 그에 관한 지식과 전략도 최고 수준이었다. 철두철미한 데다가 비정하고 참신하기까지 한데, 위즈덤의 대표로서 'AI의 아버지'라고까지 불리고 있었다. 어쩌면 이 남자는 인간이지만 유일하게 안드로이드를 이길 수 있는 두뇌의 소유자일지도 모른다. 그는 결국 그 뛰어난 지적 능력으로 빚은 칼날을 동족인 인류를 향해 겨누리라.

"어쩌면 우리들의 가장 큰 적은 엘 카인이 아닌 솔로몬인지도 몰라요."

식은 커피를 내려놓은 케이가 가라앉은 표정으로 말했다. 무거워진 눈빛만큼이나 그의 목소리도 한층 더 차갑게 내려앉았다.

"저 남자는 스스로 진화해 이 행성의 지배자가 되고 싶었던 모양이에요. 그런데 느닷없이 외계에서 들이닥친 이들의 전쟁에 상당히 심기가 불편했을 거예요. 이 남자는 일족의 번영을 바라거나 거대한 업적을 세워 인류에게 인정받는 것엔 관심 없어요. 지극히 개인적인 호기심이고, 오로지 본인의 이기심을 바탕으로 한 좁고도 깊은 샘을 가지고 있죠. 우리들이 지닌 생물학적인 차이에 관해 잠시 흥미를 보였을 수도 있지만 본인에게 적용할 수 없다는 걸 깨달은 순간, 순식간에 효용 가치를 따진 뒤 대비책을 세워야 할 적으로 간주했을 거예요. 그리고 그 과정에서 나온 게 병기형 안드로이드들인 거죠."

유림을 케이를 쳐다보았다. 순식간에 솔로몬을 분석해 내는 그의 모습에 새삼 감탄이 흘러나왔다.

"그는 왓슨 3세와 스마트 더스트가 있는 로스트 헤븐에 본능적으로 이끌려 왔어요. 인류의 지능 수준을 뛰어넘는 테크놀로지의 냄새를 귀신같이 맡고 온 거죠. 엘 카인마저 저 남자와는 한 번도 정면 대결을 벌인 적이 없어요. 그만큼 얕잡아 볼 상대가 아니라는 건데…… 저자가 흥미를 가질 만한 요소로 접촉해 보는 게 좋겠어요."

"흥미를 가질 만한 요소?"

케이는 유림의 곁으로 다가와 그녀를 가만히 안았다. 그의 눈동자가 웬일로 불안하게 물들어 있었다. 일렁이는 눈빛에는 품 안의 그녀만큼은 절대 지켜 내겠다는 각오가 서렸다.

"워낙 노련한 상대라 웬만한 미끼로는 걸려들지 않을 거예요."

그는 유림의 정수리에 턱을 괴고, 정면 인터뷰 영상에 캡처된 조셉 에반스의 얼굴을 날카롭게 노려보았다.

알림

미확인 물체(1)가 접근 중입니다.

대응하시겠습니까?

탐색 · 공격 · 방어

케이는 무표정한 얼굴로 상황을 체크했다. 정찰기인가? 무인 드론 같아 보이는데 어디서 보낸 거지?

주먹보다 작은 크기의 드론은 빠른 속도로 저택 현관을 향해 날아오더니 뭔가를 툭 떨어뜨리고 다시 상공 속으로 사라졌다. 불가시 모드로 변하는 드론을 쳐다보던 케이는 현관으로 나가는 유림의 뒷모습을 응시했다.

장미꽃 한 송이가 현관 앞에 떨어져 있었다. 앙상하리만큼 얇은 줄기에 솟아난 가시들이 사시나무처럼 바람에 몸을 떨었다. 그 속에 붉게 오므린 장미 봉오리는 피처럼 검붉은 빛이었다.

허리를 숙여 장미를 주운 유림은 천천히 뒤로 돌았다. 하얀 셔츠에 검은 바지를 입은 케이가 커피 잔을 든 채 편안한 얼굴로 서 있었다. 그녀는 의혹을 품은 눈으로 그를 쳐다보았다.

"이번엔 나 아니에요."

그는 커피 한 모금을 마시며 부드러운 미소로 고개를 저었다.

"헤벨의 장미인가요?"

유림은 장미 줄기를 잡고 손 안에서 빙글빙글 돌리며 시니컬하게 답했다.

"임무야."

"데드캣에게?"

"응."

그녀는 장미 꽃잎 하나를 톡 떼어 내며 중얼거렸다.

"내가 여기 있다는 건 어떻게 안 거지?"

"유림이 이브란 걸 알고 있으니까."

"누가?"

"누구겠어요?"

그 순간 유림의 뇌리에 메리의 목소리가 스치듯 지나갔다.

― 마이클은 그런 일들을 막고자 당사자인 너에게조차 철저하게 비밀로 유지했을 거라 생각해. 네 정체는 스스로도 모르는 편이 더 안전했을 테니까.

"밀러가 보낸 거라고?"

인상을 쓰며 묻는 유림에게 케이는 생긋 웃었다.

"아마 전 세계에서 이브가 있을 만한 곳은 다 뒤졌겠죠. 그래도 내 예상보다는 훨씬 늦었네요. 헤벨의 AI 정도면 정보력과 기술력 면에서 연맹군 최고 수준일 텐데."

최고급 과학 기술을 가지고 고작 이렇게밖에 사용하지 못하냐는 듯 한심하다는 어조였다. 당사자인 밀러나 요한 제이콥스 대위가 방긋거리며 이죽거리는 케이의 표정을 봤다면 한바탕 난리가 났을 것이다. 그만큼 저 조각상 같은 남자는 가끔 혀를 내두를 정도로 오만하고 얄밉다.

전에 누가 그랬더라? 헤벨의 인공지능인 아벨은 왓슨 3세와 견주어도 될 정도로 뛰어나다고 했다. 암암리에 도는 소문이지만 왓슨 3세와 아벨을 만든 자가 실은 동일 인물이라면서.

익명의 과학자 K.

유림은 그 정체불명의 엔지니어가 눈앞에 서 있는 이 남자란 사실을 여전히 믿기 힘들었다.

그녀는 의뭉스럽게 웃고 있는 케이의 가슴팍에 장미꽃을 던지듯 안겨 주었다. 얼떨결에 장미를 받은 케이는 방으로 성큼성큼 걸어가는 유림의 뒷모습을 쳐다보았다.

잠시 후 유림이 타이트한 검은 전투복 위로 높게 올려 묶은 머리를 찰랑이며 등장했다. 그 모습을 바라보던 케이의 투명한 눈동자가 물결치듯 일렁였다.

"갈 거예요?"

현관으로 향하는 길목에서 그가 불안한 목소리로 물었다. 유림은 거실 벽면에 여전히 떠 있는 나츠의 인터뷰 영상을 바라보며 잠시 침묵했다. 그녀의 도톰한 입술이 결정했다는 듯 옅은 미소를 머금고 말했다.

"가야지."

케이의 눈이 우울하게 가라앉았다. 유림은 허벅지에 전투 장비를 착용한 뒤 군화를 신었다. 전투 장갑까지 착용한 그녀는 나붓나붓 걸어 그의 앞에 마주 섰다.

"같이 가자."

그녀는 커피 향이 도는 그의 입술을 끌어당겨 입을 맞췄다.

"나랑 함께 가 줘, 케이."

그의 눈동자가 서서히 커졌다. 커피 향이 묻은 입가에 비로소 미소가 맺혔다.

돌아가자. 수면 밑의 방주, 천사의 함정, 수많은 별칭을 갖고 있는 또 하나의 보금자리, 헤벨로.

· · ·

─ 이게 말이 됩니까? 고인을 추모해야 한다느니 할 때는 언제고, 명실상부 죽은 사람의 대용을 끌어다가 지금 뭐하는 겁니까?

핏발 세운 목소리의 주인공은 멜리사 클라크 의원이었다. 그녀의 비난에 대회의실은 침묵으로 가라앉았다. 오늘 회의에 참석한 평의원 수는 총 일곱 명. 그들 중 누구도 그녀의 비난 어린 시선에 입을 여는 자가 없었다.

다들 약속이라도 한 듯 묵묵부답으로 대응하자 가장자리에 앉아 있던 멜리사의 시선은 자연스레 정중앙에 앉아 있는 우리야─정확히 말하자면 그의 클론─에게로 향했다.

─ 대용이 아니라 본인입니다.

조롱하듯 차분하게 웃으며 답하는 그의 모습에 멜리사는 소름이 돌았다. 정녕 다들 상관없단 말인가? 아무리 동일한 DNA에 본체의 기억을 가진 몸이라 해도, 그는 절대로 우리야 세르게이가 될 수 없었다.

─ 클라크 의원께선 교회에 다니신다고 했던가요?

그녀는 붉은 정장의 깃을 고치며 흘끗 중앙 왼쪽 자리를 쳐다보았다. 원래 빈센트 의원의 자리였는데 어느 순간 아주 자연스럽게 저 남자의 차지가 되었다.

알렉스 아브라함.

솔로몬이라는 황금 가면을 벗은 그의 실체는 삼십 대의 말끔한 백인 남성이었다. 금발에 벽안의 조화는 이지적이고 엘리트적인 분위기를 형성했다. 저 외모에 친절하지만 인간미 없는 미소와 나무랄 데 없는 매너까지 탑재하니, 꼭 최고급 사무관용 안드로이드를 상대하는 느낌이었다.

빈틈없지만 이질적인 온기. 인간의 혈관을 모방한 그들의 회로 속에 붉은 피가 아닌 하얀 수액이 흐르는 것처럼.

─ 제가 교회를 다니는 게 지금 이것과 무슨 상관입니까?

멜리사가 불쾌하다는 눈빛으로 되받아쳤다.

─ 제가 종교인이라서 클론인 세르게이 총사령관을 인정하지 않는다는 겁니까?

─ 꼭 그런 의도로 언급한 건 아니었습니다. 종교계에 계신 분들 중에서도 저희 뉴 라이프 프로젝트의 회원이신 분들은 많습니다. 과학과 종교는 서로 적이 아닙니다. 오히려 상생의 관계죠.

─ 그렇습니다. 그리고 그게 바로 앞으로 우리가 나아가야 할 방향이자 모토입니다. 상생이요!

빈센트가 기립 박수라도 칠 모양새로 동의하고 나서자 다른 의원들도 눈치를 살핀 끝에 고개를 끄덕였다. 말없이 힐끔거리는 그들의 시선 중심에는 아까부터 줄곧 침묵으로 일관하는 아이작 라이트가 앉아 있었다. 그는 우리야의 오른편에 앉은 채, 몇 가닥 없는 수염과 머리칼을 만지작거리며 사색에 잠겼다.

아이작은 우리야가 없는 동안 사실상 의회의 의장 역을 해 온 인물이었다. 이제는 늙고 간사한 너구리에 불과했지만 그의 연륜만큼은 무시할 수 없었다. 멜리사는 내심 그의 저울이 어느 쪽으로 기울지 기대하며 입을 다물었다.

그때 그녀의 메일함에 누군가 새 메일을 보냈다는 알람이 떠올랐다. 긴급한 사항임을 표시하는 빨간 메시지 창이 깜빡거리며 시야를 어지럽혔다. 멜리사는 곁눈질로 다른 의원들을 조심스레 쳐다본 뒤 조용히 메일함을 열었다.

기밀문서
뉴 라이프 프로젝트의 관련인 명부

발신인 '알 수 없음'으로 보내진 문서는 위즈덤의 수명 연장 프로젝트인 뉴 라이프의 전체 회원 명단이었다. 연도별로 가입된 사람들의 이름이 가나다순으로 빽빽이 기입된 게 보였다.

빠르게 훑어내리던 멜리사는 가장 최근에 신청한 회원 목록으로 시선을 이동했다. 목록을 주르르 내리던 그녀의 눈이 멈칫 멈췄다.

그리고 이내 분노와 실망으로 커진 주먹을 불끈 움켜쥐었다.

명단 제일 마지막 줄에 적힌 이름의 주인은 다름 아닌 아이작 라이트 의원이었다.

그사이 그녀를 제외한 다른 평의원들 사이에서는 비밀스런 익명의 메시지들이 오가고 있었다. 평소 클라크 의원이라면 치를 떨던 빈센트 의원이 흘끗거리며 먼저 메시지를 보냈다.

「저 여자, 진짜 교회에 다니는 겁니까?」

「아까 발끈하는 거 못 보셨습니까? 저 여자 가슴엔 의회 배지가 아니라 십자가를 달아 줘야 해요.」

「레드 클라크²는 램지 왓슨 회장의 추천으로 낙원에 왔잖아요.」

「왓슨가가 대대로 독실한 기독교 집안이지 않습니까? 그걸 이용해서 접근했겠죠, 뭐.」

「쯧, 교활한 암캐 같으니!」

그녀만 따돌린 채 저들끼리 단체 메시지로 쑥덕거리던 게 하루 이틀도 아니고, 설령 멜리사 본인이 눈치를 챈다 한들 누구도 개의치 않았다. 매번 참석 인원이 열 명 남짓밖에 되지 않는 이 작은 평의회에서 파벌이 나뉘고 한 명을 따돌린다는 게 유치했다. 무엇보다도 22세기에 돌입한 마당에 여전히 남성 권위주의에서 벗어나지 못한 몇몇 의원들의 횡포가 제일 우습고 한심했다.

그녀는 그런 그들을 혐오하고 멸시했으며, 반대로 그들은 그런 그녀를 고지식하고 사리에 어두운 여자라고 여기며 무시했다.

줄곧 상황을 지켜보던 누군가가 불쑥 입을 열었다.

---

2 레드 클라크Red Clarke: 붉은 암사자라는 별명을 가진 클라크 장관을 조롱하듯 부르는 호칭. 그녀의 본명은 멜리사 클라크다.

– 클라크 의원님의 말씀도 일리가 있습니다. 어떻게 다들 생각이 같을 수만 있겠습니까? 모두가 동조하는 사회는 민주주의가 아닙니다. 갈등 없는 화합이란 불가능하죠. 그런 걸 이상으로 여기는 자가 있다면 그는 틀림없이 독재자일 겁니다. 혹은 누군가에 의해 그렇게 세뇌당한 허수아비 지도자겠죠.

알렉스 아브라함이었다.

– 세상을 보이는 대로만 해석하면 안 됩니다. 또한 그대로 보이게 해서도 안 됩니다. 지도자라면 거울 이면과 수면 아래를 동시에 볼 줄 알아야 합니다. 통합이란 그런 겁니다. 우리는 대중들로 하여금 그늘 속에서 소외받는 이들도 소외받지 않고 있다고 여기게 해야 합니다. 그게 우리의 본분이지 않겠습니까?

갓 의원이 된 젊은 정치인은 누구보다도 노련했다. 평의원들 중 가장 원로인 아이작보다도 깊은 내공이 느껴지는 분위기였다.

– 저는 기억의 도시에서 오랫동안 사업을 해 왔습니다. 낙원의 지리적 요점만 이용했을 뿐, 사실상 낙원에 소속된 사람은 아니었죠. 낙원의 주민들과 관광객들을 대상으로 돈을 벌고 있었을 뿐입니다. 현 낙원은 내부의 썩어 문드러진 문제 때문에 서로가 서로를 믿지 못하고 있어요. 최근 사건들로 인해 우리는 경제적으로나 사회적으로나 천문학적인 손실을 입었습니다. 그러나 한 가지 덕을 본 게 있었죠. 그간 철저하게 폐쇄적이었던 이곳이 외부에 개방되기 시작했다는 겁니다. 지금이야말로 낙원이 굳게 걸어 잠갔던 빗장을 풀어야 할 때가 아닐까 싶습니다. 그리고 그 출발점은 외부에서 뽑힌 관리자가 되어야 한다고 생각합니다.

– 그 외부자가 당신이라는 겁니까?

멜리사가 심드렁한 얼굴로 빈정대며 물었다. 알렉스는 그녀의 도발에도 흥분하지 않고 예의 바르게 웃었다.

- 우리야 세르게이 총사령관은 우리가 봐야 할 '낙원의 이면' 중 하나입니다. 그가 이곳에 존재하는 이유는 아주 단순합니다. 수요가 없는 공급이란 없어요. 시장 경제의 기본 원칙이죠. 대중은 클론 복제를 통한 제2의 삶을 원하고 있습니다. 클라크 의원, 우리가 해야 할 일은 그들의 바람을 올바르고 공정하게 실현시켜 주는 것입니다. 뉴 라이프 프로젝트는 앞으로 낙원을 대표하는 새로운 프로그램이 될 겁니다. 제 계획은 바로 로스트 헤븐을 영원한 삶을 꿈꾸는 이들의 파라다이스로 거듭나게 하는 것이니까요.

아이작 의원은 주름진 눈에 옅은 미소를 머금고선 호쾌하게 웃었다. 그가 원하는 답이라는 듯 아주 흐뭇한 기색이었다.

- 거참, 젊은 친구가 말 한번 잘하는군.

- 의원님께 많이 배우고 있지요.

멜리사는 쓴웃음을 머금었다. 그녀는 속으로 서로 덕담을 주고받는 그들의 대화를 비웃었다. 밀거니 당기거니, 벌써부터 알콩달콩 야합질이다.

- 정치인은 말을 잘해야 돼. 어떤 상황에서도 결코 움츠리지 말게. 행여 실수를 하더라도 자네의 '이름'은 우리가 지켜 주겠네. 대신 자네는 우리의 '얼굴'이 되어 주게. 그리고 뒤에서 함께 손발을 맞춰 나가면 되는 걸세. 그게 정치네.

여우 같은 놈.

빈센트 의원은 조소를 날리며 턱을 괴었다. 의원석을 꿰차자마자 아이작의 신임을 얻어 내다니 보통내기가 아니었다. 솔로몬일 때부터 호락호락한 놈이 아니란 걸 알았지만, 이 정도로 처세술의 대가였을 줄이야! 달창한 언변으로 상대의 혼을 쏙 빼놓는 능력이 대단한 남자였다.

– 평의회는 알렉스 아브라함을 새 관리자 후보로 정식 추천합니다.

아이작의 공천 발언에 의원들이 모두 기립 박수를 치며 흐뭇한 표정을 지었다. 환하게 불 켜진 대의회실에서 어두운 조명을 받고 있는 건 오직 멜리사뿐이었다.

아니, 한 명 더 있긴 했다.

늘 불 꺼진 자리, 텅 비어 있는 의원석. 정기회의든 비정기회의든 단 한 번도 참여한 적이 없다고 하는 명예 의원직의 주인.

어차피 저자도 결국 저들과 동조할 게 뻔했다. 대세에 재빠르게 몸을 싣는 것, 그게 저들이 말하는 '올바른 정치'였으니.

멜리사는 벌써부터 축배를 드는 분위기의 의원들을 환멸 어린 눈초리로 바라보다 고개를 외면했다.

알렉스 아브라함의 인기는 생각보다 어마어마했다. 일찍이 공중 정원 테러 사건 때 신형 안드로이드들로 주민들을 구한 일화는 그를 영웅화시키기에 충분했다. 그런데 가면을 벗은 외모마저 출중하기 그지없으니, 그는 순식간에 여성들의 눈과 마음을 사로잡았다. 게다가 세련된 말솜씨로 엘리트층의 호감마저 얻어 냈다는 사실은 두말하면 잔소리였다.

낙원의 주민들은 이제 모이기만 하면 아브라함 의원의 이야기를 하느라 바빴다. 그러나 다들 새로운 영웅의 출현에 들떠 간과한 점이 있었다.

알렉스 아브라함, 나무랄 데 하나 없는 그의 완벽한 이미지는 전 관리자였던 엘 카인과 너무나 닮았다는 것을. 혜성처럼 등장해 주민들의 마음을 사로잡았던 왓슨의 젊은 CEO와 그의 행보는 굉장히 흡사했다.

"총사령관님!"

S관 대회의실 앞에서 대기 중이던 셰인은 우리야를 향해 거수경
례를 하며 우렁찬 목소리로 인사를 했다. 요즘 우리야 세르게이는
하루에도 몇 번이나 열리는 평의회 때문에 S관에 자주 출몰했다.
각기 다른 장소에서 대회의실로 다원 접속을 하는 의원들과 달리
의장인 우리야는 늘 에덴 타워의 회의실로 직접 출석을 하기 때문
이었다.

로스티아벤 총사령관으로 복귀한 그는 군복을 입고 있었다. 그의
가슴에서 빛나는 금색 별 네 개가 오늘따라 유난히 반짝였다.

"필란 중위, 자네가 있어 든든하군."

"영광입니다."

잔뜩 긴장한 자세로 대답하던 셰인의 시선이 멈칫 우리야의 어깨
너머로 향했다. 그의 등 뒤로 또 다른 인영이 다가오고 있었다. 인
기척을 느낀 우리야도 돌아서더니 밝은 표정으로 말을 건넸다.

"아브라함 의원, 이쪽은 셰인 필란 중위입니다. 특별보안대의 지
휘관을 맡고 있습니다. 실력이 아주 출중한 친구입니다."

어깨를 두둑하게 잡는 손이 느껴졌다. 셰인은 어리둥절한 눈으로
우리야를 쳐다보았다. 그를 자랑스럽게 소개한 우리야는 쐐기를
박듯 말을 덧붙였다.

"앞으로 의원님과 제 곁에서 많은 도움이 될 사람이죠."

셰인은 마른침을 꿀꺽 삼켰다. 일전의 그라면 환호성을 지를 법
한 상황이었다. 총사령관의 줄을 잡았으니, 앞으로 고속 승진할 것
은 불 보듯 뻔한 일. 하지만 이상하게도 찜찜한 기분이 들었다. 머

릿속에서 서늘한 경종이 울리고 있었다.
솔로몬은 누군지 알겠다며 빙그레 웃었다.
"게이트에서 연맹군의 아크레인을 발견했다던 장교시군요?"
"셰인 필란 중위입니다! 만나 뵙게 되어 영광입니다."
"그런데 필란 중위께서는 그 시각에 어쩐 일로 그곳에 계셨던 겁니까?"
"예?"
셰인은 당황한 표정으로 대답을 머뭇거렸다. 솔로몬의 호기심 어린 눈빛이 기웃거리며 따라붙었다.
"사고가 발생한 건 굉장히 늦은 시각이었던데, 그냥 우연히 지나던 건 아니었을 테고……."
발밑을 응시하던 셰인은 초조한 듯 입술을 사리물었다. 옆에서 지켜보던 우리야가 굵은 목소리로 대신 입을 열었다.
"당시 필란 중위는 비밀리에 내부 수사를 맡아 진행하던 중이었습니다."
"내부 수사요?"
"이 이상 자세히 언급하는 건 군기 누설에 해당해서 말입니다. 의원님께서 양해를 좀 해 주십시오."
"제가 너무 꼬치꼬치 캐물었군요."
솔로몬은 아쉬움을 뒤로한 채 물러났다. 곁눈질로 셰인과 눈을 마주친 우리야는 턱짓으로 그만 가 보라는 제스처를 취했다. 멍하니 서 있던 셰인은 얼떨결에 거수경례를 취했다. 그러고는 돌아서서 도망치듯 자리를 빠져나왔다.
허둥지둥 에어쉽 승강장으로 온 셰인은 식은땀을 훔치며 비행정

안에 몸을 구겨 넣었다.

– 어서 오십시오, 셰인 필란 중위님.

"모래의 도시로. 빨리 이동해."

에어쉽이 출발한 후에도 그는 창밖을 향해 불안한 눈초리를 거두지 못했다.

– 정거장 SC03으로 목적지가 설정되었습니다. 약 112초 후에 도착합니다.

그는 피곤한 눈을 주무르며 시트에 뒷목을 기댔다. 감은 눈 너머로 두통이 찡 하고 느껴졌다. 아직도 눈만 감으면 그날 목격한 광경이 눈앞에 생생하게 떠올랐다.

형무소 사건 이후, 그는 줄곧 케이에 대한 의혹을 떨쳐 내지 못하고 있었다. 매일 밤잠을 설쳤다. 심증은 짙은데 물증이 없는 상황. 결국 셰인은 그를 몰래 감시하기로 결심했다.

동트기 직전 새벽, 그날도 셰인은 꾸벅꾸벅 졸며 유림의 사택 앞을 지키고 있었다. 에어쉽 급발진 소리에 잠이 깬 그는 다급하게 출발하는 붉은 에어쉽의 뒤꽁무니를 멍하니 바라보았다. 낯익은 기체였다.

'형무소에서 봤던 에어쉽이잖아?'

그는 부랴부랴 뒤를 쫓았다. 들켜도 상관없었다. 만일 애덤슨 중사가 진짜 붉은 눈의 남자라면 자신이 뒤를 밟고 있다는 것 정도는 이미 알아챘을 가능성이 높았다.

그날 애덤슨 중사는 확실히 이상했다. 항상 철두철미하던 그가 그렇게 쉽게 미행당하고, 목격자를 만들고, 수많은 증거를 남겼다는 게 이해되질 않았다. 일부러 그랬거나 혹은 그만큼 정신없던 상황이란 얘기다.

'혹시 꿈을 꾼 건 아닐까?'

두 눈으로 보고도 믿기 힘든 장면이었다.

아크레인을, 저 은색 비행정을 집어던졌어? 아니, 발로 찬 건가? 아무튼 저걸 허공에서 럭비공처럼 날려 버렸다.

사실대로 진술한들 과연 누가 믿어 줄까? 그래, 왓슨의 눈이 봤을 거야. 다 기록되었을 거라고!

그러나 그의 에어쉽은 '시스템 오류입니다'라는 말만 반복할 뿐, 왓슨과의 연결은커녕 아무런 반응도 보이지 않았다. 허공에 정지한 채 꼼짝 않던 에어쉽은 그로부터 한 시간이 지난 후에야 먹통 상태에서 벗어났다.

물론 케이는 이미 모습을 감춘 뒤였다.

찌그러진 채 박살 난 아크레인은 누가 봐도 불시에 습격을 맞은 모습이었다. 때문에 군부는 지금 골머리를 썩고 있었다. 헤벨은 로스티아벤으로부터 급습을 당한 것이라 여기고 있었고, 그로 인해 낙원과 헤벨은 일촉즉발인 판국이었다.

세르게이 총사령관의 사인死人 역시 그러하지 않았는가? 인간으로서는 도저히 불가능한 공격이라고.

비로소 모든 퍼즐의 아귀가 딱 들어맞는 기분이었다. 하지만 동시에 악마의 초상화를 완성하고 만 듯한 두려움이 일었다. 보지 말아야 할 것을 본 게 아닐까? 알지 말아야 할 것을 안 게 아닐까? 그동안 애덤슨 중사가 정체를 숨긴 것은, 오히려 그의 목숨을 살려 주기 위해 그런 거란 생각마저 들었다.

'사실을 알면 죽여야 할 테니까.'

뇌리에 스친 깨달음이 모골을 송연하게 만들었다. 그는 헛웃음을 흘리며 허공을 응시했다.

SSF 팀의 마크를 부착한 황토색 에어쉽은 바람을 가르고 눈 깜짝할 사이에 모래의 도시에 도달했다.

셰인은 승강장에 내리자마자 거침없이 이동했다. 그가 미간을 굳힌 채 걸음을 향한 곳은 모래의 도시 하층부였다. 모래의 도시의 구조는 눈 감고도 훤한 그는 지름길로 빠졌다. 오늘따라 고요한 '울부짖는 인어'를 지나 미들 타운으로 이어지는 슬럼가를 지나면 최종 목적지인 화이트 채플 앞이었다.

출입구를 지키던 문지기가 굽은 등을 펴더니 게슴츠레한 눈초리로 그의 얼굴을 확인했다. 노인은 누런 이를 드러내고 웃으며 문을 열어 주었다. 셰인은 어깨를 으쓱하고선 문을 통과했다. 평소 여기저기 두둑한 뒷돈을 쥐여 주고 다닌 보람이 있었다.

화이트 채플의 내부는 텅 비어 있다고 봐도 무방할 정도로 썰렁했다. 아무리 이른 낮 시간이어도 그렇지 고스트의 광장이라고 불리는 이곳이 이렇게까지 한산한 모습은 처음이었다.

멀리서 그를 본 몇몇 남자들이 쇠붙이 의자에서 일어서며 쑥덕거렸다. 셰인은 긴장한 얼굴로 잠시 숨을 골랐다. 녀석들 팔뚝에는 성배 모양의 문신이 커다랗게 새겨져 있었다.

'오베론 소속인가?'

덩치 큰 사내들은 팔짱을 낀 채 그를 주시했다. 인상 쓴 눈초리들이 예사롭지 않은 분위기였다. 식구들을 쏴 죽인 원수 같은 놈이 제 발로 뜨다니 이게 웬 떡인가 하는 표정이다.

그들은 눈짓을 하며 어디론가 수신호를 보냈다. 그러자 구석에 모습을 감추고 있던 고스트들이 하나둘씩 모습을 드러내기 시작했다. 무슨 일이냐는 표정으로 등장한 이들은 셰인을 보자마자 험상 궂은 눈초리로 돌변했다.

셰인은 숨을 죽인 채 총자루를 쥐었다. 그는 곁눈질로 주변을 살폈다. 여기저기서 살기가 느껴졌다.

블랙 호크, 브루클린의 성녀, 애덤슨 중사.

사라진 세 사람이 함께 있을 거란 예감이 들었다. 그들의 유통망이자 거처 역할을 할 만한 녀석은 마찬가지로 행방이 묘연한 유령의 군주일 가능성이 높았다. 그렇다면 그 단서를 찾을 만한 장소는 화이트 채플밖에 없다고 생각했는데, 너무 무모한 계획이었나? 설마 특보대 지휘관인 자신을 정말 공격할 셈인가?

"중위님? 여기서 뭐하십니까?"

뒤에서 불쑥 들려온 목소리에 셰인은 반사적으로 총구를 겨누며 돌아섰다. 흠칫 놀란 인영이 양손을 들며 한 걸음 물러섰다. 셰인은 식은땀을 흘리며 소리쳤다.

"드레이크? 네놈이 여긴 웬일로……."

늑대 떼처럼 다가오던 성배 문신의 남자들은 당황한 얼굴로 주위를 확인했다. 딱 봐도 특수부대 대원인 드레이크가 등장하자 다른 일행이 더 있는 건 아닌지 경계하는 기색이었다.

이때다 싶은 드레이크가 셰인의 뒷덜미를 낚아챈 뒤 출구로 달렸다. 셰인은 보릿자루처럼 질질 끌려가며 버둥거렸다.

"너 이 새끼, 뭐하는……."

"여기서 개죽음이라도 당하고 싶으신 겁니까? 잔말 말고 따라오십시오."

드레이크가 버럭 소리치자 셰인은 입을 꾹 다물고 삐죽거렸다.

성배 문신의 남자들이 이쪽을 죽일 듯 노려보고 있었다.

"너 아주 정 교관이랑 말투가 똑같아져 간다?"

"이상한 말씀 마시죠."

"거의 앵무새 수준이야. 그 여자야 원래 상관이고 나발이고 눈에 보이지 않는 인간이니 그렇다 쳐도, 새끼야! 너는 그러면 안 되지. 내가 지금 상황이 이러니까 한 번만 눈감아 주는데……."

출입구에 다다른 드레이크는 무표정한 얼굴로 잡고 있던 셰인의 뒷덜미를 놓았다. 바닥에 쿵 엉덩방아를 찧은 셰인이 불만스러운 눈초리로 그를 노려보며 바지를 털고 일어섰다.

겁먹으면 말이 많아지는 스타일인가 보군. 종알종알 뭔 말이 그렇게 많은지.

드레이크는 속으로 혀를 찼다. 유림이 평소 셰인을 어패류 수준이라 칭하며—마른 멸치 새끼라고 부를 때도 있다— 짐승 수준에도 미치지 못하는 놈이라고 비웃던 게 떠올랐다. 역시 그녀의 논리는 언제나 옳다. 필란 중위 같이 덜 떨어진 종자들은 어항 속에 처박아 넣고 사육하며 조련해야 한다던.

"지금 화이트 채플은 무법천지입니다. 회색 기사단이 해체되는 바람에 지금 이곳에는 최소한의 규율도 존재하지 않습니다. 특히 중위님께는 앙심을 품은 자들이 많으니, 모래의 도시 근처에는 당분간 얼씬도 하지 않는 편이 좋으실 겁니다."

셰인은 침을 꿀꺽 삼키며 고개를 끄덕였다. 포식자의 위치에서 먹잇감으로 내려오는 건 순식간의 일이었다.

개미굴 같은 모래의 도시 하층부는 미들 타운에 위치한 화이트 채플을 경계로 주거지가 나타난다. 이곳은 낙원에서 가장 낙후된 지역으로 로스티아벤의 날고 기는 장병들조차 발을 디딘 적이 없었다. 셰인도 마찬가지였다. 모래의 도시 치안 담당으로 수없이 미들 타운을 들락거렸지만 이렇게 깊숙이 들어와 본 것은 처음이었다.

"대체 어디까지 가는 거야? 승강장은 반대편이잖아."

얼떨결에 따라온 셰인은 불안한 목소리로 물었다. 어느새 주위는 불빛 하나 없는 깜깜한 어둠 속이었다. 전기가 아예 들어오지 않은 길에는 비상등은커녕 표지판 하나도 없었다. 군화 밑에서 나오는 라이트 조명만이 그나마 살길이었다.

걸을 때마다 삐거덕거리는 철골 소리에 식겁하느라 식은땀이 주르륵 흘렀다. 손목에 차고 있던 스마트 워치는 '신호 없음'을 알리며 회색 화면으로 돌입한 지 오래였다.

드레이크가 어둠 속에서 물었다.

"그런데 이곳에는 혼자 오셨습니까?"

"몇 번을 말해, 혼자라니까? 애초에 부대에 남은 팀원들이 있어야지. 이것들이 다 죽어 버려서……."

셰인은 두리번거리며 스마트 워치의 라이트를 켰다. '찍' 소리와 함께 쥐 한 마리가 바닥을 내달렸다. 당황한 그는 허우적거리며 뒷걸음질을 쳤다.

키이이익!

소스라치게 놀란 그는 얼어붙은 채 호흡을 멈췄다. 냉큼 총을 들었다.

"방금 들었어?"

"뭘 말씀이십니까?"

드레이크가 차분한 목소리로 물었다. 까무잡잡한 그의 피부는 짙은 암흑에 가려져 잘 보이지 않았다.

"아니 방금 저쪽에서 뭔가가 울부짖는 소리 같은 게……."

어둠 속에서 동공이 보인다. 아몬드처럼 단단하고 매끄러운 눈동자가 아주 맑고 또렷했다.

애덤슨 중사의 눈동자도 저렇게 강렬했다. 바로 눈앞에 서 있는 것처럼 시선에 사로잡힌 채 꼼짝도 할 수 없었다. 붉은 빛은 아니지만 흡사했다. 앤더슨 저 녀석도 포식자의 눈을 하고 있다.

"조용히 있으라고 했는데 슬슬 한계인가 보군. 다들 배가 많이 고픈 모양입니다."

셰인은 얼빠진 표정으로 멍하니 어둠 속을 응시했다. 정확히 말하자면 캄캄한 허공에 둥둥 떠 있는 드레이크의 눈자위를 바라보고 있었다.

뭔가 이상하다.

그런 생각이 들기 무섭게 시궁창에서 날 법한 악취가 진동하기 시작했다. 셰인은 콧잔등을 찡그리며 뒷걸음질을 쳤다. 얕은 웅덩이라도 밟았는지 찰팍거리는 소리가 울려 퍼졌다.

'뭐지?'

그는 스마트 워치의 라이트로 발밑을 비췄다. 끈적끈적한 액체가 바닥 여기저기에 묻은 채 퀴퀴한 냄새를 풍기고 있었다. 셰인은 질색하는 표정으로 손사래를 쳤다. 두리번거리던 그는 경악한 얼굴로 비명을 내질렀다.

형체를 알아볼 수 없는 살점들이 으깨진 고깃덩어리처럼 바닥에 산개해 있었다.

'빌어먹을!'

뭉개진 쥐들의 사체였다.

호흡이 거칠어진 채 맥박이 빠르게 뛰기 시작했다. 어느새 등은 식은땀으로 흥건히 젖었다.

형무소 폭발 사건 때 탈출했던 델타들이 아직 잡히지 않았다는 소식은 들었다. 도망친 그녀들은 모래의 도시 곳곳으로 몸을 숨겼던 모양이다.

미들 타운은 왓슨의 눈이 닿지 않는 개미굴이었다. 그 말인즉, 무전 장비에만 의존해서 포획 팀을 꾸려야 한다는 건데, 아무리 STF 요원들이어도 사령 본부의 실시간 지시 없이 단독으로 작전을 펼칠 수는 없는 노릇이었다.

정 소위 정도라면 몰라도.

델타의 본거지인 맨해튼에서도 혼자 날뛰는 게 주특기였던 그 여자라면 가능할지도 모른다. 입대 테스트 사건 때도 홀로 쳐들어가 속 시원하게 길을 뚫고 나온 장본인 아닌가? 그녀와는 원수처럼 으르렁거리는 사이지만 유림의 실력이 발군이라는 사실은 누구보다도 인정하고 있었다.

"델타야. 델타가 주위에 있어."

셰인은 창백한 얼굴로 중얼거렸다. 그러나 어느 방향인지를 알 수가 없었다. 그는 드레이크에게 라이트를 켜 보라고 명령했다.

"빨리 좀 해 봐!"

재촉하며 짜증내던 그는 바로 뺨에 와 닿는 숨결에 깜짝 놀라 어깨를 움츠렸다.

"뭐야, 옆에 있었어?"

드레이크였다. 어두워서 통 보이지 않는데 이 녀석은 눈도 밝았다. 그리고 기동력도 우수했다. 어디서 이런 녀석을 데려온 거야? 정 소위는 복도 많군.

인상을 쓰며 고개를 들던 셰인은 헉 소리를 내며 총자루를 움켜쥐었다. 귀에 입김이 닿을 정도로 바짝 다가와 있던 드레이크가 '쉿' 하며 천장을 올려다보고 있었다. 셰인도 그의 눈초리를 따라 천장을 응시했다.

뚝.

추르릅.

입안으로 꿀꺽 삼키는 소리와 함께 뜨끈한 점액이 뚝 떨어졌다. 셰인은 멍한 얼굴로 제 뺨을 매만졌다. 손바닥에 묻은 끈적끈적한 액체에서 침처럼 시큼한 향이 느껴졌다.

총구를 잡은 손이 덜덜 떨렸다. 덕분에 잡은 총이 아래위로 심하게 흔들리다가 손에서 미끄러져 내렸다. 총자루가 철골에 부딪치며 '탕! 타당!' 하고 맑은 쇳소리를 튕겼다. 날카로운 소음이 울려 퍼지자 쉭쉭거리던 그림자가 이쪽을 홱 쳐다보았다. "끼엑!" 하고 울부짖은 그림자가 천장에서 쿵 뛰어내렸다. 흥분한 그녀가 바닥을 꼬리로 '탁!' 치며 숨소리를 냈다.

셰인은 몸이 공포로 얼어붙는 걸 느꼈다. 목덜미 뒤로 크르렁거리는 습한 입김이 닿고 있었다.

두툼한 혓바닥이 목뒤 살갗을 핥아 내렸다. 먹잇감을 맛보듯 할짝이는 혀 놀림이 어깨선까지 눅눅하게 적셨다. 덜덜 떨던 그는 눈을 질끈 감으며 "아악!" 하고 비명을 내질렀다.

눈꺼풀 사이로 피식 웃는 드레이크의 입매가 언뜻 보였다.

셰인은 손등으로 눈을 비빈 뒤 숨을 몰아쉬며 앞을 바라보았다. 착각이었나? 공포심에 헛것을 본 게 틀림없다.

"너, 너 이 새끼…… 대체 정체가 뭐야?"

어둠 속에 보이는 드레이크의 눈자위가 그를 빤히 쳐다보았다.

"나한테 원하는 게 뭐냐고!"

끼이이익! 키익, 키긱!

2미터도 채 떨어지지 않은 거리였다. 한두 마리가 아니다. 셰인은 굳은 얼굴로 주춤거리며 주위를 둘러보았다. 어둠에 익숙해진 눈이 점차 경악하며 커졌다.

무리 지어 몰려온 델타가 그와 드레이크 주위를 원으로 겹겹이 에워싼 채 모여 있었다. 그중에 가장 몸집이 큰 델타 두 마리는 드레이크의 발밑에 배를 바짝 붙인 채 엎드려 있었다.

드레이크는 해초처럼 엉킨 그녀들의 머리칼을 부드럽게 어루만졌다. 그러자 그들은 그의 손바닥에 정수리를 비비며 기분 좋은 듯한 숨소리를 내쉬었다. 지금 헛것을 보고 있는 건가? 델타가 인간에게 복종하는 모습이라니.

"내가 원하는 게 뭐냐고?"

드레이크가 조용히 입술을 열었다.

"나츠 시게노."

셰인의 눈이 흠칫 커졌다.

"그를 데리고 나올 수 있도록 좀 도와줘야겠어."

"뭐?"

"현재 특별보안대가 보호 감시 중인 대상."

"너 지금 무슨 개소리를……."

버럭 소리치던 셰인은 흠칫하며 입을 다물었다. 드레이크가 비딱한 눈초리로 그를 뚫어져라 응시하고 있었다.

"거절하면…… 어떻게 할 건데?"

셰인은 짐짓 반항적으로 되물었다. 어쨌든 자신은 그의 상관이었고, 지금 이 상황은 명백한 하극상이었다. 악몽이라고 믿고 싶을 만큼 끔찍한 반란이다.

드레이크는 구릿빛 턱을 매만지더니 비스듬히 감긴 눈을 허공에 실었다.

"내 권속들은 말이야, 입실론과 달리 자아라는 게 좀 부족해."

셰인은 곁눈질로 거친 숨소리를 내는 델타들을 쳐다보았다. 어둠 속을 밝힌 스마트 워치 불빛이 헉헉거리는 그들의 턱밑을 어스름히 비췄다. 바닥에 흥건히 고여 있는 침 덩어리가 역겨웠다. 저 날카로운 엄니가 무엇을 할 수 있는지는 이미 여러 차례 목격한 상태였다.

"그녀들은 때때로 내 말조차 듣지를 않아. 그만큼 본능을 억제하지 못한다는 소리야. 그냥 여기서 마음 편하게 먹히고 죽는 걸 택하는 길도 있어. 어쩌면 그게 너한테는 더 명예로운 종결일지도 모르지."

셰인은 멍한 얼굴로 스르륵 주저앉았다. 드레이크는 공허한 눈빛으로 한숨을 내쉬었다.

"죽으면 허상처럼 사라질 명예와 자존심. 인간들은 왜 그런 부질없는 것들에 목숨을 바치는 걸까? 난 정말 모르겠어. 셰인 필란, 그대는 그런 어리석은 자가 되지 않으리라 믿어도 될까?"

Chapter 2

시스템

새로운 관리자 선출을 위한 주민 투표를 진행 중입니다.

투표율 67%, 투표 종료까지 남은 시간 2시간 12분.

"단 한 명의 후보에게 실시하는 찬반 투표라니."

커크는 맥주를 마시며 비웃었다. 민소매를 입고 두꺼운 팔 근육을 내보인 채 앉은 그의 뺨이 발그레 물들어 있었다. 덩치에 안 어울리게 술은 한 잔도 못하는 체질이었다.

맞은편에 앉아 있던 랜스는 허공에서 홀로그램으로 방송되고 있는 뉴스 화면을 보며 흥미롭다는 표정을 지었다.

"그래도 저게 낫지 않아? 후보자 둘을 내세우고 반드시 둘 중 하나를 선택하라고 한다면 그게 더 불만스러웠을 것 같은데? 찬반 투표는 어쨌든 반대표가 더 많으면 무효가 되는 거니까 여지는 있는 거잖아."

들고 보니 그랬다. 커크는 반쯤 풀린 눈으로 고개를 힘없이 끄덕였다.

"맞네요, 형님 말이 맞아."

"취했냐?"

랜스가 한심하다는 눈으로 물었다. 커크는 고개를 풀썩 조아린 채 답이 없었다. 완전 맛탱이가 갔군. 맥주 한 잔에 뻗는 놈이 허구한 날 센 척이나 하고. 그래도 취하면 존댓말로 '형님' 하는 게 귀여웠다.

"가서 얼른 씻고 와라. 전투태세 중인데 너 이런 꼴인 거 들켰다간 바로 징계감이다."

"알렉스 아브라함이라고?"

옆 테이블에서 누군가가 술잔을 쾅 내려놓으며 중얼거렸다. 귀를 쫑긋 세운 랜스는 의자 등받이에 팔을 걸치고 몸을 돌렸다. 거들먹거리기로 유명한 라이언 중위였다. 또 무슨 잘난 척을 하려고 입을 열었지? 랜스는 호기심을 참지 못하고 물었다.

"알아?"

"좀 오래전이긴 한데 본 적 있거든. 아브라함 주니어."

"어디서 봤는데?"

"스타시티 창립 기념 파티였던가?"

벌써 이십 년 전인 스타시티의 50주년 창사 기념 파티 얘기였다. 하와이에 있는 스타시티 본사에서 열렸는데 전 세계 정·재계 거물들이 한곳에 모여 큰 이슈가 되었다.

"그런 곳에 네가 초대받아 갔다고?"

"왜? 거짓말 같아?"

정·재계 거물들만 초대받았던 자리라면 저 녀석은 문 앞에서 쫓겨나고도 남았을 텐데, 자신의 말이 얼마나 앞뒤 맥락을 배반하고 있는지 알고나 말하는 걸까? 랜스는 한심하다는 표정이었지만 일단 잠자코 들었다.

스타시티 본사 사옥은 최초의 공중 건물이며, 낙원의 공중 정원은 스타시티 본사 사옥의 기술력보다도 한참 하위라는 둥, 건물 내부는 또 얼마나 대단했는지에 관해서 그는 한참 동안 주절주절 떠들었다. 하여간 자기 자랑을 위해서라면 제가 입은 팬티도 금빤스라고 사기 칠 새끼였다.

랜스는 양 갈래 콧수염을 쓰다듬으며 지루한 눈으로 들었다. 얼마 전 유림에게 콧수염을 인정사정없이 뜯긴 뒤로는 에센스까지 바르며 더 소중하게 기르는 중이었다. 마침내 나불거리던 중위의 입에서 귀담아들을 만한 정보가 튀어나왔다.

"그날 외부로 기사는 나지 않았는데 사고가 있었거든."

"무슨 사고?"

"아브라함 주니어 말이야. 파티 도중에 마약 했거든. 난리도 아니었지. 막 허공에 대고 소리를 지르지 않나, 혼자 바닥에 엎드려서 잘못했다고 울고…… 대체 약물중독이 얼마나 심한 건지 완전 미친놈이었어. 행사가 도중에 중단되는 바람에 아브라함 회장이 엄청 열 받았대. 그래서 주니어를 그날 바로 리햅rehab[3]에 보내 버렸다지 뭐야. 어쨌든 이후로 사교계에선 종적을 감췄어. 우리 어머니 말씀으론 그렇더라고."

---

3 리햅rehab: 약물 혹은 알코올 중독 치료 프로그램.

랜스는 어깨를 으쓱거리며 젠체하는 라이언을 쳐다보았다. 모친이 어디 유명한 사립학교 선생인가 교수인가라고 했던 것 같은데, 저 더럽게 잘난 척하는 면상은 그의 모친을 닮았으리라는 생각이 들었다.

랜스는 홀로그램 화면을 응시했다. 허공에서 3D 입체로 움직이며 주민들에게 손을 흔드는 알렉스 아브라함의 모습은 엘리트 남성의 표본이었다.

"그렇게 보이지는 않는데."

"당시 소문으론 다니던 학교에서도 여러 차례 폭행 사건을 일으켜서 아브라함 회장이 골머리를 썩고 있다고 했어. 동급생 하나를 병신 만들어서 정학도 받았다나? 오래돼서 잘 기억이 안 나네. 아무튼 그런 망나니라서 아브라함 회장도 정식으로 후계 절차를 밟지 않고 있는 거란 말도 돌았고."

"그런데 아브라함 회장은 소문대로 정말 죽은 게 맞아? 아니면 진짜 냉동 캡슐에 들어간 거래?"

랜스는 단춧구멍 같은 눈을 동그랗게 뜨고 물었다. 라이언은 짧은 머리칼을 슥슥 문지르더니 곤란하다는 표정을 지었다. 그는 마치 누설해서는 안 될 천기라도 입에 머금은 양 혓바닥을 날름거리며 앞에 앉은 사람의 애간장을 태웠다.

"이런 거 그냥 말해도 되나……."

"궁금해 죽겠네. 동성애자라며? 그래서 알렉스 아브라함도 사실은 아브라함 회장의 클론이라며?"

랜스는 팔꿈치로 라이언을 쿡쿡 찌르며 물었다. 아무리 봐도 이놈은 군인이 아니라 제 엄마를 따라 교수를 했어야 했다. 얄팍한 지식수준을 뽐내는 걸 얄팍한 좆으로 딸 치는 것보다 좋아하니, 원.

"하여간 아무것도 모르는 녀석들이 루머는 다 퍼뜨리고 다닌다니까. 이리 가까이 와 봐, 어떻게 된 건지 얘기를 싹 풀어 줄 테니까."

랜스는 의자를 드르륵 끌어서 라이언 중위의 옆으로 이동했다. 키는 작지만 덩치는 권투 선수처럼 우람한 그가 학생처럼 의자에 몸을 꽉 끼워서 앉는 모습이 시선을 끌었다.

통로를 지나가던 밀러 중령은 과외 수업을 하듯 머리를 맞대고 있는 두 사람을 보며 걸음을 멈췄다. 특히 오리처럼 뒤뚱거리며 의자에 몸을 맞추는 랜스의 모습에 절로 웃음이 새어 나왔다.

"어떻게 생각해?"

"알렉스 아브라함 말씀이십니까?"

"그래, 뭔가 이상하지 않아?"

벽에 몸을 기대고 있던 요한은 식당 안을 흘끗 쳐다보더니 목소리를 낮췄다.

"라이언 중위의 말은 사실입니다. 화면 속의 알렉스 아브라함은 예전과는 분명 다른 모습이죠."

"리햅을 다녀왔다고 해서 본성이 바뀌진 않지."

"인공뇌일 가능성이 있습니다."

"인공뇌?"

두 사람이 서 있는 복도 허공에 홀로그램이 '핏' 하고 떠올랐다. 아벨이 띄운 낙원 뉴스 영상이었다. 밀러는 뉴스에 보도된 관리자 후보, 알렉스 아브라함을 관찰하는 눈초리로 응시했다. 순한 눈매에 선한 미소, 단정한 옷차림. 그는 자선 사업가로 보일 정도로 착한 얼굴을 겉에 걸치고 있었다.

"아브라함 회장은 특이한 사람입니다."

팔짱을 낀 채 서 있던 밀러는 그게 무슨 소리냐는 눈으로 요한을 쳐다보았다.

"스타시티의 몸집이 커져 가자 그는 전처럼 본인의 뜻대로 회사를 장악하는 데 어려움을 느끼게 됩니다. 그래서 주요 간부들을 뜻대로 조종하기 위해 그들의 머릿속에 인공뇌를 이식할 생각을 하죠. 약 십 년에 걸쳐 아주 철저하게 짠 플랜이었습니다. 간부들은 뇌종양, 뇌출혈 등의 사유로 외부에는 알려지지 않은 채 의료 수술을 받았고, 병원과 의사까지 미리 준비해 두었던 아브라함 회장은 그렇게 그들의 머릿속에 자신만의 조종기를 하나씩 심어 넣었습니다. 인공뇌 수술을 받게 될 경우, 환자의 성격은 미리 설정해 놓은 성격 중 하나로 세팅되어 매우 단조롭게 바뀌게 됩니다. 기억은 보존해 놓지만 인격과 행동거지가 획일화된 반응으로 나타나죠. 의학계에서도 인공뇌를 가진 사람을 과연 자아를 가진 인간이라 볼 수 있는지에 관해서는 여전히 논란 중에 있으니 말입니다."

평정을 잃지 않기로 유명한 요한이 웬일로 핏발 선 눈을 하고 있었다. 아브라함 회장과 무슨 원한 관계라도 있는 것일까? 아니면 인공뇌에 반감이라도 있나? 요한이 저렇게까지 속내를 보이는 건 드문 일이었다.

"위즈덤에서 개발한 신 안드로이드 모델은 인간의 뇌파를 이용해 안드로이드를 신체의 일부처럼 조종할 수 있다고 합니다. 이걸 핑계 삼아 위즈덤 측에서 신형 안드로이드를 의료 기기로 등록하려 할지도 모릅니다."

"병기형 안드로이드로 개발한 거니까 즉각적인 반응을 낼 수 있는 지휘 시스템이 필요했겠지. 저걸 의료용으로 개발하진 않았을 거야."

"물론입니다."

자원 전쟁으로 피폐해진 세계는 이제 막 달콤한 평화를 맛보고 있었다. 안드로이드의 병기화는 새로운 로봇 전쟁의 시대를 열게 된다. 그것만큼은 막고자 연맹군은 그동안 안드로이드의 병기화를 철저히 통제해 왔다. 그런데 스타시티의 자회사인 위즈덤이 이런 식으로 뒤통수를 칠 줄이야. 스타시티는 그동안 연맹국과 꽤 좋은 관계를 유지해 왔다. 때문에 위즈덤이 낙원의 우산 밑에 숨어서 병기형 안드로이드를 몰래 생산해 낼 것이라고는 상상조차 하지 못했다.

도대체 저걸 어디에 쓰려는 것일까? 테러리스트들에게 팔아서 수익을 남기겠다는 심산 같지는 않았다. 저들도 연맹군을 적으로 돌려서 좋을 일은 없기 때문이다.

"인공뇌란 인간을 안드로이드화시킨 느낌이군."

"아브라함 회장은 본인을 제외한 전 인류를 안드로이드화시켜 지배하는 게 꿈입니다. 소수의 엘리트만을 남기고요."

"아브라함 회장에 대해 잘 아는 듯한 말투인데?"

"아, 그에 대해 연구를 좀 해 봤습니다. 워낙 흥미로운 인물이라서요."

"인공뇌를 이식해서 안드로이드처럼 지배한다라……. 이해가 안 되는 건 아니지만 정상적인 사람이 할 법한 생각은 아니군."

요한은 낯선 눈빛으로 밀러를 쳐다보았다. 의식을 찾은 그는 쓰러지기 전과 묘하게 다른 분위기였다. 좀 시니컬해졌다고 해야 하나? 모든 일에 뾰족하다 싶을 정도로 냉소적이다.

메리의 죽음 때문일까? 정신적 쇼크가 상당했을 텐데, 그래도 생각보다 잘 버텨 주고 있었다.

유림 덕분일 것이다. 그녀마저 잃었다면 그가 어떻게 되었을지 상상조차 할 수 없었다. 유림은 밀러의 전부였다. 그녀만큼은 헤벨을 위해서라도, 연맹군을 위해서라도 무사해야 했다. 앞으로 유림이 헤벨을 떠나는 일은 없도록 해야겠다. 이참에 그냥 두 사람이 결혼하는 것도 나쁘지 않을 거란 생각이 들었다.

요한은 지치고 불안한 표정을 지었다. 과거처럼 다른 이들을 희생시킨 삶의 반석 위를 다시 걷고 싶지는 않았다. 밀러는 헤벨의 심장이고, 헤벨은 그가 겨우 찾은 마지막 안식처였다. 이 따뜻한 보금자리만큼은 잃고 싶지 않았다. 이곳만큼은, 이곳 사람들만큼은 반드시 지켜 내야 했다.

알림

에어쉽 1기 접근 중.
착함을 요청합니다.
착함을 승인하시겠습니까?

아벨이 띄운 시스템 메시지가 허공에서 붉게 깜빡였다. 요한은 메시지를 응시하며 입을 열었다.

"로스트 헤븐의 에어쉽인가?"

– 확인할 수가 없습니다. 인식 코드 불명.

아벨은 함 내에 대기 중인 장병들에게 '정체불명의 에어쉽 접근, 실전 대비'라는 경고 창을 띄웠다. 여유를 부리던 사병들은 전투가 임박했음을 깨닫고 각자 위치로 뛰어가기 시작했다. 그들은 경황이 없는 와중에도 식당 앞 통로에 서 있는 함장과 부함장 앞에 멈춰서 거수경례하는 것을 잊지 않았다.

"아군기는 아닌 것 같습니다."

"하지만 적군도 아닌 것 같은데."

밀러의 말에 요한도 동의한다는 듯 눈짓을 보냈다.

"아벨."

– 예, 함장님.

"해당 에어쉽과 통신을 연결할 수 있겠나?"

– 상대측으로부터 연결 요청이 들어와 있습니다. 연결하겠습니다.

밀러는 함미에 위치한 중앙조종실로 향했다. 절뚝거리며 그 뒤를 따르던 요한은 아리송한 표정을 지었다. 밀러의 얼굴을 보니 짚이는 게 있는 눈치였다.

"착함 승인."

요한은 갑자기 승인 명령을 내리는 밀러를 의아한 눈으로 쳐다보았다. 밀러는 허공에 뜬 통신 영상을 뚫어져라 바라보았다. 요한도 그의 어깨 너머로 영상을 함께 시청했다.

'맙소사!'

요한의 눈이 휘둥그레 커졌다. 밀러는 영상 속 주인을 보며 기쁜 듯 웃음을 터뜨렸다. 이렇게까지 좋아서 어쩔 줄 몰라 하는 밀러의 모습은 정말 오랜만이었다. 요한은 피식 웃으며 지팡이를 벽에 세웠다. 긴장을 좀 풀어도 될 듯싶었다. 적어도 전투 상황은 아니란 거니까.

밀러는 영상 속 주인에게 다정한 목소리로 말했다.

"안전하게 귀함하도록."

– Aye aye, sir.

상대는 걱정 말라는 듯 웃으며 통신을 종료했다.

주 격납고에 모인 장병들은 어리둥절한 표정으로 웅성거렸다. 전투가 터지는가 싶더니 300초도 지나지 않아 다시 대기 명령이 떨어졌다. 그들은 어수선한 기류 속에서 등장한 정체불명의 에어쉽에 눈길을 모았다.

날렵한 디자인의 붉은 에어쉽.

확실히 연맹군의 기체는 아니었다.

"로스티아벤 건가? 쟤네는 취향도 특이하네."

"멍청아! 저렇게 화려한 군용기가 어디 있냐?"

"그럼 민간기라고?"

에어쉽을 발견한 격납고 엔지니어들 사이에서 옥신각신 설전이 이뤄졌다.

"아벨의 분석에 따르면 껍데기는 러시아제 블랙 티타늄 합금이고 내부엔 불가시 모드에 스텔스 모드까지 탑재했대. 게다가 총탄까지 두둑하게 싣고 있단다. 이런 민간기 봤냐?"

"어느 돈 많은 재벌이 취미로 만들었을 수도 있지."

"저걸 취미로 어떻게 만들어! 돈만 있다고 저런 기체가 뚝딱 나오는 게 가능하냐고!"

한발 늦은 랜스는 술 취한 커크를 질질 끌며 격납고에 도착했다.

그는 머리를 낮춘 채 살금살금 도둑 걸음으로 열 맞춰 선 장병들 사이를 걸었다.

"함장님께 경례!"

요한이 명령하자 다들 관자놀이에 손을 붙이며 경례를 올렸다. 깜짝 놀란 랜스는 해롱거리는 커크를 바닥에 내팽개친 뒤 다리를 붙이고 경례했다. 그 바람에 정신이 퍼뜩 든 커크는 벌떡 몸을 일으키며 풀린 눈으로 '딸꾹' 하고 트림을 했다.

"뭐, 뭐야? 무슨 일인데?"

랜스가 '쉿' 하고 빨리 일어나라며 발길질을 했다.

"등신아, 함장님 오셨잖아!"

"함장님?"

고개를 빼꼼 내밀던 커크는 장병들 앞에 서 있는 밀러를 보고선 해롱거리던 눈을 비볐다.

"헉, 함장님!"

그는 스케이트장에서 미끄덩거리는 아이처럼 허둥거리며 바닥을 짚었다.

"나, 내가 여기엔 왜 있지? 뭐, 뭐야?"

헐레벌떡 일어서서 거수경계를 한 커크는 랜스를 흘끔거렸다. 고작 술 한 잔에 필름까지 끊긴 커크를 보며 랜스는 한심하다는 듯 혀를 끌끌 차고 있었다. 저러니 유림에게 고자 소리나 듣지. 혼자 자위하다 걸리질 않나, 하여간 허술한 새끼.

"중얼거리는 거 다 들린다, 이 콧수염 대마왕아. 그러는 넌 유림한테 거시기 털이란 털은 죄다 잡아 뜯겼잖아."

"거시기 털은 아직 안 뜯겼어, 새끼야!"

"그랬나?"

커크는 코를 후벼 파며 실실 쪼갰다.

"근데 다들 여기서 뭐하고 있는 거야?"

커크는 게슴츠레한 눈으로 멀리 보이는 붉은 에어쉽을 쳐다보며 물었다. 저게 뭔데 함장님까지 오신 거지?

그때, 빨간 에어쉽의 문이 날개처럼 위로 미끄러지듯 열렸다. 커크는 몸을 부르르 떨었다. 느닷없이 등골에 소름이 쫙 돋았다. 언젠가 유림에게 그의 '애장 히어로 속옷 1번'을 들키고 강탈당한 뒤 놀림감이 되었던 그날처럼 식은땀이 났다.

'설마……'

그는 불길한 눈초리로 정면을 응시했다. 안 좋은 예감이 들었다. 몇 년 전 혼자 자위하다가, 문 앞에 서 있던 유림이 피식 비웃고 있는 모습을 발견한 이래로 처음 느끼는 공포였다. 커크는 퀭한 눈으로 랜스에게 말했다.

"랜스, 나 속이 안 좋아."

"술 한 잔에 오바이트까지 하시려고?"

랜스는 실실 웃으며 이죽거렸다. 영상으로 남겨서 유림 오면 보여 줘야지. 신나서 스마트 워치의 각도를 맞추는 랜스를 보며 커크는 이를 바득 갈았다.

'저 망할 놈의 리본 콧수염! 확 다 뜯어 버릴라.'

문 열린 에어쉽 안쪽에서 검은 전투복을 입은 매끈한 몸이 폴짝 뛰어내렸다. 군살 하나 없는 허벅지와 엉덩이가 탱탱한 살을 출렁이며 등장하자, 남자들은 마른침을 꿀꺽 삼키며 그녀를 쳐다보았다. 유림은 그런 그들의 시선을 즐기듯 입꼬리를 말아 올렸다.

"이야, 내 환영식이야? 완전 감동인데?"

다들 입을 딱 벌린 채 얼어붙어 있었다. 유림은 이제 그만 쳐다보라며 눈을 찌릿 부라렸다. 그러자 장병들은 흠칫하며 고개를 냉큼 숙였다. 이곳에 모인 이들은 정확히 두 부류였다. 하나, 헤벨의 고양이에게 물려 봤거나 둘, 헤벨의 고양이에게 물려 본 이의 처참한 몰골을 목격했거나. 어느 쪽이든 저 예쁜 얼굴이 얼마나 지랄맞은 성질을 가지고 있는지에 대해서는 익히 잘 알고 있는 바였다.

"유림."

부드러운 목소리가 그녀를 불렀다.

"밀러!"

유림은 너른 가슴을 향해 폴짝 뛰어들었다. 그녀는 그의 어깨에 뺨을 부비며 허리를 꽉 껴안았다. 그러고는 행복한 미소로 눈을 감고 속삭였다.

"다녀왔어."

이제야 집에 온 기분이었다. 이렇게 그의 온기에 안기고서야, 비로소.

"어서 와, 내 고양이."

밀러는 그녀의 정수리에 입을 맞추며 속삭였다. 두 사람은 서로를 끌어안고서 말없이 긴 여운을 나눴다.

"누굽니까? 함장님 애인입니까?"

얼마 전에 이란에서 새로 왔다는 기술 장교가 어리둥절한 얼굴로 물었다.

"무지 예쁘지 말입니다."

"죽고 싶다면 가서 고백해라."

"예?"

"여기서 고양이에게 안 물려본 사람은 없지. 헤벨의 신고식 같은 거야. 사랑의 세레나데가 아니고 피의 세레나데지."

파머 대위는 심드렁한 얼굴로 대답하며 하품을 했다. 다들 킥킥거리며 웃었다. 기술 장교는 일렬로 서 있는 다른 장병들을 좌우로 쳐다보며 아리송한 표정을 지었다. 그러고는 흐뭇한 얼굴로 유림을 보며 웃었다.

한발 늦게 에어쉽에서 내린 케이는 허리를 들자마자 낯빛이 싸늘하게 굳었다. 망막에 비친 광경에 온몸의 피가 거꾸로 솟았다.

유림과 밀러가 서로를 꼭 끌어안고 있었다. 특히 유림의 정수리에 입술을 대고 있는 밀러의 표정은 애틋하기 그지없었다.

그는 무표정한 얼굴로 뚜벅뚜벅 걸어 나왔다. 인내는 반복과 연쇄의 고통이다. 치워 버리고 싶은 것들을 ─혹은 놈들을─ 보고 또 봐야 하니까.

낯선 인물을 본 장병들은 본능적으로 험상궂은 표정을 지었다. 그러거나 말거나 케이의 좁혀진 미간은 유림을 끌어안은 밀러의 팔만 노려보고 있었다.

"유림."

밀러의 품에 꼭 안겨 있던 유림은 고개를 들더니 손을 흔들었다. 케이가 옅은 갈색 머리칼 아래 예쁜 얼굴로 생긋 웃으며 서 있었다.

"뭐하고 있는 거예요?"

"응?"

"아무 남자나 그렇게 덥석 안고 그러면 안 돼요."

다정한 웃음을 머금고 다가온 케이는 팔을 들더니 순식간에 유림을 밀러에게서 떼어 냈다. 어깨를 잡힌 채 허공에 '붕' 들린 유림은 눈을 동그랗게 뜬 채 깜빡였다. 화분 하나를 옮기듯 유림을 번쩍 데려온 케이는 그녀를 뒤에서 가두듯 껴안았다.

"아무 남자가 아니라 밀런데……."

"나 빼곤 죄다 아무 남자예요."

그는 그녀의 귓가에 속삭이며 뺨에 쪽 입을 맞추었다. 그 모습을 보던 밀러의 눈초리가 공격적으로 변했다.

"유림."

"응?"

그는 웃음을 머금은 채 최대한 상냥한 어투로 말했다.

"이쪽으로 와."

"어?"

유림은 어리둥절한 표정으로 밀러를 쳐다보았다. 그는 그녀를 향해 팔을 벌리며 빙긋 웃었다.

"어서."

평소처럼 다정한 목소리긴 한데 눈빛이 묘하게 살벌했다.

"다른 남자면 몰라도 저 남자는 위험해. 오빠가 많이 걱정되니까……."

"오빠?"

바로 되묻는 케이의 입가에 비딱한 미소가 일었다. 밀러는 여유로운 얼굴로 한술 더 떠서 덧붙였다.

"그만 내 동생한테서 그 손 좀 떼어 줬으면 하는데, 애덤슨 중사?"

케이는 눈을 가늘게 휘며 웃더니 보란 듯이 유림을 안고 있는 팔에 더 힘을 주었다. 유림이 기분 좋은지 등을 비비며 웃자 그는 그녀의 입술에 살짝 키스를 했다. 그 모습을 본 밀러의 눈이 분노로 뒤집혔다.

"당장 유림에게서 떨어져! 당장! 그렇지 않으면……."

"않으면?"

그가 피식하며 도발하듯 물었다. 밀러는 입을 다물었다. 살기 어린 눈초리만 갈무리하며.

장교들은 침을 꿀꺽 삼켰다. 주 격납고 내에 전장보다도 더 무서운 바람이 일고 있었다. 다들 숨을 죽인 채 '저 두 사람, 말려야 하는 거 아니냐'며 수군거렸다.

"오!"

그때였다. 입구에서 나타난 인영이 감탄사를 외치며 격납고 한가운데로 걸어 나왔다. 남자는 유림을 보더니 박수를 치며 환영인사를 건넸다.

"귀환했군, 정 소위."

노아 호크였다. 다른 장병들과는 확연히 구별되는 제복 차림, 그는 낙원에서 보았던 마지막 모습 그대로였다.

케이와 밀러 사이에 떡하니 끼어든 호크는 유림을 향해 몸을 숙였다.

"내게도 감격의 재회를 안겨 줘야지 않나?"

"노망났나, 이 아저씨가!"

유림은 코앞에 얼굴을 들이미는 호크의 면상을 질색하며 밀어냈다. 턱과 뺨을 필사적으로 밀어내는 유림을 보며 호크는 웃음을 터뜨렸다. 케이는 호크를 향해 꺼지라며 발길질하는 유림을 안고 한 걸음 물러나며 조용히 입을 열었다.

"어디 숨어 있었나 했더니 여기 있었군, 노아."

호크는 능글능글한 어투로 두 사람만 들리도록 낮게 대답했다.

"미리 말씀 못 드려서 죄송합니다."

"됐으니까 내 권주에게 더러운 성희롱이나 그만하지?"

"하하, 성희롱이라니요. 권주…… 예?"

웃음을 터뜨리던 호크가 놀란 듯 멈칫하더니 되물었다. 그는 유림과 케이를 번갈아 쳐다보더니 굳은 얼굴로 되물었다.

"마스터께서가 아니고 정 소위가 권주가 되었단 겁니까?"

"불만 있나?"

케이는 생긋하며 특유의 미소를 지었다. 예쁘게 휜 눈웃음 속에는 살기가 어려 있었다. '내 권주에게 손대는 놈은 다 쳐 죽인다.'란 눈초리.

호크는 난감한 듯 허공을 응시했다. 유림은 아리송한 눈빛으로 갸웃거렸다.

밀러는 얼어붙은 채 대화를 듣고 있었다. 유림과 케이가 권속 관계가 됐다. 그 말인즉슨…….

예상 못한 것은 아니었지만 막상 닥치니 가슴이 묵직하게 저려 왔다. 호크는 당황했지만 노련하게 표정 관리를 하더니 '큼큼' 하고 유림의 어깨를 두들겼다.

"잘했다, 정 소위."

"예? 뭘요?"

"애완병 하나는 탁월하게 잘 골랐다는 뜻이다."

"예?"

'노아, 저 빌어먹을 자식이…….'

케이는 부글부글 끓어오르는 화를 식히며 잇새를 사리물었다. 호크는 피식 웃으며 격납고 출입문으로 향했다. 상황이 예상한 것 이상으로 재밌게 돌아가고 있었다. 그는 주먹에 잔뜩 힘을 준 채 서 있는 밀러와 어깨를 스치며 속삭였다.

"선수를 뺏겼군, 미카엘."

모두의 혼을 쏙 빼놓았던 호크가 퇴장하자마자 유림은 케이의 복부에 주먹을 날렸다. 퍽 소리와 함께 케이가 배를 잡고 쓰러졌다. 유림은 엄살 부리지 말라며 그의 무릎을 다시 한 번 세게 걷어찼다.

"엄살 아니고 정말 아픈데."

"웃기지 마, 에덴 타워 위에서 거꾸로 떨어뜨려도 멀쩡할 몸이 아프긴 뭘 아파!"

"잠깐, 맞기 전에 이유부터 좀……. 왜 화가 났어요?"

"화가 안 나게 생겼어? 다들 쳐다보고 있는 앞에서 그런 짓을……."

"아, 그런 짓."

케이는 바닥에 안짱다리를 하고 앉았다. 그러고는 턱을 괴고선 그녀를 물끄러미 응시했다.

"쑥스러워요?"

그가 투명한 눈가에 조각달처럼 완벽한 눈웃음을 머금었다.

"좋아하잖아요. 꼼짝 못하게 꽉 안고 키스해 주는 거…… 읍!"

"입 다물어!"

유림은 그의 입을 손으로 막은 채 주변을 확인했다. 씨근덕대던 그녀의 눈동자가 멍하니 서 있는 커크와 랜스를 보고선 움찔 동요했다. 두 사람 모두 넋을 잃은 고릴라처럼 양팔을 늘어뜨린 채 이쪽을 빤히 쳐다보고 있었다.

'제길!'

유림은 애써 차분한 표정을 지으며 케이의 입을 틀어막았던 손을 천천히 떼었다. 여태까지 쌓아 온 데드캣으로서의 카리스마와, 까불거리며 남성 장교들의 성적 자존감을 밟아 왔던 그간의 악동 짓거리가 주마등처럼 눈앞을 스쳐 지나갔다. 유혹과 수치심을 당근과 채찍처럼 번갈아 사용하며 저들을 조련해 왔건만 이렇게 무너지다니.

이제 곧 데드캣이 계집애처럼 남자 품에 안겨 희롱당하며 로맨틱영화의 주인공처럼 몸을 꼬았네, 소녀처럼 볼을 붉혔네 하는 스토리가 헤벨 곳곳에 피어날 것이다.

케이는 흘끗 커크와 랜스 그리고 그 외 전 기동수색대 팀원들 쪽을 쳐다보더니 눈치 빠르게 상황을 파악했다. 그는 눈을 휘며 웃었다. 빨개진 얼굴을 감추며 울상 짓고 있는 유림의 뒷모습을 보니 괜히 미안한 마음이 들었다. 남들 앞에서는 여자가 아닌 군인이고 싶은 그녀인데.

"걱정 마요. 내가 알아서 할게요."

"뭘 어떻게 알아서 할 건데?"

"지금 이 순간부터 난 브루클린의 성녀에게 꼼짝도 못하는 애덤슨 중사예요. 맞아서 빌빌대고 과녁처럼 걸려서 벌 받는 성녀님의 골칫덩이."

유림이 우울한 표정으로 돌아서자 그는 그녀의 허리를 확 끌어당기며 속삭였다.

"속상해하지 마, 내가 잘못했으니까."

낮게 달래는 목소리가 가슴 한 구석을 덜컥, 우묵하게 휘저었다. 맥박이 두근거리며 요동친다.

생각보다 반응이 유순하자 케이는 그녀를 빤히 관찰했다. 고개를 끄덕이며 발그레 뺨을 붉히는 유림의 모습에 그는 홀린 듯한 표정을 지었다. 넋을 잃고 유림의 얼굴을 쳐다보던 케이는 비스듬히 고개를 숙여 '쪽' 입을 맞췄다.

"바보! 뭐하는 거야?"

"아……."

그의 얼굴을 밀쳐 낸 유림은 버럭 소리치며 성큼성큼 걸어가 버렸다. 케이는 꿀 먹은 벙어리처럼 아무 말도 하지 못했다. 일순 이성을 잃은 자신에 대해서는 아무 생각도 나지 않는 듯, 그저 일말의 아쉬움이 담긴 눈빛으로 그녀의 뒷모습을 바라볼 뿐이었다.

하여간 잠시만 틈을 주면 시도 때도 없이 저런다니까. '내가 알아서 할게요.' 좋아하시네, 변케이 같으니!

유림은 밀러의 곁으로 가더니 뭐라고 종알종알 성을 내며 함께 걷기 시작했다. 케이는 모르는 척 떨어져 걸으며 조용히 귀를 기울였다. 열 걸음 이상 떨어져 있었지만 유림이 바로 옆에서 재잘거리는 것처럼 잘만 들려왔다. 그녀는 '케이, 케이'거리면서 그에 대한 불만을 와르르 쏟아 내고 있는 중이었다. 그는 흡족한 듯 입꼬리를 실룩 움직였다.

반면 유림의 어깨를 안은 밀러의 눈초리에서는 질투심이 묻어났다. 그와 눈이 마주친 케이는 투명한 눈동자로 생긋 무시했다. 유림도 회포를 풀 시간이 필요하긴 할 테니까, 잠시 그녀를 뺏겨도 참아야겠다. 케이는 억지로 두 사람에게서 고개를 돌렸다. 안 보는 게 상책이다.

격납고 내로 시선을 옮기던 케이는 뭔가를 발견하고선 걸음을 멈쳤다.

함장이 나가자, 대열을 지키고 있던 장교들도 해산하기 시작했다. 랜스와 커크는 제일 먼저 총알같이 유림과 밀러의 뒤를 쫓았다. 몇몇 엔지니어들은 이때다 싶어 붉은 에어쉽 주위에 와자지껄 모여들었다.

텅 빈 공간에 홀로 멍하니 서 있던 요한은 휘청거리며 지팡이를 움켜쥐었다. 지팡이를 놓친 그는 바닥에 스르르 주저앉았다. 동공이 커다랗게 질린 요한은 잔뜩 겁을 먹은 기색이었다.

정면에서 터벅터벅 걸어오는 발걸음 소리가 들려왔다. 요한은 백짓장처럼 파리한 낯빛으로 고개를 들었다. 케이가 바닥에 한쪽 무릎을 대고 앉은 채 그의 눈을 빤히 응시하고 있었다.

"아, 아담……."

그는 사색이 된 요한을 향해 담백한 눈웃음을 지었다.

"오랜만이야, 요한 가르두치."

· · ·

낙원을 떠난 제인 헬렌 왓슨이 찾은 곳은 미국의 시카고였다. 시카고는 왓슨 그룹의 수장인 램지 왓슨이 유년 시절을 보낸 곳이다. 램지는 그가 태어난 하이랜드 파크의 저택에서 말년을 보내고 있었다.

몇 년 만에 그를 본 제인은 그 자리에서 탄식을 흘렸다. 오랜만에 본 조부는 많이 야윈 상태였다. 뒤늦은 회한이 밀려왔다. 그 이기적인 남자를 갖겠다며 '이브'란 이름으로 철딱서니 없는 시간을 보내는 동안, 그녀를 길러 준 조부는 홀로 외롭게 삶의 마지막 날을 세고 있었다.

"미안해, 할아버지. 내가 잘못했어."

제인은 서글픈 얼굴로 램지의 얇은 어깨를 끌어안았다. 문득 두려움을 느꼈다. 그마저 떠나면 그녀는 진정 세상에 혼자였다. 앙상하게 툭 튀어나온 그의 쇄골을 어루만지며 제인은 눈물을 글썽였다. 정작 램지는 괜찮다면서 검버섯이 핀 손으로 그녀의 등을 토닥토닥 두들기며 위로하고 있었다.

어린 시절부터 온갖 패악질이란 패악질은 다 부리고 다닌 제인이었다. 그렇게 비뚤어져 가는 손녀의 성질머리를 알면서도 램지는 오히려 그녀를 더 애지중지 키웠다. 일찍이 부모를 여읜 탓이라며, 그게 되레 그녀를 망치는 길이란 걸 알면서도 딱한 마음에 어찌할 도리가 없었다.

"할아비는 괜찮은데 힘들게 뭣하러 이리 먼 곳까지 왔어? 카인 이사와 무슨 일이라도 있었던 게야?"

"흐흑…… 할아버지!"

"뚝, 울지 말고……."

북받쳤던 감정이 봇물처럼 터져 나왔다. 제인은 고목처럼 마른 램지의 팔을 부여잡고 오열했다.

왜 그렇게 공허한 애정을 갈구했을까? 그녀가 그토록 원했던 온기는 이곳에 있었는데.

겉보기엔 아름다웠던 남자였다.

하지만 혹독한 겨울을 거치고서야 깨달았다. 그는 설원처럼 봄이 오면 녹아 없어질 환상이었단 것을.

"회장님, 손님이 찾아오셨습니다."

저택 집사인 로버트가 누긋한 목소리로 알렸다. 육십 대 정도로 보이는 그는 사실 삼십 년 가까이 된 고물 안드로이드였다. 몇 차례나 폐기될 위험에 처했지만 그때마다 램지는 그를 고치기 위해 단종된 부품들을 찾아 전 세계를 헤맸다.

로버트가 다가와 귓속말을 하자 램지는 조용히 고개를 끄덕였다. 서로 미소를 짓는 두 사람을 보며 제인은 슬픈 표정을 지었다.

이제 알았다. 조부는 고독한 것이다. 외롭고 외로운 삶의 끝에 오니, 오랫동안 곁에 둔 안드로이드가 유일한 친구이자 가족이었을 정도로 적적한 인생이었다.

"네가 오니 좋구나."

램지가 희미하게 웃으며 말하자 제인은 누워 있는 그의 주름진 손을 잡았다.

"앞으로는 쭉 할아버지 곁에 있을 거예요."

"그래, 그래 주면 나야 고맙지."

엘 카인에 관한 소식은 전하지 않는 편이 좋겠지. 그를 아들처럼 여겼던 램지였으니 적지 않은 충격을 받으리라.

제인이 그렇게 마음먹기가 무섭게 침실 문이 열렸다.

집사 로버트 옆에 웬 여자 한 명이 서 있었다. 흑갈색 머리에 아담한 체구인 백인 여자는 사십 대 중반쯤으로 보였다. 창백한 뺨에 촘촘히 박힌 주근깨가 인상적이었다. 그녀는 조금 시대가 지난 듯한 디자인의 정장 스커트를 입고 있었는데, 어디서 재단을 했는지 몸에 맞춤처럼 어울렸다. 오래된 영화 속에서나 볼 법한 클래식한 옷과 구두, 머리 모양새였다.

"회장님과 단둘이서 이야기를 좀 나누고 싶은데 괜찮을까요?"

제인은 의심스러운 눈초리로 그녀를 쳐다보았다.

"나보고 나가라고?"

여자는 램지를 쳐다보았다. 그는 어느새 몸을 주섬주섬 일으키고 있었다. 램지는 여자를 지그시 바라보더니 입을 열었다.

"제인, 잠시만 자리를 비켜 주거라."

제인은 납득되지 않는다는 표정으로 마지못해 문밖을 나섰다. 저택 밖으로 나오자 정원 너머 커튼이 걷힌 창문을 통해 램지의 침실이 보였다. 침대 헤드에 몸을 기대고 앉은 그는 여자를 물끄러미 올려다보고 있었다. 제인은 잔디밭에 놓인 벤치에 앉아 두 사람을 빤히 주시했다.

'처음 보는 여잔데.'

제인이 의문 어린 시선을 던지자 옆에 따라온 로버트는 모르겠다는 표정으로 말했다.

"저도 처음 뵙는 분입니다. 회장님의 개인 기록 어디에서도 그녀에 관한 정보는 찾을 수가 없었습니다."

제인은 '그럼 그렇지, 고철 덩어리인 네가 아는 게 뭐가 있겠냐'는 표정으로 눈을 흘겼다.

낙원에 있다가 세상 밖으로 나오니 과학 기술이 수십 년은 후퇴한 느낌이었다. 안드로이드부터 에어쉽, 홈 케어 시스템, 건물과 도시 설계까지 로스트 헤븐은 모든 면에서 차원이 달랐다.

'그나저나 대체 무슨 이야기를 나누고 있는 거지?'

제인은 연거푸 한숨을 내쉬며 짜증 섞인 눈초리로 로버트를 째려 보았다. 왓슨의 눈이 없으니 아쉬운 대로 로버트의 눈이나 활용해 볼까 했더니, 저 늙은 안드로이드의 눈은 없느니 만도 못하다.

"무슨 도움이라도 필요하십니까?"

"됐어. 가서 밥이나 해."

"이미 다 준비해 놓았습니다."

"그럼 다시 해!"

"뭔가 마음에 안 드는 점이라도⋯⋯."

"토 달지 말고 다시 하라면 그냥 다시 하라고!"

"어차피 같은 메뉴가 될 텐데요. 정확히 어떤 점에서 마음에 안 드시는지 말씀을 해 주시면 개선하는 데 도움이 될 겁니다."

제인은 "악!" 소리를 지르며 머리를 쥐어뜯었다. 그녀는 자리에서 벌떡 일어나 씨근덕대며 로버트를 노려보았다.

'눈치라고는 더럽게 없어 가지고! AI 주제에 진짜 노인네처럼 무슨 똥고집을 부리는 거야? 이거 불량 아니야? 제조사가 대체 어디야!'

그녀는 다짜고짜 로버트의 뒤통수를 낚아채서 옷깃을 뒤집었다. 목 주변을 이리저리 뜯어봤지만 어디에도 제조사나 모델명은 없었다. 아, 구식 기기들은 발뒤꿈치에 나와 있던가?

화난 얼굴로 기웃거리는 그녀를 보던 로버트는 인자한 얼굴로 빙그레 웃었다.

"절 만드신 분은 시베리아 연구소 소속의 과학자셨습니다. 나노 과학 분야에서는 타의 추종을 불허하는 실력자셨고, 노벨상을 두 차례나 받기도 한 분이셨지요. 전 박사님께서 취미로 개발한 '실수가 만들어 낸 완벽한 결함 시리즈' 중 하나입니다."

네이밍 센스 한번 괴상망측하다. 제인은 '그 로봇에 그 주인'이라고 생각하며 눈초리를 가오리처럼 흘겼다.

"취미로 만든 모델인 주제에 어떻게 왓슨 본가에 와 있는 거야?"

"2072년 2월 16일, 스위스에서 정기 나노 학회가 열린 날이었습니다. 박사님께서도 물론 참가하셨지요. 학회 발표가 끝난 뒤 박사님께서는 여흥으로 본인이 만든 창작품 몇 개를 뒤풀이에서 선보이셨습니다. 그리고 때마침 그 자리에 계시던 회장님께서 박사님의 발명품 중 하나에 눈독을 들이신 겁니다."

"그게 너라고?"

"그렇습니다. 전 페트로비치 박사님께서 만든 최초의 '실수를 할 줄 아는 안드로이드'입니다. 저는 제 자신도 예측하지 못하는 확률로 오류를 범하고, 그 오류를 유머로 넘길 줄도 압니다."

"안드로이드에 그런 기능은 필요 없어."

제인이 따분하다는 얼굴로 말하자, 로버트는 가만히 웃었다.

"그게 바로 박사님께서 일반인들과 다르신 점이겠지요. 박사님께선 기능만 하는 AI가 아닌 인간적인 AI를 창조하고 싶어 하셨으니까요."

— 인간이 기계와 다른 점은 실수를 한다는 것이고, 인간이 짐승과 다른 점은 유머를 즐길 줄 안다는 겁니다. 이 녀석을 사람처럼 대해 보십시오. 그럼 로버트와 조금 더 재밌게 지낼 수 있으실 겁니다.

그 박사라는 자가 할아버지한테 전했다는 말이었다. 제인은 코웃음을 쳤다. 안드로이드를 사람처럼 대해 보라니, 그럼 그냥 사람을 쓰지 누가 안드로이드를 쓰겠어?

안드로이드는 기계고 프로그램이다. 기계는 정해진 알고리즘대로 일 처리를 하고, 내려진 명령에 무조건 복종한다. 실수는 곧 결함이자 오류고, 감정 없는 로봇에게 농담이란 기적에 가까운 현상이다. 그 박사라는 작자는 기적이라도 행하고 싶었던 것일까? 제인은 이해할 수 없다는 표정으로 입을 다물었다. 로버트도 그런 그녀를 바라보더니 더 이상 아무런 말도 하지 않았다.

두 사람은 약속이라도 한 듯 동시에 램지가 있는 침실 쪽을 쳐다보았다. 그는 여전히 낯선 손님과 대화를 나누고 있었다.

여자는 장미 문양이 새겨진 자그마한 전자담배를 입가에 물었다.

"오랜만이구나, 램지."

램지는 혼란스럽다는 듯 그녀를 쳐다보았다.

"레이첼 씨, 어떻게……."

"어떻게 살아 있느냐고?"

레이첼이 웃으며 되물었다. 램지는 현기증이라도 느끼는 듯 관자놀이를 짚으며 침대 헤드에 등을 기댔다. 그의 동공이 아득한 기억 속으로 침식했다.

'벌써 팔십여 년이나 흘렀나.'

시커먼 먹구름이 밀려온 하늘은 비도 내려 주지 않았다. 레이첼의 장례식은 그녀가 죽기 전까지 다니던 교회에서 치러졌다. 하얀 대리석 교회는 잿빛 하늘을 향해 슬픈 종소리를 울렸다. 관 속 그녀의 얼굴은 소녀처럼 평온했다. 고되고 서러웠던 삶의 흔적 따위는 보이지 않을 정도로.

"램지, 아직도 신을 믿니?"

레이첼은 굳은 표정의 램지를 향해 시니컬하게 웃었다.

"난 믿지 않아. 다 부질 없었어. 내 기구하고 억울한 삶의 끝을 믿음 하나로 돌려보고자 했지만 결국 처음부터 외면당한 인생에 반전 따위는 없었지. 그토록 간절히 기도하고 봉사했건만 무엇 하나 내게 돌아오는 건 없었어."

"믿음의 대가로 뭔가를 원해서는 안 됩니다."

"넌 정말 아무것도 바라지 않니?"

그녀는 검버섯투성이인 그의 늙은 얼굴을 내려다보며 미소 지었다.

"이대로 죽지 않고 제2의 삶을 살 수 있다면? 다 늙어서 더 이상 움직일 수도 없는 몸뚱이 대신 젊은 시절의 육체로 돌아갈 수 있다면? 매일 죽음을 기다리며 두려움 속에 잠드는 대신 창창한 앞날을 기약할 수 있다면?"

삐쩍 마른 고목처럼 누워서 듣던 램지의 동공이 굽이치며 일렁였다.

"세상에 신은 없어. 적어도 우리 같은 이들에겐 없는 존재나 마찬가지지. 네 어머니를 떠올려 보렴. 그렇게 독실한 교인이었는데 결국 그 젊은 나이에 가 버렸잖니? 네 손녀인 제인은 어떻고? 엘카인이 그녀에게 무슨 짓을 했는지 봐. 신이 존재한다면 네게 이럴 수는 없겠지……."

밖에 앉아 있던 제인은 지루한 얼굴로 하품을 하며 손에 턱을 괴었다. 무슨 얘기를 저리 길게 하는 것일까? 그녀는 눈을 게슴츠레 뜨고 램지가 있는 창가 쪽을 응시했다. 잠시 멍하니 있던 그녀가 갑자기 휘둥그레진 눈으로 벌떡 일어섰다.

"할아버지?"

창밖에서 본 램지가 등을 보인 채 벽에 걸린 모포처럼 힘없이 축

늘어져 있었다. 그는 레이첼의 좁은 어깨에 팔을 매달고 흐느끼며 어깨를 들썩였다. 제인은 험상궂은 눈빛으로 이를 사리물었다. 그녀는 한달음에 저택 안으로 뛰어가 침실 문을 박차고 열었다.

"할아버지!"

때마침 레이첼이 또각또각 문밖으로 걸어 나오고 있었다. 그녀는 문 앞에서 마주친 제인을 보며 생긋 웃었다.

"덕분에 이야기 잘 나눴습니다."

"거기 멈춰."

제인의 싸늘한 목소리에 레이첼은 어깨로 시선을 떨어뜨리며 물었다.

"제게 하실 말씀이라도?"

로버트는 램지의 침상에 다가가 힘없이 누워 있는 그의 몸 상태를 체크했다. 그는 걱정스러운 얼굴로 쳐다보는 제인에게 괜찮다는 듯 고개를 끄덕였다. 그제야 안심한 제인은 문을 닫고 레이첼을 끌고 나왔다.

"할아버지와 무슨 대화를 했어?"

"아, 그거요."

레이첼은 잠시 허공을 응시하더니 별거 아니라는 듯 대답했다.

"살려 달라고 하시더군요."

"그게 무슨 소리야?"

"회장님께서……."

그녀는 조롱을 담은 눈가에 웃음을 머금었다.

"제게 목숨을 구걸하시더군요."

철썩! 레이첼의 뺨을 때린 제인은 씨근덕거리며 그녀를 죽일 듯 노려보았다. 제인은 눈을 부라리며 다시 손을 올렸다. 레이첼은 불시에 얻어맞은 뺨을 손으로 어루만지며 멍하니 제인을 쳐다보았다. 그녀가 얼빠져 있는 틈을 타 제인은 레이첼의 뺨을 다시 한 번 '철썩!' 후려쳤다. 휘청거리던 레이첼은 뒤로 주춤 물러섰다.

"네 까짓 게 감히!"

악다구니를 쓰며 달려들던 제인은 멈칫 손바닥을 내려다보았다. 얼얼한 감촉과 함께 손바닥이 빨갛게 부어 있었다.

'뭐지?'

제인은 의심스러운 눈초리로 레이첼을 쳐다보았다. 욱신거리며 부은 그녀의 손과 달리 레이첼의 뺨은 벌건 자국 하나 없이 멀쩡했다. 그녀의 눈동자가 '설마…….' 하고 크게 일렁였다.

제인은 어려서부터 폭력적인 성향이 다분했다. 온화하고 차분한 램지의 핏줄이란 게 믿겨지지 않을 정도로 사나운 아이였다.

성형수술을 한 뒤 모델 이브로서 청순한 이미지를 내세웠지만 제인의 성질머리를 아는 에덴 타워의 관계자들은 모두 혀를 내두르며 고개를 내저었다. 지금껏 그녀가 분풀이 대상으로 부순 안드로이드만 수십 대, 그녀의 히스테리를 못 견디고 나간 경호원의 수만 서른 명이 넘었다.

에덴 타워로 납품되는 안드로이드들은 대개 위즈덤에서 제조된다. 위즈덤에서 생산된 안드로이드의 인공피부는 다른 제조사들의 것보다 훨씬 인체에 가깝다고는 하나, 소돔에서 매춘부로 쓰는 용도가 아닌 이상 일반 가정용이나 사무용 안드로이드의 피부 조직은 피부의 탄성이나 감촉 면에서 뻑뻑하고 두터운 감이 있었다.

그렇지만 직접 만져 보기 전까지는 눈치챌 수 없었다. 사람처럼 실수를 하고 농담을 하는 로버트도 특이했지만 그를 포함한 AI들에게는 기본적으로 패턴이란 게 존재했다.

인간을 조롱하고 모욕하며, 또 그것에 희열을 느끼는 로봇은 심지어 낙원 내에서도 본 적이 없었다.

제인의 뇌리 속에 불현듯 공중 정원에서 사회를 보던 사회자의 모습이 떠올랐다. 능숙능란하게 행사를 이끌던 그 남자의 정체는 놀랍게도 안드로이드였다. 그리고 그것 역시 위즈덤에서 제조한 안드로이드였다.

"너 정체가 뭐야?"

레이첼은 엉덩이를 툴툴 털고 일어나더니 어리둥절한 표정으로 되물었다.

"무슨 말씀이신지?"

"안드로이드잖아! 속일 생각 하지 마."

"……."

"우리 할아버지한테 무슨 짓을 했어?"

램지는 이 여자의 얼굴을 보자마자 놀란 표정을 지었다. 그녀가 안드로이드라는 사실은 전혀 모르는 눈치였다. 그렇다면 누군가 의도적으로 이 녀석을 제작해 조부에게 접근시켰다는 의미다.

레이첼은 의외라는 눈빛을 지었다. 성질 더럽고 욕심 많은 왓슨가의 공주님이라고만 들었는데 생각보다 예리한 구석이 있었다. 이런 타입은 호불호가 분명하다. 적은 많지만 제 사람에게는 확실히 의리를 지킨다.

에밀리 로즈와 닮았다, 세상물정 모르는 아가씨의 고집스러운 면이.

그녀도 그랬다. 온 세상에 제 매력을 발산하고 싶어 하면서 정작 본인이 갖고 싶어 했던 것은 '한 남자'에 불과했다. 철부지 아가씨의 순정은 사랑스럽고 순수했다. 그래서 이용하기도 쉬웠다. 엘 카인도 제인 왓슨의 그런 점을 꿰뚫어 본 게 아닐까?

"인간은 죽음 앞에 당면하면 태어날 때 모습 그대로 헐벗은 존재가 됩니다. 그리고 비로소 깨닫습니다. 신들은 결코 우리에게 두 번째 기회 따윈 주지 않는다는 걸."

레이첼의 말에 제인은 흔들리는 눈으로 동요했다.

일평생 자존심과 긍지만은 누구보다도 곧고 높았던 램지였다. 그런 그가 누군가에게 그리 절박하게 매달리고 애원하는 모습은 그녀로서도 처음 보는 장면이었다.

"그러게 왜 그렇게 회장님을 홀로 오랫동안 내버려 두셨나요?"

제인은 얼어붙은 눈으로 아무 말도 하지 못했다.

또각또각 멀어져 가는 발소리를 멍하니 바라보던 제인은 굳은 얼굴로 천천히 돌아섰다. 로버트가 서 있었다. 감색 바지에 베이지색 체크 조끼를 입은 단정한 모습으로.

"로버트."

"예, 아가씨."

"저 여자…… 누구야?"

"누군지 정확히 알아내지는 못했지만 위즈덤에서 보낸 이인 듯 합니다."

그는 제인의 눈앞에 램지의 개인 문서 창을 띄웠다.

"뉴 라이프 프로젝트?"

램지의 메일함을 열자마자 첨부된 계약서 하나가 눈에 들어왔다.

"맨 아래에 있는 특약 사항을 읽어 보십시오, 아가씨."

"최우선 순위로 가기 위한 특약 조건……."

파란 윤곽선의 문서 내용을 빠르게 읽던 제인의 눈동자가 충격으로 커지기 시작했다.

"램지 왓슨과 제인 헬렌 왓슨의 이름 앞으로 되어 있는 로스트 헤븐의 지분과 권리를 전부 알렉스 아브라함에게 양도할 것에 동의한다……."

그녀는 창백한 얼굴로 휘청거리며 주저앉았다.

"하, 할아버지……."

뉴 라이프 프로젝트에 최우선 순위로 가입하는 조건으로 로스트 헤븐의 지분과 권리를 양도했다는 건가? 공과 사의 구분이 명확하던 조부가 이런 일을 저질렀다는 게 믿겨지지 않았다.

그때 저택 상공에 긴 꼬리구름 하나가 포물선을 그리며 나타났다. 파란 하늘에 엔진 소리를 울리며 등장한 에어쉽은 문에 익숙한 마크를 달고 있었다. 진주색 기체는 정원을 가로질러 저택 정문 앞에 멈추더니 서서히 하강을 시도했다.

"이런, 제가 한발 늦었나 보군요."

에어쉽에서 내린 여자는 반대편 상공을 올려다보며 말했다. 그쪽은 방금 전 레이첼이 타고 간 에어쉽이 사라진 방향이었다.

"클라크 의원? 당신이 여긴 어쩐 일로……."

멜리사는 대답 대신 모호한 미소를 지어 보였다. 제인은 그녀가 내린 에어쉽의 마크를 곁눈질로 확인했다. 황금색 아름드리나무 문양. 제인은 이를 바득 갈았다.

"평의회가 보냈어?"

"설마요. 방금 막 의원직을 때려치우고 오는 길입니다."

그렇게 대답한 멜리사의 입가에는 속 시원하다는 미소가 걸려 있었다. 제인은 의아한 눈초리를 지었다. 그러고 보니 그녀의 재킷에 늘 달려 있던 평의회 배지가 보이지 않았다.

"뉴스를 못 보신 겁니까?"

"무슨 뉴스?"

"위즈덤 대표인 알렉스 아브라함이 낙원의 새 관리자로 선출되었습니다."

제인은 할 말을 잃은 표정을 지었다. 대체 낙원이 어떻게 돌아가려고 그러는지. 불과 며칠 전까지만 해도 그녀의 세상이었던 곳이었는데, 이제는 먼 나라 이야기처럼 느껴졌다.

'그럼 카인은?'

새로운 관리자가 뽑혔다는 건 이전 관리자가 자의가 됐든 타의가 됐든 물러났다는 의미였다. 낙원에 제 편이라곤 하나 없을 텐데 엘 카인은 무사할까? 제인은 입 안에서 맴도는 질문을 차마 묻지 못한 채 속으로 삼켰다. 그녀의 표정을 읽은 멜리사가 입을 열었다.

"엘 카인 전 대표는 여전히 행방이 묘연한 상태입니다."

제인은 다행이란 듯 한숨을 내쉬었다. 멜리사는 바로 본론으로 돌입했다.

"이대로 그들의 손에 낙원이 넘어가는 것을 보고만 계실 작정입니까?"

"어쩔 도리가 없어. 할아버지의 환후가 위중한 데다가 카인은 연락조차 닿질 않는걸."

"엘 카인이 낙원의 관리자로 인정받았던 건 왓슨 회장님의 승인이 있었기 때문입니다. 낙원의 관리자는 왓슨가의 사람이어야 합니다. 어찌 되었든 로스트 헤븐은 왓슨가의 재산이니까요."

"왓슨가의 재산이라……. 더 이상 그렇지도 않아."

"그게 무슨 말씀이십니까?"

제인은 그녀에게 뉴 라이프 프로젝트 계약서를 보여 줬다. 멜리사는 허공에 뜬 계약서를 빠르게 읽어 내렸다. 시선이 아래로 향할수록 그녀의 눈동자는 점차 커진 채 굳었다.

"이제 낙원은 놈들 거야."

솔로몬이 뭔가 선수를 칠 거라고 예상은 했지만 이건 생각지도 못한 방식이었다. 이 남자는 오래전부터 램지를 지켜보고 있었다. 무서울 정도로 계획적이고 치밀한 인간이었다.

"빼앗겼다면 다시 탈환하면 됩니다."

"뭐?"

"아가씨께서 직접 낙원을 되찾으십시오. 저 멜리사 클라크가 보좌하고 돕겠습니다. 그게 바로 제가 아가씨를 찾아온 이유입니다."

잠시 침묵이 내려앉았다. 제인은 바닥을 짚고 일어서서 허공을 응시했다. 두 사람의 대화를 듣고 있던 로버트는 미소를 띠운 채 저택 내로 돌아갔다.

"아이작 라이트 의원을 포함해 우리야 세르게이까지 평의원들 모두가 솔로몬과 한통속인데 내가 뭘 어떻게 할 수 있겠어?"

"우리야 세르게이 총사령관도 건드리지 못하는 사람이 있지 않습니까? 그가 발언권을 행사하는 건 한 번도 보지 못했지만, 의장인 세르게이 총사령관보다 강력한 힘을 가진 사람이란 건 확실합니다."

"그게 누군데?"

멜리사가 무거운 눈빛으로 목소리를 낮췄다.

"그자는 낙원의 설계자라 불립니다."

"낙원의 설계자?"

"혹시 누군지 아십니까?"

그녀는 그간 백방으로 그에 대해 수소문을 해 보았다. 그러나 뜬구름 같은 소문을 제외하고서, 실질적으로 그에 대해 획득할 수 있는 정보는 아무것도 없었다.

"아니면 회장님께서는 그 사람이 누군지 아실까요?"

"할아버지는 낙원에 관한 모든 사항을 카인에게 전임했었어. 실제로 할아버지께서 로스트 헤븐에 대해 아는 건 나보다도 없을 정도야."

"확실한 건 왓슨 3세를 다루려면 관리자 권한이 필요하고, 관리자 권한을 부여할 수 있는 사람은 낙원의 설계자뿐이라는 겁니다. 아마 그가 왓슨 3세의 창조자일 테지요. 결국 알렉스 아브라함도 낙원의 설계자를 포섭하기 위해 접촉을 시도할 수밖에 없을 겁니다. 그전에 우리가 먼저 선수를 쳐야 합니다."

그녀의 말에 제인은 당혹스러운 표정을 지었다. 낙원에 있을 당시에도 정치판에서는 발을 빼고 있었던 그녀였다. 경황이 없을 게 당연했다. 멜리사는 일단 어쩔 도리가 없다는 어조로 말했다.

"엘 카인 전 대표를 찾는 수밖에요."

"카인도 로스트 헤븐을 기획했던 장본인은 아니었어. 당시 로스트 헤븐 프로젝트를 담당했던 이는 따로 있었는데……."

제인은 손톱을 깨물며 기억을 곱씹었다. 흐릿한 기억 너머로 하얀 연구복을 입고 다니던 남자의 모습이 떠올랐다.

"몇 번 본 적 있었어. 로스트 헤븐 프로젝트의 총책임자라면서 인사를 나눴거든. 동양인이었는데 이름이 뭐였더라…… 리? 리 박사였나?"

"리 박사란 말이지요?"

제인이 고개를 끄덕였다.

"로스트 헤븐은 곧 전쟁의 소용돌이에 휩쓸릴 겁니다. 연맹군에서 움직일 기미를 보이고 있어요. 우리도 발을 담가야 합니다. 이러다간 자칫 낙원이 연맹군이나 위즈덤 손에 떨어질 거예요. 혹 낙원 내부에 믿고 도움을 청할 만한 인물은 있으신지요?"

제인은 순간 마지막으로 인사를 주고받았던 사샤의 얼굴을 떠올렸다.

"한 명 있기는 한데……."

"신뢰할 수 있는 분입니까?"

멜리사의 눈빛에 걱정이 스쳤다. 워낙 폐쇄적인 삶을 살아온 제인이었다. 그런 그녀가 제대로 사람을 볼 줄이나 알까? 주위에는 순 아첨꾼들밖에 없었을 텐데.

제인은 자조적으로 웃으며 답했다.

"내게 유일하게 쓴소리와 막말을 하는 친구야. 날 싫어하거든."

. . .

한편 헤벨의 식당에서는 작은 환영회가 열렸다. 전 기동수색대 대원들이 귀환한 유림을 위해 준비한 조촐한 선물이었다.

"어이, 데드캣!"

커크가 다가와 옆자리에 앉자 유림은 대번에 얼굴을 찌푸렸다. 그와 잘 붙어 다니는 랜스도 맞은편에 앉았다. 랜스의 콧수염을 본 유림은 눈썹을 치켜세웠다.

"이, 이건 안 돼."

랜스가 콧수염을 잽싸게 손으로 가리자 유림은 코웃음을 쳤다.

"더러워서 만지기 싫어, 나도."

"더럽긴 뭐가 더러워! 매일 씻고 에센스도 발라 주는데."

"그게 더럽다는 거야! 그냥 면도를 하란 말이야. 설마 가슴 털도 그렇게 소중히 기르는 건 아니겠지?"

"또 그런 성차별적인 발언을……."

랜스는 씨근덕대며 콧김을 내뿜었다. 유림은 혀를 끌끌 차며 맥주를 들이켰다. 생긴 건 대장장이같이 우락부락하면서 속은 여려 가지고. 옆에서 눈을 흘기며 기회를 엿보던 커크는 이죽거리며 물었다.

"그 남자는 뭐냐? 애인이냐? 아주 폭 안기더니 가슴을 막 흔들면서 애교를 떨던데…… 크헉!"

'픽!' 소리와 함께 유림의 왼 주먹이 커크의 배에 박혔다.

"내 가슴이 흔들리는 걸 네가 봤어?"

"봐, 봤는데…… 진짜 출렁출렁 흔들리던데……."

"죽어! 그냥 죽어, 이 변태 새끼야!"

"허억! 크흡!"

커크의 등에 발길질을 해대는 유림을 보며 랜스는 야금야금 땅콩을 입에 집어넣었다. 건너편에 앉아 있던 다른 대원들도 턱을 괸 채 한심하다는 눈빛을 짓고 있었다.

몇 분 뒤 커크는 쌍코피가 터진 채 팬티만 입은 몸으로 얌전히 자리에 앉았다. 식당에 드나들던 병사들은 이마에 '고자 새끼'라고 써놓은 그의 얼굴을 보며 키득키득 웃음을 터뜨렸다.

"너 진짜 고자냐?"

랜스가 눈을 휘둥그레 뜨고 묻자 커크는 유림을 향해 억울하다는 표정으로 소리쳤다.

"저것 봐, 다들 내가 진짜 불능인 줄 알잖아! 소문이라도 나면 어쩔 거야? 당장 지워 달라고!"

"닥쳐, 이 고자 새끼야! 네가 고자니까 내 가슴만 보고도 흥분하지. 진짜 여자랑 해 봤으면 그러겠어?"

유림은 그의 허벅지 사이를 내려다보며 손바닥으로 뒤통수를 갈겼다. 커크는 울먹이다가 책상에 코를 박고 엎드렸다. 분통하지만 덤벼 봤자 또 얻어터질 게 뻔했다. 저 괴물은 낙원에 가더니 몇 배 더 진화해서 돌아왔다. 주먹의 강도와 타격감이 예전과는 비교 불가의 수준이었다.

"등신같이 이젠 일방적으로 얻어터지네. 예전엔 그래도 저 정도
는 아니지 않았냐?"

랜스가 완전 곤죽이 된 커크를 보며 불쌍하다는 듯 한숨을 내쉬
었다. 그의 옆에 앉아 있던 동료들도 고개를 절레절레 저으며 맞장
구를 쳤다.

"그러게…… 아예 상대가 안 되네."

"사자와 호랑이도 아니고, 마치 종이 다른 생물체끼리의 싸움을
보는 것 같달까?"

"사자와 사마귀 이런 거?"

"그렇지. 육식동물 발밑에 깔린 가련한 벌레 한 마리의 버둥거림
같은 거."

"야! 너희는 뭐 다를 줄 알아? 쟨 여자도 아니야. 뼈의 강도가 다
르다니까? 한 대 맞자마자 바로 뇌진탕 오는 줄 알았다고……."

커크는 얼얼한 뺨을 쥐어 잡고 울상을 지었다. 랜스는 두더지처
럼 고개를 들고 그의 정수리를 들여다보았다. 알감자만 한 혹이 볼
록 올라와 있었다. 그는 아프다고 엄살을 피워 대는 커크의 등짝을
후려쳤다. 그러고는 그의 머리통에 난 혹을 식혀 주기 위해 차가운
맥주 캔을 올려놓았다.

"저렇게 여자를 밝히는 녀석이 군대엔 왜 온 거야?"

"고자인 거 숨기려고 그랬겠지."

유림이 당연하지 않냐는 듯 시큰둥하게 대답했다.

"네가 내 불알 봤냐? 고자인 거 봤냐고?"

"내가 더럽게 그걸 왜 봐? 치워, 술맛 떨어져."

유림은 눈초리를 날카롭게 구기며 그의 허벅지 사이를 흘겨보았다. 커크는 저도 모르게 가랑이를 오므렸다. 아, 자존심 상한다. 왜 유림 앞에만 서면 이렇게 작아지는 느낌이 드는 걸까? 진짜 불알도 콩알만 해지는 기분이었다. 그녀가 귀향하는 날만 기다리며 매일같이 열심히 훈련했는데, 그 노력이 모두 수포로 돌아갔다.

"그래도 나니까 이 정도지…… 케이가 들었으면 진짜 고자가 됐을 거야."

"케이? 그게 네 애인 이름이냐?"

커크가 눈에 불을 켜고 쏘아붙였다. 유림은 무시한 채 주위를 훑었다. 그러고 보니 케이의 모습이 보이지 않았다. 격납고를 나올 때부터 못 본 것 같은데 어딜 간 거지?

두리번거리던 유림은 여전히 씨근덕대고 있는 커크를 보며 피식 입가에 곡선을 머금었다. 그녀는 맥주잔을 들고 배시시 웃었다. 유림이 느닷없이 사랑스러운 얼굴로 웃자 커크는 뺨을 붉히며 홀린 듯 그녀를 쳐다보았다.

"그래도 몸은 좀 좋아졌네."

그녀가 툭 던진 말 한마디에 우울하던 그의 낯빛이 환히 밝아졌다. 취기에 기분이 좋아져서인지 일순 정말 그가 귀여워 보였던 건지, 유림은 맥주잔을 내려놓으며 짧게 곱슬거리는 커크의 머리칼을 한번 부드럽게 쓰다듬었다. 커크는 두근거리는 눈빛으로 그녀의 손길을 느끼며 황홀한 표정을 지었다.

맞은편에서 그 광경을 바라보던 랜스는 혀를 쯧 찼다. 저 바보 같은 녀석은 입만 살았지, 다른 여자와는 섹스도 못할 게 뻔했다. 저렇게 얻어터지면서도 좋아 죽겠다는 얼굴로 있으니 평생 유림만

짝사랑할 팔자였다.

개와 고양이의 싸움에 종지부가 찍히자 비로소 화기애애한 간담이 이어졌다.

베일에 싸인 낙원에 관해 호기심이 꽃피는 건 헤벨의 장병들도 마찬가지였다. 그들은 그간 유림이 보냈던 낙원 생활에 대해 쉼 없이 질문을 던져 댔다.

"진짜야?"

"그렇다니까. 안드로이드 매춘부랑 결혼하겠다고 자살 소동까지 벌여서 난리도 아니었어."

유림은 맥주를 홀짝이며 말했다. 안드로이드와의 결혼을 인정해 달라며 반나체로 총을 들고 자살 협박을 하던 돼지를 생각하니 다시 구역질이 치밀어 올랐다. 하여간 위즈덤은 왜 안드로이드 매춘부 따위를 만들어서 일거리를 늘리는지 모르겠다.

"와, 낙원에는 진짜 미친놈들 천지네."

"난 좀 이해되는데? 그렇게 예쁜데 밤 기술까지 죽여주면 결혼하고 싶은 마음이 저절로 들 것 같지 않아? 생각해 봐. 쭉쭉빵빵인 와이프가 말도 잘 듣지, 바람피울 염려도 없지, 게다가 평생 늙지도 않을 거 아냐."

커크가 실실 쪼개자 랜스가 한심하다는 눈빛으로 그를 쳐다보았다.

"그래, 너는 로봇 가랑이 사이에 좆 박으면서 그렇게 좋다고 쪼개라. 병신아."

"미친놈아, 당연히 농담이지. 근데 안드로이드랑 결혼하는 거 합법인 나라 있지 않아? 네덜란드였나?"

"있을걸? 그냥 개, 돼지하고 결혼하는 것도 합법화시키지 왜 안

하나 몰라. 안드로이드랑 결혼하는 거나 짐승하고 하는 거나 뭐가
다른지 난 도통 모르겠다."

"안드로이드는 예쁘잖아."

"넌 예쁘기만 하면 쑤실 거냐?"

"예쁘고 구멍만 있으면 되지."

"남자도 구멍은 있어. 가서 박아 보든지?"

"미쳤냐?"

또 바보 같은 공방을 벌이는 두 사람을 보며 나머지 대원들은 실
없이 웃으며 일어섰다. 슬슬 제 위치로 복귀해야 할 타이밍이었다.
유림도 기지개를 펴며 몸을 일으키다가 뭔가를 발견하고선 눈을
크게 떴다.

"중령님?"

출입구 쪽에 밀러가 누군가를 찾는 듯 두리번거리며 서 있었다.
티격태격하던 랜스와 커크도 벌떡 일어나서 다리를 척 붙였다.

"함장님!"

"누구 제이콥스 대위 못 봤나?"

"이곳에는 안 계십니다만."

"격납고에 계신 것 같습니다."

유림은 덩달아 주위를 둘러보며 인상을 찌푸렸다. 케이는 대체
어디에 있는 거야? 헤벨은 익숙하지도 않을 텐데 어딜 가서 안 오
는 거지?

"그런데 네 애인 녀석은 어디 있냐?"

유림의 시선을 눈치챘는지 커크가 속닥거리며 물었다. 유림은 눈
을 깜빡이며 문 쪽을 쳐다보았다.

그때, 식당을 비롯한 함 내 전체 조명이 별안간 어둡게 내려앉았다. "위이잉!" 사이렌 소리가 울려 퍼졌다. 뒤이어 붉은 경고등이 머리 위에서 번쩍이며 돌아가기 시작했다. 다들 술렁이며 자리에서 일어섰다.

"무슨 일이지?"

"적색경보잖아."

적색경보는 적습과 같은 전투 상황 시에만 발령되는 부함장급 이상의 명령 신호다.

쾅!

함미 쪽에서 발생한 소리였다.

─ 주 격납고 내 3-A 구역에서 화재 발생.

─ 주 격납고 내 3-A 구역에서 화재 발생.

밀러와 유림은 거의 동시에 서로를 쳐다보았다. 예사롭지 않은 폭발 소리와 의심스러운 경보. 혼란스러운 눈빛을 주고받던 두 사람은 거의 동시에 식당 문을 박차고 나갔다.

"어? 주, 중령님?"

"유림?"

커크와 랜스도 허둥지둥 의자를 넘어뜨리며 둘을 따라나섰다. 당황한 얼굴로 서 있던 나머지 장병들도 손에 들고 있던 음식을 내던지며 그들의 뒤를 쫓았다.

어둡고 좁은 통로를 빠르게 달렸다. 유림은 통로 곳곳 모서리마다 설치된 경고등을 보며 입술을 사리물었다. 불길한 예감이 들었다. 그녀의 검은 동공에 반사된 붉은 사이렌 조명이 쿵쾅거리는 심장 소리에 맞춰 회전하고 있었다.

"아벨, 상황 보고부터 해!"

밀러는 유림의 등을 보며 명령했다. 그러나 아벨은 묵묵부답이었다.

주 격납고 입구에 도착하자 웅성거리며 모인 정비부사관 무리가 보였다. 그들은 유림과 밀러를 보더니 동아줄을 발견하기라도 한 양 우르르 몰려왔다.

"어떻게 된 겁니까?"

밀러는 조금 구겨진 제복의 어깨선을 툭 털며 물었다. 에어쉽 조종사 중 한 명인 럼스펠드 대위가 나와 상황을 설명했다.

"예정에 없던 대피 훈련이 실시되어서 다들 일단은 격납고 밖으로 이동했는데, 느닷없이 적색경보가 발령되더니 격납고 내부에서 폭발음이 들려왔습니다. 훈련 상황이 아님에도 격벽은 차단 조치된 채 꼼짝도 않는 상태입니다."

"아벨이 명령 불복종을 하고 있다는 뜻입니까?"

럼스펠드 대위는 까끌까끌한 턱을 매만지며 영문을 모르겠다는 표정으로 대답했다.

"전혀 반응하지 않습니다."

밀러는 방금 전에도 그의 명령에 침묵으로 일관하던 아벨을 떠올렸다. 격벽 앞에 모여 있는 장병들의 얼굴에 붉은 경고등이 살벌하게 반사되고 있었다.

그는 왼손에 찬 스마트 워치를 열었다. 아벨이 무반응이니 수동으로 대원들과 통신을 취할 수밖에 없었다. 그는 잠수함의 수뇌부인 조종실에 비상 연락을 취했다.

"헤벨의 경계 등급을 최고 수준으로 올리고 조종실과 기관실은 격벽을 폐쇄 조치합니다. 부함장 제이콥스 대위는 어디 있습니까?"

– 조종실입니다! 함장님, 문제가 생겼습니다.

"무슨 일입니까?"

– 시스템에 명령을 내릴 수가 없습니다!

"커맨드를 할 수가 없다고?"

– 지금 저희도 사태 파악을 하고 있는 중입니다. 그게…… 아무래도 해킹을 당한 것 같습니다. 블랙햇입니다.

"블랙햇?"

옆에서 듣고 있던 유림을 비롯해 에어쉽의 조종사인 항공 장교들과 정비부사관들의 눈이 휘둥그레 커졌다. 막 도착한 커크와 랜스도 밀러가 고함친 마지막 말에 놀라서 자리에 우뚝 멈춰 섰다.

블랙햇black hat이란 타인이나 다른 기관에 피해를 주는 불법적인 해킹을 뜻한다. 즉, 누군가 보안을 뚫고 헤벨의 시스템을 장악했다는 의미였다.

– 그, 그런 것 같습니다. 현재 조종실은 지휘권을 완전히 상실한 상태입니다. 일단 아벨을 완전 무력화시키는 게 급선무일 것 같습니다.

밀러는 창백한 얼굴로 이마를 짚었다. 목 뒤로 식은땀이 주르륵 흘러내렸다. 상황을 지켜보던 이들도 손에 땀을 쥔 채 긴장을 삼켰다.

헤벨에 실린 무기와 장비는 연맹군 내에서도 가장 뛰어난 성능과 파괴력을 자랑하는 것들이다. 행여나 이것들로 누군가를 공격하거나 해치려 든다면 사상 초유의 사태가 벌어질 가능성이 컸다.

"시스템을 탈취한 자에 대한 역추적은 가능합니까?"

– 시도해 보겠습니다.

"가능하면 최대한 서둘러서……."

"중령님! 저길 보십시오!"

랜스가 손가락으로 가리킨 허공에 파란 영상이 '피빗' 하고 떠올랐다. 영상 옆에 뜬 마크는 푸른 원 안에 황금 돛이 박혀 있는 함장의 인장이었다. 명실상부 함 내 최고 권위를 뜻하는 함장실 권한 마크다.

　모두들 밀러의 얼굴을 바라보았다. 그도 영문을 모르겠다는 표정이었다. 내린 적 없는 명령이 자신의 계급 마크를 단 채 떠 있었다. 아벨을 해킹한 녀석의 짓인가? 감히 전략국의 작전부장을 농락하다니 목숨 줄이 여러 개인 모양이다. 밀러의 눈빛이 싸늘하게 얼어붙었다.

　영상 속은 어두컴컴했다. 붉은 경고등은 그 속에서도 번쩍거리며 돌아가고 있었다.

　- 용서해 줘.

　누군가 축 가라앉은 목소리로 말했다.

　- 제발…… 용서해 줘.

　이윽고 화면이 미세하게 밝아졌다. 얼굴의 반밖에 보이지 않는 목소리의 주인공은 참혹한 표정을 짓고 있었다. 뾰족한 콧날과 얇은 입술 그리고 날카로운 턱 선. 그는 마른 얼굴에 삼십 대 중반 정도로 보였다. 남자는 고개를 살짝 숙인 채 흐느끼며 계속 용서를 빌었다.

　- 내가 잘못했어. 내가 다 잘못했어. 미안해, 정말 뉘우치고 있어. 단 하루도 편했던 날이 없었어, 단 하루도…… 정말이야.

　격벽 밖에서 대기 중이던 장병들은 굳은 눈으로 영상을 시청하고 있었다. 그 속에는 충격 어린 표정의 밀러와 유림도 섞여 있었다.

　- 벗어나고 싶었어. 스타시티로부터, 알렉스 아브라함으로부터. 도망치고 싶었어. 내 인생을 구속하는 모든 것들로부터 달아나고 싶었어. 그래서 그랬

어. 두렵고 무서워서…….

"누구하고 얘기하는 거지?"

"장교 같은데?"

– 내가 이기적이었어. 나만 생각했던 게 맞아. 너와 사샤에게는 죽을죄를 지었다.

"사샤?"

"그게 누구야?"

"어디서 들어 본 목소리인데? 누구지?"

– 처음엔 정말 도울 생각이었어. 그런데 헤벨에 오고 나니 불안해졌어. 간신히 정착한 보금자리를, 이곳 동료들을 잃고 싶지 않았어. 그래서…… 자, 잠깐!

그는 당황한 기색으로 고개를 들었다. 겁에 질린 동공 속에 남자를 향해 다가오는 인영의 모습이 맺혔다.

– 살려 줘! 뭐든 할 테니, 제발…….

"어이, 저 사람!"

"잠깐만, 잘 안 보여…….."

커크가 손가락질을 하며 외쳤다. 랜스는 작은 키 때문에 잘 보이지 않는지 기웃거리며 까치발을 했다. 남자의 얼굴을 알아본 커크는 믿을 수 없다는 표정으로 미간을 일그러뜨렸다.

– 잘못했어! 내가 잘못했다. 이브를 구하는 건 불가능일 거라 생각했어. 결코 그녀를 죽이려 했던 게 아니야. 난 그저 계획이 성공할 가능성은 제로에 가깝다고 여겼어. 미안해……. 정말 면목이 없다.

고개를 푹 숙인 그는 마지막 고해성사를 하듯 낮은 목소리로 말을 이어 갔다.

— 여기는 지옥 같던 스타시티를 떠나 마침내 찾은 장소야. 시키는 건 뭐든지 할게. 그러니 제발…….

무릎을 꿇고 애원하던 남자가 고개를 들었다. 그 순간 화면이 밝아졌다. 남자의 얼굴을 본 장병들의 표정이 삽시간에 얼어붙었다.

"제이콥스 대위님이잖아!"

"부함장님?"

누군가 주먹을 움켜쥐었다. 긴장이 목구멍 뒤로 호흡하듯 넘어갔다. 다들 말문이 막힌 채 그 어떤 말도 하지 않았다. 그 상태로 아무도 움직이지 않았다. 아니, 움직일 수 없었다.

그렇게 숨 막히는 정적이 흘렀다. 누군가 요한이 했던 말을 곱씹으며 의문을 제기했다.

"그런데 알렉스 아브라함이라면…… 위즈덤의 대표 아닌가?"

"맞아. 이번에 낙원의 새 관리자로 뽑혔다는 녀석."

커크가 심드렁한 어조로 답하며 불쾌함을 내비쳤다. 망연자실한 얼굴로 옆에 서 있던 랜스도 믿을 수 없다는 듯 한쪽 눈을 찌푸리며 말했다.

"예전에 스타시티를 위해 일했었다고?"

영상은 격납고 출입구 앞뿐만 아니라 헤벨 전체에 방송되고 있었다. 멀리서 장병들의 술렁임이 파도처럼 크게 번지며 들려왔다. 분노가 뒤섞이는 건 삽시간의 일이었다.

유림은 벗은 장갑을 손안에서 구깃구깃 움켜쥐었다. 검은 렌즈를 낀 그녀의 동공이 물결치듯 일렁였다. 뇌리에 스치는 과거의 영상이 책장처럼 좌르르 펼쳐지고 있었다.

— 우리 오빠를 저렇게 만든 게 너지?

— 쿨릭! 너 당장 내려오지 못해!

— 아담을 괴롭히는 놈들은 내가 다 혼내 줄 거야.

— 망할 계집애…… 가만두지 않겠어.

처음으로 알혼 섬 밖을 나갔던 날, 바이칼 호 카페 근처에서 피투성이가 된 아담을 발견했다.

그들의 앞엔 그녀보다 덩치가 두 배는 족히 큰 남자가 서 있었다. 이제 막 소년의 티를 벗은 금발의 청년은 저보다 작은 소년을 쓰러뜨린 게 못내 뿌듯한지 우쭐한 눈빛으로 그녀를 내려다보았다. 그 옆에는 수행비서처럼 두리번거리며 주변을 정리하던 또 한 명의 남학생이 있었다.

— 알렉스! 저런 어린애랑 뭘 다투고 있는 거야? 그만 가자.

그는 알렉스를 말리며 끝까지 그녀를 의심스러운 눈초리로 쳐다보았다. 경솔한 성격의 알렉스와 달리 신중하고 직관력이 뛰어난 소년이었다. 마른 얼굴에 도드라진 눈 밑 진한 다크서클이 기억났다. 바로 요한이었다.

유림은 격벽에 다가가 바짝 몸을 붙이고 속삭였다.

"문 열어."

그녀는 분노를 지그시 누른 목소리로 다시 으르렁거리며 위협했다.

"당장 이 문 열라고!"

그러자 거짓말처럼 쇠로 된 두꺼운 격벽이 스르르 올라가기 시작했다. 다른 정비사들은 휘둥그레진 눈으로 올라가는 벽을 쳐다보았다. 그녀는 해제된 격벽 너머로 성큼성큼 걸어갔다.

함장인 밀러의 명령은 들은 척도 않던 아벨이 유림의 으름장 한마디에 바로 문을 열다니, 대체 어떻게 된 거지?

"뭐야, 유림이 중령님보다 권한이 더 높아진 거야?"

커크는 이해가 안 된다는 표정으로 떨떠름하게 물었다. 랜스는 한심하다는 눈빛을 지었다. 유림이 매번 이 녀석의 안면을 구타한 뒤 닥치라고 하는 이유가 급속도로 이해되었다. 그는 고개를 내젓다가 답답한 듯 커크의 뒤통수를 냅다 후려쳤다.

"아, 뒈질래? 왜 때려?"

"시끄럽고 빨리 따라오기나 해!"

유림이 격납고 내부로 진입하자 옆에서 굳은 표정으로 지켜보던 밀러도 뒤를 쫓았다. 눈치를 보던 커크와 랜스, 램스펠드 대위도 빠르게 뒤따랐다. 그 순간, 격벽이 다시 쿵 닫히며 그들 앞을 가로막았다.

"뭐, 뭐야?"

– 접근 권한이 없습니다. 전원 이곳에서 대기 조치합니다.

"무슨 소리야? 이 문 열어, 아벨! 럼스펠드 대위다! 주 격납고에 내가 출입 권한이 없으면 대체 누가 있다는 거냐?"

럼스펠드 대위는 광분하며 소리쳤지만 아벨은 아무런 대꾸도 하지 않았다.

격납고 안으로 들어온 유림과 밀러는 어둠 속에서 경계 자세를 취했다. 천장에서 붉게 돌아가는 경고등이 앞을 비추는 등대 역할을 했다. 앞서 걷던 유림이 뭔가를 발견하고 걸음을 멈췄다. 조심스럽게 뒤를 엄호하며 따르던 밀러도 가늘게 뜬 눈초리에 힘을 주었다.

수리 중인 전투용 에어쉽 덮개 위에 누군가 무릎을 꿇고 앉아 있었다. 그는 교수대 위에서 처형을 기다리는 죄인처럼 모가지를 축 늘어뜨린 채였다.

"어서 와, 이브."

천장 와이어에 높게 매달린 아크레인 위에 걸터앉아 턱을 괸 케이가 예쁜 웃음으로 그녀를 맞이했다. 하지만 그녀의 뒤를 따라온 밀러를 발견하고선 곧바로 냉랭한 눈초리를 머금었다.

유림은 어두컴컴한 주위를 둘러보며 난감한 표정을 지었다. 지금 그는 아담이다. 그리고 아주 화가 많이 난 상태다.

"대체 이게 무슨 짓입니까?"

밀러는 언짢은 기색이 역력한 눈빛으로 물었다. 케이는 자세 그대로 턱을 괸 채 보면 모르겠냐는 듯 시큰둥하게 대답했다.

"죄인을 처벌하는 중이야."

"죄인?"

"방해하지 마, 미카엘. 아직 이 녀석을 어떻게 죽일지 생각 중이니까."

밀러는 에어쉽 위에 앉아 어깨를 떨고 있는 남자를 쳐다보았다. 군복을 입은 그는 무릎 꿇은 다리가 불편한지 신음을 흘리고 있었다.

"요한!"

천장에 매달린 와이어 줄을 따라 흔들흔들한 몸으로 아래를 내려다보던 케이는 허공을 밟고 몸을 일으켰다. 그는 요한이 있는 에어쉽 덮개 위로 가볍게 착지했다. 그러고는 고개 숙인 요한의 목을 조르듯 움켜잡았다.

"그만둬, 케이!"

밀러가 목에 핏대를 세우며 고함쳤다. 그 목소리에 정신을 잃었던 요한이 힘없이 얼굴을 들었다. 그는 눈자위를 하얗게 뒤집은 채 핏물이 고인 입술 새로 타액을 질질 흘리고 있었다.

케이는 손을 스르르 풀었다. 그러자 요한이 바닥에 힘없이 쓰러지며 쿨럭쿨럭 핏물을 뱉었다. 빨간 핏물에 깨진 치아가 섞여 나왔다.

그는 무릎 꿇은 다리를 붙잡고 고통스러운 표정을 지었다. 다리를 펴지도 못한 채 끙끙대던 그는 케이의 발길질에 비명을 지르며 데굴데굴 굴렀다. 에어쉽 위에서 쿵 하고 떨어진 그의 손이 기괴하게 꺾인 다리를 부여잡고 흐느꼈다.

밀러와 유림이 달려왔다. 요한은 괴로움에 흐느꼈다. 이미 불편했던 다리는 그렇다 치더라도 나머지 한쪽 다리마저 움직이질 못하고 있었다.

"부러졌나?"

"아니야, 이쪽 다리는 원래 불편한 쪽이야."

기역 자로 꺾인 다리를 살피던 유림은 고개를 돌려 케이를 쳐다보았다. 그는 태연한 얼굴로 덮개 위에서 아래를 내려다보고 있었다.

"요한 가르두치, 넌 너무 욕심이 많아. 죄 없는 사람의 두 다리를 잃게 했으면, 너도 뭔가를 내줘야지 않겠어? 용서를 구할 때 사람들은 보통 제물이란 걸 바치잖아. 아니면 네 목숨을 제단에 올릴 셈인가? 그건 그거대로 나쁘지 않지만."

유림은 할 말을 잃었다. 감정이라고는 조금도 내비치지 않는 그가 조금 낯설게 느껴졌다. 마치 도륙할 가축을 내려다보듯 무심한 눈빛이었다. 그런 그가 섬뜩했지만 이상하게도 가슴이 북치듯 두근거리며 뛰었다.

상공에 걸터앉아 웃는 그는 기이한 태도만큼이나 신비로웠다. 잠들 수 없던 밤, 때때로 먼 곳으로 사라져 버릴 듯했던 소년을 불안하게 지켜볼 수밖에 없던 사라의 심정을 유림은 비로소 공감했다.

아담은 아름답다.

오싹하리만큼 가혹한 미소와 공허한 눈빛은 인간들에게 있어 공포와 두려움을 안겨 주겠지만, 유림은 그가 전혀 무섭지 않았다. 오히려 설레는 느낌이었다.

온몸에 피를 뒤집어쓴 그가 그녀를 보고 달콤하게 웃는다. 그녀는 그런 그에게 뛰어들 듯 안겨 입을 맞출 것이다. 상상 속 광경은 잔혹하지만 그들에게 있어선 완벽한 그림이었다.

"거기까지. 애덤슨 중사, 당장 멈추지 않으면 함장 권한으로 이 자리에서 처벌하겠다."

밀러는 요한의 앞을 지키듯 막아서며 경고했다.

"처벌? 나를?"

"그래."

담담한 목소리와 달리 그의 동공에는 긴장이 어리고 있었다.

케이는 눈초리를 예쁘게 휘며 웃었다. 진심으로 받아들이지도 않는 그의 태도에 밀러는 인상을 쓰며 나직이 읊조렸다.

"지금 네 모습…… 마치 엘과 같다는 건 알고 있나?"

엘 카인의 이름이 나오자 케이의 눈빛이 싸늘하게 식었다.

"사람 목숨을 가지고 놀면서 조롱하는 그 태도, 그 녀석과 조금도 다를 바가 없군."

밀러의 말에 충격받은 얼굴은 한 건 유림이었다. 그의 질책이 마치 그녀를 향한 비수처럼 느껴졌다. 처형을 내리는 아담의 모습에 매료된 그녀를 힐난하는 목소리였다.

그녀의 기억 속 아담은 항상 또래보다 작고 약해서 주먹 싸움과는 거리가 먼 소년이었다. 로스티아벤에서 다시 만난 케이는 최악의 훈련병이란 별명을 귀에 딱지처럼 달고 살 만큼 전투에 재능이 없었다. 물론 다 거짓부렁인 연기였지만.

어쨌든 그의 손은 총자루를 쥐는 대신 국자를 들고 요리를 하는 게 더 어울렸다.

반면 밀러는 전투의 귀재였다. 유림이 헤벨에서 유일하게 비등한 대결을 벌인다고 인정하는 상대가 바로 마이클 밀러 중령이었다.

어차피 아담은 요한을 용서할 생각이 없는 게 분명했다. 그가 저렇게까지 적개심을 드러낸 상대는 엘 카인 외에 거의 보지를 못했으니. 즉, 말려 봐야 소용없다는 의미였다. 아담의 고집은 그녀가 제일 잘 알았다. 유림은 포기한 표정으로 털썩 자리를 잡고 앉았다.

'이왕 이렇게 된 거, 실력 구경이나 해 볼까? 케이가 과연 밀러를 상대로 얼마나 버틸 수 있는지도 궁금하고.'

여유로운 그녀와 달리 밀러의 눈동자는 어느새 붉은 살기로 물들고 있었다. 그는 총자루를 쥔 손에 힘을 주자마자 번개 같은 속도로 케이를 향해 뛰었다.

누군가 입꼬리를 올리며 웃었다. 턱을 괴고 있던 유림의 눈이 커졌다. 등골에 서늘한 감각이 땀방울처럼 흘러내렸다.

어느새 바닥에 내려온 케이가 천천히 밀러의 옆을 스치듯 걷고 있었다. 살짝 올라간 입매 위로 가련한 짐승을 바라보는 듯한 눈초리가 이지러졌다.

밀러는 당황한 듯 눈을 크게 떴다. 주위의 광경이 엿가락처럼 늘어져 멈춘 것처럼 보였다. 움직임이 마비된 듯 멈춘 채 꼼짝도 할 수 없었다. 어깨와 팔꿈치의 관절이 보이지 않는 실에 묶인 것처럼 삐걱거렸다.

케이는 그런 밀러의 모습을 느긋이 감상하더니 그의 뒷목을 향해 손을 가격했다. 밀치듯 손등으로 친 가벼운 타격에 밀러는 허공을 가르며 격벽까지 날아가 '쿵!' 하고 부딪혔다.

"밀러!"

유림이 놀라서 외쳤다. 그녀는 제자리에서 망부석처럼 얼어붙었다. 격벽에 처박힌 채 주르르 쓰러진 밀러는 바닥에 힘없이 너부러졌다. 그 모습을 바라보던 케이는 요한의 머리채를 덥석 잡고 바닥에 질질 끌면서 걸어갔다. 그는 쉽사리 일어서지 못하는 밀러를 향해 조언을 던졌다.

"네가 그렇게 무르니까 엘 카인이 뒤통수를 친 거야. 아까 그 영상을 보고도 이 녀석을 믿어? 그건 인간적인 게 아니야, 어리석은 거지."

밀러는 가까스로 눈을 뜨고 케이를 올려다보았다. 밀러의 머리맡까지 다가온 케이는 그를 내려다보며 무심한 어조로 말을 이었다.

"미카엘, 넌 모든 이들에게 인정받고 싶어 하지. 하지만 삶이란 단 한 사람만 지키기에도 짧은 시간이야. 그래서 인간들은 자신이 원하는 것 하나를 손에 넣기 위해 필사적이 되는 거야. 때문에 그들의 사랑은 가혹하고 아름다운 거고. 전력을 다해 진심으로 손을 뻗거든."

인류의 역사는 상실의 고통으로 점철되어 있다. 그들이 진화할 수 있었던 원동력은 유한한 생명력과 모자란 자원 속에서 끊임없이 발생한 동족 간의 경쟁이었다. 하나를 갖기 위해서는 하나를 희생해야 한다. 모든 것을 가질 수는 없다.

내가 궁극적으로 획득하고자 하는 대상은 무엇인가? 그게 바로 그들이 태어나면서부터 직면하게 되는 과제였다.

"나는 이브에게 닿기 위해 죽기 살기로 손을 뻗어 왔어. 너는 어때, 미카엘? 그녀를 갖기 위해 손에 거머쥔 모든 것들을 놓을 수 있겠어?"

허를 찌르는 질문에 밀러는 머릿속이 하얘지는 충격을 받았다.

"내가 요한을 벌하는 게 비인간적이고 잔혹한 행위라고 생각하겠지. 오히려 그 반대야. 내가 이 녀석을 보고도 아무 짓을 하지 않는다면 그거야말로 비인간적이고 잔혹한 행위인 거야. 그건 이브에 대한 배신이거든."

그는 아무 말도 하지 못한 채 멍한 표정을 지었다. 그런 밀러를 보며 케이는 잠시 온화한 눈빛을 지었다.

"내게 각인된 '인간성'은 시작점과 소실점 모두 이브로부터 비롯돼."

사라의 부푼 배를 끌어안았던 순간부터 델타에게 물려 피투성이가 된 유림에게 입을 맞추던 순간까지, 수없이 많은 '내가' 탄생과 소멸을 반복했다. 고통스러웠다. 하지만 그만큼 행복했다.

갈 곳을 잃은 행성처럼 방황했지만 우습게도 그는 쭉 그녀의 주위만을 빙글빙글 공전하고 있었다. 그걸 깨달았을 때의 그 안도감이란, 겪어 보지 않으면 알 수 없다.

내 사랑이 늘 같은 지점을 향해 수렴하고 있다는 걸 알았을 때 비로소 나는 불멸이 되었다.

"만약 내가 요한을 벌하지 않는다면 그것이야말로 내 인간성의 상실이고, 내 인간성의 상실은 이브에 대한 내 모든 감정의 소실이야."

한때 호크는 케이가 이성을 잃고 세상을 파멸로 이끈다든지, 애꿎은 이들에게 화풀이처럼 분노를 쏟아 낼 것을 우려하며 그를 지켜봤다. 하지만 시간이 흐를수록 그는 곧 그게 기우였다는 걸 깨달았다. 비록 방주의 기억은 돌아왔으되 케이는 여전히 아담이었다.

이브가 죽었다고 여겼을 때에도—그녀의 죽음을 눈으로 굳이 직접 확인하려 하지 않았던 건 현실로 받아들이기를 거부한 그의 마지막 저항이었는지도 모른다— 그렇게 분노하고 상실의 고통에 허덕였음에도 불구하고 그는 인내하고 견뎌 냈다. 스스로도 어떻게 버텨 왔는지 모르겠다고 고백했지만, 지금에 와서야 비로소 깨달았다.

"난 결코 이브를 지울 수 없어. 그러므로 내 인간적인 면들은 내가 이브를 기억하는 한 영원토록 지속될 거야."

유림이 그랬다. 사람의 마음이란 태어날 때부터 받은 온기로 차곡차곡 형성된 무언가라고.

두 번 다시 누군가가 잠든 모습을 밤새 지켜보는 일은 없을 거라 여겼다. 이브를 잃고 난 후 그의 영혼과 마음은 모두 죽어 버렸다고 생각했다. 그러나 그녀의 손길이 가슴 한 곳에 불쑥 닿던 순간, 말랐던 수분이 온몸을 촉촉하게 적셔 주었다.

그때 깨달았다. 그의 영혼은 두 번 다시 이브를 알기 전으로 돌아갈 수 없다는 것을.

유림은 그의 영혼을 또 다른 빛으로 가득 채워 주었다. 지금의 그는 눈밭에서 발견된 벌거숭이 아이도 아닌, 알혼 섬에서 백야를 바라보던 소년도 아닌, 케이 애덤슨, 오롯이 그 자신이었다.

"인간적이란 건 그런 거 아닐까? 그것이 얼마나 밝고 따뜻한 감정인지, 아니면 얼마나 어둡고 질척한 감정인지는 중요치 않아. 중요한 건 누구와 연결되어 있느냐는 거지. 인간은 아주 다양하고 복합적인 요인에 의해 집단을 형성해. 그 커다란 무리 속을 잘 들여다보면, 그들 개체 하나하나가 잡고 있는 손이 있어. 그게 바로 인간으로서 그들을 지탱해 주는 온기일 거야."

— 대답해 봐, 미카엘. 인간으로서의 네가 가장 절실하게 잡고 있는 손이 그녀라고 말할 수 있겠어?

머릿속에서 울리는 목소리가 무거운 종소리처럼 두개골 안쪽을 부딪치며 메아리 쳤다.

'이게 노아가 말하던 케이의 능력인가?'

밀러는 지그시 눈을 감았다가 천천히 눈꺼풀을 열었다. 안압까지 높인 뇌리의 충격에 중심을 가누기가 힘들었다.

대개 일족의 지배자가 될 후손들은 타인의 정신을 사로잡거나 파괴할 수 있는 힘을 가지고 태어난다. 여기서 타인이란 동족을 내포한 범위였고, 실제로 선조 중 하나는 일족의 영혼을 소멸시키는 능력마저 있었다고 전해졌다.

한쪽에서 두 사람을 가만히 지켜보던 유림은 뭔가를 깨달은 듯한 표정을 지었다.

메리가 그랬다. 케이의 머릿속은 아무것도 볼 수가 없었다고. 오히려 그의 기억을 엿보려는 그녀의 머릿속에 그가 역으로 들어와 있었다고. 그는 어둠 속에 걸터앉은 채 그녀를 지그시 내려다보고 있었다고 했다.

상대방의 머릿속을 장악하는 것. 그게 케이의 능력이다. 가끔 타인의 생각을 읽는 것처럼 행동한 것도 그 때문이었구나.

이들에게 있어 동족상잔은 금지다. 그리하여 권속으로 삼은 이들로 하여금 서로를 겨눈다. 멸족의 위기에 처한 그들이 본능적으로 세포에 새긴 생존 본능의 철칙이었다. 하지만 서로가 서로를 겨눌 수 없던 상황은 종결됐다. 케이가 그녀의 '권속'이 된 시점에서 그들 사이의 균형이 깨진 것이나 마찬가지였다. 권속이 된 케이는 오히려 우위를 점령하게 되었다.

누구도 예상하지 못한 전개였을 것이다. 일족의 지배자가 될 예정자였던 그가 다른 이의 권속으로 굽히고 들어가다니.

이쯤 되면 밀러도 눈치를 챘을 게 분명하다. 그를 향해 아랑곳 않고 살기를 뿜어내는 케이의 눈빛이 진심이라는 것을.

"그만둬, 케이!"

유림의 다급한 목소리가 허공을 갈랐다. 그녀의 목소리가 들리지 않는 것인지 그의 눈동자는 희열을 담고서 점차 선혈로 붉게 일렁였다. 입가에 맺힌 미약한 곡선은 기분 좋은 듯 미소를 그렸다.

반면 밀러는 흐릿해져 가는 정신을 간신히 붙잡고 있었다. 대항은커녕 몸을 피하기도 힘들어 보였다. 케이는 뒷목을 잡은 채 끌고 온 요한의 머리를 바닥에 처박으며 양손을 비웠다. 그리고 본격적으로 밀러를 처리하기 위해 돌아섰다. 사태의 심각성을 깨달은 유림은 더 이상 망설일 것 없이 내달렸다.

"네가 간절히 원한 존재가 유림이었다면 어째서 네 권속은 그녀가 아닌 다른 이가 된 거지?"

밀러는 얼어붙은 눈으로 아무런 대답도 하지 못했다. 치부를 들킨 것처럼 부끄러웠다. 단 하룻밤이었다. 술에 취한 채 안기던 메리와 관계를 맺은 것은. 하지만 실수는 아니었다. 메리를 그렇게 내칠 수는 없었다고 스스로에게 핑계를 댔다. 그렇다고 해서 유림에게 떳떳이 밝힐 수도 없었다. 그래서 계속 모른 척해 왔다. 메리가 상처받는 걸 알면서도, 없었던 일인 양 외면했다.

— 그 이율배반적인 마음이 네 기억을 되찾는 데 걸림돌이 되어 온 거군. 권속과의 관계를 부정하고 싶어 하는 권주라니, 특이해. 정말 특이하단 말이야, 너도.

능글능글 웃으며 아픈 곳을 쿡쿡 찌르던 호크의 목소리가 머릿속에 떠올랐다. 두개골이 쪼개지는 것 같았다. 결국 메리를 죽게 만든 건 자신이었다. 그녀를 그렇게 쫓아내듯 보내지 않았더라면, 차라리 유림에 대한 마음을 인정하고 그녀를 억지로라도 안았더라면.

"……그랬더라면 지옥보다 더한 고통을 맛봤겠지."

허리를 숙이고 다가온 케이가 고요히 속삭였다. 무표정한 눈초리에는 예리한 단검보다도 싸늘한 살기가 녹아 있었다. 그의 동공이 선명한 붉은색으로 번뜩이자, 밀러는 자포자기한 듯 질끈 눈을 감았다.

"케이!"

흠칫 놀란 케이가 멈춰 돌아섰다. 그의 눈이 굳은 채 커졌다. 무섭게 달려온 유림이 눈앞에서 주먹을 날리고 있었다.

"그만하라고 했잖아!"

퍽 소리와 함께 바닥에 나가떨어진 케이는 멍하니 고개를 올려다보았다. 실질적으로 아픈 강도의 주먹은 아니었지만 어안이 벙벙했다.

"죽이기라도 할 셈이야?"

"유림, 그게……."

"무슨 생각으로 이런 짓을 벌이는 거야?"

"그게 요한 가르두치가……."

"아벨은 또 왜 해킹했어?"

그녀는 대답할 틈도 주지 않은 채 다다닥 쏘아붙였다. 케이는 말문이 막힌 표정으로 얻어맞은 뺨을 멍하니 문질렀다. 몹시 억울해 보이는 눈빛이었다. 바닥에 쓰러져 있던 밀러는 당혹스러운 기색으로 그들을 바라보았다.

죽음까지 각오하고 눈을 감았더니, 상대가 유림에게 먼지 나게 맞고 있었다. 그 한심한 광경에 허망한 기분이 전신을 휩쓸었다.

"헤벨의 함장이야. 함장이라고! 네가 한 짓을 군법에 부치면 최소한 사형인데 대체 이걸 어떻게 수습할 거야?"

고래고래 소리를 지르는 유림의 앞에서 케이는 아무런 변명도 하지 못했다. 그저 그녀의 주먹질 하나에 정신이 돌아온 양 매 맞는 아이처럼 식은땀을 흘릴 뿐이었다.

"유, 유림, 내 말부터 좀……."

"아무리 이성을 잃어도 그렇지, 이렇게 떠들썩하게 일을 벌이면 아무리 나라도 덮어 줄 수가 없잖아, 이 멍청아!"

유림은 밀러와 요한을 번갈아 쳐다보더니 어쩔 거냐고 다그쳤다. 헤벨의 함장과 부함장을 저렇게 나란히 줘 패 놓다니 가관이었다. 사실 전혀 예상하지 못한 전개에 놀라고 감탄하기도 했지만, 이 일을 헤벨 내 장병들이나 상부에서 알면 어떻게 될지 눈앞이 캄캄했다.

하지만 무엇보다도 속상했던 건.

"다들 내 가족이란 말이야!"

노발대발하던 그녀가 울먹이며 소리쳤다. 멍하니 풀려 있던 케이의 눈동자가 그제야 정신이 든 듯 굳었다.

"이런 걸 기대하고 함께 오자고 한 게 아니었어. 이런 걸 기대하고 온 게⋯⋯."

그녀의 집이나 마찬가지인 헤벨을 그에게 보여 주고 싶었다. 어떻게 살아왔는지, 어떤 사람들과 무슨 추억을 쌓아 왔는지 모두 이야기해 주고 싶었다.

유림이 울상을 진 채 고개를 숙이자 케이는 안절부절못하는 자세로 벌떡 일어나 그녀의 얼굴을 들여다보았다.

"유림, 울어요?"

맙소사, 그녀가 진짜 울고 있었다. 옛날부터 이브가 울기 시작하면 사색이 되었던 그였다. 케이는 전전긍긍하며 강아지처럼 그녀의 주위를 초조하게 맴돌기 시작했다.

"내가 잘못했어요, 잘못했어, 응? 그러니까 울지 마요."

곁눈질로 그를 슬쩍 본 유림은 평소대로 돌아온 케이의 모습에 일단 안심했다. 그의 눈초리를 휘감고 있던 살기가 어느새 흔적조차 사라지고 없었다. 방금 전의 싸움은 이미 까마득히 잊은 듯 어쩔 줄 몰라 하며 그녀를 걱정스럽게 쳐다보고 있었다.

"미카엘이 걱정돼서 그래요? 봐요, 멀쩡하죠?"

케이는 그녀의 몸을 미카엘 쪽으로 돌리며 말했다. 덕분에 몸을 일으키던 밀러는 엉겁결에 당혹스러운 얼굴로 유림과 눈을 마주쳤다.

"내가 그랬잖아요. 엘 카인도 그렇고, 미카엘도 그렇고 웬만해선 죽지도 않을뿐더러 맞은 흔적도 안 남아요. 요한도 괜찮아요. 목숨에는 지장 없을 테니 걱정 마요."

케이는 턱짓으로 바닥에 처박힌 채 아직도 정신을 못 차린 요한을 가리키며 말했다. 밀러는 요한을 보더니 잠시 잊고 있었던 게 미안한지―실제로 반송장이 된 것은 밀러가 아닌 요한 쪽이었다―머쓱한 표정을 지었다.

"이제 안 그럴게요. 전장의 성녀가 이런 곳에서 울면 어떡해요?"

실은 코를 박고 훌쩍이는 그녀의 모습이 귀여워서 이대로 조금 더 지켜보고 싶은 심정이었지만. 타이탄이 있었다면 바로 기록해 두라고 했을 텐데, 하다못해 리사라도 있었더라면.

아쉽지만 어쩔 수 없었다. 다음에 침대 위에서 꼭 울려 보리라 결심하며 케이는 그녀의 목 뒤에 다정하게 입을 맞췄다.

"좀 풀렸어요?"

유림은 가슴을 휘감은 그의 팔을 잡으며 새침하게 눈을 흘겼다. 케이의 말대로 멍들고 터졌던 밀러의 얼굴이 어느새 감쪽같이 멀쩡해진 상태였다. 손등으로 얼굴의 피를 닦던 밀러는 유림을 보고서는 눈이 휘둥그레 커졌다.

그녀가 혀를 쏙 내민 채 배시시 웃고 있었다.

밀러는 어처구니없는 표정으로 헛웃음을 지었다. 천하의 케이도 천방지축 유림 앞에서는 저렇게 바보가 되는가 싶었다. 그녀가 장난꾸러기처럼 씩 웃는 것도 모른 채 그는 열심히 그녀의 등에 대고 사죄를 하고 있었다.

아마도 케이의 저런 모습은 유림의 앞에서만 볼 수 있는 거겠지. 그가 정의한 '본인의 인간적인 면모'란 게 바로 저런 모습일 테니까. 오직 그녀가 끌어안는 바람에만 파도치는 바다처럼.

물론 밀러도 할 말은 많았다. 그를 데려온 아서는 커다란 조직의 수장이었고, 그 속에서 자란 그는 늘 어깨가 무거웠다. 사람들은 아서 함장의 아들이라는 것 하나만으로 그에게 기대하는 바가 컸고, 그런 존경과 선망 어린 시선은 우쭐함을 주는 동시에 숨 막히는 부담감을 선사했다.

"유림, 아직도 울어요?"

"몰라."

"이제 내 얼굴 봐 줄 거예요?"

"생각해 보고."

"그럼 내 얘기는 들어줄 마음이 생겼어요?"

"글쎄."

케이는 여전히 유림의 등에 이마를 댄 채 싹싹 빌며 그녀의 심기를 달래고 있었다. 바닥에 앉은 밀러는 못마땅한 눈빛으로 두 사람을 보며 입을 열었다.

"그 얘기라는 건 나도 좀 들어 봐야 할 것 같은데, 일단 유림에게서 떨어진 다음 이야기를 나눠 보는 게 어떨까?"

밀러의 말에 흘끗 돌아선 케이는 아직도 거기 있었냐는 듯 한쪽 눈썹을 치켜세웠다.

"유림은 원래 이렇게 해 줘야 풀려서."

"애초에 풀릴 것도 없어 보이는데."

밀러는 케이 몰래 실실 웃으며 혀를 쏙 내밀던 그녀를 떠올리며 말했다. 그는 시큰둥한 얼굴로 턱을 괴었다. 케이는 전혀 모르겠다는 얼굴로 갸웃거리며 유림의 어깨에 대고 소곤거렸다.

"유림은 미카엘을 위해서 이렇게까지 화를 내는데 정작 당사자는 매정하기 짝이 없네요, 그렇죠?"

밀러는 혈압이 상승하는 걸 느끼며 욕설을 삼켰다. 그가 기억하는 케이의 마지막 모습은 방주에서 곤히 잠들어 있던 작은 소년이었다. 여정 내내 단 한 번도 깬 적이 없던, 일족의 지배자가 될 아이. 멸족 위기에 처한 일족을 다시 부흥시킬 희망.

그 가냘프던 소년이 저렇게 이죽거리는 성격이었단 걸 알았더라면 자신 역시 엘 카인처럼 노아의 명 따위는 귓등으로 흘려버릴 걸 그랬다. 왜 그렇게 최후까지 엘 카인을 저지하려고 애를 썼는지 후회가 밀려오는 중이었다.

"화났어, 밀러?"

유림이 살그머니 눈치를 보며 물었다. 평소 꼬박꼬박 존댓말을 쓰는 그녀가 이렇게 말을 놓을 땐 애교를 부린다는 증거였다. 밀러는 케이를 쳐다보았다. 그는 살랑살랑 눈꼬리를 휘며 보란 듯이 유림을 꼭 끌어안고 있었다.

'저 자식이……'

평소 바른 청년의 표본이라 불리는 밀러였지만 저 밉살스러운 얼굴을 보니 속에서 열불이 치솟았다. 밀러는 심호흡을 하며 생긋 웃었다.

"내 고양이가 와서 한 번만 안아 주면 괜찮아질 것 같은데."

유림의 표정이 대번 환해졌다. 그녀는 고개를 끄덕이더니 케이의 팔을 풀고 밀러에게로 뛰어갔다. 그러고는 앉아 있는 그의 품으로 폴짝 안겨 목을 꼭 끌어안았다.

"괜찮아? 아프지는 않아?"

"저런 녀석 주먹이 뭐 그리 아프다고. 괜찮아."

"다행이다."

유림을 끌어안은 밀러는 싸늘한 표정으로 서 있는 케이를 보며 빙그레 웃었다. 유치하다고 욕해도 상관없었다. 그는 피식거리며 케이에게 조롱 어린 미소를 내보였다.

"흐음……."

케이는 무표정한 얼굴로 두 사람을 내려다보았다. 유림은 원래 애교가 많은 편이었지만, 지금 보니 밀러에게 특히나 귀엽게 칭얼대는 편이었다. 그런 류의 애교는 아직 자신도 받아 보지 못한 것인데…….

케이는 눈가에 차오르는 살기를 애써 억누르며 미소를 머금었다.

"유림."

"응?"

"이쪽으로 와요."

두 남자 사이에서 고민하던 유림은 머뭇거리며 쉽게 발을 옮기지 못했다. 그러자 케이가 쐐기를 박듯 부드럽게 타일렀다.

"남매끼리 그렇게 친밀한 스킨십은 하는 게 아니에요."

"선임과 후임 사이에도 친밀한 스킨십은 하지 않지."

"헤벨의 함장님께서 모르시나 본데 낙원의 용병대에서는 전우들 사이의 성관계가 허용됩니다. 그러니 아무 문제없죠."

케이의 말에 밀러의 미간이 충격으로 굳었다.

'선후임 사이의 성관계……'

밀러가 넋이 나간 사이 케이는 슬그머니 팔을 뻗더니 유림의 손목을 잡고 그쪽으로 확 잡아당겼다.

"질투 나니까 이제 중령 쪽으론 가지 마요."

그가 속삭이자 유림이 웃음을 터뜨렸다. 밀러는 어처구니가 없다는 표정으로 턱을 괴었다. 저렇게까지 행복하게 웃는 유림을 보니 더 할 말이 없었다.

그는 머리 위에서 붉은빛을 내며 돌아가는 적색경보를 올려다보면서 다시 무거운 눈빛을 지었다.

"그나저나 케이, 일단 이 상황부터 해결하는 게 급선무일 듯한데."

그의 말에 케이의 표정도 어둡게 가라앉았다. 확실히 어수선한 분위기를 정리할 필요가 있었다. 지금 이 사태가 가장 혼란스러운 건 함장인 밀러일 테니.

"그래서 네가 정말 아벨을 해킹한 거라고?"

밀러가 한층 차분해진 목소리로 물었다.

'아벨은 자타공인 연맹군 최고의 보안 시스템을 가진 인공지능인데……'

의문 가득한 표정으로 생각에 잠기던 밀러는 아차 싶어 고개를 휙 들었다. 역시나 그가 눈앞에서 얄밉게 사르르 눈웃음을 짓고 있었다.

"그래도 왓슨 3세보다는 사양이 낮다고 할 수 있지. 왓슨의 보급형 버전이라고나 할까?"

또 생각을 읽혔다. 이젠 아예 대놓고 능력을 쓰고 있었다. 아무리 그래도 그렇지, 자신이 입실론이나 델타도 아니고 동족의 머릿속을 훔쳐 읽는 건 쉽지 않을 텐데.

"주의가 산만한 녀석의 머릿속은 빗장이 활짝 열려 있거든. 그러게 누가 그렇게 유림의 엉덩이를 흘끗흘끗 쳐다보랬나?"

"내, 내가 언제!"

유림은 호기심 가득한 눈으로 밀러를 빤히 쳐다보았다. 그녀와 눈이 마주치자 밀러는 얼굴을 붉히며 재빨리 고개를 외면했다.

"역시 아벨도…… 아담, 네가 만든 거였나?"

대화에 불쑥 끼어든 목소리의 주인공은 요한이었다. 그는 곤죽이 된 얼굴을 들고 쿨럭쿨럭 기침을 했다. 밀러의 뒤통수를 보며 승리감을 만끽하던 케이는 비스듬한 눈으로 요한을 내려다보았다. 신음을 흘리며 겨우 몸을 일으킨 요한은 케이와 눈이 마주치자 두려움에 찬 표정으로 꿀꺽 침을 삼켰다.

익명의 과학자 K.

그의 유명세에 관해선 연맹군에 온 뒤로도 종종 심심치 않게 듣곤 했었다. 십수 년 전만 해도 그의 정체에 관해선 사교계에 여러 풍문이 떠돌았다. 하지만 2085년 에덴 타워의 해킹 사건 이후, 익명의 과학자는 소리 소문도 없이 잠적해 버렸다. 당시 사라진 그의 행보에 대해서는 많은 이들이 궁금해했지만 누구 하나 속 시원하게 밝혀내지 못했다.

모두가 그의 소식을 기다리는 와중에 유일하게 안심했던 자가 있었다. 바로 요한이었다. 익명의 과학자가 사라졌다는 것은 아담이 그날 무사히 빠져나오지 못했다는 것을 의미했기에.

요한은 쓴웃음을 지었다. 잠적은 시늉일 뿐이었다. 오히려 그는 뒤에서 연맹군을 비롯한 여러 군수업체와 거래를 하고 있었다니. 자신은 처음부터 그의 손바닥 위에서 뛰어다니고 있을 뿐이었나?

무표정한 얼굴로 요한을 보던 케이의 눈길이 흘끗 다시 밀러에게로 향했다.

"또 빗장이 풀려 있네."

유림을 보고 있던 밀러가 흠칫하며 얼른 고개를 돌렸다. 그는 욕설을 삼키며 곁눈질로 케이를 노려보았다.

"조심해, 미카엘. 나는 두 번 경고하는 걸 싫어해. 그렇지, 요한?"

요한은 깜짝 놀라 표정이 굳었다. 예쁜 얼굴로 서슴지 않고 불쾌함을 드러내는 그의 모습은 자그마한 소년일 무렵과 하나도 변한 게 없었다.

"으응……."

그는 긴장한 어조로 대답했다. 고개를 숙였음에도 불구하고 고즈넉이 내려다보는 그의 눈총이 따갑게 느껴졌다.

요한은 어눌한 발음으로 입을 열었다. 입안이 찢어지고 입술이 터져서 제대로 말하는 것조차 쉽지 않았다.

"아벨은 왓슨 3세를 기반으로 만든 거지?"

"왓슨 3세를 기반으로 만들긴 했지만 내가 직접적으로 설계한 건 아니야. 옆에서 훈수를 둔 정도지."

"왓슨 3세를 기반으로 만들다니……."

밀러는 금시초문이라는 얼굴로 되물었다. 그는 요한과 케이를 번갈아 쳐다보더니 마지막으로 유림을 응시했다. 세 사람 사이에 무슨 과거가 있었는지는 모르겠지만 혼자서만 이야기를 따라가지 못하는 건 사절이었다.

유림은 지루한 얼굴로 세 남자 사이에서 대화를 엿듣고 있었다. 밀러의 시선을 받은 유림은 케이와 눈빛을 주고받은 뒤 입을 열었다.

"케이가 만들었어. 왓슨 3세도, 스마트 더스트도."

그녀는 충격 어린 표정으로 있는 밀러를 보며 어깨를 으쓱했다. 하긴, 자신도 케이의 정체를 알았을 때는 어찌나 놀랐던지.

"그리고 이건 나도 지금 안 거지만 아벨의 탄생에도 케이가 한몫한 듯하고."

"말도 안 돼……. 헤벨이 완성된 건 십수 년도 더 전의 일인데."

작은 소년에 불과했던 녀석이 인류 최고의 과학적 산물이라는 왓슨 3세와 아벨을 만들었다니. 일족의 지배자가 인류 역사에 길이 남을 과학자가 된 상황에 그는 웃어야 할지 울어야 할지 종잡을 수가 없었다.

"이제 슬슬 상대측에 보고가 올라가겠군."

"보고?"

"헤벨의 AI는 해킹을 당했고, 부함장인 요한 제이콥스 대위는 전 스타시티 소속의 사람이었다는 내용이겠지."

케이는 스마트 워치를 내려다보더니 놀랍다는 듯 말을 이었다.

"벌써 누가 잽싸게 암호화된 데이터를 송신 중이야."

"뭐? 누가?"

유림이 고개를 빼꼼 내밀어 그의 스마트 워치를 확인했다. 케이는 낙원에서 사용하던 스마트 워치를 여전히 사용하고 있었다. 물론 겉모양만 비슷할 뿐 안은 다 개조한 것이지만.

"발신인이 함 내 인물인 건 확실한데…… 아벨."

그의 부름에 붉은 경고등 빛으로 차 있던 격납고에 아벨의 구체가 나타났다. 푸른 구체로 등장한 아벨은 360도 회전하며 응답했다.

ㅡ Yes, sir.

"아까 그거 다시 틀어 봐."

ㅡ 음성파일 LOS_CL00A21을 재생합니다.

아벨의 구체가 반짝이며 빛을 발하자, 로스티아벤 총사령관인 우리야 세르게이의 음성 메시지가 허공에 울려 퍼지기 시작했다.

ㅡ 각 부대 지휘관들에게 전한다. 지금 이 시점부터 SITF 소속 정유림 소위와 케이 애덤슨 중사를 아군에서 제외토록 한다. 이들은 연맹군에서 보낸 공작원으로 그동안 우리 군의 전략 및 기밀자료를 은밀히 유출해 오고 있던 것으로 밝혀졌다. 또한 두 사람의 상관이었던 노아 호크 대령 역시 현재 연맹군에서 보호 중인 것으로 알려졌다. 누구든 앞으로 이 세 사람과 맞닥트릴 경우엔 발견 즉시 사살할 것을 명한다…….

무덤덤한 표정으로 듣고 있던 유림의 붉은 입꼬리가 조롱하듯 말려 올라갔다. 감히 누가 누굴 사살해? 낙원 내에 블랙 호크와 브루클린의 성녀를 대적할 만한 인재가 어디 있다고?

ㅡ 이상, 로스트 헤븐의 관리자 시스템인 왓슨 3세로부터 전달받은 내용입니다.

로스티아벤의 총사령관인 우리야가 군부에 공식적으로 명을 내렸다. 그는 유림과 케이 그리고 호크 대령이 연맹군에 있다는 사실을 이미 알고 있었다.

"헤벨에 스파이가 있다는 건가?"

잠자코 듣고 있던 밀러가 날카롭게 물었다. 유림도 같은 생각을 하고 있던 중이었다.

"나는 예상했을지 몰라도 케이가 헤벨에 온 건 아무도 몰랐을 거야. 그런 최신 정보까지 파악하고 있는 걸 보면 헤벨 내에 정보원을 심어 둔 게 확실해."

케이는 유림을 향해 고개를 한번 끄덕이며 말했다.

"지금 이 상황은 아마도 이곳에 숨어 있는 쥐새끼에게도 당황스러울 거예요. 아벨이 해킹을 당했다는 건 호소식이겠지만 요한 제이콥스의 정체는 변수와도 같은 요인일 테고, 과연 그가 그들에게 있어 플러스 요인이 될지 마이너스 요인이 될지는 예측할 수 없을 테니까요."

"정보원을 심은 건 로스티아벤 측인가?"

밀러의 질문에 케이는 잠시 침묵했다. 그를 곁눈질로 응시하던 유림은 대신 대답하듯 중얼거렸다.

"그랬다면 케이가 몰랐을 리 없어."

스마트 더스트가 닿는 물리적 거리 내, 혹은 에덴의 전산망이 통해 있는 모든 사이버 공간 내의 상호작용은 왓슨의 눈에 의해 수집된다. 그리고 그 정보들은 궁극적으로 낙원의 설계자인 그에게 흘러 들어온다.

"그럼 누가······."

"기억의 도시!"

유림은 번뜩 뭔가 생각난 듯 밀러의 말을 뚝 잘랐다.

"사창가인 소돔은 왓슨의 눈이 통하지 않잖아. 사생활 침해 관련

법안이 통과된 이후 그곳은 왓슨이 정보를 수집할 수가 없게 됐으니까."

그리고 그곳엔.

"위즈덤 본사가 있죠."

케이도 같은 걸 생각하고 있었는지 대견하다는 듯 유림의 머리를 쓰다듬었다. 위즈덤의 모회사는 대제국 스타시티다. 현존하는 세계 최대의 기업체인 스타시티라면 연맹군 내에 정보원들을 수십 명 심어 놓았다 해도 무리는 아니었다.

케이는 요한을 응시했다. 그러자 그는 필사적으로 부인하며 팔을 내저었다.

"맹세코 전 절대 아닙니다!"

"그래, 넌 아닐 것 같아."

그럴 배짱이 있는 녀석은 아니지. 케이가 서늘한 눈초리로 답했다. 요한은 잔뜩 긴장한 채 창백한 얼굴로 그를 쳐다보았다. 케이는 한층 무거워진 눈빛으로 입을 열었다.

"어때, 요한 가르두치? 다시 한 번 사자의 발톱 속으로 가 보는 건?"

요한은 그를 쳐다보고 있는 세 사람을 훑어보았다. 그의 시선이 밀러에게 머물렀다. 무심한 듯 가장했지만 밀러의 푸른 동공이 안타까움으로 일렁이고 있었다.

"그렇게 하면 네게 조금이라도 용서받을 수 있을까?"

"뭔가 착각하고 있는 것 같은데, 용서는 내게 구할 게 아니지 않나?"

요한이 어리둥절한 표정으로 케이를 쳐다보았다.

"최종 결정은 그녀에게 맡길 생각이거든."

"그녀?"

요한은 눈을 크게 뜨며 두리번거렸다.

'설마 사샤가 이곳에?'

바닥을 짚고 주위를 둘러보는 그 앞에 누군가 한 걸음 다가왔다. 유림은 양 눈에 손을 가져가더니 검은 렌즈를 벗겨 냈다.

"케이를 말리기는 했지만 나 역시 굳이 당신을 살려 주고 싶은 생각은 없어."

레드 베릴의 붉은 눈동자. 어둠 속에서 더 빛을 발하는 핏빛 광요의 발현. 요한은 멍한 눈으로 바닥에 털썩 엉덩방아 찧듯 주저앉았다.

"이럴…… 수가…….."

유림은 자신의 어깨를 끌어안은 케이의 팔에 뺨을 기대며 미염한 교소를 머금었다. 놀라 자빠지는 요한의 모습을 보니 생각보다 통쾌했다.

왜 눈치채지 못했을까? 아니, 눈치채지 못한 게 아니라 인정하고 싶지 않았던 거다. 이브가 살아 있을 거라고, 살아서 눈앞에 숨 쉬고 있다는 현실을 부정하고 싶었던 거겠지. 함정 밖으로 정찰을 나갔던 밀러가 구출해 온 소녀. 그녀를 처음 본 순간부터 의심에 휩싸였다. '혹시나, 설마' 하는 생각으로 그녀를 유심히 지켜봤다는 것을 인정하지 않을 수 없었다.

아름다운 단검으로 성장한 이브와 칼날에 베일 것을 알면서도 기꺼이 그녀라는 검을 끌어안는 아담.

두 사람의 모습은 한 편의 명화처럼 잘 어울렸지만 가까이 다가

가선 안 될 것만 같은 위험한 기류를 품고 있었다. 서로를 절박하게 결박한 채 무너져 내릴 듯한 절벽에 뿌리를 박고 있는 두 사람. 그만큼 둘은 보는 이들로 하여금 아슬아슬한 기분이 들게 했다.

요한은 이제 그 누구도 두 사람을 떼어 놓을 수 없을 거란 걸 깨달았다. 행여 그런 시도라도 하는 인간은 분명 아담에 의해 갈기갈기 찢겨서 살점도 찾을 수 없게 될 것이다.

유림은 어깨를 으쓱이며 붉은 눈으로 밀러를 응시했다.

"내 정체, 밀러는 알고 있었지?"

"……어느 정도는."

영원히 혼자만 알고 싶었다. 차마 붙이지 못한 뒷말을 목구멍 너머로 삼키며 애써 태연한 표정을 지었다.

"고마워."

유림이 옅은 미소를 머금고 말했다. 뽀얗게 웃는 그녀를 향해 밀러는 허탈한 듯 아무 말도 하지 못했다. 소중하게 지키고 감춰 왔던 보물을 다른 이의 손에 홀라당 뺏긴 채 지켜볼 수밖에 없는 심정을 누구에게 한탄해야 할까?

그런 그의 속마음을 아는 건지 모르는 건지 유림은 속이 시원하다는 표정으로 "그건 그렇고." 하고 다시 입을 열었다.

"요한을 용서할 수 없다는 건 이브로서의 의견이고, 데드캣의 생각은 좀 달라."

요한은 조마조마한 눈빛으로 그녀를 응시했다.

"제이콥스 대위는 유능한 인재고 밀러에게도 없어선 안 될 사람이야. 분명 요한은 과거에 졸렬한 방식으로 동료들을 배신했지만 헤벨에 온 이후 그의 업무 능력은 아주 훌륭했다고 생각해. 하지만 또 모르지. 그런 극한의 상황에서 또 아군을 배신하는 행동을 할지도……."

그가 억울한 표정으로 뭔가 말하려 입을 벌리자 유림은 날카로운 눈빛으로 그의 입을 막았다.

"그러니 이번에 증명해 봐. 요한 가르두치는 비겁자였지만 요한 제이콥스는 그렇지 않다고. 만약 입증한다면 나는 당신을 요한 가르두치가 아닌 요한 제이콥스로 인정할 거야. 내가 봐 온 제이콥스 대위의 모습도 다 거짓은 아니었을 테니까."

말을 마친 유림은 의견을 묻듯 밀러를 쳐다봤다. 그는 묵묵히 듣다가 유림에게 고개를 끄덕여 보였다. 요한은 안도와 긴장이 교차하는 표정으로 세 사람을 바라보았다.

"내 마음대로 처리해서 미안해."

유림의 말에 태연한 표정으로 있던 케이는 고개를 저으며 생긋 웃었다.

"권주의 뜻이 그러하다면……."

그는 그녀의 귓불과 뺨에 복종의 입맞춤을 선사하며 속삭였다.

"권속은 그에 따를 뿐이죠."

요한은 아벨이 허공에 띄운 아브라함 회장에 관한 정보들을 훑어보며 빠르게 브리핑을 해 나갔다. 확실히 참모로서의 그의 능력은 출중한 편이었다.

"아브라함 회장은 이미 육체의 한계를 벗어난 신인류라고 봐야 합니다. 상식선에서 생각하지 마십시오. 그는 아주 위험한 인물이고, 또 고도의 지능을 지닌 천재이기도 합니다."

신이 되고픈 남자. 이자의 오만함과 잔인함은 아마 자신들보다 더하면 더했지 결코 덜하지 않을 터였다.

"위즈텀의 모든 안드로이드는 아브라함 회장의 수족과 마찬가지라고 보시면 됩니다. 세르게이 총사령관은 회장이 만든 인공뇌를 심은 클론이고, 낙원의 관리자로 선출된 알렉스도 그의 클론이니, 이미 낙원의 수뇌부는 아브라함 회장의 수중에 있는 것과 마찬가지죠. 회장의 최종 목적은 왓슨 3세와 본인을 합일시키는 것일 겁니다. 그가 낙원에서 탐낼 것이라곤 그것과 스마트 더스트밖에 없어요."

"아니, 그렇지 않아."

허공을 응시하던 케이는 뭔가 깨달은 표정으로 중얼거렸다. 갑자기 파리해진 그의 안색을 보며 유림은 고개를 갸웃거렸다.

"왜 그래?"

"아브라함 회장이 궁극적으로 집착하는 건 '불멸'이란 키워드예요."

만일 그가 이브의 존재를 알게 된다면, 그리고 유림이 이브와 동일 인물이란 걸 눈치챘다면.

"유림을 노릴 거예요."

케이가 두려움에 젖은 목소리로 말하자 남은 이들도 모골이 송연해지는 걸 느꼈다. 그가 염려하는 것은 오직 그녀가 존재할 이 세계의 안위였다. 세상에 혼란이 존재하는 한 '이브'는 안전할 수 없었다.

아브라함 회장은 엘 카인과 달리 왓슨 3세에 관심이 지대하다. 그 미치광이의 손에 왓슨 3세와 스마트 더스트가 넘어간다면 추후 어떻게 악용될지 상상조차 할 수 없었다. 단언컨대 그 남자의 상상력은 자신보다 더 뛰어나면 뛰어났지 모자라지 않았다. 그건 황금의 바벨탑 내 지어진 소돔만 봐도 알 수 있었다. 케이는 고민에 빠진 눈빛으로 허공을 응시했다.

"어쩔 셈이야?"

밀러가 팔짱을 낀 채 물었다.

"두 단계로 접근할 거야. 일단 아브라함 회장의 본체를 찾는 게 우선인데…… 거기엔 요한, 네 역할이 중요해."

소돔엔 왓슨의 눈이 닿지 않는다. 일단 그 전제부터 갈아치울 필요가 있었다.

"트로이 목마 작전이야. 위즈덤 본사로 진입하면 내 지시에 따라 저들 모르게 내부에서 스마트 더스트를 활성시켜 줘."

요한은 고개를 끄덕였다.

"그다음은?"

"아브라함 회장에게 이렇게 전해. 과거에 익명의 과학자로부터 도움을 받았고, 이번 해킹 사건 역시 네가 그에게 직접 의뢰해 꾸민 짓이라고. 그것만으로도 아브라함은 널 다시 거둘 가치가 충분하다 여길 거야."

"익명의 과학자는 자신의 정체를 철저히 비밀로 감추는 거 아니었어?"

유림이 만류하며 걱정스러운 얼굴로 말했다.

"이 정도는 되어야 아브라함 회장이 넘어올 거예요."

"케이가 전에 말했던 미끼가 이거야? 익명의 과학자가 직접 나서는 거?"

그녀는 여전히 내키지 않는다는 표정이었다. 케이는 걱정 말라는 듯 그녀의 머리를 어루만졌다.

"괜찮아요. 익명의 과학자는 나 혼자만의 이름이 아니니까."

유림과 밀러는 영문을 모르겠다는 표정이었다. 케이는 알 듯 말 듯한 미소를 머금은 채 흘긋 천장을 응시했다. 붉은 경고등이 깜빡이며 돌아가고 있었다.

"그럼 그사이에 나와 데드캣은 매듭짓지 못한 일을 마무리하도록 하지."

밀러가 경고등 불빛이 비친 유림의 눈동자를 바라보며 말했다. 유림은 그의 말이 무슨 뜻인지 재깍 알아차렸다. 복수심 어린 눈초리가 입술을 사리물었다.

"……메리."

그녀가 아직 저곳에 있다. 편히 눈도 감지 못한 채, 끔찍하게 유린당한 모습 그대로.

그대로 방치할 수는 없었다. 처단해야 할 원수 놈의 죗값도. 밀러는 비장함과 슬픔이 교차하는 얼굴로 유림의 뺨을 어루만졌다.

"마리아를 데려오자."

유림은 가만히 고개를 끄덕였다. 케이는 두 사람을 말없이 바라보며 긴 속눈썹을 내려감았다.

· · ·

피닉스 부대, 델타 포획률 312% 상승!
STF 내에서도 델타 포획조는 늘 사상자가 나올 수밖에 없는 죽음의 부대였습니

다. 하지만 더 이상은 그렇지 않습니다. 피닉스 부대는 병기형 안드로이드들로 이루어진 불사조 부대입니다. 두려움도 실패도 모르는 로스티아벤의 새로운 최정예군 피닉스 부대를 직접 경험해 보십시오!

태양의 도시 입구에 선 나츠는 초록색 홀로그램으로 떠다니는 기획 광고 영상을 보며 잠시 얼빠진 표정을 지었다.

'불사조Phoenix 부대?'

관리자가 된 알렉스 아브라함이 제일 먼저 취한 행동은 군권을 장악하는 것이었다. 그는 위즈덤의 전투형 안드로이드들을 로스티아벤의 정규군으로 편성했다. 주민들의 지지는 뜨거웠다. 그들은 감정이 배제된 군인 인형이라면 엘 카인처럼 그들을 기만하는 일이 없을 거라 생각했다. 낙원 밖 고객들의 반응도 폭발적이었다. 전 세계 각지에서 피닉스 부대에 대한 주문이 폭주했다. 알렉스 아브라함의 첫 번째 계획은 획기적인 성공을 거두었다.

"나츠 시게노 씨께서 지낼 곳입니다. 필요하신 사항은 홈 AI나 개인 경호원에게 문의하시면 됩니다."

안드로이드 집무관은 상냥하게 웃으며 하얀 유리 통로 저편으로 사라졌다. 나츠는 원통형의 유리 통로에 멍하니 서 있다가 발밑을 쳐다보았다. 구름인지 안개인지 모를 것에 휩싸인 상공이 발아래 시야를 뿌옇게 차단하고 있었다.

에덴 타워의 꼭대기에 위치한 태양의 도시.

한때 낙원의 꽃이라 불리던 입실론들만이 거주하던 성역이었다. 일반인들은 철저하게 접근이 제한되었고, 가끔 극소수의 정·재계 인사들만이 태양의 도시 입구까지 관광차 진입할 수 있었다. 그런 그녀들이 거주하던 거처 중 하나를 그에게 호텔 방처럼 쉽게 내줬다는 게 믿기지 않았다.

"아직 대외적으로는 비밀이지만 입실론들은 모두 쫓겨났어. 엘카인의 후궁이라 불리던 곳이었으니 그의 축출과 함께 몰락하는 것도 무리는 아니지."

바이러스 항체를 가진 생존자들로 낙원의 상징이었던 그녀들은 한순간에 폭군의 첩실 취급을 받으며 손가락질을 받았다. 나츠는 투명한 바닥을 내려다보며 안타까운 표정을 지었다. 그러다가 목소리의 주인공이 누군지 깨닫고선 고개를 홱 들었다.

"어? 드레이크 씨?"

"생각보다 무사해 보이는데, 나츠 시게노."

그의 아몬드색 눈동자가 가늘게 휘며 웃었다. 제복을 입은 그를 빤히 쳐다보던 나츠는 드레이크에게 등을 떠밀려 거처 안으로 엉거주춤 진입했다.

"설마 제 개인 경호원이란 게⋯⋯."

"그래, 나야."

"예? 하지만 제 경호는 특별보안대에서 맡는 걸로 알고 있었는데요."

"필란 중위가 특별히 널 배려해서 동기인 나로 보직을 바꿔 줬거든."

전체적으로 여성스러운 방이었다. 바로 얼마 전까지만 해도 입실론들이 쓰던 곳이니 당연하긴 했지만 나츠는 어색한지 뒷목을 긁적이며 거실 소파로 향했다. 베이지색 협탁 위에 올려진 실크 장식과 인디핑크 톤의 가죽 소파라니, 이렇게 아기자기한 인테리어 속에서 지내다간 닭살이 올라올지도. 두리번거리며 불편해하는 나츠의 모습에 드레이크는 현관에서 들어오는 길목에 서서 피식 웃었다.

가정용 로봇이 다가와 협탁 위에 따뜻한 차를 내려놓았다. 나츠는 민망한 듯 다리를 모으고 앉아 찻잔을 홀짝 들이켜며 중얼거렸다.

"왓슨 그룹은 입실론들을 통해 치료제를 개발하고 있었잖아요. 그녀들 없이 대체 낙원을 어떻게 꾸려 가려는 걸까요?"

"왓슨은 더 이상 낙원의 소유주가 아니야. 램지 왓슨은 위즈덤에 본인 소유의 로스트 헤븐 지분을 양도했어. 알렉스 아브라함은 태양의 도시와 입실론들을 없애고 새로운 낙원을 세울 생각인가 봐. 벌써부터 새 입주자 신청을 받는 거 보니."

나츠는 방 안 벽면 스크린에 물결치듯 떠다니는 광고 영상을 보며 복잡한 표정을 지었다.

> 로스트 헤븐의 새로운 패러다임, 영원의 오아시스!
> 죽음도 질병도 고통도 없는 영혼의 파라다이스.
> 15년 만에 열린 낙원의 영주권 신청 기회, 절대 놓치지 마세요!

알렉스 아브라함은 이곳을 불로장생의 실현처로 삼으려는 것일까? 이미 기존의 주민들도 뉴 라이프 프로젝트에 가입하기 위해 줄서서 대기하고 있다는 소문이었다.

방을 빙그르르 둘러보던 드레이크는 아이보리색 꽃무늬 찻잔을 들고 있는 나츠를 물끄러미 바라보며 중얼거렸다.

"엘 카인과 닮은 점이라곤 하나도 없네. 진짜 그 녀석 딸 맞아?"

"예? 저, 저는 남자인데요……."

"가슴 달린 남자가 어디 있어?"

그가 쿡 웃으면서 말하자 나츠의 얼굴이 토마토처럼 빨갛게 달아올랐다.

- 어이, 검진 시간이다.

드레이크가 찬 스마트 워치에서 필란 중위의 목소리가 들려왔다. 드레이크는 나츠의 팔을 잡으며 일어섰다.

"어, 검진이라면 이미……."

어리둥절한 표정으로 말하던 나츠는 드레이크의 묵직한 눈빛과 눈이 마주치자 멈칫 말을 멈췄다. 무표정한 얼굴로 나츠의 어깨를 누르는 드레이크의 손에 힘이 실려 있었다.

묻지도 따지지도 말고 조용히.

마치 작전 수행 때처럼 엄격한 눈초리였다. 나츠는 의아한 눈을 깜빡이며 말없이 그의 뒤를 따라 걸었다.

두 사람은 방을 빠져나와 태양의 도시 내에 있는 엘리베이터로 향했다. 입실론 전용 엘리베이터는 지하 연구소와 낙원의 관리자가 있는 최상층과 연결되어 있었다.

- B3 왓슨 연구소. 제한 구역입니다.

어두컴컴한 지하 연구소는 현재 임시 봉쇄가 된 상태로 연구원들도 강제 휴무를 즐기고 있었다. 엘리베이터가 열리자 문 앞에 서 있던 세인 필란이 모습을 드러냈다. 그는 다른 대원들 없이 혼자였다.

나츠는 불안한 듯 드레이크를 쳐다보았다. 한참 키가 큰 그의 얼굴을 보기 위해 올려다봤지만 무표정한 옆얼굴의 턱선 빼고는 제대로 보이지 않았다. 다만 자신의 손목을 꽉 잡고 있는 그의 손이 믿음직스러웠다.

셰인 필란의 통행증으로 세 사람은 무사히 제한 구역 내부로 진입했다. 파란색 비상 레이저 조명들이 어둠 속의 지표가 되어 주었다.

어느 누구도 입을 열지 않았다. 나츠는 드레이크의 손을 내려다보며 북치듯 뛰는 가슴을 반대 손으로 움켜쥐었다.

반즈 박사의 실험실은 열려 있었다. 유리문으로 된 실험실 입구를 지나자 세 갈래 길이 나타났다. 왼쪽은 그녀의 개인 업무실로 이어지고 가운데는 생체 실험실, 오른쪽은 어디로 향하는지 알 수 없는 긴 통로였다.

"반즈 박사는?"

드레이크가 묻자 셰인은 어깨를 으쓱였다. 자신도 잘 모른다는 눈치였다. 영문도 모른 채 끌려온 나츠는 등골이 오싹해지는 걸 느꼈다. 오른쪽 뺨에 느껴지는 차가운 한 줄기의 바람 때문은 아니었다. 정면에 위치한 생체 실험실이 까마득한 어둠에 잠겨 있었다. 나츠는 주춤거리며 빨려 들어갈 듯한 어둠 속으로 향했다.

"드레이크 씨, 이것 좀 보세요."

실험실 입구로 향하는 중간에 개방되어 있는 무균실은 작동하지 않는 듯했다. 드레이크는 두리번거리며 활짝 열려 있는 무균실 유리문 사이를 걸어왔다.

생체 실험실 내부에서 알코올 냄새가 풍겨 왔다. 희미한 푸른 전등 불빛만이 어렴풋이 시야를 밝혔다. 어둠 속에 완전히 진입한 드레이크의 동공이 확장되었다. 그는 숨을 들이켜며 허리를 곧추세웠다.

유리관으로 된 스테이시스 캡슐 안에는 인간의 신체 일부로 보이는 살점들이 보글거리는 기포 사이로 떠다녔다. 캡슐 앞 플라스틱 정보란에는 '실험체 EK'라는 글씨가 연한 빛으로 반짝였다.

"성인 남자의 팔 같은데."

깔끔하게 절단된 면엔 근육과 신경다발 조직이 고스란히 엿보였다. 옆 시험관 속에는 무릎 위에서 절단된 허벅지도 떠 있었다.

"온몸을 조각냈군."

"대체 누구를 이렇게 만든 걸까요?"

나츠는 겁에 질린 목소리로 소곤거리며 물었다. 드레이크는 겁도 없이 유리로 된 시험관을 툭 건드렸다. 그러자 시험관 하단 버튼에서 푸른빛이 반짝이더니 음성 파일이 재생되기 시작했다.

- 실험체 EK의 3차 생체 실험. EK의 절단된 신체 중 일부는 스테이시스 캡슐에 보관하고 일부는 캡슐 밖에 방치한 채 만 하루를 관찰했다. 공기와 접촉한 신체는 조직 손상이 일어나기 시작했다. 세포의 변형과 손상, 감염 등이 발견됐다. 본체의 재생은 확인되지 않는다. 단절된 신체 일부를 접합 수술 없이 본체와 다시 붙여 보았다. 아무런 일도 발생하지 않았다. 아직 추론에 불과하지만 EK는 무한 재생 능력을 상실한 것으로 보인다.

"이봐, 뭣들 하는 거야? 이쪽이야!"

세인의 목소리였다. 그는 실험실 밖에서 손짓하며 재촉했다. 반즈 박사의 음성 파일을 들은 나츠와 드레이크는 굳은 얼굴로 서로를 응시했다.

"가자."

드레이크의 손에 이끌려 나오면서도 나츠는 의혹 어린 눈길로 실험체 EK의 시험관을 흘끗거렸다. 불길한 생각으로 가득한 그의 표정에는 우울감이 번져 있었다.

셰인을 따라 오른쪽 갈림길로 온 드레이크와 나츠는 지하 미궁으로 이어지는 대피로 입구에 도달했다.

"구조용 함정 하나를 빼냈어. 훈련 중이라고 보고해 놨으니 별문제는 없을 거야. 그래도 스마트 더스트권 밖으로 나가면 자동으로 추격대가 따라붙는다는 건 알고 있지? 그때부터는 뭐 알아서들 하고. 아무 일 없이 낙원 밖으로 탈출한다는 것부터가 불가능에 가까운 일이니까."

나츠는 어리둥절한 표정으로 서서 두 사람을 번갈아 쳐다봤다.

"탈출이라뇨?"

"델타들은 어쩔 셈이야? 설마 다 두고 가려고?"

셰인의 질문에 드레이크는 침묵으로 대응했다. 셰인은 턱을 긁으며 머쓱하게 물었다.

"아무리 지능이 없다지만 그래도 너를 주인처럼 따르던데…… 애초에 낙원에 온 것도 그녀들을 구하러 온 거 아니었어?"

"네가 상관할 바 아니야."

드레이크가 싸늘한 눈빛으로 잘라 말하자 셰인은 침을 꿀꺽 삼키며 한 발 뒤로 물러섰다. 살기 어린 눈초리에 대번 등골이 오싹했다. 역시, 평범한 인간은 아니라는 생각이 들었다.

"탈출이라니 무슨 말이에요? 대체 어디로 가는 거예요? 드레이크 씨!"

"세르게이 총사령관과 알렉스 아브라함은 널 정치적으로 이용하고 있어. 지금 낙원은 자칫 폭동이 일어날 수도 있는 상황이야. 현재 저들이 가장 위협적으로 여기는 건 고스트들이고, 그들을 움직일 수 있는 오베론은 시한폭탄과 같은 존재지. 그래서 널 손에 쥐

고 언론을 통해 보여 주려는 거야. 너희를 굴복시켰다는 것만으로
도 고스트들은 심리적으로 위축이 될 테니까."

"유메를 두고 갈 수는 없어요."

"그럼 바보같이 저 녀석들에게 이용당할 셈이야? 이러다가 쓸모
가 없어지는 날에는 살아남기 힘들 거야."

"제 일은 제가 알아서 합니다. 어쨌든 제가 테러리스트라는 건 변
하지 않는 사실이에요. 저 때문에 정 소위님, 애덤슨 중사님, 호크
대령님까지 곤란해지셨는데 제가 또 이렇게 탈출한다면……."

"그 사람들은 지옥 불에 떨어져도 제 앞가림은 알아서 잘할 인간
들이야. 우리가 걱정을 하든 안 하든 죽을 일이라곤 없는 사람들이
라고!"

"자, 잠깐만요! 이것 좀 놓고……."

드레이크는 막무가내로 나츠의 손목을 잡고 미궁 안으로 진입했
다. 나츠는 양발을 힘줘 모으고는 제자리에 버티면서 신발 밑창 닳
는 소리를 내며 질질 끌려갔다.

그런 두 사람을 대피로 입구 뒤에 숨어서 지켜보던 세인은 좌우
를 살피다가 슬그머니 모습을 감췄다.

"뭐야?"

어둠 속에 멈춰 선 드레이크의 얼굴이 굳었다. 미궁 벽 곳곳에
부착된 휴대용 라이트가 환하게 빛을 발하고 있었다. 그 사이로 걸
어 나온 병사 하나가 거수경례를 하며 말했다.

"돌아가 주십시오. 여기부터는 작전 구역입니다."

"작전 구역?"

발버둥을 치던 나츠도 어리둥절한 눈으로 그를 쳐다보았다. 두

사람을 막아 선 병사의 가슴에는 STF의 황금 날개 로고가 박혀 있었다.

'필란 이 새끼가 뒤통수를…….'

드레이크는 이를 바득 갈며 주먹을 움켜쥐었다.

"끼이이에엑!"

"키긱, 키갸갸갹!"

멀리서 들려온 소리에 나츠는 움찔하며 드레이크의 소매를 잡아당겼다. 등골을 오싹하게 만드는 괴수의 울음소리. 나츠는 겁에 질린 어조로 속삭였다.

"드, 드레이크 씨! 이 소리……."

드레이크는 날카로운 눈초리로 주위를 곁눈질하며 STF 병사에게 물었다.

"델타와 교전 중입니까?"

"그렇습니다."

무표정한 얼굴로 대답한 백인 남성 군인은 검은색 특수 재질의 전투복을 입고 오른손에는 총을 쥐고 있었다.

그간 미궁이 폐쇄된 상태였던 이유는 왓슨의 눈이 닿지 않기 때문이었다. 사병들끼리 작전을 수행하기에 애로 사항이 많았고 엘 카인과 우리야도 굳이 미궁을 관리해야 할 필요성을 느끼지 못했다.

그런데 갑자기 이곳에서 작전이라고? 용병들 중에서도 제일 비싸다는 STF 특수대원들만 투입해서?

"작전 지휘관은 누굽니까?"

"세르게이 총사령관님께서 직접 지휘하고 계십니다."

그는 딱딱하고 일정한 톤의 목소리로 대답했다. 그런 그를 드레이크의 등 뒤에 숨어서 관찰하던 나츠가 뭔가를 발견한 듯 휘둥그레진 눈으로 소리쳤다.

"어, 저기!"

어둠 속에서 나타난 델타 두 마리가 천장을 빠르게 기어 오고 있었다. 침을 뚝뚝 떨어뜨리던 그들은 도마뱀처럼 꼬리로 벽을 '탁!' 치면서 병사의 머리를 덮쳤다.

이미 늦었다. 아무리 뛰어난 STF 요원이라도 대응하긴 힘들 거다. 델타의 운동신경은 인간의 수준을 갑절 이상 뛰어넘는다.

병사는 델타의 습격을 눈치채자마자 허리를 아치형으로 젖히며 재빠르게 피했다. 그는 바닥을 구르며 허리에 찬 총을 뽑아 들었다. 유림 정도의, 아니 어쩌면 더 굉장한 수준의 반사 신경이었다. 그는 눈 깜짝할 사이에 델타의 뒤로 이동하더니 폭발성 탄환이 장전된 총을 델타의 목덜미에 들이밀고 발포했다.

탕!

순식간에 델타 한 마리의 숨통이 끊어졌다. 나츠는 숨을 헉 하고 들이마시며 미간을 좁혔다.

'드레이크 씨?'

옆에 서 있던 그가 어느새 병사의 등 뒤로 이동해 있었다. 어둠을 등진 그는 살기로 점철된 눈초리를 싸늘하게 드리운 채 총을 꺼냈다.

숨진 델타의 위에서 몸을 일으키던 병사는 녹색으로 번쩍이는 동공을 깜빡이며 고개를 들었다. 왼쪽 관자놀이에 닿는 차가운 총구를 그제야 느낀 모양이었다.

"지금 뭐하시는……."

그가 말을 끝맺기도 전에 총구를 쥔 손이 그대로 방아쇠를 당겼다.

피슉.

무음 탄환이었다. 소리 없이 발사된 총탄은 드릴처럼 회전해 병사의 머리통을 관통했다. 털썩 쓰러진 남자의 머리에서 피가 분수처럼 뿜어져 나왔다. 눈알이 스프링처럼 튀어나온 와중에도 병사는 몸을 뒤틀며 꿈틀거렸다. 드레이크는 손을 뻗는 남자의 손목을 발로 걷어찬 뒤 총을 집어넣었다.

점액처럼 끈적끈적한 핏물이 손등 위로 튀었다. 드레이크는 불쾌한 표정으로 바지에 손등을 비볐다.

나츠는 고개를 외면한 채 입술을 깨물었다. 숨진 병사의 몸에서 나온 핏물이 시냇물처럼 바닥에 물길을 이루고 있었다. 말없이 땅을 쳐다보던 나츠의 눈이 일순 굳었다. 그는 의아한 얼굴로 허리를 숙였다. 스마트 워치에서 나온 라이트 불빛이 지면을 비췄다.

바닥에 번져 가는 병사의 피가 우유처럼 허연 빛깔이었다.

'수액?'

나츠는 드레이크 쪽을 쳐다보았다. 그는 이미 알고 있었다는 듯 태연한 표정이었다.

"침착한 반응이네? 놀라서 까무라칠 줄 알았더니."

드레이크가 장난스러운 목소리로 말했다. 충격으로 벌벌 떨 거라 예상한 나츠가 생각보다 차분했다. 하긴, 평소에도 벌레 한 마리 못 잡아서 질질 짜던 놈이 극한의 상황에서는 반전을 보여 주곤 했으니까.

"사람이라면 몰라도 안드로이드라면 익숙하니까요."

아, 나츠가 회색 기사단의 단장이었다는 사실을 깜빡했다. 유령의 군주의 친위대인 기사단은 모두 솔로몬에게 공급받은 안드로이드였으니 누구보다 전투 로봇에 익숙한 녀석이었다.

"한 마리 더 있어요."

나츠가 긴장한 눈빛으로 조용히 말했다. 그는 정면을 응시하며 허리춤에 손을 가져다 댔다. 하지만 곧 수중에 총이 없다는 걸 깨닫고는 안색이 창백하게 변했다. 현재 그는 전투복 차림도 아닐뿐더러 무기가 될 만한 건 하나도 가지고 있지 않았다.

동족의 사체를 킁킁거리던 델타는 어둠 속에서 몸을 낮춘 채 이쪽을 빤히 주시했다. 쉭쉭거리는 숨소리가 점차 크게 들려오자 나츠는 심장이 터질 듯 팽창하는 걸 느꼈다. 문득 입대 테스트 때의 사고가 떠올랐다. 눈앞에서 처참히 찢겨 죽던 동기 훈련병의 모습. 물 위로 둥둥 떠오르던 우딘 헤르만의 시체가 생각났다. 숨이 턱 막혀 왔다.

"드, 드레이크 씨, 일단 제가 주의를 끌 테니까 그 틈에 얼른……."

나츠는 이를 딱딱 부딪치며 말했다. 이 와중에 저런 용기는 어디서 나왔는지 그의 앞을 보호하듯 가로막고 있었다.

"그럴 필요 없어."

나츠의 옆으로 다가온 드레이크는 안심시키려는 듯 그의 머리를 쓰다듬었다. 나츠는 천장으로 폴짝 뛰어올라서 거친 숨소리를 내는 델타를 불안한 시선으로 바라보았다. 그사이 벽을 기어서 빠르게 이동한 델타는 그들의 배후로 '쿵!' 하고 착지했다.

나츠는 드레이크의 소매를 덥석 움켜쥐었다. 그러고는 죽음을 예감하기라도 한 듯 눈을 질끈 감았다. 등 뒤에서 금방이라도 달려들 델타의 엄니가 머릿속에 그려졌다. 등골이 축축하게 젖었다. 반대로 입가는 바짝 말랐다.

'죽는다. 이대로 죽게 될 거야!'

팽팽한 긴장감 속에 묘한 정적이 이어졌다.

눈을 감은 채 턱에 힘을 주고 있던 나츠는 슬그머니 실눈을 떴다. 왜 아무 일도 일어나지 않는 거지? 그는 겁먹은 눈꺼풀을 천천히 끔뻑였다. 열렸다 닫히는 시야 사이로 드레이크와 델타가 서로 마주 본 채 대치한 모습이 보였다.

"γονατίσει μπροστά μου.[4]"

알 수 없는 언어가 나지막한 음성을 타고 진정조로 울려 퍼졌다. 흥분한 채 숨소리를 내던 델타는 수면 밑으로 가라앉듯 호흡을 낮추기 시작했다. 그녀는 마치 복종하듯 드레이크 앞에 고개를 조아렸다.

나츠는 그 광경을 떨떠름한 표정으로 지켜보았다. 잘못 본 것일까? 어둠 속에서 언뜻 본 그의 눈동자가 검붉게 빛나고 있었다. 그 순간 나츠의 뇌리 속에 셰인의 목소리가 번뜩 스쳤다.

— 델타들은 어쩔 셈이야? 설마 다 두고 가려고? 아무리 지능이 없다지만 그래도 너를 주인처럼 따르던데…….

델타를 내려다보던 드레이크는 가 보란 듯 턱짓을 했다. 그러자 몸을 낮추고 있던 델타가 "끼에엑!" 괴성을 지르며 천장을 타고 빠른 속도로 사라졌다.

"가자."

---

4 'Kneel before me.내 앞에 무릎을 꿇어라'라는 뜻이다.

드레이크의 말에도 나츠는 꿈쩍도 하지 않은 채 망부석처럼 자리에 서 있었다.

"뭐해? 빨리 따라오지 않고."

"드레이크 씨와 비슷한 사람을 본 적 있어요."

나츠의 소매를 잡아당기던 드레이크는 멈칫거리며 굳었다. 그가 천천히 돌아보자 나츠는 그를 똑바로 쳐다보며 말했다.

"붉은 눈, 델타조차 두려워하는 존재요."

그러고 보니 입대 테스트 때도 그랬다. 델타들이 난입하던 상황 속에서 드레이크는 모습을 감춘 채 보이지 않았다. 사태가 진정되자 그는 다리를 다쳤다면서 한쪽에서 절뚝거리며 나타났다. 놀랍게도 큰 상처 하나 없이 무사한 모습이었다. 그 당시에는 운이 좋았다는 그의 말에 의심을 품지 않았지만 지금 생각해 보면 이상한 점이 한두 개가 아니었다.

나츠는 자신의 손목을 응시했다. 가느다란 팔목에 비치는 혈관들, 팔딱팔딱 뛰는 맥박, 부정하고 싶지만 부정할 수 없는 핏줄.

자주 악몽을 꾼다. 이 혈관을 잡아 뜯으면 피로 연결된 선상에 그 남자가 서 있는 꿈을. 애쉬드 블론드에 카리브 해를 담은 눈동자의 주인을. 입실론들에게 둘러싸인 채 해사하게 웃으며 "나츠!" 하고 자상하게 그를 부르는 모습을.

"드레이크 씨인가요?"

"……."

"여자들을 델타로 만든 바이러스요! 드레이크 씨인 거예요?"

"그렇다면?"

나츠는 숨이 멎은 듯한 표정으로 그를 쳐다보았다.

"그, 그럼……."

드레이크는 무거운 눈빛을 짓더니 입을 열었다.

"내가 직접 감염시킨 건 아니야. 나도 그자가 내 피로 전 세계를 혼란에 빠뜨릴 거라고는 미처 예상치 못했으니까."

"그자요?"

"아브라함."

"아브라함이라면……."

"정확히 말하면 그의 부친으로 알려진 대니얼 아브라함. 델타 바이러스를 퍼뜨린 장본인이지. 대니얼 녀석, 뉴욕 출신에다가 그쪽 마약상들을 잘 알고 있었거든. 그래서 최초의 델타가 맨해튼에서 발견된 거야. 녀석이 뉴욕 뒷골목에서 활동하는 마약상들을 매수해서 바이러스 섞인 약을 공급했으니까."

아브라함은 세상의 혼란을 원했다. 물론 그걸 가능토록 해 준 건 자신이었다.

그는 자만하고 있었다. 언제든 마음만 먹는다면 아브라함을 막을 수 있을 거라 생각했다. 하지만 지상에 낙하한 신神이라 해서 모든 것을 뜻대로 할 순 없었다. 세상이라는 거대한 수레바퀴 안에서 그 또한 인간들처럼 작은 톱니바퀴 하나에 불과했다.

"아브라함은 계속해서 델타를 만들어 냈어. 녀석의 파멸적인 욕망은 끝이 없었지. 그럼에도 난 그를 막을 수 없었어. 더 이상 내게 그런 힘은 없었으니까."

"왜요?"

그는 침묵으로 대답을 회피했다. 회상에 잠긴 눈빛은 씁쓸한 여운을 보였다.

― 내 이름은 유림이다. 로스티아벤 정예부대인 STF의 델타 포획조 소속에서도 에이스인 몸이지. 그리고 오늘 널 구한 생명의 은인이시기도 하다. 알겠나?

그녀가 놓은 주사에 정신을 잃고 깨어났을 땐 이미 인근에 있던 병원으로 옮겨진 뒤였다. 몸을 일으킨 드레이크는 옆자리에 누워 있는 병사를 보며 깨달았다. 자신은 그 병사와 같은 몸이 되어 있었다. 그와 같은 인간이 되어 버린 것이다.

"드레이크 씨, 혹시 로스트 헤븐에 온 이유가……."

그는 나츠를 흘끗 보더니 가볍게 웃었다. 웃음으로 무마하는 그를 보며 나츠는 잠시 말을 잇지 못했다.

"사람들에게 알려야 해요. 아브라함이 델타를 만든 원흉이란 걸 밝혀야죠!"

"이제 와 그런 사실이 다 무슨 의미가 있겠어?"

"그러려고 온 거잖아요. 델타를, 그녀들을 구하고 싶어서 낙원에 온 거잖아요!"

드레이크는 말없이 나츠를 바라보았다. 제자리를 서성이던 나츠는 뭔가 생각난 듯 말했다.

"기억나세요? 폐쇄 도시에서 소위님을 공격했던 델타요. 그녀는 인간과 거의 흡사한 모습이었어요. 뭔가 방법이 있지 않을까요? 델타들을 다시 돌려놓을 수 있는 방법이요!"

"겁쟁이 주제에 그들을 구하고 싶은 거야?"

"사실 무서워요. 델타하고는 눈만 마주쳐도 온몸이 얼어붙을 것 같아요. 하지만…… 가엽기도 해요. 게다가 드레이크 씨가 그렇게 괴로운 눈빛을 하는 건 저도 싫으니까요."

나츠는 고개를 숙인 채 조그마한 목소리로 중얼거렸다. 드레이크는 그런 그를 잠자코 응시했다. 허공에서 배회하던 손이 천천히 나츠의 머리 위로 향했다. 커다란 손길이 모자처럼 그의 정수리로 털썩 내려앉았다. 그는 나츠의 작은 머리를 부드럽게 쓰다듬으며 피식 웃었다.

"또 계집애 같은 표정 짓기는."

"제가요?"

드레이크는 킬킬 웃었다. 개구지게 웃는 그를 보며 나츠는 저도 모르게 홍조를 띠었다. 왠지 뿌듯했다. 그의 비밀을 공유하게 된 것도, 숨겨져 있던 그의 얼굴을 발견한 것도 모두 가슴을 벅차게 만들었다.

콰쾅!

멀지 않은 곳에서 난 폭발음이었다. 두 사람의 표정이 동시에 굳었다.

"끼기기긱!"

"키아악!"

델타로 추정되는 비명이 연이어 터져 나왔다. 죽기 전 단말마의 울음소리였다. 나츠는 여전히 망설이고 있는 드레이크를 보며 대신 결정을 내려 주듯 단호한 눈빛을 지었다.

"저도 함께 갈게요."

가만히 손을 잡는 나츠의 온기에 드레이크는 눈을 흠칫 떴다.

"'델타는 전략적으로 움직일 수 없다. 델타는 흉포한 짐승에 가깝다.' 저들이 맹신하고 있는 전제 속에 오류가 있다는 걸 적들은 죽었다 깨나도 모를 거예요. 이걸 이용하도록 해요."

'이 녀석이 정말 내가 알던 그 겁쟁이 나츠가 맞나?'

드레이크는 얼빠진 표정으로 나츠를 보다가 주저하며 물었다.

"오류?"

"드레이크 씨의 존재요. 델타를 지휘할 수 있는 사람이 있다는 건 아마 상상도 못할걸요?"

나츠는 묘하게 흥분한 듯했다. 왜 저렇게 기뻐 보이는 건지 알 수가 없었다. 그는 눈을 반짝이면서 드레이크가 대단하다는 표정을 짓고 있었다. 자기 일도 아니면서 두 주먹을 꽉 쥔 채 의욕에 차 올라서는 말이었다.

드레이크는 헛웃음을 흘리더니 어둠 속을 보며 눈을 깜빡였다. 정신이 맑아지는 기분이었다. 이상하게 안심이 되는 것 같았다.

"병기형 안드로이드의 약점 같은 건 없어?"

"저들의 장점이자 약점은 철저한 지휘 체계예요. 근접 전투는 각기가 반응해서 움직이지만 기본 대형과 위치는 지휘관이 정해 줘야만 해요. 전투 시 명령을 전하고 포메이션을 결정하는 건 지휘관만이 할 수 있는데, 그 역할은 반드시 사람이 하게 되어 있어요. 인간의 뇌파로만 수행할 수 있거든요. 다시 말해서 지금 이곳에 저들의 지휘관이 있다는 건데, 그 사람만 제거하면 대열이 무너질 거란 의미예요."

그게 누구일진 뻔했다.

"우리야겠군."

드레이크는 나츠를 보며 말했다.

"나는 델타를 맡을 테니 너는 우리야를 맡아."

"네?"

그는 놀라서 되묻는 나츠의 손에 총을 쥐여 주었다.

"어두워도 가능하지?"

나직하게 묻는 드레이크의 눈동자를 보며 나츠의 눈이 커졌다.

"하지만 총사령관님인데······."

"총사령관은 이미 죽었어. 저기 있는 놈은 그와 똑같은 면피를 뒤집어쓴 가짜다."

드레이크는 나츠의 양어깨를 잡으며 말했다.

"소위님과 중위님께서 이 자리에 계셨다면 뭐라고 하셨을 것 같아?"

"그, 글쎄요······."

"가서 머리통을 날려 버리고 오라 했겠지. 물론 소위님이라면 직접 목줄을 따러 갈 확률이 높겠지만. 저 초록 눈깔 인형들 주의는 내가 끌 테니까 넌 그 틈에 우리야를 처치하도록 해."

손에 쥔 총을 내려다보던 나츠는 불안한 눈초리로 드레이크를 쳐다보았다. 드레이크는 한숨을 내쉬더니 다가와 나츠의 턱을 들어 올렸다.

"드, 드레이크 씨?"

그는 허리를 숙여 나츠의 입술에 깊게 입을 맞췄다. 나츠는 빨개진 얼굴로 코앞에 보이는 드레이크의 속눈썹을 응시했다. 온몸이 뻣뻣하게 굳는 느낌과 함께 등골과 척추가 찌릿찌릿 감전되듯 자극을 일으켰다. 그의 입술과 혀의 감촉이 혈관을 타고 전신을 휩쓰는 느낌이었다.

"나츠 시게노."

입술을 뗀 드레이크가 몽롱한 정신을 일깨우듯 그의 이름을 불렀다. 따뜻한 숨이 입술 밖으로 멀어지자 아쉬운 기분마저 들었다. 반 뼘 간격으로 멀어진 드레이크의 미간이 부드럽게 웃었다.

"낙원에 널 이길 스나이퍼는 없어. 겁먹지 말고 다녀와."

드레이크가 준 총을 쥐고 돌아선 나츠는 복숭앗빛으로 젖은 뺨을 저도 모르게 손가락으로 훑었다. 심장이 폭주하는 열차처럼 뛰고 있었다. 머뭇거리며 걷던 그는 멈칫 서서 어깨 너머로 시선을 돌렸다. 드레이크가 어둠 속에 선 채 아몬드처럼 새까만 눈으로 이쪽을 쳐다보고 있었다.

"안 가고 뭐해?"

"지, 지금 갑니다!"

등 뒤에서 그가 심술궂은 표정으로 웃고 있는 게 느껴졌다. 나츠는 두근두근한 얼굴로 뛰며 손등으로 이마의 땀을 훔쳤다.

어둠 속을 달리는 건 그가 제일 잘하는 일이었다. 남들은 아무것도 볼 수 없는 곳일지라도 그의 눈에는 항상 길이 보였다.

어릴 땐 지상 위 환한 세계를 동경했다. 미궁에서 나와 찬란하게 쏟아지는 햇살 아래를 걷고 싶었다. 낙원의 주민들처럼 반짝이는 삶을 꿈꿨다. 하지만 그와 유메를 지켜 준 건 결코 밝은 빛이 아니었다.

애덤슨 중사님이 투명하고 아름다운 오후의 빛이라면, 드레이크 씨는 칠흑 같은 어둠 속에 잠긴 밤이다.

빛의 아름다움은 누구나 알고 있다. 하지만 어둠의 온기를 아는 이는 많지 않다. 다들 어둠을 만져 본 적도 없으면서 어둠은 춥고 고독할 것이라고만 생각하기 때문이다.

하지만 나츠는 잘 알고 있었다. 어둠을 끌어안는 게 얼마나 아늑한 일인지, 조용한 암흑이 얼마나 커다란 위안을 가져다주는지, 밤이 얼마나 아름다울 수 있는지.

오늘 그는 어둠과 입을 맞췄다. 그것은 빛보다 더 눈부시고 찬란한 경험이었다.

Chapter 3

"이쪽입니다."

발을 내딛자 철퍽한 소리가 울려 퍼졌다. 안내하던 안드로이드 헌병이 바닥에 불빛을 비추며 설명했다.

"파기된 안드로이드에서 흘러나온 수액입니다. 미끄러질 수 있으니 발밑을 조심해 주십시오."

파기된 병기형 안드로이드 수는 총 서른 기, 그리고 발견된 시체가 하나.

총알이 시신의 관자놀이를 관통했다. 이래서야 뇌를 꺼내서 조사해도 효과가 없겠군. 부대는 완전 괴멸에 지휘관은 암살되었다. 비밀리에 거행된 미궁 소탕 작전이 대실패했다는 뜻이다.

솔로몬은 헌병과 경호원들에게 둘러싸인 채 걸었다. 이윽고 나타난 광경에 모두 걸음을 멈췄다. 양 갈래 길이 교차하는 길목에 델타의 사체가 너부러져 있었다. 사체가 쓰러진 벽에는 그녀의 피로 쓰인 글귀가 섬뜩하게 전시되어 있었다.

There is a judge for the one who rejects me and does not receive my words; The word that I have spoken will judge him on the last day. 나를 저버리고 내 말을 받들지 아니한 자를 심판할 이가 있으니 내가 행한 말이 결국 그를 심판하리라.[5]

솔로몬은 얼굴에 쓴 가면 구멍 너머로 벽을 물끄러미 쳐다보았다.

— 대니얼은 말이지, 위대한 예언가였단다. 그는 신의 대리인 같은 존재였어. 그에게는 신을 대신해서 인간을 심판할 수 있는 권한이 있었지.

글귀 속 심판자는 그를 빗댄 것일까? 아니면 누군가 그를 심판한다는 의미일까? 어느 쪽이든 유쾌하지 않은 경고문이었다.

한편 돌무더기 사이에 숨어 있던 셰인은 고개를 빼꼼 내밀며 갸웃거렸다.

'솔로몬?'

황금 가면의 솔로몬이라면 소돔의 포주로 유명한 자였다. 황금의 바벨탑의 실세인 그가 위즈덤의 대표이자 알렉스 아브라함이라는 사실은 얼마 전 그가 스스로 언론에 밝혔다.

며칠 전 실제로 본 알렉스 아브라함의 신장은 최소 6피트가 넘는

---

5 요한복음 12 : 48

거구였다. 그런데 눈앞에 황금 가면을 쓴 그의 키는 그에 한참 못 미치는 듯했다. 마른 어깨는 왜소한 편이고 신체 비율도 전체적으로 달라 보였다.

"어떤 새끼가 이랬어!"

고함을 친 솔로몬은 우리야의 시체를 걷어차며 광분했다. 셰인은 놀라서 눈을 크게 떴다.

"멍청한 놈이 뒈질 곳이 없어서 이런 데서 뒈지고! 뒈지려면 혼자 곱게 뒈질 것이지, 도대체 박살 난 기기가 몇이야? 손해가 막심하잖아!"

그는 이미 차가워진 우리야의 시체에 거듭 발길질을 하며 성질을 부렸다. 못쓰게 된 병기들이 못내 아까워서 저러는 모양이었다. 그래도 그렇지 전투 중 전사한 군인을 저런 취급하다니, 셰인은 주먹을 쥔 채 분을 삭였다.

과격하게 날뛰던 솔로몬의 얼굴에서 가면이 덜렁거리다가 툭 떨어졌다. 숨어서 지켜보던 셰인은 미간을 좁혔다. 벗겨진 가면 속의 얼굴을 본 그는 휘둥그레진 눈으로 숨을 들이켰다.

'낙원 뉴스의 조셉이잖아?'

그는 바닥에 떨어진 가면을 줍더니 흙을 탈탈 털었다. 한쪽 발은 여전히 숨진 우리야의 얼굴을 밟고 있었다.

'저 녀석이 솔로몬이라고? 그럼 알렉스 아브라함은 뭐지?'

다시 가면을 고쳐 쓴 그는 안드로이드 헌병들에게 뭔가 지시를 내리기 시작했다. 너무 멀어서 말소리는 잘 들리지 않았다. 셰인은 몸을 낮춘 채 그들 가까이로 이동하기 시작했다.

"대체 델타들은 또 어디로 숨은 거지? 역시 모래의 도시인가……. 아무래도 예감이 좋지 않아. 이참에 델타 청소도 할 겸 고스트들의 뿌리를 뽑아 버리는 게 낫겠어."

혼잣말을 하는 건가? 아니면 누구와 대화 중인가? 조셉은 가면을 쓴 채 웅얼거리며 제자리를 왔다 갔다 하고 있었다.

"이 글을 남긴 녀석도 찾아야겠군."

그러더니 돌연 제자리에서 멈췄다. 그는 뒤를 핵 돌아보며 소리쳤다.

"거기 누구야!"

셰인은 흠칫 굳어서 허공을 응시했다. 등을 바짝 붙인 돌무더기 너머로 조셉이 걸어오는 소리가 들려왔다. 셰인은 바짝 마른 입술을 혀로 축였다.

'설마 아니겠지. 숨소리도 내지 않았는데 눈치챘을 리가 없어.'

그의 바람과 달리 머리 위에서 짙은 그림자가 드리워졌다. 누군가 손바닥으로 돌무더기를 짚고 그의 정수리를 빤히 내려다보고 있었다. 셰인은 덜덜 떨리는 오금에 힘을 주며 이를 사리물었다. 고개를 들 수가 없었다. 델타와 마주친 것보다 더한 압박감이다. 쭉 찢어진 가면 구멍 사이로 무표정한 시선이 느껴졌다. 조셉은 쪼그리고 앉은 셰인을 내려다보며 물었다.

"여기서 뭘 하고 있는 겁니까, 필란 중위님?"

"그, 그게……."

셰인은 후들거리는 손으로 바닥을 짚었다. 여기서 잘못 말하면 바로 저승길이다.

"나, 나츠 시게노가 탈주했습니다!"

"……."

"아직까지 에덴 타워 밖으로 나간 흔적은 없어서, 가장 높은 확률의 도주로인 미궁을 조사하고 있던 중이었습니다."

"혼자서 말입니까?"

조셉이 의심스럽게 묻자 셰인은 난감한 눈초리로 시선을 회피했다.

"나츠 시게노를 감시하는 건 제 소관이었던지라……."

긴장감에 가슴이 부풀었다. 그는 애써 침착하게 호흡하며 아랫입술을 물었다.

그나저나 내가 왜 이 녀석의 질문에 일일이 답해야 하는 거지? 저놈은 그냥 낙원 뉴스의 편집장일 뿐이잖아. 존칭을 해 줄 필요도 없어. 솔로몬인 척 허세를 부리는 거야! 하지만 일개 기자가 미궁 안까진 어떻게 들어왔을까?

"필란 중위."

"예?"

조셉은 셰인을 빤히 응시하더니 물었다.

"출세하고 싶지 않습니까?"

군침이 꿀꺽 넘어갔다. 조셉은 허공에서 엄지와 검지로 스냅하며 '딱!' 소리를 냈다.

어둠 속에서 전투형 안드로이드들이 두 줄로 열 맞춰 걸어 나오기 시작했다. 조셉은 얼굴에 쓴 가면을 정수리 뒤로 젖혔다. 얇은 입술이 모습을 드러내며 비릿하게 웃었다.

"중위가 지휘할 새로운 부대입니다. 이번 작전만 성공한다면 2계급 특진을 약속하죠."

셰인은 혼란스러운 눈빛을 지었다. 이 녀석이 솔로몬이 아니라면 이렇게 많은 수의 병기들을 보유할 수는 없다. 아무리 조셉이 떼

부자여도 그건 불가능했다. 그럼 이자가 정말 솔로몬이자 위즈덤의 대표란 말인가?

"평소 알려진 필란 중위의 특기니 어려울 건 없을 겁니다. 가서 고스트들을 쏴 죽이고 오세요. 한 놈도 빠짐없이 씨를 말리고 와야 합니다. 잘하실 수 있겠죠?"

. . .

밀착형 선글라스와 마스크를 쓴 제인은 하얀 에어쉽에서 내리자마자 가게 앞을 향해 달려갔다. 그녀의 뒤를 따라 내린 멜리사는 경계 어린 눈초리로 주위를 둘러보았다. 돼지 모형의 간판이 정면에 위치하고 있었다.

– 어서 오세요! 갓 구운 빵. 신선한 재료! 하늘은 나는 돼지입니다.

"제인! 이쪽이야!"

원형의 유리 테이블 위에 따뜻한 블랙커피 한 잔이 모락모락 김을 피우고 있었다. 사샤는 제인을 향해 손을 흔들며 웃었다. 하얀 의자에 앉은 그녀는 평소처럼 다리를 우아하게 꼬고 있었다.

제인은 문 쪽을 힐끔거리며 불안한 눈초리로 사샤의 맞은편에 앉았다. 빵집 주인인 폴이 나와 출입문에 'Closed' 전등을 올리며 영업 마감을 알렸다.

"오늘은 숙녀분들께 전세를 내 드리지요."

그는 커피 한 잔을 더 내오며 빙그레 웃었다. 제인은 폴을 의심스럽게 노려보았다. 그녀는 미간에 인상을 쓴 채 맞은편 사샤에게 속닥였다.

"사샤, 저 사람……."

"걱정 마. 좋으신 분이야. 어디 가서 함부로 떠벌리고 다닐 분은 절대 아니니까."

"여긴 사람들이 너무 오가는 장소인 것 같아."

제인은 유리창 너머를 바라보며 중얼거렸다. 바람의 도시 내 상업지구 한가운데였다. 폴이 'Closed' 전등을 켠 순간, 가게 유리창들이 불투명하게 변했다. 덕분에 밖에서는 가게 안을 들여다볼 수 없었지만 제인은 탐탁지 않은 눈치였다. 사샤는 안심하라는 듯 웃으며 말했다.

"네가 타고 온 에어쉽은 추적이 불가능하게 되어 있어. 평의회도 군부도 네가 여기 있다는 사실은 절대 알 수 없을 거야."

"그래도 왓슨의 눈까지 속일 순 없어. 알렉스 아브라함의 귀에 들어가는 건 시간문제야."

"모를 거야."

사샤가 커피 잔을 들며 확신에 찬 어조로 말했다. 제인은 선글라스를 벗으며 미심쩍은 눈으로 물었다.

"모를 거라니, 그게 무슨……."

"그나저나 뒤에 계신 분은 클라크 장관님 아니신가요?"

"반갑습니다, 피보바로바 양. 실제로 뵙는 건 처음이죠?"

제인의 뒤로 걸어온 멜리사는 부드러운 미소로 인사를 나눴다. 그녀는 제인보다 훨씬 여유로운 모습이었다. 사샤는 흥미롭다는 눈빛을 지었다. 그간 정치적으로 갈등을 빚던 두 사람이 손을 잡다니 재밌는 조합이었다. 물론 주로 제인이 사고를 치고 멜리사가 비난을 하는 형식이었지만.

"사샤, 역시 여긴 안 되겠어. 사람들 눈에 띌 가능성이 너무 높아. 저 빵집 주인도 왠지 석연치 않고…… 다른 곳으로 이동하자."

"저도 같은 생각입니다. 엘 카인이 살았는지 죽었는지도 알 수 없는 상황에 여긴 너무 오픈된 장소 같습니다. 현재 낙원 내에선 제인의 신변도 안전하진 않으니까요."

아브라함이 보낸 안드로이드가 왓슨 본가까지 들이닥친 판국에, 그들의 본거지로 자진해서 납셨으니 목숨이 두 개라도 위험했다.

사샤가 입을 열었다.

"아브라함 회장은 아직 정식으로 낙원의 관리자직에 이름을 올리지 못했습니다. 시스템 관리자로 이름을 올리려면 설계자의 승인이 필요하죠. 엘 카인은 그래도 형식적으로나마 '관리자 권한'을 이행할 수 있었지만 알렉스 아브라함은 그조차도 안 되는 상황이에요. 곧 무슨 수를 쓰긴 하겠지만요."

"낙원 내부 사정을 손바닥처럼 훤히 들여다보고 계시는군요. 그런 정보는 어떻게 입수하는 겁니까?"

커피 향을 음미하던 사샤는 치켜뜬 눈초리로 멜리사를 응시했다. 좀 전까지 극도로 불안해하던 제인도 어느새 차분한 자세로 앉아 있었다.

"알려 줘, 사샤. 누구로부터 그런 걸 듣는 거야?"

"누구로부터라니?"

사샤는 커피 잔을 내려놓은 뒤 장미 문양이 새겨진 전자담배를 입에 물었다. 어느덧 화기애애한 분위기는 썰물처럼 사라지고 팽팽한 긴장감만이 허공에 맴돌았다.

"날 떠본 거구나?"

"기분 나빴다면 미안해."

제인이 중얼거리며 사과했다. 그녀는 양손을 매만지며 망설이다가 다시 입을 열었다.

"찾고 있는 사람이 있어."

"누구?"

"로스트 헤븐 프로젝트의 책임자였던 리 박사."

사샤는 아무런 말없이 담배만 피우며 침묵했다. 제인은 절박한 눈빛으로 애원했다.

"도와줘, 네 도움이 필요해."

"낙원의 홍보부에서 외주나 받는 일개 아티스트가 뭘 어떻게 도와줄 수 있겠어?"

뒤에서 두 사람의 대화를 지켜보던 멜리사가 나섰다. 그녀는 사전에 조사한 사샤의 개인 정보 문서를 허공에 홀로그램으로 펼쳤다. 본인의 이력이 연도별로 나타나자 사샤는 곁눈질로 흘끗 관심을 가졌다.

"피보바로바 양은 러시아의 이르쿠츠크의 리쩨이 사립학교를 나오셨더군요. 리쩨이 사립학교는 예술계와 과학계에 많은 인재를 배출한 명문이지요. 재밌는 것은 알렉스 아브라함 또한 이곳 출신이라는 겁니다. 그리고 그가 재학할 당시 왓슨 그룹에 몸담고 있던 리 박사도 리쩨이 학생들을 대상으로 초청 강연을 한 적 있었죠. 결론적으로 피보바로바 양은 이들 모두와 인연이 있는 셈입니다."

"글쎄요, 그냥 우연 같은데요?"

"그렇다면 피보바로바 양이 낙원에 있는 것도 우연일까요? 조사해 보니 영주권도 없으시던데요? 정기적으로 게이트를 들락날락 거리면서까지 로스트 헤븐에 머무는 이유가 뭡니까? 제인 왓슨 양과의 의리를 지키기 위해서라고 하기엔 뭔가 석연치 않아요. 왓슨 양은 위장이고, 당신이 진짜 의리를 지키고 있는 대상은 따로 있는 것 아닙니까?"

"무슨 말씀이신지 모르겠군요."

"아마도 당신이 낙원의 내부 정보를 상세하게 아는 것과 관련 있는 자가 아닐까 싶습니다만."

멜리사 클라크. 평의회의 능구렁이 같은 노인들을 상대로 혼자 버티다가 결국 의원직을 때려 쳤다고 들었다. 낙원에서는 보기 드물게 강직하고 청렴한 사람이다. 제인에게는 아마 좋은 선생이 될 테지.

사샤는 조용히 담배를 내려놓았다.

"제인."

"어?"

"넌 이곳을 어떤 곳으로 만들고 싶니?"

갑작스러운 질문에 제인은 말문이 막힌 표정을 지었다. 사샤는 한쪽 손을 테이블 밑으로 내렸다. 그녀는 지난 십여 년간 더 야위어 버린 허벅지를 매만지며 말했다.

"나는 실패한 웬디야. 피터 팬을 따라서 네버랜드에 왔다가 후크 선장에게 두 다리를 잃고 말았거든. 그 뒤로 난 네버랜드에 속하지도 못하고, 집으로 돌아가지도 못한 채 이렇게 배회하고 있어."

아담은 이브를 찾았다. 하지만 춤추던 소녀는 여전히 넘어진 채 울고 있었다. 꿈도 잃고 어른도 되지 못한 그녀는 영원한 어둠 속을 헤매는 기분이었다.

"낙원에서 일어난 일에 대해 왓슨 그룹은 책임을 피할 수 없을 거야. 입실론, 델타, 고스트, 그들 모두 네버랜드의 피해자지. 어찌 되었든 넌 왓슨가의 공주님이고, 그들의 증오는 결국 널 향하게 될 텐데, 굳이 낙원을 되찾으려는 이유가 뭐야? 네가 책임을 떠안을 필요도 없잖아."

"알고 있어."

어차피 그녀는 낙원을 장식해 온 인형에 불과했다. 스스로도 그 위치에 만족했고 그렇게나마 대중의 사랑과 관심을 받고 싶었다. 무엇이 자신을 그리도 결핍하게 만드는지 알지도 못한 채.

"그동안 난 그들을 못 본 체 했고, 지금도 사실 그 사람들을 위해 뭘 해 줄 수 있을지 모르겠어. 하지만 낙원을 잃으면 왓슨은 무너지게 될 거야."

제인은 씁쓸하게 웃으며 바닥을 향해 시선을 던졌다.

"그동안 난 할아버지와 카인의 그늘에서 편하게 호의호식하며 살았어. 그런데 그 두 사람이 무너지고 나니까 정신이 번쩍 들더라. 두려움과 함께 죄책감이 들었어. 어쨌든 그 두 사람을 가장 사랑했던 사람은 나니까……. 할아버지가 낙원을 세운 건 좋은 취지에서였어. 왓슨이 낙원을 망친 못된 회사라는 결말만은 막고 싶어. 로스트 헤븐을 실패작으로 남기고 싶지는 않아."

잠시 후 사샤는 냅킨으로 입가를 닦으며 몸을 일으켰다.

"일어서."

제인은 어리둥절한 표정을 지었다. 사샤는 벌써 출구를 향해 또각또각 걸어가고 있었다. 제인은 선글라스와 마스크를 얼른 고쳐 쓰고선 일어섰다.

멜리사는 케이크 진열대 뒤에 서 있는 가게 주인 폴을 향해 고갯짓으로 인사를 했다. 위생복 차림의 폴은 빙그레 웃더니 그녀에게 초콜릿 피규어 하나를 건넸다. 멜리사는 이게 뭐냐는 눈초리로 그를 쳐다보았다.

"비매품이지만 하나 드릴 테니 한번 드셔 보세요. 단걸 먹으면 기분이 좋아지고 기운도 나는 법이죠."

"고맙습니다."

그녀는 미소를 지어 보인 뒤 재킷 주머니에 초콜릿을 쑤셔 넣었다. 급히 가게를 빠져나오다가 홱 뒤를 돌아보았다. 아리송한 기분이 들었다. 그녀는 예민해진 눈초리로 입술을 곱씹었다.

'저 사람, 어디서 봤더라?'

먼저 에어쉽에 올라탄 사샤는 밖에 서 있는 제인을 쳐다보았다. 제인은 의아한 표정을 지었다. 사샤가 평소 타고 다니던 블랙 스완과 닮긴 했지만 다른 기체였다.

낙원의 주민이 아닌 외부자는 낙원 내에 개인 전용기를 2기 이상 반입할 수 없다. 구매는 가능하지만 이럴 경우, 게이트를 통해 출국할 때까지 사용이 금지된다.

제인은 의문이 가득한 눈동자로 사샤를 쳐다보며 맞은편에 앉았다. 뒤따라온 멜리사는 제인의 옆자리에 탑승했다.

에어쉽의 엔진은 이미 가동되어 있었다. 목적지도 설정하지 않았건만 하얀 에어쉽은 알아서 둥실 떠올랐다.

알림 메시지 창을 본 멜리사는 깜짝 놀라서 창밖을 쳐다보았다.

'군용 에어쉽도 아니고 일반 자가용 에어쉽에 불가시 모드라니? 설마 군용 에어쉽을 몰래 빼돌린 건가?'

그녀도 불가시 모드 기체는 처음 탑승하는 것이었다. 멜리사는 잔뜩 긴장한 채 안전 손잡이를 꽉 붙잡았다. 반면 맞은편의 사샤는 익숙한 듯 편안한 자세로 찻잔을 들었다. 제인은 사샤를 물끄러미 응시했다.

"사샤."

"응."

"낙원을 떠나던 날 네가 그랬잖아, 기다릴 남자가 있다고."

"남자라고는 안 한 거 같은데."

사샤가 무표정한 얼굴로 부인하자 제인은 모르는 척 웃었다. 사샤가 좋아하는 남자라면 왠지 아주 어른스럽고 근사한 분위기일 것 같았다.

"그래서 만났어?"

창밖을 내다보던 사샤는 잠시 침묵하다가 입을 열었다.

"아니."

왠지 모를 슬픔이 묻어나는 목소리였다. 사샤의 옆모습에서 과거

엘 카인을 바라보던 그녀의 모습이 겹쳐 보인 탓일까? 제인은 더이상 아무것도 묻지 않았다.

에어쉽 내부에는 뉴스 속보가 떠오르고 있었다. 번쩍이는 빨간 글씨가 시야를 어지럽히자 그들은 잠시 굵은 헤드라인으로 장식된 기사에 눈길을 모았다.

| 우리야 세르게이 총사령관, 델타와 교전 중 전사.

고즈넉한 공기가 흘렀다. 누구도 침묵을 깨지 않았다. 멜리사는 다시 에어쉽 내부를 두리번거리며 관찰했다. 사샤는 찻잔을 홀짝거리며 창밖을 내다보았다. 제인은 의자에 몸을 기댄 채 선글라스와 마스크를 벗었다.

이 작은 인공 섬 안에서 전쟁과 평화가 아슬아슬하게 줄다리기를 하고 있었다. 밧줄 심지에는 이미 불이 붙었다. 의미 없이 반복되던 줄다리기는 곧 결착을 맺게 될 것이다.

멀리 에덴 타워가 보였다. 에덴 타워 꼭대기를 고리 형태로 감싼 태양의 도시는 구름 속에 휩싸여 있었다. 제인은 문득 에덴 타워 위로 커다란 벼락이 내리꽂히는 상상을 했다. 저 거대한 타워가 장작처럼 두 쪽 나서 쪼개진다면 꽤 볼만하겠지.

"사샤, 난 말이야. 누구나 이브가 될 수 있는 낙원을 만들고 싶어."

제인은 멀어져 가는 에덴 타워를 매만지듯 창문에 손바닥을 가져다 댔다.

"모두가 이브가 되길 선망하는 곳이 아니라, 누구나 이브가 될 수 있는 곳."

"……."

"모두가 앞다투어 오길 원하는 곳이 아니라, 모두가 떠나고 싶지 않은 곳."

그녀는 비로소 깨달았다. 텅 빈 낙원에 홀로 있는 건 아무런 의미가 없었다.

네가 존재하는 낙원.

우리가 꿈꾸는 낙원이란 그런 것이니까.

"가능할까?"

제인이 자신감 없는 어조로 자그마하게 묻자, 사샤는 찻잔 뒤로 미소를 숨기며 부드러운 목소리로 대답했다.

"글쎄, 기대되긴 하네."

같은 시각, 폐쇄 도시 대피소의 입구로 나온 나츠와 드레이크는 숨을 몰아쉬며 잠시 걸음을 멈췄다. 평소와 다를 바 없는 을씨년스러운 풍경이었다. 바닥에 굴러다니는 의료품들, 푸르스름한 비상등이 켜져 있는 복도. 깨진 창문 사이로 쉭쉭 지나가는 바람 소리에 드레이크는 농담조로 물었다.

"폐쇄 도시의 망령이던가? 모래의 도시 고스트들은 그런 걸 진짜 믿는 거야?"

"모르겠어요. 아이들보고 이 근처엔 얼씬거리지 말라고 하는 걸 보면 꺼림칙하게 여기는 것 같긴 해요."

그들은 빠른 걸음으로 연구소 A동을 향해 이동했다. 경보기가 울리지 않는 걸 보니, 밧세바와 웁실론들은 이미 그들의 얼굴을 카메라로 확인했을 가능성이 높았다.

중앙 계단 쪽으로 가자 보초를 지키고 있던 웁실론 하나와 마주쳤다. 나츠를 알아본 그녀는 머리에 쓰고 있던 후드를 벗으며 길을 터 줬다.

"이상하네요."

"뭐가?"

"보통은 둘 이상 짝 지어서 길목마다 지키고 서 있잖아요."

나츠가 갸웃거리며 묻자 드레이크는 흘끗 계단 아래를 내려다보았다. 홀로 서 있던 웁실론이 하품을 하며 벽에 머리를 기대고 있었다.

"나츠!"

그들이 도착한 걸 미리 지켜본 밧세바가 마중을 나왔다. 그녀는 지팡이를 짚고 절뚝절뚝 걸어와 나츠를 품에 안았다. 밧세바는 감격에 겨운 표정으로 눈시울을 뜨겁게 붉혔다.

"유메는요?"

"안쪽에 있다."

유메부터 찾는 나츠를 보며 밧세바는 대견한 듯 웃었다. 그녀의 뒤에 서 있던 반즈 박사가 나츠를 불러 세웠다.

"시계노 대원."

"어, 반즈 박사님?"

그녀가 여긴 어쩐 일일까? 나츠는 경계심 어린 눈초리로 반즈 박사를 쳐다보았다.

"무사히 빠져나온 모양이군요."

드레이크가 피식 웃으며 대답했다.

"박사님 덕분입니다. 필란 중위가 뒤통수를 치긴 했지만요. 박사님께서도 이제 에덴 타워는 가지 마십시오. 필란 중위가 상부에 벌써 다 보고를 올렸을 겁니다."

"그렇군요."

두 사람의 대화를 듣던 나츠는 영문을 모른 채 눈을 깜빡였다. 그러고 보니 에덴 타워 지하에 위치한 반즈 박사의 연구실은 텅 비어 있었고, 미궁으로 통하는 대피로 입구는 활짝 열려 있었다.

"박사님께서 도와주셨던 건가요?"

나츠의 질문에 반즈 박사는 옅게 웃었다. 그녀의 눈 밑에 짙게 드리운 그늘과 창백한 안색을 보아하니 꽤 피곤한 모양이었다. 나츠는 그녀의 실험실에서 보았던 기괴한 신체 조각들을 떠올렸다. 반즈 박사는 대체 무슨 연구를 하고 있던 것일까?

나츠를 위아래로 훑어보던 반즈는 뭔가를 발견한 듯 미간을 좁혔다.

"다쳤군요. 출혈이 있네요."

"네?"

나츠는 어리둥절한 얼굴로 몸 여기저기를 내려다보았다. 드레이크도 곁눈질로 나츠의 상반신을 확인했다. 다쳤다고? 그랬다면 자신이 눈치채지 못할 리가 없었다.

"따라 오세요."

나츠는 머뭇거리며 드레이크의 눈치를 살폈다. 드레이크가 가 보라고 턱짓을 하자, 그는 강아지처럼 그녀의 뒤를 졸졸 쫓았다. 나츠의 뒷모습을 빤히 보던 드레이크는 머리를 긁적이다가 결국 두 사람의 뒤를 쫓았다. 그러자 반즈 박사가 어깨 너머를 돌아보며 말했다.

"드레이크 씨는 거기서 기다리세요. 시게노 대원 혼자면 됩니다."

"하지만⋯⋯."

드레이크가 불만스러운 표정으로 말문을 열자, 그녀는 따끔한 일침을 놓았다.

"아빠도 아니고 뭘 그렇게 졸졸 따라와요? 시게노 대원과 단둘이서 할 말이 있으니 밖에서 기다리세요."

"예? 아, 아빠요?"

드레이크는 충격을 받은 듯 석상처럼 굳었다. 귀까지 빨개진 건 오히려 나츠 쪽이었다. 그는 민망한 표정으로 고개를 푹 숙인 채 반즈 박사를 따라 고장 난 유리문 안쪽으로 향했다. 버려진 연구실을 개조해 박사의 개인 진찰실로 탈바꿈한 방이었다.

"저기 박사님, 뭔가 착각하신 것 같은데요⋯⋯ 저 다친 곳 없어요. 완전 멀쩡해요!"

반즈 박사는 길쭉한 침대형 치료대를 손바닥으로 툭 치며 누우라는 시늉을 했다. 나츠는 머뭇거리며 치료대 위에 누웠다.

"일단 초음파 검사부터 할 테니 상반신 걷어 올리세요. 움직이지 말고 가만히 있어요."

그녀는 탐촉자를 그의 복부에 대고 살살 문질렀다. 나츠는 잔뜩 긴장한 채 차렷 자세로 눈을 질끈 감았다. 화면을 보던 박사는 놀라운 표정을 지었다. 그녀는 손을 불쑥 뻗어 그의 가랑이 안쪽을 짚었다.

"바, 박사님?"

화들짝 놀란 나츠가 몸을 일으키자 반즈 박사는 진정하라는 듯 그녀의 손바닥을 펴서 보여 주었다.

"이거 보여요?"

눅눅한 바짓가랑이에서 묻어나온 핏물이었다. 상황을 이해하지 못한 나츠는 멍한 표정으로 갸웃거렸다.

"나츠 씨."

"네?"

"근래에 혹시 여자가 되고 싶다는 생각을 해 본 적은 없나요?"

"그, 그게, 무, 무슨 말씀이신지……."

반즈 박사는 의자를 끌어당겨 앉으며 부드러운 표정을 지었다. 속을 꿰뚫어 보는 듯한 그녀의 시선에 나츠는 긴장한 듯 침을 꿀꺽 삼켰다.

"이건 나츠 씨의 몸이 말하고 있는 거예요. 여자가 되고 싶다고, 나는 여자라고."

"그, 그럴 리가요. 저는 남자인데요?"

저항하듯 작게 중얼거리던 나츠는 슬쩍 반즈 박사와 눈을 마주쳤다. 그는 그녀의 손에 묻은 혈흔을 물끄러미 바라보다가 입술을 떼었다.

"그 피는……."

"월경이에요."

"네?"

나츠는 까만 눈을 휘둥그레 뜬 채 두어 차례 깜빡였다. 반즈 박사는 소독된 거즈로 손을 닦으며 말을 이었다.

"나츠 씨 몸속에서 줄곧 휴면 상태처럼 잠자고 있던 부분이 어떤 계기로 인해 깨어난 것 같아요. 그 결과 이렇게 '펑' 터진 거죠. 피검사를 좀 해 볼게요."

그녀가 주사기를 들고 오자 나츠는 덥석 박사의 팔을 붙잡았다.

"바, 박사님!"

여자가 되고 싶다니, 월경이라니, 알 수 없는 말들에 목소리가 덜덜 떨려나왔다. 그의 눈 속에 담긴 두려움을 읽은 반즈 박사는 이해한다는 표정으로 주사기를 내려놓았다.

"예전에 리 박사가 작성해 놓았던 비공개 연구 자료들을 본 적 있어요. 그것들을 살펴보던 중 아주 신경 쓰이는 기록을 발견했죠. 그건 어느 입실론이 임신한 쌍둥이 태아에 관한 것이었어요."

사라의 딸인 이브는 심신 모두 건강하게 태어났다. 그녀는 오히려 신종 바이러스에 뛰어난 면역성을 지니고 있었다. 뿐만 아니라 해당 바이러스의 돌연변이형과 그 외 질병들의 치료제 개발에도 무궁무진한 가능성을 보여 준 케이스였다.

반즈 박사는 이브와 대조적인 쌍둥이 태아 기록에 깊은 관심을 가졌지만 더 이상의 연구 기록을 찾을 수 없어 포기했다.

"나츠 씨는 태어날 때부터 양성을 지니고 있었어요. 그리고 지금 나츠 씨의 몸은 자신이 원하는 진짜 성을 택하려는 거예요. 나츠 씨가 로스티아벤에 입대할 때만 해도 이런 증후가 전혀 없었으니, 입대 후 진행되었다고 볼 수 있겠네요."

"진행이요?"

"뭔가 심적으로 동요할 만한 일들은 없었나요? 본인이 여자가 되고 싶다고 느낄 법한 환경적 요소나 상황, 혹은 사건들이요."

조리개처럼 벌어졌던 그의 동공에 작은 경련이 일었다. 나츠는 죄인처럼 고개를 푹 숙였다. 부끄러워서 쥐구멍에라도 숨고 싶은 심정이었다. 남자였던 제가 여자가 되고 싶어 할 만한 심적 변동이나 사건이라면 뭐가 있겠는가? 너무도 뻔한 답이었다.

진찰실 밖으로 나온 나츠는 하의를 갈아입은 채 엉거주춤 걸어 나왔다. 치매에 걸린 노인들이나 입을 법한 회색 면바지는 가랑이 부분이 필요 이상으로 헐렁했다. 게다가 반즈 박사가 속옷에 부착해 준 여성용품이란 게 걸을 때마다 걸리적거리고 불편해서 미칠 지경이었다.

"괜찮아?"

드레이크였다. 나츠는 굳은 표정으로 그의 시선을 외면했다. 기웃거리며 나츠의 얼굴을 살피던 드레이크는 양손으로 나츠의 볼을 찐빵처럼 눌러 잡으며 재차 물었다.

"괜찮냐고."

"괘, 괜찮아요!"

그는 '얼굴이 너무 가까운데요.'라는 말을 삼키며 눈을 질끈 감았다. '설마 여기서 또?'라는 생각에 묘한 기대감이 솟구쳤다.

"둘이 뭐하는 거야?"

피식 웃으며 나츠를 허공으로 들어 올리던 드레이크는 흠칫 놀라 그를 툭 떨어뜨렸다. 느닷없이 바닥에 엉덩방아를 찧은 나츠는 울상을 지으며 고개를 들었다. 그는 소스라치게 놀란 표정을 지었다.

"유, 유메……."

부유 체어에 앉은 그녀는 눈을 동그랗게 뜬 채 굳어 있었다. 남자끼리 뒹구는 걸 처음 본 건 아니었지만 나츠가 그러고 있으니 적지 않게 충격을 받은 기색이었다. 평소 동성애를 혐오하던 유메의 화살은—사실 그녀는 이성 간의 관계도 경멸하는 편이다— 곧바로 드레이크를 향했다.

"이 변태 같은 놈이 나츠에게 무슨 짓을 한 거야!"

유메의 부유 체어가 드레이크를 향해 달려들었다. 당황한 나츠가 황급히 그 앞을 가로막았다.

"잠깐만!"

"비켜, 나츠!"

나츠는 말없이 선 채 입술을 깨물었다. 눈물이 왈칵 쏟아졌다. 그가 눈물을 뚝뚝 떨어뜨리자 사납게 치켜뜬 유메의 눈초리가 확 누그러졌다.

"나츠?"

"미안해. 미안해, 유메…… 미안해……."

울먹이며 사죄를 하던 나츠는 휘청거리며 무릎을 꺾었다. 밀려든 어지럼증과 함께 다리에 힘이 풀렸다. 눈자위가 뒤집어지면서 천장이 핑그르르 돌았다.

"나츠!"

드레이크의 목소리가 들려온 것 같았다. 그러나 까맣게 닫혀 가는 시야 너머로 멍해진 의식의 끈이 이내 실처럼 툭 끊어지고 말았다.

— 근래에 혹시 여자가 되고 싶다는 생각을 해 본 적은 없나요?

귀와 목에서 후끈한 열감이 느껴졌다. 몸살이라도 난 건가? 몸이 물에 젖은 솜처럼 침대 밑으로 무겁게 빨려 들어가는 기분이었다.

나른한 몸을 일으키자 정신이 멍했다. 나츠는 몽롱한 눈을 깜빡이며 어두운 방 안을 응시했다.

잠들었던 모양이다. 오랜만에 아주 깊은 숙면을 취한 느낌이었다. 그럼에도 머릿속은 여전히 꿈을 꾸듯 어지러웠다.

아랫배가 묵직하고 알싸했다. 화장실에 가야 하나? 찝찝한 표정으로 배를 문지르던 나츠는 엉덩이에서 느껴지는 눅눅함에 바지 안으로 손을 밀어 넣었다. 끈적끈적한 핏물이 더듬거리는 손바닥에 묻어나왔다.

— 이건 나츠 씨의 몸이 말하고 있는 거예요. 여자가 되고 싶다고, 나는 여자라고.

나츠는 복잡한 표정으로 머리를 다리 사이에 묻었다. 꿈이 아니다. 정말 생리를 하고 있었다.

'시간이 얼마나 지난 것일까?'

나츠는 어두운 방을 빠져나와 복도를 바라보았다. 비상 전등이 비춘 복도를 따라 걸었다. 아차, 신발을 신고 나오는 걸 깜빡했다. 발밑을 조심하며 걸었다. 폐쇄 도시 내 연구소 건물들에는 유리 파편들이 지뢰처럼 깔려 있어서 잘못하면 발바닥을 베일지도 몰랐다.

몇 발자국 걷자마자 나츠는 금세 깨달았다. 여긴 한 번도 와 본 적 없는 곳이었다. 4층, 혹은 웁실론들조차 출입이 엄격히 제한된 5층이다. 아니면 A동이 아닌 다른 연구동일지도.

나츠는 잠시 걸음을 멈추고 벽에 몸을 기댔다. 어디선가 사람 목소리가 들려왔다. 허공에 가만히 귀를 기울였다. 반대편 복도 끝에서 소곤대는 목소리가 길쭉한 복도를 따라 울려 퍼지고 있었다.

'여자 목소리?'

느낌이 불길했다. 대화하는 소리 같지는 않았다. 괴로움에 짓눌린 듯, 뭔가 심상치 않은 목소리였다.

망설일 틈 없이 맨발로 차가운 바닥을 밟고 뛰었다. 복도 끝에서 들려오던 소리가 점차 커져 갔다. 어둠에 익숙해진 그의 동공이 부릅뜬 채 앞을 노려보았다. 땀으로 젖은 머리칼에서 물기가 뚝뚝 떨어졌다.

누군가 그의 어깨를 툭 치며 건드렸다.

"쉬잇."

당황하며 홱 돌아선 그의 입을 쉿 소리로 틀어막은 건 유메였다. 그녀는 부유 체어에서 나오는 소음을 최대한 줄인 채 어둠 속에 몸을 숨기고 있었다.

"더 이상 가지 마. 저긴 소각장이야."

"소각장?"

나츠가 호흡을 낮추고 물었다. 그는 가쁘게 뛰는 숨을 참으며 곁눈질로 주위를 살폈다. 한 명, 두 명, 세 명…… 사람들이 더 있었다. 다들 조용한 어둠 속에서 장승처럼 자리를 잡고선 뭔가를 지켜보고 있었다.

"응, 오염된 곳이야."

나츠는 눅눅한 가랑이를 손으로 더듬더듬 붙잡았다. 오줌이라도 샌 듯 바지가 축축하게 젖어 있었다. 사타구니 쪽에서 시큰시큰한 느낌이 들었다. 낯선 감각에 그는 가랑이를 벌리고 엉거주춤한 자세를 취했다.

"왜 그래? 다리 아파?"

"아, 그게……."

다시 사람 목소리가 들려왔다. 유메는 눈살을 찌푸리며 어둠 속으로 스르르 물러섰다. 나츠는 커진 눈으로 뒤를 돌았다.

문제의 방은 복도를 향해 문이 나 있었다. 살짝 열린 문틈으로 가느다란 교성과 끊어질 듯한 숨소리가 흘러나왔다. 나츠는 문틈을 향해 다가갔다. 녹슨 문틈에 바짝 댄 그의 눈동자가 이내 충격으로 얼어붙었다.

살갗이 거무튀튀하게 변한 남자가 알몸으로 누워 있는 게 보였다. 그는 사지가 잘린 채 몸뚱이와 사타구니만 남아 있었다. 남자의 몸 위에 탄 옵실론 하나가 둥근 가슴을 출렁이며 몸을 빠르게 움직였다. 그녀는 황홀감에 취해 쥐어짜는 듯한 신음 소리를 냈다.

나츠는 짐승처럼 헐떡이는 그녀를 바들바들 떨며 훔쳐보다가 놀라서 뒤로 자빠졌다. 믿을 수 없다는 얼굴로 넋을 잃던 그는 다시 바닥을 기어서 문틈 사이로 오른쪽 눈을 붙였다. 하지만 몇 번을 봐도 틀림없었다.

엘 카인이다.

그는 움푹 팬 볼 위로 풀린 동공을 멍하니 허공에 던지고 있었다. 그가 괴로운 듯 움찔하며 사정하자 여자는 오르가즘에 몸을 떨며 고개를 뒤로 젖혔다.

"이제 그만 나와."

다음 여자가 알몸으로 올라탔다. 그는 괴로움에 신음을 흘리며 몸을 뒤틀었다. 그러자 여자는 그의 뺨을 철썩 때리며 앙칼지게 소리쳤다.

"뭐하는 거야? 빨리 세우지 않고!"

그녀는 축 늘어진 음낭 위에서 몸을 비비며 짜증을 냈다. 그러나 그는 지친 듯 고개를 옆으로 꺾은 채 아무런 반응을 보이지 않았다.

여자들은 그의 목을 가축처럼 묶어 놓고 폭행과 강간을 일삼았다. 나츠는 하얗게 질린 얼굴로 뒷걸음질하며 기어 나왔다. 결국 '웩' 하고 구토가 쏟아져 나왔다.

"추악하지?"

그렇게 묻는 유메의 목소리에서 웬일인지 경멸 아닌 연민이 느껴졌다.

"그토록 증오한다고 했으면서 그녀들은 저 남자에게 똑같은 짓을 하고 있어."

유메는 부유 체어의 라이트를 켰다. 그러자 어둠에 잠겨 있던 인영들이 모습을 나타냈다. 나츠는 지친 얼굴로 그들을 보다 놀란 표정을 지었다. 당연히 밧세바나 반즈 박사일 거라 생각했다. 하지만 그곳에 있던 그림자들은 전혀 예상치 못한 사람들이었다.

'저분들이 여긴 어쩐 일로?'

여자는 한쪽 구석에 쪼그리고 앉아 흐느끼고 있었다. 방 안에서 웁실론들의 쾌락 어린 신음 소리가 나올 때마다 그녀는 머리를 쥐어뜯으며 괴로워했다.

"보지 마, 제인……."

다른 한 명은 그런 그녀를 끌어안고 위로하며 등을 두들기고 있었다. 분명 케이 씨와도 아는 사이였던 '사샤'란 이름의 사람이었다. 나츠는 그들에게 선뜻 인사말 한마디 건네지 못한 채 어색하게 주위를 맴돌았다.

한편 몇 발자국 떨어져서 이 모든 걸 지켜보던 드레이크는 유일하게 무관심한 눈빛이었다. 마침 중앙 계단으로 올라오던 밧세바는 드레이크의 옆을 절뚝절뚝 스쳐 지나가며 중얼거렸다.

"그렇게만 보지 말게. 원래 애증이란 저리도 뒤틀린 모습인 거니까."

그는 밧세바가 불쑥 던진 말에 어리둥절한 표정을 지었다. 어둠 속에서 포착한 그녀의 얼굴은 희한한 모습을 하고 있었다. 주름진 눈초리에 언뜻 보인 건 질투와 부러움이었고, 입가에 맺힌 미소는 복수심과 분노로 비뚜름하게 짓눌려 있었다.

인간은 짧은 생을 이유로 단 하나의 대상에 대한 열망과 집착이 대단하다. 질투, 소유욕, 원망, 슬픔, 분노 그 모든 감정들이 소망하는 대상에 대한 결핍에서 파생된다.

인간이 내린 정의에 따르면 우리는 이형이자 괴물이다. 혹은 신이고 악마다. 혹은 경외의 대상이자 극복할 대상이다.

'만일 신이 권능을 잃고 추락한다면.'

과연 괴물이 되고 악마가 되어서 피바람을 일으키는 건 어느 쪽일까? 불현듯 던져 본 의문에 드레이크는 오한을 느꼈다. 이런 불길한 예감, 오래전 유림에게 갑자기 주사를 맞았을 때와 비슷했다.

태풍의 눈이 주먹을 쥐듯 작아지고 있었다.

. . .

함정 헤벨의 인공지능인 아벨이 정체불명의 해커에게 점령당한 지 한 시간째, 격벽으로 차단된 격납고 밖에서 안절부절 대기하던 장병들의 눈이 커졌다.

두꺼운 쇠문으로 막고 있던 격벽이 마침내 올라가고 있었다. 제일 앞에 서 있던 커크와 랜스는 몸을 낮추고 총을 잡았다. 두 사람이 전투 자세를 취하자, 불안한 표정으로 서 있던 엔지니어들은 본능적으로 뒷걸음질을 치기 시작했다. 어차피 전투대원이 아닌 그들이 크게 도움될 일은 없었다. 엔지니어들은 통로 안쪽으로 몸을 숨겼다.

커크와 랜스 그리고 럼스펠드 대위는 해제되는 격벽 양측으로 몸을 바짝 붙이고 혹시 모를 사태에 대비해 총을 장전했다. 럼스펠드 대위가 손을 들어 수신호를 하자, 문 옆 좌우로 각각 서 있던 두 사람은 총을 쥔 손을 앞가슴에 붙인 채 서로에게 눈짓을 보냈다. 커크가 먼저 문을 박차고 들어갔다. 랜스도 뒤따라서 두툼한 손으로 총구를 겨눴다.

"중령님!"

"무사하십니까?"

마지막으로 들어온 럼스펠드 대위는 두 사람 뒤에서 총을 들었다. 육전 경험이 많지 않은 그는 조금 긴장한 기색이었다.

"왜 가만히들 서 있나? 함장님은?"

"예? 아, 그게……."

제일 먼저 들어왔던 커크는 머리를 긁적이며 총을 내려놓았다. 떨떠름한 표정의 랜스도 전투 의욕을 상실한 눈치였다. 럼스펠드 대위는 미간을 구기며 둘 사이를 어깨로 치고 나갔다.

"뭔데 그래?"

헤벨 최고의 전투 요원들만 모아 놨던 전 기동수색대 소속 대원들이다. 그런 두 사람이 머뭇대는 모습에 럼스펠드 대위는 오히려 자신감을 얻은 듯 의기양양하게 소리쳤다.

"밀러 중령님!"

붉은 경고등이 돌아가는 천장 아래 서로의 얼굴을 바짝 마주 보고 서 있는 두 남자의 모습이 눈앞에 나타났다.

"그러니까 이건 나와 유림만 할 수 있는 작전이라고 몇 번을 말해? 애당초 케이 넌 따로 할 일이 있다고 했잖아!"

밀러가 불쾌한 얼굴로 소리치자 케이의 눈초리가 가늘어졌다.

"너와 유림 둘이서?"

"그래. 이건 헤벨의 작전이니 넌 빠지란 의미다."

둘이서.

둘이서라.

케이는 불쾌함을 참으려는 듯 잇새로 옅은 미소를 머금었다. 밀러는 팔짱을 낀 채 함장다운 여유를 보이려 했다. 둘 사이에 보글보글 끓어오르던 기류가 가까스로 수위를 유지한 채 수평선을 이뤘다. 금방 폭발해도 이상하지 않을 정도의 가열된 온도였다.

"함장이 배는 안 지키고 물 밖으로 기어나가려고? 경계 등급이 전투태세로 되어 있는 걸 봐서 자리를 비울 상황이 아닌 것 같은데."

케이의 지적에 밀러는 말문이 막힌 듯 선뜻 답이 없었다.

"설마 부함장이 배신하고 탈출하니까 함장마저 배를 버리려는 거야? 나빴네, 미카엘은."

"무슨 소리야, 배를 버리다니 내가 언제……."

"그게 아니라면 굳이 유림과 단.둘.이. 팀을 이뤄서 낙원으로 가려는 까닭이 뭘까? 지휘라면 헤벨에서도 할 수 있을 텐데."

"헤벨의 시스템인 아벨을 종료시켜야 하니까 현장에서 직접 지휘를 하겠다는 거다.”

바닥에 털퍼덕 앉은 유림은 턱을 괸 채 한심하다는 눈초리로 두 남자가 옥신각신하는 꼴을 바라보았다.

“그거라면 걱정하지 마. 아벨의 중계가 없어도 현장과 통신할 수 있도록 해 줄 테니까.”

예쁜 얼굴로 생글거리며 남의 속을 뒤집는 게 케이의 특기이긴 하지만, 저렇게까지 못된 말투로 이죽거리는 경우는 드문데. 밀러도 그렇다. 늘 반듯한 존댓말을 구사하는 그가 저 정도로 흥분해서 이성을 잃는 건 처음이었다.

“그럼 네가 내 대신 헤벨에 남으면 되겠군. 생각해 보니 올라운드⁶가 가능한 건 너뿐이지 않나? 유명한 익명의 K 씨?”

“굳이 헤벨에 남을 필요가 없는 게 원격으로도 가능한 일이라서 말이야. 그리고 이게 제일 중요한 건데…….”

밀러는 그의 어깨를 턱 하고 붙잡는 케이의 손을 내려다보며 흠칫 경계 어린 표정을 지었다.

고개를 비스듬히 기울인 케이는 밀러만 들릴 법한 거리에서 나지막이 속삭였다.

“전투 능력 역시 미카엘보다는 내가 쓸 만할 거고.”

밀러의 동공이 인내심의 한계를 느낀 듯 굳은 채 벌겋게 변하기 시작했다. 안 그래도 좀 전의 싸움을 생각하면 수치스럽기 짝이 없었는데, 역린을 건드리듯 조롱하는 그의 웃음에 피가 거꾸로 솟는 느낌이었다. 억지로 가라앉혔던 심상의 수면이 폭뢰라도 맞은 듯 용암처럼 끓어오르며 폭발했다.

---

6 올라운드all-round: 운동 경기에서 어떤 기술에도 골고루 통달하는 일.

결국 또 먼저 주먹을 휘두른 건 밀러였다. 케이는 예측하고 있었는지 여유롭게 뒤로 물러서며 피했다. 휘청거림 하나 없이 다시 자세를 잡는 그의 움직임은 허공에 뜬 것처럼 가볍고 날렵했다.

"미카엘도 근접전이 약점이구나? 이 거리에선 네 공간이동 능력을 쓰는 것도 무의미하니까."

쿡쿡 웃던 케이의 눈이 의외란 듯 커졌다. 날카로운 눈초리를 뜬 밀러의 손에 총이 쥐여져 있었다. 그는 한심하다는 어조로 말했다.

"전사 미카엘이란 이름이 울겠다. 그런 장난감 같은 무기에 의존하다니……."

"그런 장난감 같은 무기를 만드는 과학에 매료된 건 너잖아."

"그럼 미카엘은 내가 만든 장난감하고 놀고 있는 건가?"

"뭐?"

그래, 저 녀석의 눈웃음은 노아의 교만한 눈빛과 닮았다. 그리고 엘 카인의 비뚤어진 심보도 닮았다. 어찌 보면 제일 짜증 나는 타입이었다. 예전처럼 자그마한 몸으로 방주에서 잠이나 잘 때가 예뻤는데.

"다시 잠이나 자라니 서운하네. 날 지키는 게 네 의무였으면서."

서운하긴 무슨. 이 녀석은 연기조차 성의 없다. 애초에 나나 엘 카인이 살아 있든 말든 관심조차 없었으면서. 저렇게 이죽거리는 것도 유림의 앞이니 장난질을 치는 거다. 실제 적이었다면 눈이 마주치는 즉시 살해했겠지.

그게 우리들의 본성이었다. 동족의 생사 따위는 관여하지도 않을 뿐더러 귀찮아 한다는 게 맞는 말이다. 어차피 혼자서도 완벽한 개체니까.

"방주가 폭발했을 때 날 구속하던 의무도 함께 사라졌어. 지금의 난 미카엘이 아닌 마이클 밀러 중령이고 현재의 날 구속하는 건……."

밀러의 눈길이 케이의 어깨 너머에 있는 유림에게로 향했다. 그 시선을 눈치챈 케이의 얼굴에서 웃음기가 사라졌다.

"헤벨과 이곳 사람들이라고 할 수 있어."

정확히 말하면, 헤벨과 그녀지만.

끼이익. 불쾌한 쇳소리가 울려 퍼졌다. 밀러는 손안에 쥔 총을 내려다보았다. 총구가 기역 자로 구부러져 있었다. 그는 멍한 표정으로 총구를 구부러뜨린 케이의 손으로 쳐다보았다. 그는 주먹 쥔 손을 스르르 펴며 손바닥에 묻은 총구의 잔해를 털고 있었다.

"그녀에게 구속당할 수 있는 존재는 나뿐이야."

그 외에는 누구도 허락할 수 없다. 그녀에게 매료되는 것도, 감히 그녀를 바라보는 것조차도.

밀러는 케이의 말에 반박하듯 인상을 쓰며 말했다.

"십오 년간 그녀와 함께 지냈어. 너보다 오래 알아 왔다고."

가족으로서, 오빠로서, 그녀를 지켜왔던 남자로서 유림을 쉽게 넘겨줄 순 없었다. 저 둘의 관계를 인정하는 것과 그녀에게서 떨어지는 것은 별개의 문제였다. 치졸하지만 그의 마지막 자존심이기도 했다. 울면서 자신의 다리를 붙잡고 허락해 달라고 애원해도 모자랄 판에!

"흐음…… 그런 걸 원했어? 울며불며 애원하는 거?"

밀러는 인상을 쓰며 이를 사리물었다. 조금만 방심해도 사람 생각을 읽으니 여간 성가신 게 아니었다. 딱히 남의 속마음에 관심 있는 타입도 아니면서. 유림 외엔 세상사 무관심한 놈이니 오히려 남의 생각을 아는 걸 귀찮아하면 했을 성격이었다.

"그런 식으로 선점 논리를 주장하는 남자가 한 명 더 있었는데."

"누구? 엘 카인?"

"그 변태는 논외고. 끝까지 제가 이브에게 구애를 했다고 믿는 미치광이 놈이니까."

쌍둥이 형제지만 엘 카인이 정신병자라는 건 부정할 수 없었다. 예전에는 그 정도까진 아니었던 것 같은데, 어느 순간부터 자신만의 세계에 갇힌 채 점점 왜곡된 생각만 품어 갔다.

"유림에게 딸기보다 못한 취급을 받고 상처받은 뒤로 독점욕의 화신이 된 남자가 있어. 내가 최후로 상대해야 할 사람은 아마 그쪽일걸."

밀러는 케이의 표정이 심각해지는 걸 보고 잔뜩 긴장한 눈빛을 지었다.

"강해?"

"아니, 약해 빠졌어."

"지휘하는 군대나 배후 세력이라도 있나?"

"글쎄, 이름뿐인 명예 정도?"

밀러는 이해할 수 없다는 표정을 지었다.

"그럼 뭐가 문제야? 그냥 가서 쓰러뜨리면 되잖아."

"문제는…… 내가 상대의 털끝 하나 건드릴 수 없다는 거야."

"뭐? 어째서?"

"유림에게 미움받고 싶지는 않거든. 미카엘, 네가 할래?"

당연하게 답하던 케이가 생긋 웃으며 물었다. 상냥한 눈웃음을 짓는 케이를 보며 밀러는 찝찝한 눈빛으로 그를 쳐다봤다.

"누군데?"

유림에 대한 독점욕이 그렇게나 상당한데 케이가 건드리지 못하는 사람이라니. 지금 자신에게 하는 걸 봐서는 유림 주위에 다른 남자가 있는 걸 절대 보고만 있을 녀석이 아니었다.

'건드렸다간 유림에게 미움을 받는다고? 나 말고 그럴 만한 사람이 또 있나?'

밀러는 멈칫한 눈으로 고개를 들었다.

"설마⋯⋯."

케이는 그 설마가 맞을 거란 표정이었다. 밀러는 호흡을 가다듬으며 물었다.

"유림은 알아?"

"글쎄⋯⋯."

아는 것 같기도 하고, 모르는 것 같기도 하고. 의미심장한 미소와 함께 케이의 눈빛이 그렇게 답하는 듯했다.

한편 당사자인 유림은 바닥에 앉은 채 지루한 듯 하품을 하고 있었다.

'도대체 저 두 사람의 신경전은 언제쯤 끝나는 거야?'

그녀는 따분함 끝에 흘끗 곁눈질을 던졌다. 그러다가 케이가 은근히 던지는 시선과 마주치고선 동그란 눈으로 고개를 갸우뚱거렸다.

'왜 내 쪽을 보고 있지?'

그의 눈웃음에 쪽빛 하늘을 적신 감색 노을이 수채화처럼 걸려 있었다. 케이는 낮에 뜬 달을 생각나게 한다. 푸른 하늘에 뜬 구름 사이, 희게 보이는 연한 달빛은 그의 눈동자를 쏙 빼닮았다.

— 내가 널 몹시도 사랑한다는 의미야.

옆에서 속삭이는 것처럼 생생한 목소리가 귓전에 맴돌았다. 온몸이 뜨거워진다. 유림은 뜨거워지는 뺨을 양 무릎 사이에 묻으며 식혔다.

아름다운 아담, 나의 아담. 아담이 너무나도 좋다.

심지어 저렇게 밀러와 바보같이 티격태격하는 그의 모습마저 사랑스러웠다. 평소 절대 기품을 잃지 않는 그가 자신을 위해 유치해지고 야만인처럼 굴 때, 그녀는 그만큼 사랑받는다는 것을 느꼈다. 뿌듯하고 자랑스러운 기분이 들기도 했다.

케이는 혼자만의 생각에 빠져 있는 유림을 갸우뚱거리며 바라보았다. 그녀가 비닐봉지에 머리를 박고 숨는 고양이처럼 무릎 사이로 얼굴을 묻자, 그는 풋 웃음을 터뜨렸다.

"중령님!"

등 뒤에서 들린 목소리에 밀러는 눈을 휘둥그레 뜨며 돌아섰다. 어느새 격벽이 해제되어 있었다. 케이와 옥신각신하느라 눈치채지 못한 모양이었다.

"괜찮으십니까?"

럼스펠드 대위가 다가와 물었다. 키크와 랜스는 도무지 언제 끼어들어야 할지 몰라 고민하다가 슬그머니 뒤를 따라왔다.

"제이콥스 대위는 어디에 있습니까?"

"대위는 이곳에 없다."

럼스펠드는 그게 무슨 말이냐는 얼굴로 주위를 두리번거렸다. 밀러는 말없이 서 있는 케이와 눈빛을 교환했다. 밀러의 뜻을 눈치챈 케이가 미리 맞춰 놓은 말을 꺼냈다.

"제이콥스 대위는 함정 밖으로 탈주했다."

"뭐?"

"그게 가능한 겁니까?"

헤벨 내에서 압도적인 전투 능력을 보유한 사람이 바로 밀러였다. 그리고 2순위는 유림이다. 그런 두 사람이 한자리에 있는데 따돌리고 탈주라니? 하지만 세 사람은 밀러의 몸에 묻어 있는 피와 상흔들을 발견하고선 할 말을 잃었다.

"중령님, 설마 이것도 제이콥스 대위가?"

밀러는 침묵으로 일관했다. 그들은 경악한 표정을 지었다. 특히 밀러와 유림의 실력을 몸소 경험한 바 있던 커크와 랜스는 안색이 새파랗게 질렸다.

"그런데 이 친구는 왜 여기 있는 겁니까?"

커크가 웬일로 날카롭게 물었다. 케이를 처음 본 순간부터 께름칙한 기분이 들던 그였다.

"영상에서 제이콥스 대위를 심문하던 자가 혹시 이 녀석 아닙니까?"

커크는 잔뜩 성난 얼굴로 케이를 노려보며 말했다. 자칫 한 대 칠 기세였다. 무표정한 얼굴로 서서 상대를 무시하는 케이의 반응이 그를 더 자극했다.

"인마! 대답해 봐! 네가 대위님께 그런 거 아니냐고!"

케이는 무심한 눈초리로 커크를 쳐다보더니 한심하다는 듯 고개를 돌렸다.

"중령이 알아서 잘 설명해."

케이는 귀찮은 어조로 말한 뒤 유림을 향해 걸어갔다. 커크는 어이가 없다는 표정을 지었다. 그는 '설마 지금 날 무시한 건가? 것보다 중령님께 저 싸가지 없는 말투는 뭐야? 설마 하극상, 뭐 그런 거야?'라는 생각에 얼굴이 시뻘겋게 달아오르기 시작했다.

무릎을 모으고 꾸벅꾸벅 졸던 유림은 케이가 와서 덥석 뒤에서 끌어안자 몽롱한 눈으로 고개를 들었다.

"뭐야, 끝났어?"

"바보들은 상대하기가 너무 피곤해요."

유림은 밀러 쪽을 쳐다보더니 커크와 랜스를 발견하고선 민망한 미소를 머금었다. 랜스는 몰라도 커크는 확실히 케이가 상대하기조차 싫어할 타입이긴 했다.

럼스펠드 대위를 비롯한 세 사람은 심각한 표정으로 밀러의 말을 경청하는 중이었다.

'그러고 보니 아까 케이와 밀러가 미리 전후 사정을 맞춰 놨었지?'

제이콥스 대위는 외부의 해커를 이용해 아벨의 통제권을 장악했다. 하지만 애덤슨 중사가 이를 눈치채고 그를 붙잡아 심문한다. 이후 밀러와 유림이 가세한 뒤 요한은 자발적으로 해킹된 아벨의 시스템을 종료했다. 요한의 다리가 불편한 걸 감안한 밀러는 그를 풀어 주지만 요한은 오히려 그 틈을 타서 함정 밖으로 탈주하고 말았다는 시나리오였다.

"저걸 믿으려나? 누가 봐도 일부러 놔준 것처럼 보이는데."

유림이 게슴츠레한 눈으로 하품을 하며 물었다. 케이는 그녀를 끌어안은 자세 그대로 눈을 감으며 답했다.

"믿을걸요? 바보들이라서."

"설마……."

아무리 그래도 그렇게까지 단순한 녀석들은 아닐 텐데.

"맙소사! 그럼 대위님 다리도 원래는 정상이었던 겁니까?"

고함치듯 터져 나온 커크의 목소리에 유림은 움찔하며 그쪽을 쳐다보았다. 커크와 랜스가 놀란 듯 입을 다물지 못하는 게 보였다. 그리고 그 옆에 서 있던 럼스펠드 대위까지 어떻게 그럴 수 있냐고 분통해하고 있었다.

케이는 여전히 눈을 감고 그녀의 어깨에 머리를 기댄 채로 피식 웃었다.

"내 말이 맞죠?"

"하하……."

헛웃음을 짓던 유림은 평소와 다름없이 반듯한 미소로 설명하는 밀러를 보며 혀를 내둘렀다. 아마 커크 일동은 밀러가 자기들에게 거짓말을 할 것이라고는 상상도 못할 것이다. 그렇기에 저런 반응을 보일 수 있는 거겠지. 그만큼 헤벨의 가족에게 있어 밀러는 절대적인 신뢰의 기둥 그 자체였다.

"밀러 좀 그만 괴롭혀, 케이."

"괴롭힌 거 아니에요."

케이는 그녀의 어깨에 기대어 잠들 듯 편안한 자세를 취하고 있었다. 유림은 그의 뒷머리를 부드럽게 어루만졌다. 그러자 그가 기분 좋은 듯 입가에 곡선을 머금었다. 그녀는 못 말린다는 눈초리로 한숨을 내쉬었다.

하여간 저렇게 예쁘게 웃으면서 속은 비뚤어졌다니까.

"어허, 손!"

그녀가 매섭게 혼을 내자, 엉덩이를 주무르던 손이 슬그머니 사라졌다. 눈을 감고 모르는 척하던 케이는 곁눈질을 하더니 아쉽다는 표정으로 침울하게 말했다.

"슬퍼요."

"뭐가?"

"낮에는 전장의 성녀인 유림이 밤에는 알몸으로 수줍어하는 이 중성을 보이는 게 굉장히 자극적이었는데."

"그런데?"

"당분간은 그런 기쁨을 맛볼 수 없을 거란 예감이 들어서요."

기분 탓인가? 멀리서 밀러가 은연중에 귀를 쫑긋 세우고 있는 듯한 느낌이 드는 건…….

"또 어딜 봐요?"

질투심이 짙게 밴 목소리가 낮게 물었다. 고개를 돌리니 케이가 가늘어진 눈초리로 고개를 기울인 채 그녀를 응시하고 있었다.

"유림도 내게만 구속되었으면 좋겠어."

무표정한 얼굴로 말한 그는 눈빛에 언뜻 붉기를 띠며 그녀의 입술을 덮쳤다.

"자꾸 그렇게 한눈팔면, 다들 보는 데서 알몸으로 범해 버릴지도 몰라."

"미쳤어."

"그러게……."

그가 어쩔 수 없다는 듯 옅게 웃었다.

"나도 인정해, 미쳤다는 거."

케이는 유림의 턱을 잡은 채 입술을 할짝였다. 장난치듯 속삭인 그의 눈동자가 피처럼 붉게 소용돌이 치고 있었다.

"미친놈에게는 달콤한 약이 제일인데……."

요사스러운 악마처럼 웃는 그의 눈초리가 의식을 흐릴 듯 시선을 사로잡았다.

"저 새끼가!"

커크의 외침에 흘끗 뒤로 돌아본 밀러의 눈초리도 불쾌하게 굳었다. 옆으로 나란히 앉은 두 사람이 서로에게 몸을 틀고 키스를 하는 게 보였다. 특히 유림의 뺨을 잡은 케이는 다른 한 손으로 그녀의 가슴과 허리선 사이를 왔다 갔다 하며 어루만지고 있었다.

"미친 거 아냐? 여기가 어디라고…… 아니, 누구 앞이라고!"

"커크!"

"랜스, 이거 놔! 가서 저 발정한 새끼가 아주 정신이 번쩍 들게 해 줄 테니까! 중령님, 걱정 마십시오. 제가 가서 저놈을 꼬챙이 산송장으로 만들어 버리겠습니다. 감히 중령님께서 두 눈 시퍼렇게 뜨고 계신데…… 저런 불한당 같은 새끼는 먼지 털리게 맞아 봐야 돼!"

밀러는 발광하는 커크의 뒷목을 잡더니 질질 끌며 걸어갔다. 그의 눈동자야말로 누구보다도 살기로 이글거리고 있었다. 차라리 안 보는 게 상책이었다.

"랜스, 전 기동수색대 대원들 전원 함장실로 소집이다."

"알겠습니다."

커크는 밀러에게 도축되는 짐승처럼 끌려가면서도 케이와 유림을 향해 절규하는 걸 멈추지 않았다.

"죽여 버릴 거야! 유림한테서 손 떼! 떼라고, 새끼야!"

커크의 목소리가 문밖으로 멀어지고 나서야 케이는 유림에게서 입술을 떼며 쿡쿡 웃었다.

"심술쟁이."

"저 녀석 머릿속은 온통 발가벗은 유림뿐이야. 나는 사실 미카엘보다 저 커크란 놈을 먼저 때려눕히고 싶었는걸?"

"하지 마, 커크는 진짜 죽을 수도 있어."

"내 권주는 하지 말라는 게 너무 많아."

케이는 도톰하게 부푼 유림의 입술을 엄지로 만지작거리며 불만스럽게 중얼거렸다.

"대신 해 달라는 것도 많잖아."

유림은 그의 목에 팔을 감으며 눈초리를 치켜 올렸다. 입꼬리를 올려 웃는 그녀의 모습에 케이는 느른한 눈빛으로 다시 입을 맞추려는 듯 고개를 기울였다.

"뭘 해 줄까요?"

다정하게 되묻는 그의 귓가에 유림은 잠시 고민하더니 뭔가를 속닥였다.

"여기서?"

그가 커진 눈으로 묻자 그녀는 심통 반, 부끄러움 반 섞인 뺨을 붉히며 말했다.

"케이 말대로 당분간은 기회가 없을 수도 있잖아."

"아……."

난처한 듯 주변을 보던 케이는 뭔가 발견한 듯 눈을 빛냈다. 그는 유림을 품에 번쩍 안아 들었다. 그러고는 정비 중인 에어쉽 뚜껑을 밟고 허공으로 뛰어올랐다.

그는 공중에 매달려 있는 아크레인 한 기의 문을 열고 그녀를 안에 앉혔다. 그래도 안심이 되지 않는지 개방되어 있는 격납고 문을 뚫어져라 쳐다보면서 중얼거렸다.

"불안한데……."

헤벨에 커크 같은 놈이 하나라는 보장도 없고.

유림은 격납고 출입구를 응시하는 케이를 보며 걱정 말라는 듯 말했다.

"설마 누가 여기까지 올라와서 훔쳐보겠어?"

"가능성이 없지는 않아요."

웃으며 말하던 케이의 얼굴에서 점차 미소가 사라졌다. 그는 싸늘한 눈초리로 아크레인 밖을 흘끗 보며 "우연이라도 엿보는 녀석은……." 하고 끝말을 흘렸다.

그의 마지막 말을 캐치한 유림의 안색이 하얗게 질렸다. 그녀의 굳은 표정을 본 케이는 다정한 눈웃음으로 말을 정정했다.

"농담이에요."

"거짓말."

때때로 나오는 그의 잔혹함은 그녀를 기점으로만 발산된다. 그 점에 안심이 되고, 그 점에 불안한 게 사실이었다.

"거짓말 같은 진담이에요."

"그건 또 무슨 말이야?"

"글쎄."

그는 웃음을 터뜨리며 아크레인 문을 닫고 들어와 그녀의 위로 몸을 겹쳤다. 몸을 바짝 포개고 누워도 비좁은 공간이었다.

"아, 케이……."

그녀의 가슴을 움켜쥔 케이는 볼록하게 부푼 정점을 혀로 핥으며 기분 좋은 듯 웃었다.

"헤벨엔 마음에 안 드는 녀석들이 너무 많아요."

"그래도 밀러에게 한 것처럼 하면 안 돼."

"안에 사정하게 해 줄 때마다 한 명씩 봐 줄게요."

"마음에 안 드는 녀석이 몇 명인데?"

"한 놈은 아크레인을 타고 도주했으니 이제……."

케이가 웃음 띤 목소리로 귓가에 속닥이자 유림은 할 말을 잃은 듯 그를 쳐다봤다.

"그건 헤벨에 있는 남자 수 전부잖아."

그는 대답 대신 흐려진 동공으로 그녀의 입술을 덮치듯 키스했다. 흐느끼는 듯한 유림의 신음 소리에 묻힌 그의 쾌락 어린 음성이 속삭였다.

"하는 데까지 해 봐도 돼요?"

"미쳤어?"

그는 눈초리를 얇게 휘며 웃었다. 유림은 갑작스럽게 파고 들어오는 그의 것에 몸을 들썩이며 소리를 질렀다. 케이는 그녀의 입을 손으로 틀어막으며 조용히 하라는 듯 '쉿' 하고 속삭였다.

정작 그는 이 상황을 즐기는 듯 눈웃음을 머금고 있었다. 유림은 욕설을 삼켰다. 그녀의 권속은 때때로 그 잔혹성을 권주에게도 쏟았다. 집요할 정도로 깊은 사랑과 복종을 선사하면서.

2100년 5월 14일 13시 04분.

헤벨의 인공지능 시스템인 아벨이 강제 종료되었다. 함정의 모든 기능이 수동화로 전환된 지 불과 삼십 분도 채 지나지 않은 시점, 함 내의 선원들은 모두 허둥지둥하고 있었다. 제일 큰 난관에 부딪친 건 조종실이었다.

함장의 지시하에 긴급회의가 열렸다.

"위기 상황입니다."

회의실 내 간부들 표정이 급속도로 어두워졌다. 타원형 테이블에 앉은 그들은 상석에 위치한 밀러를 불안한 듯 쳐다보았다.

"작전 요원들을 선발해 낙원으로 잠입할 생각입니다. 본 잠입조의 임무는 세 가지입니다. 첫째, 블러디 마리아의 유해를 찾아올 것. 둘째, 엘 카인을 제거할 것. 셋째, 위즈덤의 병기를 조사하고 무력화시킬 방법을 찾을 것."

"중령님께서 직접 가실 생각이십니까?"

"그렇습니다."

"그럼 함정의 조종은 누가 맡습니까?"

각본이라도 쓴 듯 마침 회의실 문이 열렸다. 묵직한 발걸음과 함께 등장한 남자는 노아 호크 대령이었다. 통칭 검은 함장, 블랙 호크. 로스티아벤의 제복을 입고 나타난 그는 옅은 미소로 눈인사를 했다. 다들 기함해서 펄쩍 뛰었다.

"말도 안 됩니다!"

"저자는 외부인이 아닙니까?"

"반대합니다! 절대 반대합니다!"

"돈만 주면 뭐든 하는 용병 따위에게 헤벨의 조타기를 맡길 수는 없습니다."

예상했던 반응들이었다. 밀러는 테이블 위에 깍짓손을 놓고 다들 진정하기를 기다렸다. 그사이 호크 대령은 유유히 걸어 밀러의 옆자리에 앉았다. 본래 부함장인 요한이 있어야 할 자리였다.

"제 부친이신 아서 밀러 함장 시절부터 우리와 인연을 맺은 사람입니다. 저를 믿고, 제 결정에 따라 주지 않겠습니까?"

돌연 숙연한 공기가 내려앉았다.

평소 능글능글한 미소로 장난을 치던 호크도 이 순간만큼은 사뭇 진지한 눈빛이었다. 그가 반쯤 내리감은 눈으로 간부들을 훑어보자 다들 형언할 수 없는 그의 기운에 압도당한 듯 침묵했다.

눈빛 하나로 기선 제압을 하는 호크를 보며 밀러는 문득 유림이 들려준 이야기를 떠올렸다. 그로서는 단 한 번도 본 적 없던 호크의 능력을 간접적으로나마 엿볼 수 있던 일화였다.

약 이 년 전, 유림이 호크의 부대에 속해 있을 때 일이었다. 맨해튼에서 한창 델타 포획 작전을 수행하던 그들은 각각 소규모의 팀을 이끌고 움직였다. 특히 늘 선봉대에 섰던 유림은 다른 팀원들과 별개로 움직이는 걸 좋아했다. 사실 다른 팀원들을 위해 앞서 델타들을 처리해 남은 대원들이 최소한의 숫자만 상대하게 해 준 것이었지만.

어느 날, 홀로 유유자적 베이스캠프로 돌아오던 유림은 뒷골목 안에서 호크 대령을 발견했다. 그는 델타 무리에게 둘러싸여 있었다.

'대령님?'

그를 도와야겠다는 생각에 그녀는 쌍검을 꺼내 쥐고선 살금살금 그들 뒤로 다가갔다.

— ……입시스티스ὑψίστοις.

호크의 잇새로 흘러나온 말이 무슨 뜻인지는 전혀 알 수 없었다. 다만 그게 델타들에게 지대한 영향을 끼친 것은 분명했다. 그르렁대던 델타들이 갑자기 강아지처럼 낑낑대며 뒷걸음질을 치기 시작했다. 마치 무언의 협박에 지레 겁이라도 먹은 것처럼.

꽁무니를 빼는 델타들을 바라보던 호크는 담배를 한 대 꺼내 입에 물었다. 어디서 구한 것인지는 모르겠지만 구시대의 유물로 보이는 잎담배였다. 그는 천천히 그들의 뒤를 쫓아가는 듯싶더니 담배 연기 사이로 오른팔을 들었다.

그 순간, 믿을 수 없는 광경이 눈앞에 펼쳐졌다.

허공을 가르듯 짧고 날카로운 섬광이 일었다. 잠시 후 눈을 뜬 유림은 한 줌의 재로 사라진 델타들의 유해를 보며 멍한 표정을 지었다.

그녀는 줄곧 그 일을 못 본 척, 모른 척을 해 왔다고 했다. 그때를 생각하면 아직도 몸에 짜릿한 전율이 이는 것 같다고.

— 밀러, 블랙 호크의 블랙black은 검은 재를 뜻하는 애쉬Ash의 블랙이야.

밀러는 자리에서 일어서며 비장한 눈빛으로 말했다.

"아군의 지원은 없을 겁니다. 하지만 불리한 상황은 아닙니다. 현재 로스트 헤븐의 내부 사정은 어수선합니다. 그 점을 이용하면 우리끼리도 충분히 해낼 수 있는 작전입니다."

그는 왼손으로 앉아 있는 호크의 어깨를 지그시 누르며 그를 내려다보았다. 호크는 팔짱을 낀 채 즐겁다는 듯 웃었다.

"전쟁인가? 흥분되는데?"

그동안 밀러는 노아가 누구의 편도 아니라고 생각했다. 하지만 최근 깨달았다. 방주의 길잡이는 이미 오래 전에 열쇠를 찾은 상태였다. 그는 줄곧 유림의 곁을 지키고 있었다. 그녀를 지켜보면서, 그녀를 각성시키고, 그녀와 영혼으로 맺어질 자를 기다려 온 것이었다. 노아는 그들 모두에게 기회를 주었다. 자신에게도, 엘에게도, 그리고 케이에게도.

"자, 움직입시다."

방아쇠는 당겨졌다. 밀러의 명령에 회의실 내 장교들은 모두 일어서서 거수경례를 했다.

"Aye aye, sir."

회의가 끝난 후, 헤벨의 공기는 팽팽한 긴장감에 휩싸였다.

일반 병사들은 아직 자세한 사정을 알지 못했다. 제이콥스 대위의 영상은 봤지만 부사관들로부터 아무런 설명도 듣지 못했기 때문이다.

하지만 곧 적과 대치할 상황이 올 거라는 건 다들 말해 주지 않아도 느끼고 있었다. 병사들은 알아서 전투복으로 환복한 뒤 각자 위치에서 총과 장비를 점검했다.

격납고의 분위기도 분주해졌다.

"2호기 상태가 왜 이래?"

허공에 와이어로 매달려 있던 아크레인이 바닥에 떨어지기 일보직전 상태로 덜렁이고 있었다. 문짝도 열린 채 덜렁이고 있었고, 안쪽 시트의 일부도 찢겨져 나갔다. 손으로 쥐어뜯는다고 뜯길 게 아닌데, 꼭 누가 움켜잡고 뜯은 것 같은 자국이었다.

"의자는 아예 푹 꺼졌는데요?"

"큰일이네, 이거……."

당황한 정비병들은 기체 안쪽을 멍하니 들여다보며 머리를 긁적였다.

좀 전의 사태로 식사를 못한 밀러는 식당으로 향했다. 그는 식당에 도착하자마자 제자리에서 황당한 표정으로 얼어붙었다. 주방에 자리를 잡고 선 케이가 유림을 앉혀 놓은 채 도마 위에서 칼질을 하는 중이었다.

"뭐…… 하는 겁니까, 여기서?"

"오, 이거 카레 냄새 아닙니까?"

커크는 코를 킁킁거리며 황홀하다는 듯 눈을 감았다. 그는 유림의 옆으로 다가와 드르륵 의자를 당겼다. 테이블 위로 그릇을 내오던 케이는 코너를 빙그르 돌더니 커크가 앉을 의자를 발로 뻥 차버렸다. 히죽거리며 앉던 커크는 우당탕 소리와 함께 바닥에 엉덩방아를 찧으며 비명을 질렀다.

"으악, 뭐야!"

케이는 손에 들고 있던 그릇 하나를 바닥에 댕그랑 떨어뜨렸다. 그는 '거기가 네 자리'란 듯 고갯짓을 하며 초승달 눈으로 예쁘게 웃었다.

"개는 개답게 바닥에서 먹지?"

"뭐? 이 자식이…….'

벌떡 일어나는 커크를 보며 하품을 하던 유림의 눈이 흠칫 커졌다. 그녀는 그릇을 테이블 위에 놓고 빈손으로 주먹을 쥐는 커크의 모습에 벌떡 일어서서 소리쳤다.

"커크, 그만둬!"

"아악!"

이미 한발 늦었다. 눈앞에서 사람 하나가 어뢰처럼 발사되어 날아가는 걸 본 장병들은 마른침을 꿀꺽 삼켰다. 그들은 코를 찌르는 향긋한 냄새에 부풀었던 가슴을 가라앉히며 냉큼 뒤로 돌았다. 카레도 좋지만 일단 살고 봐야겠다는 생각에서였다.

"케이, 내가 쟤는 죽을 수도 있다고 했잖아!"

"죽지 않을 정도로만 했어요."

그가 걱정 말라는 듯 말했다. 유림은 벽에 처박힌 채 기절한 커크를 보며 못 믿겠다는 얼굴로 인상을 썼다.

"걱정 마요. 안 죽었으니까."

"그래도 힘 조절은 해야지. 쟤가 나한테 하도 맞아서 맷집 하나는 수준급이긴 한데⋯⋯."

"저 녀석 머릿속만 보면 화가 나서요."

커크를 바라보는 케이의 얼굴엔 어느새 또 웃음기가 사라져 있었다. 유림은 이러다 송장 치우겠다 싶어서 얼른 그의 허리를 감았다.

"나 배고픈데."

배시시 웃는 그녀를 보며 케이의 눈이 살짝 커졌다. 그는 뺨에 쪽 입을 맞추는 유림에게 사르르 녹는 표정을 지었다. 그녀에게 매번 속고 있다는 걸 알면서도 어쩔 수 없었다. 이 예쁜 고양이한테 몸도, 마음도, 영혼도 모두 사로잡혀 버렸으니 해 달라는 건 다 해 줄 수밖에.

아까 격납고에서도 유림이 배가 고프다고 칭얼대는 바람에 목표치의 10퍼센트도 채우지 못하고 나와야 했다. 밥 먹고 계속하는 거라고 다짐을 받긴 했지만 그건 실현되지 않을 약속이란 걸 알았다. 그 짜증과 분풀이가 커크에게 향했다는 건 부정할 수 없는 사실이었다.

유림은 불쑥 허리를 숙여 키스하는 케이의 목에 팔을 감았다. 그녀는 슬그머니 한쪽 눈을 뜬 채 어깨 너머로 몰래 눈짓을 보냈다. 그러자 뒤에서 눈치를 살피던 랜스가 고개를 끄덕이며 잽싸게 커크에게로 달려갔다.

"야, 괜찮냐?"

그는 무릎을 꿇고 앉아 기절한 커크의 귀를 잡아당기며 물었다. 커크의 얼굴을 확인한 랜스는 헉 하고 숨을 들이마셨다. 그의 입가에 게거품이 보글보글 맺혀 있었다.

"인마! 커크! 죽으면 안 돼!"

그의 뺨을 철썩철썩 때리던 랜스는 흐느끼며 기절한 커크의 멱살을 쥐고 흔들었다.

"눈을 떠 보라고! 커크!"

"흐윽…….."

"일어나 봐, 새끼야! 커어어어크!"

뺨을 얼마나 때린 건지 커크의 볼이 벌침이라도 맞은 듯 벌겋게 부풀었다. 랜스에게 멱살 잡힌 채 한참을 흔들리던 그의 목에서 마침내 쿨럭이며 기침 소리가 터져 나왔다.

"너 때문에…… 숨넘어가시겠다…….."

커크가 하얀 침을 흘리며 끊어질 듯한 목소리로 말하자 랜스는 울음을 터뜨리며 엉엉 오열했다. 그에게 안긴 커크는 토할 것 같은 얼굴로 웩웩거리며 몸을 풀썩 숙였다.

키스를 하다 말고 구경하던 유림은 "봐요, 멀쩡하죠?"라며 생긋 웃는 케이의 모습에 한숨을 내쉬었다.

웃지 못할 광경을 보던 럼스펠드 대위는 조용히 식당 한쪽 구석에 자리를 잡았다.

'완전 미친 괴물이네.'

그의 식판 위에는 기계로 깎은 사과 세 쪽과 커피 한 잔이 올려져 있었다.

"대, 대위님? 이거만 드시게요?"

"조용히 해. 그냥 요기만 하고 갈 거니까."

그는 옆자리에 앉은 격납고 엔지니어에게 목소리를 낮춘 채 대답했다. 파란색 작업복을 입은 엔지니어는 대위의 사과 한 쪽을 탐내며 손을 뻗었다.

"대위님, 저도 한 쪽만……"

럼스펠드 대위는 그의 뒤통수를 후려갈기며 소리쳤다.

"야 이 새끼야, 네가 직접 가져와! 이게 어디서 남이 목숨 걸고 가져온 걸 넘보고 있어?"

"죄, 죄송합니다!"

"야, 근데 너 저쪽 딸기는 건드리지 마라."

"예?"

럼스펠드 대위는 사과 한 쪽을 입에 넣고 아삭아삭 씹으며 심드렁한 눈초리로 조언했다.

"저건 난이도 최상급의 타깃이야. 괜히 집으러 갔다간 뼈도 못 추스를 수 있어. 정유림 상사가 딸기를 좋아하는 모양이야."

럼스펠드 대위의 시선을 따라 돌아서던 엔지니어의 동공이 바람 앞 등불처럼 흔들렸다. 식기들이 놓인 선반 너머로 딸기 바구니의 형체가 어렴풋이 보였다. 황금 바구니의 본체는 주방 안쪽에 있었다. 용암을 뿜어내며 보물을 지키는 드래곤, 케이 애덤슨 중사의 오른팔의 비호를 받으며.

엔지니어는 사색이 된 얼굴로 억지 미소를 지으며 말했다.

"아, 저, 저는 사, 사과로 충분할 것 같습니다, 하하……"

"그래, 사과는 그냥 밖에 꺼내 놨더라고."

그럼 그건 그냥 가져오면 되는데 왜 목숨을 걸고 가져오셨다는 거지? 어리둥절한 얼굴로 식판 하나를 꺼내서 가던 그는 창백한 얼굴로 멈춰 섰다. 거기에는 드래곤을 무찌르는 것조차 엄두를 못내는 지역 용사들이 떼거리로 몰려 있었다.

유림이 배시시 웃으며 제안했다.

"케이, 양도 많은데 다 같이 먹자. 케이가 요리 실력 하나는 일품이잖아. 사실 밀러는 다 잘하는데 요리가 젬병이거든."

그녀의 말에 케이가 멈칫한 표정으로 그녀를 쳐다보았다. 귀찮은 건 딱 질색인 그가 망설이는 게 보였다. 특히 마지막 대목에서 혹한 게 분명했다. 그는 못마땅한 표정으로 있는 밀러를 빤히 쳐다보더니 홀린 듯 중얼거렸다.

"그럴까요, 그럼?"

유림은 그런 그가 귀여워 죽겠다는 듯 웃음을 터뜨렸다. 그녀는 케이의 목을 냉큼 끌어안고선 별안간 키스 세례를 퍼부었다. 그는 영문도 모른 채 기분 좋은 표정을 지었다.

한편 식당 앞에 선 호크는 어리둥절한 눈빛이었다. 안쪽에서부터 줄이 쫙 늘어선 걸 보며 고개를 갸웃거렸다. 그는 줄 서 있는 병사의 어깨를 잡고 물었다.

"식량난이라도 났나?"

"아, 그 낙원 용병대에서 왔다는 엔지니어가 카레를 했는데 맛이 기가 막히다고 합니다. 다들 먹어 보려고 줄 서서 기다리고 있습니다."

"카레?"

그의 눈이 동그랗게 커졌다.

인산인해를 비집고 진출한 호크는 앞치마 차림으로 배식 중인 케이를 보며 "풉!" 하고 웃음을 터뜨렸다. 랜스와 커크도 옆에서 앞치마를 쓴 채 배식을 돕고 있었다. 특히 커크는 얼굴이 벌집처럼 부어올라서 눈도 제대로 못 뜨는 상태였다. 호크와 눈이 마주친 케이는 무표정한 얼굴로 국자를 들었다. 호크는 옆에 서 있던 병사의 손에서 식판을 뺏더니 재빨리 내밀었다.

"저도 한 그릇 주시죠."

카레가 담긴 국자를 식판을 향해 천천히 기울이던 케이는 호크의 얼굴을 향해 국자를 '퍽' 집어던졌다.

왁자지껄하던 식당 내에 정적이 일었다. 호크는 얼굴을 부여잡은 채 일어섰다. 푹 젖은 정수리부터 입술까지 노란 카레가 죽처럼 뚝뚝 떨어지고 있었다. 엄청 뜨거울 텐데 비명 하나 없는 게 대단했다. 그는 티셔츠를 벗어서 얼굴을 대충 닦아 냈다.

"제게 화가 많이 나신 모양입니다."

호크는 유림 쪽을 쳐다보았다. 벌써 두 그릇째 비운 그녀는 무섭도록 조용한 분위기 속에서 홀로 의자를 끌며 일어섰다. 유림은 호크와 케이 쪽을 흘끗 쳐다보더니 별 반응을 보이지 않은 채 퇴장했다.

"변명할 생각은 없습니다. 그때는 그렇게 할 수밖에 없었으니까요."

"어차피 네가 원하는 것은 일족의 후손을 보는 것뿐이라는 걸 알아."

"그게 노아인 제 사명입니다."

케이는 미간을 구겼다. 치밀어 올랐던 전의마저 상실케 하는 답변이었다. 철저하게 일족을 위해서만 움직이는 남자다.

케이는 짜증이 인다는 눈초리로 앞치마를 벗어던졌다. 그러고는 유림을 따라 식당 밖으로 나갔다.

멀뚱히 서 있던 호크는 손에 쥔 국자를 내려다보았다. 그는 케이가 던진 앞치마를 목에 걸고 카레를 푸며 줄 선 병사들에게 말했다.

"뭘 그렇게 보고 있나? 식판들 내밀게."

어리둥절한 얼굴로 서 있던 병사들은 환호성을 지르며 모여들었다.

통로로 나온 케이는 벽에 기댄 채 서 있는 유림을 발견했다. 그녀는 감았던 눈을 뜨더니 싱긋 웃었다.

"오랜만에 같이 훈련이나 할까?"

유림이 그를 데리고 간 곳은 함미에 위치한 체육관이었다. 두 공간으로 나뉜 체육관의 좌측에는 개인 운동기구들이 즐비해 있었고, 우측에는 사격 연습장과 대련실이 위치해 있었다. 유림은 기지개를 펴듯 스트레칭을 하며 앞장서서 걸어갔다.

그녀가 등장하자 운동을 하고 있던 장병들의 눈이 휘둥그레 커졌다. 예전에 유림과 밀러가 대련실에서 몸을 풀곤 했을 때 다들 교육 삼아 두 사람의 대련을 관람하고는 했다. 오랜만에 나타난 유림의 모습에 그들은 신이 난 얼굴로 운동기구를 내려놓았다. 그러고는 월드컵 경기라도 시작된 듯 우르르 대련실을 향해 몰려갔다.

헤벨의 체육관은 로스티아벤의 훈련 시설과 비교하면 전체적으로 많이 부족했다. 아무래도 잠수함이라는 공간적 한계 때문에 뭐든 소규모일 수밖에 없었다. 대련장도 그랬다. 낙원 체육관의 화장실만도 못한 크기였다.

"케이!"

"네?"

대련장 위로 올라온 유림은 허공에 뜬 홀로그램에 훈련 난이도를 설정하며 시큰둥한 눈초리로 말했다.

"밀러랑 붙는 거 보니까 장난 아니던데? 그동안 잘도 날 속였겠다?"

케이는 난감한 듯 웃었다.

"진심으로 해."

유림의 눈이 붉게 빛나자 케이도 어쩔 수 없다는 표정을 지었다.

"알았어요."

두 사람 다 대전용 차림이었다. 유림은 특수 재질로 된 검은색 올인원 수트였고 케이는 진회색 상하의를 착용했다.

난이도는 상.

장애물과 핸디캡 없음.

안면 보호대 없음.

자율 심판제.

흰색 바닥이 쿠션으로 물렁해지자 허공에 '시작' 신호가 초록색 등으로 떠올랐다. 유림은 몸을 튕기며 허공으로 날아올랐다. 그녀가 공중에서 옆차기를 날렸다. 케이는 가볍게 뒤로 한 걸음 뛰어서 피했다. 바닥에 착지한 유림은 슬라이딩하며 몸을 360도 회전시켰다. 다리를 뻗은 채 아래에서 그의 발목을 걸어 넘어뜨릴 작정이었다. 공격을 읽은 케이는 피식 웃으며 바닥을 짚고 물구나무서듯 몸을 뒤집었다.

'어?'

유림은 인상을 쓰며 시선을 올렸다. 그사이 케이는 몸을 반대로 뒤집은 채 한 손으로 그녀의 발목을 잡고 확 잡아 당겼다. 다리를 잡힌 유림은 그대로 미끄러지며 엉덩방아를 찧었다.

짧은 신음 소리가 터져 나왔다. 바닥에 뒤통수를 박은 유림은 질끈 감은 눈을 떴다. 그러자 위에서 안면을 향해 내리꽂히는 팔꿈치가 보였다.

'벌써?'

피할 틈이 없었다. 유림은 입술을 깨물며 고개를 왼쪽으로 돌렸다.

"항복?"

케이는 팔꿈치로 그녀의 콧등 대신 바닥을 찍으며 속삭였다. 입술에 '쪽' 하고 살포시 닿는 입맞춤은 덤이었다. 유림은 약이 바짝 오른 듯 분한 표정을 지었다.

"항복 같은 소리 하네."

그녀는 다리로 그의 허리를 감으며 다시 거세게 덤벼들었다. 그러나 채 삼 초도 지나지 않아 다시 또 그의 품에 결박당했다. 뒤에서 목을 조른 채 정확히 명치 위를 겨눈 그의 손이 배를 쿡 찔렀다. 유림은 짜증 어린 표정으로 입술을 깨물었다.

쪽.

빙그르르 돌아간 몸에 두 번째 입맞춤을 당했다. 그는 그녀의 입술을 달콤하게 베어 물며 은은한 목소리로 권했다.

"그만 항복해요."

바닥에 쾅 눕혀진 유림은 몸을 비틀며 신음을 뱉었다. 팔로 얼굴을 가린 그녀는 몸을 좌우로 비틀며 고통을 호소했다. 그러더니 고개를 푹 옆으로 꺾고 움직임을 멈췄다.

피식 웃던 케이는 세 번째 키스를 하기 위해 허리를 숙였다. 그 순간 얼굴을 가리고 있던 그녀의 팔이 바닥에 힘없이 떨어졌다. 유림이 눈을 감은 채 아무런 반응도 보이지 않자 케이는 당황한 눈초리로 얼어붙었다.

"유림?"

그는 인상을 쓴 채 그녀를 물끄러미 내려다보았다. 이윽고 케이의 얼굴색이 창백하게 젖었다.

"유림? 괜찮아? 정신 차려 봐!"

황급히 그녀를 안아 들던 순간이었다. 눈을 번쩍 뜬 유림이 재빠르게 케이의 멱살을 낚아채며 몸을 일으켰다. 그녀는 그가 반격할 겨를도 없이 무릎으로 명치를 가격해 넘어뜨렸다.

순식간에 제압당한 케이는 동그란 눈으로 그녀를 올려다보았다. 유림은 붉은 입술을 끌어올리며 기세등등하게 웃었다.

"고전 중에서도 고전인 미인계에 당하다니, 어리석네."

넋을 놓고 있던 케이의 입술에서 '하?' 하고 기막힌 소리가 흘러나왔다. 승리감에 도취한 유림은 콧노래를 부르며 사뿐사뿐 걸어나갔다. 그는 바닥에 드러누워서 허탈함에 멍한 표정을 지었다.

"거기 두 분! 출격 준비하시랍니다."

파란색 작업복을 입은 엔지니어가 문밖에서 고개를 빼꼼히 내밀며 소리쳤다. 멈칫한 유림은 케이를 쳐다보았다. 두 사람은 삽시간에 무거운 눈초리로 돌변했다.

작전 수행 시간이었다.

★  ★

Chapter 4

정식 명칭은 기억의 도시였지만 낙원의 주민들은 이곳을 황금의 바벨탑이라고 불렀다. 황금의 바벨탑 내에는 카지노와 도박 거리인 고모라, 그리고 안드로이드 매춘부를 만날 수 있는 소돔이 존재한다. 둘 중에서 낙원의 관광객들에게 인기가 더 많은 쪽은 당연지사 소돔이었다.

쾌락과 유흥의 도시.

열락과 꿈의 도시.

아브라함 회장은 의외로 검소한 사람이었다. 그는 세계 제일의 부호가 되었음에도 물질적인 광영에는 관심 없었다. 더욱이 놀라운 것은 그가 여자에게도 흥미가 없다는 사실이었다. 때문에 게이라는 설도 돌았지만 요한은 알고 있었다. 아브라함 회장은 인간의 생존 본능이라고도 할 수 있는 성욕 자체를 멸시하는 타입이다.

기억의 도시는 그가 하등하게 여기는 모든 것들의 집합체였다.

그럼에도 아브라함 회장은 왜 이곳에 똬리를 틀고 있는 것일까? 요한은 그를 이렇게 정의했다.

불멸이라는 단계로 진화하기 위해 인간의 몸을 재료로 써 온 이 시대의 연금술사.

현시대가 낳은 천재이자 비극인 아브라함의 두뇌 구조는 대체 어떻게 생겨 먹었을지 한번 보고 싶기는 했다.

위즈덤의 본사는 거대한 바벨탑 형태를 한 기억의 도시 3층에 위치하고 있었다. 지상 1층과 2층은 물류센터로 화물 수송기가 드나드는 곳이었기에 실질적으로 3층이 지상의 출입구 역할을 했다.

에어쉽 승강장에서 내리자마자 상공에서 회색 드론 하나가 날아오는 게 보였다. 원형의 회전 날개가 무서운 추진력으로 돌진해 오더니 그의 머리 위에서 뚝 정지했다. 손바닥만 한 크기의 드론이 물고 있는 건 두 대의 얇은 주사기였다. 각각의 주사기를 손에 쥔 요한의 머릿속에 케이의 목소리가 번뜩이며 떠올랐다.

— 낙원 내 대기에 퍼져 있는 스마트 더스트의 입자 농도는 인체에 무해한 수준이지만, 네 몸속에 주입할 스마트 더스트는 액체화된 상태기 때문에 그보다 농도가 250배는 더 짙다고 보면 돼. 액체 상태의 스마트 더스트는 혈관 내에서 산소와 결합하면 할수록 입자 개체가 증식할 거야. 그러니 반드시 여섯 시간 내에 배출 유도제를 투입해야 해. 열두 시간 안에 소변보는 것도 잊지 말고.

한마디로 그는 스마트 더스트를 체내에 담아 위즈덤 내부로 옮기는 배달부 역할이었다. 요한은 긴장한 기색이 역력한 표정으로 입술을 깨물었다.

— 이번이 마지막 기회야, 요한.

 냉랭한 눈초리로 바라보던 유림의 얼굴이 떠올랐다. 그 옆에서
말없이 관망하던 밀러의 차디찬 시선도. 날카롭게 쏘아보던 유림
의 얼굴 윤곽이 흐물흐물하게 변하면서 사샤의 모습으로 바뀐다.
그녀가 원망스러운 표정으로 자신을 쳐다보고 있었다. 폭발로 잘
려 나간 다리를 부여잡은 채.
 요한은 결심한 듯 눈을 질끈 감았다. 오른손에 쥔 스마트 더스트
주입기를 왼 손목에 가져다 댔다. 그리고 피스톤을 꾹 눌렀다. 자
동화된 주사기는 알아서 그의 혈관을 찾아 바늘을 꽂아 넣었다. 혈
관을 타고 용액이 번지자 손목부터 어깨까지 전신에 알싸한 기운
이 느껴졌다.
 그는 스스로에게 되뇌었다.
 '나는 연맹군 전략국 작전부 남태평양전대 산하 함정 헤벨의 부
함장, 요한 제이콥스 대위다. 나는 전략국 작전부 남태평양전대 산
하 함정의 부함장……'
 참모 장교인 그는 단 한 번도 전선에 직접 뛰어든 적이 없었다.
항상 사령탑 내에서 군졸들을 지휘하며 안전하게 몸을 사렸을 뿐
이다.
 이게 바로 전장의 기운이었다. 호흡에 배어나는 공포와 긴장감.
동료들이 느꼈을 사활의 순간을 그는 비로소 경험하고 있었다.
 요한은 천천히 감았던 눈꺼풀을 올리고 지팡이를 짚으며 앞으로

나아갔다. 두려워할 거를 따위 없었다. 군인에게 있어 임무는 목숨보다 우선이다. 겁내지 말고 함장의 명만 떠올리자. 이 임무만 잘 해결하면 다시 헤벨로 돌아갈 수 있다. 다시금 동료들의 곁, 그 따뜻한 공간으로.

위즈덤의 본사 입구는 이집트의 피라미드처럼 크리스털로 된 정삼각형의 형태였다.

– 어서 오십시오, 위즈덤에 오신 것을 환영합니다.

황금색 방사형 샹들리에가 드리워진 홀 위에서 기계화된 음성이 인사말을 전했다. 문득 스타시티의 아브라함 홀이 생각났다. 웅장하고 화려한 홀, 불멸을 상징하는 듯 신비로운 분위기. 아브라함 회장의 고전적인 취향은 여전했다.

"요한 가르두치?"

등 뒤에서 낯익은 목소리가 들려왔다. 요한은 지팡이를 짚고 절뚝거리며 뒤로 돌았다. 눈부신 샹들리에 아래, 알렉스 아브라함이 회색 스트라이프 정장을 입은 채 서 있었다. 그는 환하게 웃더니 반갑다는 듯 성큼 한 걸음 다가왔다.

"역시 맞군요."

요한은 무표정한 얼굴을 가장했다. 왼 가슴 언저리에서 만감이 교차하며 가라앉았다. 그는 무거운 입술을 열며 답했다.

"그러게, 오랜만이야."

은연중 기대를 했다. 혹시 다시 만날 수 있지 않을까, 사실은 폐기되지 않고 살아 있는 건 아닐까. 만약 살아 있다면 이번에야말로 그 녀석의 두 눈을 똑바로 쳐다보고 싶었다.

주인과 개가 아닌 너와 나 동등한 위치에서.

"……06번."

알렉스의 눈이 흠칫 커졌다. 요한은 쓴웃음을 머금었다.

'하지만 이 녀석은 그 녀석이 아니다.'

그가 집사처럼 뒤꽁무니를 따라다니며 챙겼던 알렉스 주니어는 저렇게 친절한 미소를 지을 위인이 아니었다. 설령 인공뇌로 개조되었다 해도 저딴 온화한 분위기는 그와 어울리지 않는다.

요한은 어깨를 으쓱거리며 물었다.

"04번은 잘 지내?"

06번과 04번은 짝꿍처럼 늘 붙어 다녔다. 05번—실제로 요한과 같이 리쩨이 사립학교에 다녔던 알렉스 아브라함—이 실패작이 될 경우를 대비해, 06번과 04번은 차기 알렉스 아브라함이 될 준비 과정을 밟고 있었다. 그들은 세간의 눈에 들키지 않기 위해 사옥 지하 깊은 곳에 감금된 채 철저하게 격리된 생활을 했다. 때문에 그들은 본인들의 미래에 관해선 아무것도 알지 못했다.

아브라함 회장은 어차피 폐기될 가능성이 높은 04번과 06번에게 별다른 관심을 두지 않았다. 사육당하는 줄도 모르고 언젠가 아버지께 인정받을 날만 기다리던 04번과 06번을 감시하는 역할은 고작 열세 살 남짓이던 요한의 몫이었다.

스타시티를 배신하고 나올 계획을 하면서, 요한은 아브라함에게 가장 효과적인 복수가 뭘까 생각했다.

그는 회장이 배양 중이던 클론들의 인큐베이터와 캡슐을 모두 깨뜨린 뒤 양수를 쏟아 내고 오염 물질을 투입했다. 바닥을 흥건히 적시던 양수와 깨진 유리 조각들 사이로 들려오던 심장 박동 소리는 지금도 잊지 못할 기억이었다.

하지만 04번과 06번까지 어찌할 수는 없었다. 아직 배양 중이던 시험관 속 세포들과 달리 그들은 이미 완성된 개체였고 하나의 '인간'이었다.

"04번은……."

잠시 혼란스러운 듯 눈을 일렁이던 06번은 땅을 내려다보았다. 그는 몇 초간의 침묵 후 웃으며 고개를 들었다.

"04번도 잘 지냅니다. 그동안 어디서 어떻게 지낸 거예요? 갑자기 사라져서 걱정을 많이 했어요."

착한 얼굴로 방긋방긋 웃는 06번의 표정은 뉴스에서 봤던 모습과 조금도 다를 바 없었다. 훈련받은 듯 일관적인 표정과 말투. 그것은 기억의 저편에서 흐릿한 윤곽으로 존재하는 아버지의 마지막 모습과 처참할 정도로 닮아 있었다.

"너도 당했구나."

"예?"

인간은 기계처럼 스위치를 켰다 껐다 하며 쓰는 소모품이 아니었다. 설령 인위적으로 창조된 생명체라 해도 이들은 인격체였고 자발적인 삶을 영위할 권리가 있었다.

"거세 말이야."

"거세라뇨? 무슨 말씀이세요?"

알렉스의 뒤치다꺼리만 했던 십 대 시절, 늘 자신의 시야를 가리던 그의 그림자를 얼마나 증오했던가? 그 짐승만도 못한 놈에게 고개를 조아리며 복수할 날만 꿈꿨다.

그런 절망의 나날이었지만 사실 가끔은 그 녀석을 연민했다. 언젠가 도살당할 가축처럼 사육당하는 그의 육체와 하얀 백지 상태로 강제 표백당하는 그의 영혼을 동정했다.

그들은 모두 아브라함 회장이 새로 안식할 그릇에 불과했다. 처음이자 마지막 시도가 될 수도 있는 선택에서, 아브라함 회장은 그의 새로운 육체를 아주 신중하게 골랐다.

제일 먼저 태어났던 01번과 02번은 각각 유전적 결함이 발견되는 바람에 폐기 처리되었다. 03번은 한동안 후계자로 키워졌다. 그러다 어느 날 쥐도 새도 모르게 사라졌다. 요한은 03번이 자발적으로 목숨을 끊은 게 아닐까 추측했다. 04번은 영리했지만 선천적 질병으로 인해 몸이 약했다. 아브라함 회장은 실망했지만 04번을 폐기 처리하지는 않았다.

유력한 후계자 후보였던 05번은 창립 50주년 파티에서 갑작스런 정신착란 증세를 보였다. 05번 때문에 사회적으로 망신을 당한 아브라함 회장은 크게 분노했다. 이후 05번은 03번처럼 모습을 감췄다. 아마 05번 역시 폐기되었을 것이다. 여기서 폐기란 생물학적 죽음을 뜻했다. 아브라함 회장이 그들을 어떻게 죽였는지는 알 수 없다. 하지만 회장의 성격상, 숨이 끊어지는 과정을 하나부터 열까지 지켜봤을 게 분명했다. 그 사람은 타인의 고통과 소멸에서 커다란 기쁨과 성취감을 얻는 타입이니까.

그 정도의 부와 권력이 없었더라면 아브라함 회장은 분명 세상을 떠들썩하게 만들 연쇄살인마가 되었을 것이다. 두뇌는 명석할지 몰라도 어딘가 심하게 결여된 인간이었다. 하나의 인간으로서 부족한 사람이 완벽한 인간을 창조하려니 그런 실패만 일삼게 되는 게 아닐까, 하는 생각도 들었다.

결국 아브라함 회장에게 남은 클론은 06번뿐이었다. 그러나 회장은 그마저도 인공뇌를 삽입해서 소모하고 말았다. 철저하게 계산적인 남자가 실수로 그랬을 리는 없고, 일련의 프로세스를 볼 때 내릴 수 있는 결론은 하나였다.

회장은 더 이상 클론이 필요치 않다. 불멸을 꿈꾸는 그에게 다른 계획이 생긴 게 틀림없었다.

"그런데 여기까진 어쩐 일로 오신 겁니까?"

밝았던 홀이 암막이라도 친 것처럼 어두컴컴했다. 06번의 표정도 어느새 어둠에 가려져 보이지 않았다.

"다 알고 있으면서 뭘 새삼스럽게 묻고 그래? 회장님을 좀 뵙고 싶은데."

"회장님께서는 스타시티 본사에 계십니다."

"피차 말장난은 관두지? 나한테 그런 눈가리개가 통할 거라고 생각하는 건 아닐 테고. 어렸을 때 회장님에게 들킬까 봐 매일 구석에서 오들오들 떨던 너희들 등을 두드리던 게 누군지 잊었어? 시간 낭비하기 싫으니까 빨리빨리 안내해. 보다시피 내 다리가 예전 같지 않아서 이렇게 오래 서 있으면 힘들어."

요한은 지팡이를 허공에 휘두르며 투덜거렸다. 그가 절뚝거리며 한 걸음 내딛자, 어둠 속에서 재빠르게 움직이는 발소리가 들려왔다.

"머릿속 종양은 잘 제거하신 모양이군요."

"그렇지. 덕분에 절름발이가 되었지만."

요한은 곁눈질로 주위를 훑었다. 섬뜩한 녹색으로 빛나는 동공들이 그의 주변으로 하나둘씩 모여들고 있었다.

06번은 바닥에서 올라온 테이블을 터치해 등을 켰다. 유리로 된 테이블이 자체적으로 은은한 빛을 발산하며 시야를 밝혔다. 그러자 홀을 가득 메운 인영들이 보였다. 위즈덤에서 생산한 최신형 안드로이드들이었다. 그는 안드로이드 군단 가운데에 서서 옷매무새를 탁탁 털었다. 단정하게 재킷 단추를 여민 06번은 판결을 내리는 판사처럼 엄중한 목소리로 말했다.

"요한 가르두치, 당신은 십팔 년 전 스타시티의 귀중한 연구 자산을 훼손하고 도주한 이력이 있습니다. 이를 인정합니까?"

"글쎄…… 전혀 기억이 안 나는군."

"본인이 저지른 범죄 행각 때문에 우리가 입은 손실액은 천문학적 숫자에 달합니다."

"범죄 행각? 나는 오히려 스타시티의 범죄 행위를 막아 준 기억밖에 없는데? 그리고 일개 군인에게 천문학적 숫자의 재산이 있을리가 없잖아. 되지도 않는 협박은 그만둬."

"그렇군요. 제 발로 집에 돌아왔기에 기대를 했습니다만…… 아쉽습니다."

"집이라면, 우리 아버지를 거세하고 나를 거세하려 했던 그 집?"

"아까부터 '거세, 거세' 하는데, 대체 무슨 거세를 당했다는 겁니까?"

"영혼의 거세."

무표정하던 06번의 표정에 미묘한 변화가 일었다.

"너와 내 아버지가 당한 것. 한 사람의 자아를 강제로 죽이는 짓. 사실상 뇌사인 상태의 사람에게 CPU만 갈아 끼운 거지. 나는 그걸 영혼의 거세라고 불러."

"……."

"영혼의 거세를 당하면 사람의 눈동자 가운데가 말이야, 동공이란 게 백치처럼 멍하게 풀어지거든? 웃을 때도 기분 나쁘게 입만

히죽 찢어 웃고, 안드로이드처럼 나사 빠진 표정만 짓게 되는 거야. 바로 지금 네 얼굴처럼 말이야…….”

06번은 사고 회로에 부하라도 걸렸는지 조용했다. 매뉴얼대로 대응하는 그의 인공뇌가 당황이란 걸 할 리는 없고. 기적에 가까운 가능성이긴 하지만, 그의 자아 일부가 남아 있는 건 아닐까?

“06번, 나는 네가 얼마나 다정한 녀석인지 알고 있어. 넌 회장의 꼭두각시가 아니야. 너와 04번, 05번 모두 존중받는 삶을 살아야 해. 아무리 아버지라도 너희들을 마음대로 할 권리는…….”

“쓸데없는 시도는 관두십시오.”

요한의 표정이 굳었다. 06번이 다시 차가운 눈초리로 그를 쏘아보고 있었다. 일말의 기대로 부풀었던 가슴이 얼음장처럼 식었다.

“뭘 해도 소용없습니다. 요한 씨가 과거에 저지른 일에 대한 죗값은 반드시 치르시게 될 겁니다.”

군중처럼 모인 안드로이드들의 눈에서 녹색 광선이 뿜어져 나왔다. 요한은 식은땀을 흘리며 뒤로 주춤 물러났다. 그는 덜컥 소리쳤다.

“익명의 과학자 K!”

06번이 멈칫하며 미간을 구겼다. 그는 멈추라는 듯 팔을 허공 위로 들었다. 그러자 녹색 눈을 번뜩이며 다가오던 병기들이 제자리에 멈춰 섰다.

“지금, 뭐라고…….”

“날 연맹군에 넣어 준 것도, 헤벨의 인공지능을 해킹하고 날 이리로 보낸 것도 모두 그자야.”

“익명의 과학자 K라면, 낙원을 설계했다고 알려진 엔지니어 말인가요?"

"그래, 나는 그 익명의 과학자 K의 정체를 알고 있어. 이제 내가 회장님을 뵈어야 하는 이유를 납득하나?"

06번은 잠자코 그를 응시했다. 그는 귓속에 착용한 소형 통신기에 귀를 기울였다. 누군가 06번에게 명령을 내리고 있었다.

"따라오십시오."

요한은 안도의 한숨을 내쉬었다. 등을 흥건히 적신 땀이 식는 게 느껴졌다. 긴장했다고는 하나, 주먹 쥔 손에서 땀방울들이 물처럼 뚝뚝 떨어질 만큼 전신에서 땀이 비 오듯 흘러내리고 있었다.

그러고 보니 아까 주사기로 주입한 스마트 더스트의 입자가 이제 체내에 완벽히 흡수되었을 시점이다. 몸에서 열이 나고 오한이 느껴지는 건 스마트 더스트 때문인가?

요한은 눈동자를 카메라처럼 이동하며 주위를 체크했다. 땀을 뻘뻘 흘리며 걷는 그의 눈앞에 하얀 셔츠에 검은 제복 바지를 입은 케이가 나타났다. 그는 지상에 강림한 천사처럼 고고한 자세로 허공에 앉아 있었다. 케이는 발칙한 사탄의 성채를 보듯 못마땅한 눈초리로 06번과 전투 병기들을 내려다보기 시작했다.

"회장님께서 직접 뵙겠다고 하십니다."

"아, 그래?"

06번에게 짧게 대꾸한 뒤 고개를 든 요한은 어리둥절한 표정으로 두리번거렸다. 방금 전까지 허공에 떠 있던 케이의 모습이 연기처럼 사라지고 없었다. 그는 양손으로 눈을 비비며 다시 어둠 속을 응시했다.

'두통과 열 때문에 헛것이 보이나?'

허상이었지만 묘한 안도감이 들었다. 적이라 생각했을 때는 세상에서 제일 악마 같던 녀석이지만, 한편이라 생각하니 이렇게 든든할 수가 없었다.

아브라함 회장은 분명 두려운 존재였다. 하지만 이쪽에도 그 못지않게 강한 자가 있었다. 스마트 더스트는 발동하기 시작했다. 이제부터는 그가 이동하는 경로를 따라 익명의 과학자 K의 시선도 따라올 것이다.

"이쪽입니다."

홀 뒤쪽으로 걸어가자 비밀의 방 같은 게 나타났다. 그 안쪽에는 숨겨진 엘리베이터가 있었다. 회장 전용으로 보이는 엘리베이터는 지하 깊숙한 곳으로 내려가기 시작했다. 느릿느릿하게 덜컹거리며 도착한 엘리베이터는 안내 음성도 없이 미닫이식 문을 드르륵 열었다.

06번은 내리지 않았다. 그는 엘리베이터 내부의 손잡이를 꼭 잡은 채 말했다.

"회장님께서 기다리고 계십니다."

그의 목소리가 떨리는 게 느껴졌다. 겁에 질린 강아지처럼. 인공뇌를 넣었어도 감정 표현을 할 수 있다. 기억에 기반한 모방 내지 연기에 가깝겠지만. 몸에 각인된 기억이 그를 공포로 밀어 넣고 있는 건가?

요한은 혀로 입술을 축였다. 동굴 입구처럼 짧은 통로 앞에 환한 빛으로 가득 찬 공간이 보였다. 그는 지팡이를 앞세워 절뚝절뚝 걷다가 바닥이 흔들리는 느낌을 받았다. 발밑이 울릴 만큼 거대한 진동이었다.

– 오랜만이군, 요한 가르두치.

웅장하게 울려 퍼진 음성은 사방에서 들려왔다. 예전과 변함없는 말투였다.

"아브라함 회장님이십니까?"

특이한 내부 구조 때문인지 그가 낸 목소리가 여기저기서 메아리치며 부메랑처럼 돌아왔다. 한 걸음 내딛던 요한은 놀라서 멍하니 앞을 쳐다보았다. 커다란 홀 입구에 서자, 하얀 벽으로 가득 찬 내부가 보였다. 그는 경관에 압도된 듯 넋을 잃은 표정을 지었다.

그것은 정이십면체로 이루어진 큐브 형태의 방이었다.

– 좀 더 안쪽으로 들어와 주겠나?

투명한 벽은 겹겹이 유리와 같은 재질로 이루어져 있었고, 수많은 빛들이 화살처럼 벽과 면 사이를 빠르게 이동했다. 특히 아브라함 회장이 말을 할 때마다 방 전체가 벼락 치듯 번쩍였는데, 눈이 실명되는 건 아닐지 우려될 정도였다.

요한은 간신히 지팡이를 짚고 휘청거리는 몸을 지탱했다. 그는 크리스털처럼 빛나는 다면체 홀 중앙에 자리를 잡았다. 그리고 뭔가에 홀린 듯한 얼굴로 한 바퀴 빙그르 돌며 주위를 관찰했다.

여기저기서 직선으로 움직이는 빛들이 전기회로처럼 끊임없이 생성되고 소멸되기를 반복했다. 가지처럼 뻗어 나가는 빛줄기들 끝에는 작은 돌기들이 반짝이며 달려 있었다.

꼭 인간 뇌의 단면을 보는 것 같았다. 수많은 가지돌기들로 이루어진 신경세포가 전기 신호를 보내며 다른 신경세포와 작용하는 과정을 고스란히 구현했다. 수많은 빛의 화살들이 갈래갈래 뻗은 나뭇가지처럼 번쩍이며 한 번에 이동했다가 사라지는 모습은, 인간의 뇌 속에서 발생하는 시냅스 활동을 방불케 할 정도였다.

요한은 문득 뭔가를 깨닫고선 헛웃음을 흘렸다. 그는 정면을 향해 정중하게 고개를 숙였다.

"오랜만에 인사드립니다, 회장님."

거대한 큐브 홀 전체가 그의 말에 대꾸하듯 수십억 개의 빛의 화살을 쏘아 내며 번쩍했다. 요한은 고개를 숙인 채 비릿한 미소를 머금었다.

2073년 12월 24일.

러시아 시베리아 연구소에서는 뇌 과학계의 역사를 뒤집는 사건이 발생했다. 바로 솔로몬 프로젝트의 완성이었다. 러시아의 연구진은 냉동 보존된 뇌의 신경망을 컴퓨터에 옮기는 뇌 전산화 수술을 성공리에 마쳤고, 이것은 향후 뇌 이식 수술 발전에 큰 영향을 끼쳤다.

세간에는 알려지지 않았지만, 뇌 전산화 수술을 한 솔로몬 프로젝트의 주인공은 놀랍게도 스타시티의 회장, 대니얼 아브라함이었다.

그날 아브라함 회장은 전무후무한 존재로 다시 태어났다. 그리고 지금 요한은 그 결과물을 눈으로 생생하게 목격하고 있었다. 수많은 빛과 전기 신호로 이루어진 거대한 크리스털 큐브 홀. 그는 아브라함 회장의 두뇌 속으로 초대받아 온 것이다.

. . .

쏴아아아.

낙원에 시원한 빗줄기가 떨어졌다. 지나가는 소나기는 퍽퍽한 땅을 적시고 한층 경쾌해진 바람을 남긴 채 떠났다. 우중충한 하늘을 가로막은 구름 사이로 햇살이 새어 나오기 시작했다. 그러자 낙원의 상징인 뾰족한 첨탑의 뒤로 눈부신 역광이 비쳤다. 부채처럼 찬란하게 펼쳐진 석양을 따라 한층 작아진 구름들이 양 떼처럼 흩어졌다.

등대처럼 지상을 비추는 햇살을 타고 불가시 모드를 해제한 아크레인 한 기가 쏜살같이 날아오며 모습을 드러냈다. 그 뒤를 추적하듯 바짝 쫓아온 다른 아크레인도 구름을 뚫고 나오며 불가시 모드를 해제했다.

날개 접은 백조처럼 우아하게 비행한 두 기체는 포물선을 그리며 에덴 타워 상층부 S관 승강장에 이륙했다.

"대놓고 승강장에 이륙하다니, 이래도 되는 겁니까? 게다가 아직 훤한 대낮인데 말입니다."

커크가 불안한 듯 두리번거리며 말했다. 먼저 도착한 1호기의 유림과 밀러는 걱정 말라는 듯 여유로운 표정이었다. 밀러는 2호기 내부에 남아 있는 럼스펠드 대위에게 말했다.

"대위는 아크레인에 남아 혹시 모를 사태에 대비하도록."

"알겠습니다."

어차피 그는 전투 요원으로 합류한 것도 아니었다. 급작스러운 탈출이 요구될 때 럼스펠드 대위의 노련한 대응이 기지를 발휘할 것이다.

"어이, 데드캣. 네 슈퍼 파트너가 안 보이는데?"

케이에게 몇 대 맞은 커크는 그의 이름 앞에 슈퍼super를 붙이기 시작했다. 빈정거리는 듯한 어조였지만 나름 그를 인정했다는 증거기도 했다. 하기야, 케이만 보면 동공에 지진이라도 난 듯 떨면서 안절부절못하니 제 놈도 할 말이 없을 터였다.

"케이는 포인트 B지점에서 우리와 합류할 거야. 별개의 임무가 있어서 먼저 갔거든."

에덴 타워 내부는 횅뎅그렁했다. 평소 곳곳에 서 있던 안드로이드 헌병들은 자취를 감췄고, 푸른 제복의 집무관들도 어디 갔는지 사라진 상태였다.

당당하게 엘리베이터로 향하는 유림의 행보에 커크와 랜스는 떨떠름한 표정을 지었다. 낙원의 보안 수준은 명실상부 세계 최고라 인정받고 있다. 그중에서도 에덴 타워는 로스트 헤븐의 사령탑인 왓슨 3세의 본체가 있는 곳인데, 적에게 나 잡아가라고 시위하는 것도 아니고…….

유림은 두 사람의 생각을 읽은 듯 피식 웃으며 말했다.

"우리는 현재 왓슨 3세에게 있어 투명인간과도 같은 상태야. 보안 시스템이 우리를 적으로 간주하진 않을 테니 그만 겁먹고 빨리 따라와."

"투명인간? 그게 무슨 소리야? 낙원의 보안 시스템이 별안간 우리랑 친구 먹기라도 했다냐?"

"쉬잇."

유림이 조용히 하라는 듯 입술에 검지를 대자마자 세 사람은 순식간에 뿔뿔이 흩어졌다. 코너를 돌면 나타나는 평의원 전용 승강장 연결 통로 쪽에서 발소리가 들려오고 있었다.

커크와 랜스는 통로에 위치한 화장실 안쪽으로 재빨리 이동했다.

밀러는 커다란 화병 뒤에 몸을 밀착시킨 채 허리를 숙였다. 유림은 엘리베이터 문을 열고 그 안에 들어가서 몸을 숨겼다. 그녀는 벽에 등을 기댄 채 주르르 주저앉았다. 그러고는 곁눈질로 유리문 너머를 훔쳐보았다. 잠시 후 검은색의 고급 수제화들이 뚜벅뚜벅 걸으며 등장했다.

"흠, 그럼 의원님께서도 소집 이유를 모르신단 말씀이십니까?"

"전혀요."

"전원 긴급 소환이라니, 허 참……."

머리가 벗겨진 중년 남자는 배불뚝이 몸을 이끌고 뒤뚱뒤뚱 걸었다. 유림은 살그머니 몸을 일으켜 그들의 얼굴을 확인했다. 인상을 쓰며 거들먹거리는 그는 평의원들 중에서도 썩어빠진 고랑으로 구린내를 풍기는 빈센트 의원이었다.

"평의원 전원을 에덴 타워로 소집하려면 관리자 권한이 필요하지 않습니까?"

"그렇죠."

"그럼 이건 아브라함 대표의 짓이겠군요."

네 명의 평의원들은 복도 쪽으로 꺾더니 대회의실 방향으로 걸어갔다. 유림은 그들의 뒷모습을 유심히 바라보며 소리 없이 엘리베이터 문을 열었다.

"혹시 뉴 라이프 프로젝트 관련 아닐까요? 뇌 정보 업데이트라든지, 그런 건 자택에서 불가능하다고 하더군요. 회원이 직접 위즈덤 본사에 가서 해야 한다고요. 아브라함 대표가 우리만 특별히 에덴 타워에서 해 주려는 게 아닐까요?"

"아하, 그거 말 되네요!"

그들은 갑자기 껄껄 웃으며 기뻐하기 시작했다. 그 뒤를 조용히 밟는 유림의 눈초리는 점차 서늘하게 내려앉았다.

"프로젝트가 완성되면 의원님께선 제일 먼저 뭘 하실 겁니까?"

"그거야 뻔한 거 아닙니까?"

눈초리를 가늘게 휜 빈센트 의원은 기름진 얼굴 위로 음흉한 미소를 띠었다.

"새 마누라를 얻어야지요. 젊고 싱싱한 걸로다가."

"어이구, 사모님께선 절대 이혼 안 해 주신다고 했다면서요?"

"이제 시간도 많은데 그 여편네 관 속에 들어갈 때까지 기다리지 뭐."

"하하, 만약 사모님께서도 뉴 라이프 프로젝트 멤버로 등록하시면요?"

"아이고, 빈센트 의원! 그것만은 막으셔야겠는데요?"

빈센트는 얼굴을 찌푸리며 혐오감이 담긴 눈초리로 툴툴거렸다.

"우리 처가가 워낙 세서요. 장인어른께서 제가 이거 등록한 거 아시면 큰일 납니다. 거지꼴로 쫓겨날지도 모른다니까요?"

"그 양반 오늘내일 하신다고 하지 않으셨습니까?"

"그렇죠. 얼마나 다행인지……."

빈센트가 웃으며 고개를 절레절레 저었다. 유림은 차가운 미소 위로 경멸스러운 눈초리를 지었다.

그의 아내는 짐작이나 하고 있을까? 제 남편이 마누라가 죽을 날만 고대하고 있다는 것을. 빈센트 의원의 말에 옆에서 물개박수를 치는 다른 의원들도 저열한 건 마찬가지였다. 타인의 생명과 삶을 파리목숨만도 못하게 여기는 게 뭐가 그렇게 즐겁고 대단하다고. 의원님 의원님하면서 거들먹거리는 꼬락서니들이 못 봐 줄 지경이었다.

그들은 계속해서 소름 끼치는 농담들을 시시껄렁하게 주고받았다. 십 대 청소년처럼 익살스럽게 웃음을 터뜨리는 모습을 보니 앞으로 펼쳐질 제2의 삶에 못내 흥분한 기색이었다.

그렇게도 기대되는 것일까? 매춘부들과 생애 첫 섹스를 하던 순간처럼 두근대는 얼굴 표정으로 제자리에서 발걸음을 둥실둥실 띄울 만큼? 정녕 지금과 다를 거라 생각하는가? 덥수룩한 몸의 털과 출렁거리는 뱃살이 사라지면 비루한 체력과 볼썽사나운 조루 증세도 없어지겠거니 하면서?

빈센트는 흘러내리는 바지춤을 자꾸만 끌어올리고 있었다. 머릿속에는 곧 갖게 될 젊은 육체와 짐승처럼 헐떡일 정사의 쾌락 어린 장면들이 스쳐 가고 있겠지. 하지만 그 순간들을 맛볼 일은 결코 없을 거다.

유림은 오른손으로 조용히 검을 움켜쥐었다. 분노로 차오른 그녀의 동공은 싸늘한 살기로 얼어붙고 있었다. 무표정한 검은 눈빛은 암살자 데드캣의 얼굴이었다. 혐오감에 그녀의 눈 밑 근육이 짧은 경련을 일으켰다.

고요히 숨을 가라앉힌 유림은 허공에 검을 번쩍 들었다.

"으읍!"

번개같이 나타난 밀러가 유림의 입을 틀어막으며 화장실 안쪽으로 끌어당겼다. 그는 유림의 턱을 잡고 으르듯 속삭였다.

"정신 차려! 작전을 다 망칠 셈이야?"

"주, 중령님!"

"임무 중에 딴생각을 하면 어쩌자는 거야? 여기서 우리 존재를 들키면 아군 모두가 위험에 빠진다. 아마추어도 아니고 그 정도는 알고 있잖아!"

그를 멍하니 보던 유림은 검을 쥔 손을 스르르 떨어뜨렸다.

"죄송합니다……."

한순간 이성을 잃었다. 미처 처리하지 못했던 암살 명단의 돼지 새끼들이 낄낄거리며 노닥대는 꼴에 자신도 모르게 낙원의 암살자인 데드캣으로 돌아가고 말았다.

"여기에 자네 혼자만 있나? 상관인 난 보이지도 않아?"

"아닙니다. 잘못했습니다."

"그렇게 독단적으로 굴 거면 작전에서 빠지도록."

"죄송합니다."

고개를 푹 숙이는 유림을 보며 밀러는 나직이 한숨을 내쉬었다. 그는 그녀의 어깨를 짚으며 말했다.

"분한 네 마음은 이해한다."

한층 부드러워진 밀러의 목소리에 유림은 젖은 눈으로 입술을 깨물었다.

저 녀석들이 사지로 파견한 병사들만 모아 세워도 게이트만 한 탑을 쌓아 올릴 것이다. 그들 중 상당수가 델타와 사투를 벌이며 목숨을 잃었다. 그러는 동안 저 짐승만도 못한 놈들은 소돔에서 매춘부들과 뒤엉킨 채 냄새나는 몸뚱이로 헉헉대기 바빴다.

낙원의 수장인 관리자가 잔인무도하게 입실론 하나를 살해한 것을 알면서도 그들은 제 안위를 지키고자 모르는 척 외면한 채 침묵했다. 그리고 엘 카인이 축출당하자 이때다 싶어 죄 없는 입실론들까지 몰아냈다.

낙원이 쑥대밭이 되어 가는 과정에서 그들이 한 짓이라곤 멀찍이

서 뒷짐 진 채 바라보는 것뿐이었다. 그들은 이 모든 책임을 불법 체류자인 고스트들에게 전가했다. 물론 이미 축출당한 엘 카인에게 뒤집어씌우는 것도 잊지 않았다.

지금까지 고스트들을 적당히 봐준 것은 오늘을 위해서였다. 언젠가 주민들이 분노를 쏟을 대상이 필요할 때, 낙원의 골칫덩어리로 각인된 고스트들이야말로 써먹기 딱 좋은 재목이었으니까.

낙원이 전복돼도 저놈들은 어떻게든 빠져나갈 구멍을 만들 것이다. 세상은 항상 그렇다. 부정부패와 위선의 꼭대기에 자리한 자들은 기어코 제 꼬리를 잘라 살아남는다. 희생양이 된 이들을 발판 삼아 코앞까지 닥친 심판대를 탈출한다. 그리고 새로운 곳에서 또 새로운 악마가 되어 다른 무고한 이들을 괴롭힌다.

그것만은 용서할 수 없었다. 메리는 죽고 저놈들은 살아 있는 현실이 부당했다. 낙원에서 꿀단지만 맛보고 냉큼 줄행랑치는 녀석들의 간사한 웃음소리가 악몽처럼 들려왔다.

칼을 쥐고도 찌르지 못하는 두 손에 분노가 차오른다. 설령 이 작전이 실패한다 해도 저들을 찢어 죽일 수만 있다면.

"나도…… 화가 난다."

밀러의 속삭임에 유림의 눈빛이 일렁였다. 그녀와 눈이 마주친 그의 눈동자 역시 노여움에 차 있었다. 왜 아니겠는가? 밀러도 그녀 못지않게 고통스러울 것이다.

"케이가 처리할 거야."

그가 잇새로 나지막이 말했다. 애써 감정을 억누르는 그를 보며 유림은 꽉 깨물었던 잇새로 울화를 삼켰다.

"그러려고 간 거니까."

손에 잔뜩 쥐었던 힘이 서서히 풀어졌다. 울화로 요동치던 가슴
도 차츰 누그러지며 가라앉았다.

케이가 그랬다. 일족의 지배자는 대대로 심판자의 역할을 했다
고. 그 능력만큼은 다른 누구도 대신할 수 없었다고.

– 그렇습니다.

낯선 목소리의 등장에 유림과 밀러는 경계 태세를 갖추며 홱 뒤
를 돌아보았다. 햇살이 비치는 창가 앞에 갈색 제복을 입은 소녀가
빙그레 웃으며 서 있었다.

"누구……."

새하얀 얼굴, 머루 알처럼 새까만 눈동자. 작은 이를 드러내고
웃을 땐 개구지면서 귀여운 인상을 선사했다.

– 안녕하세요, 여러분? 낙원에 오신 걸 환영합니다.

실체가 아닌 홀로그램 형상이었다. 원격 화상 대화인가? 아니면
프로그램화된 인공지능 시스템?

– 마스터께서 이대로 여러분들을 지하에 위치한 왓슨 연구소로 모시라고
명하셨습니다.

"마스터?"

밀러와 유림이 어리둥절하는 와중, 배시시 웃고 있던 제복의 소
녀는 두 사람을 유령처럼 통과했다. 그녀는 화장실 입구 쪽으로 향
하며 재촉하듯 말했다.

– 시간이 없으니 네 분께서는 곧장 절 따라와 주세요.

네 분이라는 말에 화장실 칸막이 안쪽에서 덜컹거리는 소리가 들
려왔다. 좌우 칸막이 안쪽에 각각 몸을 숨기고 있던 랜스와 커크였
다. 그들은 멋쩍은 듯 걸어 나오며 의심스러운 눈초리로 소녀를 쏘

아보았다.

"저건 뭡니까?"

"뭐지? 아벨 같은 건가?"

유림은 다시 그녀를 쳐다보았다. 그러다가 문득 뭔가 깨달은 듯
입을 열었다.

"혹시…… 왓슨 3세?"

소녀의 발걸음이 멈칫 정지했다. 그녀는 발그레한 뺨으로 돌아서
더니 유림을 바라보았다. 수줍은 듯한 눈빛이 어딘지 모르게 친숙하
고 그리운 느낌이었다. 그녀는 유림을 향해 천진한 미소를 지었다.

─ 네, 맞습니다. 제가 바로 로스트 헤븐 전체를 관리하는 인공지능 시스템
왓슨 3세입니다.

커크는 신기하다는 얼굴로 왓슨 3세를 쳐다보며 랜스의 옆구리
를 쿡 찔렀다.

"왓슨 3세가 저렇게 귀여운 모습일 줄은 상상도 못했는데. 분
명 그 검은 함장인지 그 아저씨처럼 징그러운 중년 남자일 거라
고…… 그치?"

"그러는 아벨은 그냥 지구본 형상이잖아."

"걔도 인간화하라면 할 수 있을걸? 그냥 지가 안 하는 거지. 함
장님 앞에선 가끔 인간 모습으로 실체화한다고 들었는데, 맞죠?"

커크의 질문에도 밀러는 아무 말 없이 왓슨 3세를 쳐다보고 있었
다. 빨려 들어갈 것처럼 그녀를 뚫어져라 응시하는 밀러의 눈동자
에는 미약한 감동과 환희가 어려 있었다.

─ 절 창조한 마스터께서는 어느 인간 소녀를 모델로 지금의 제 형상을 만
드셨답니다. 그 소녀의 이름은 이브 페트로비치, 바로 소위님 당신입니다.

유림은 잠시 말을 잇지 못했다. 묘한 기분이었다. 과거의 자신과 거울 속에서 마주 본 느낌이랄까?

회상에 잠긴 눈빛을 짓던 밀러는 속으로 감탄했다. 듣고 보니 어린 시절 유림과 꼭 닮은 모습이었다. 그럼에도 왓슨 3세를 보자마자 눈치채지 못했던 이유는 그가 기억하는 유림의 어릴 적 모습과 분위기가 달랐기 때문이다.

왓슨 3세의 형상은 때 묻지 않은 순수함과 사랑스러움의 결정체인 이브였다. 아마도 이건 아담이 이브를 잃고 난 뒤 그녀를 그리워하며 몇 년 뒤 이브의 모습을 상상해서 구현한 형태일 것이다. 그가 얼마나 이브를 소중하게 여겼는지, 얼마나 그녀를 숭배하고 아꼈는지, 왓슨 3세를 본 사람이라면 모르려야 모를 수 없을 정도로.

밀러는 피식 웃었다.

"왜 웃습니까, 중령님?"

유림이 눈초리를 뾰족하게 세우며 묻자, 그는 웃음을 터뜨리다가 정색하며 헛기침했다.

"아니 그게…… 케이가 유림을 처음 봤을 때 이브인지 알아보지 못했다고 했잖아. 지금 보니 그게 이해가 되는 것 같아서."

"이해가 된다고요? 왜요? 내가 뭐 많이 변했나? 똑같은데?"

유림은 허리춤에 손을 얹고 왓슨 3세를 요리조리 뜯어보며 중얼거렸다. 어쩔 수 없이 모습을 좀 바꾸긴 했지만 그래도 자신과 꽤 비슷했다. 확실한 건 지금의 내가 훨씬 예쁘다는 건데, 왜 다들 얠 보고 예뻐 죽겠다는 눈빛이야?

유림이 찌릿 노려보자 랜스와 밀러는 난감한 표정으로 그녀의 시선을 슬쩍 회피했다. 혼자 분위기 파악 못한 커크만 혀를 차며 쯧쯧거리고 있었다.

"제아무리 슈퍼 애덤슨이어도 눈치채긴 무리였겠지. 설마 상상이나 했겠어? 순백의 천사 같던 아이가 성인 남자 앞에서 속옷까지 훌렁훌렁 벗질 않나, 걸핏하면 사람을 패대기치듯 자빠뜨리고 과녁에 건 채 깔깔거리며 총을 쏴 대는데……."

"에덴 타워 꼭대기에 한번 빤스까지 벗겨진 채 걸려 봐야 정신을 차리지?"

어느새 커크의 코앞에 다가온 유림이 싸늘하게 속삭였다. 깜짝 놀란 커크는 저도 모르게 총구를 바짝 올렸다. 그러자 유림이 덥석 그의 총을 잡아서 누르며 잇새로 살기 어린 미소를 머금었다.

"내가 네 머릿속을 못 보는 게 다행인 줄 알아. 아니면 벌써 게이트에 네 묘비를 박고도 남았으니까."

"묘, 묘비?"

유림은 그를 무섭게 노려보더니 홱 돌아서서 걸어갔다. 왓슨 3세는 정면에서 난감한 얼굴로 웃었다. 지금쯤 통제실에서 유림 못지않게 언짢은 표정으로 이 상황을 지켜보고 있을 '누군가'의 모습이 훤히 보였기 때문이었다.

― 자, 그럼 이동하겠습니다.

· · ·

어둠 속에서 미약한 조명이 촛불처럼 타올랐다. 도깨비불처럼 나타난 불빛은 허공에 둥둥 떠다니며 흐릿하고 모호한 윤곽을 나타냈다. 빈센트 의원은 그것을 향해 손을 뻗었다. 하지만 몸이 석고 상처럼 덩어리져 굳은 듯 꼼짝도 할 수가 없었다.

여기저기서 끙끙대는 신음 소리가 들려왔다.

"조용히들 하시죠."

중저음의 부드러운 목소리가 타이르듯 말했다.

"그렇게 유난 떨지 않아도 됩니다."

여성들이 듣는다면 환호성을 칠 정도로 감미로운 음색이었다.

젊은 남자인 듯했다. 안드로이드는 아닌 것 같고. 이래 봬도 일 평균 세 시간씩 소돔에서 안드로이드 매춘부들과 뒹굴었던 빈센트였다. 안드로이드에 대해선 웬만한 로봇 전문가보다 해박한 지식을 가지고 있었다.

"느, 느으읍, 느그우!"

누군가 입이 막힌 채로 고함을 질렀다. 그러자 다른 이들도 덩달아 흐느끼는 소리를 쥐어짰다. 빈센트는 긴장한 채 동공을 좌우로 굴렸다. 그들은 어딘가에 구속된 채 누워 있었다.

그는 식은땀이 흐르는 미간를 구기며 기억을 더듬었다.

의식을 잃기 전 마지막으로 있던 장소는 대회의실이었다. 분명 다른 세 명의 의원들과 함께 떠들썩하게 웃으며 회의실 입구로 들어서고 있었다. 그런데 말발굽 모양의 테이블이 보이자마자 눈앞이 핑그르르 돌며 하얘지는 걸 느꼈다. 무색무취의 가스가 목구멍과 폐를 잠식했고 순식간에 의식이 흐려졌다.

빈센트는 낭패 어린 표정으로 눈을 질끈 감았다.

'납치인가?'

감히 평의원들을 상대로 이런 범죄 행각을 저지르다니, 배짱 한 번 두둑한 녀석이었다. 아니, 그것보다 어떻게 에덴 타워 내에서 이런 짓을 벌일 수가 있지? 왓슨 3세가 보고만 있지는 않았을 터였다. 벌써 특별보안대에 연락이 갔을 거고 경비병들이 몰려오고도 남을 시점일 텐데.

그의 생각을 비웃기라도 하듯 어디선가 쿡쿡 웃는 소리가 들려왔다.

아까부터 어둠 속을 배회하며 혜성처럼 긴 꼬리를 남기던 불빛이 서서히 주위를 밝히고 있었다. 암흑의 장막 속에서 그들을 지켜보던 정체불명의 인영도 희미한 윤곽을 드러내기 시작했다. 그는 안개가 자욱한 거리를 걷듯 잿빛 시야 속에서 천천히 등장했다.

"정식으로 인사하겠습니다, 의원님들."

달콤한 눈웃음과 반듯한 콧날, 매끄러운 이마와 아름다운 턱선. 저렇듯 완벽한 피조물은 안드로이드 중에서도 본 적 없었다.

'저 남자 어디선가······.'

낯익은 인상이었다. 소돔에서 봤나? 저런 느낌의 안드로이드가 있었던 것도 같은데.

"세상에서 가장 완벽한 피조물은 안드로이드라는 발상이라······ 과연 위즈덤의 VVIP답네요."

빈센트는 멍한 눈으로 인상을 썼다. 자기도 모르게 소리 내서 말한 모양이었다. 어라? 입이 테이프로 막혀 있었다. '읍읍'거리던 그는 귀신에게 홀린 듯한 표정을 지었다.

'저 쌍놈의 새끼가 감히 내가 누군 줄 알고······.'

그는 이를 악물고 새우처럼 몸을 발딱발딱 일으켰다. 분개한 눈빛에선 정체 모를 괴한을 향한 분노가 쏟아져 나왔다.

'빌어먹을, 배를 너무 압박해서 오줌이 다 마려울 지경이잖아! 이거 안 풀어?'

가슴팍과 배는 단단하게 고정된 상태였지만 목과 얼굴만큼은 90도로 접어서 일으킬 수 있었다.

'그런데 여긴 대체 어디지?'

끝이 보이지 않을 정도로 높은 천장의 끝은 어둠에 잠겨 있었다. 모래의 도시 최하층부에서 활주로를 올려다봤을 때보다 더 아득한 높이였다. 마치 거대한 터널이 수직으로 세워진 채 입을 쩍 벌리고 있는 것 같았다.

멀찍이 보이는 벽은 정교한 기계관의 내부처럼 수많은 금속관들이 회로처럼 얽혀 있었다. 군데군데 화살표처럼 움직이는 푸른 선들은 회로관의 움직임을 나타내는 듯했다. 저런 비슷한 것들을 모래의 도시에서 본 적 있었다. 중단된 건설 현장 등지에서였다.

"솔직히 난 당신들이 낙원을 부수든 델타들로 생체 실험을 하든 관심 없어요. 하지만……."

상냥한 어조를 유지하던 괴한이 돌연 말끝을 흐렸다.

"나의 이브를 빼앗고 그녀를 고통 속에 몰아넣은 건……."

웃으면 예쁘게 휘어질 듯한 눈초리가 날카롭게 먹잇감들을 노려보았다.

"수십 세기가 지난들 결코 잊을 수 없죠."

번쩍!

유성이 떨어지듯 천장에서 커다란 불빛이 추락했다. 빈센트 의원은 우산 형태로 퍼지는 빛의 입자들을 보며 신기하다는 얼굴로 눈을 깜빡였다.

빛의 입자들이 모여든 곳은 천장으로 솟은 원형 터널의 중심부였다. 거대한 구체의 광원이 불투명한 유리관 속에 갇혀 있었다.

푸른 광원은 미세한 광소들의 집합체였다. 그들은 세로로 긴 유리관 속에서 무질서하게 움직이며 공격적으로 벽에 부딪치길 반복했다. 유리관이 불투명한 이유는 안에 수증기처럼 낀 연기 때문이었다. 푸른 구체가 유리관에 맞닿을 때마다 유리관 꼭대기에서 자기장이 번쩍이며 섬광을 일으켰다.

"여기는 에덴 타워의 코어 속이에요. 엘 카인조차 이곳의 존재는 모를 겁니다. 그가 머물렀던 타워 꼭대기의 관리자 집무실은 명목상일 뿐, 진짜 낙원의 관리실은 바로 여기거든요. 에덴 타워와 왓슨을 설계한 자만이 드나들 수 있는 비밀의 방이죠."

빈센트는 누운 채 어리둥절한 표정으로 두리번거렸다. 중앙에 위치한 푸른 구체의 광원을 한참 동안 바라보던 그는 뭔가 깨달은 듯 눈이 커졌다.

저 커다란 유리관 속에 들어 있는 구체가 바로 낙원의 동력부이자 에덴 타워의 심장부였다. 유리관 꼭대기에서 발생하고 있는 자기장과 섬광은 로스트 헤븐을 움직이는 에너지원이었다. 낙원의 최고 정치기구인 평의회 소속 의원들도 낙원의 테크놀로지에 대해선 무지했다. 빈센트는 경이롭다는 표정을 감추지 못했다.

'그런데 방금 저 녀석이 뭐라고 한 거지? 여길 설계한 사람이 뭐 어쨌다고?'

그는 비로소 남자가 입고 있는 옷을 빤히 쳐다보았다. 그의 왼 가슴에는 평의회를 상징하는 아름드리나무 문양이 금색으로 수놓아져 있었다.

'펴, 평의원이라고? 그, 그럴 수가!'

유리관으로 덮인 캡슐에 누워 있던 나머지 의원들도 충격 어린 표정으로 입을 다물지 못했다. 자신들을 납치한 이가 같은 평의원이었다니!

다들 배신감을 감추지 못한 채 살기등등한 눈초리로 읍읍거렸다.

잡혀 온 의원들의 입은 빈센트와 마찬가지로 투명한 비닐에 막혀 있었다. 그들의 양손 양발은 쇠로 된 수갑으로 채워져 있었고, 머리에는 전극 단지가 연결된 케이블 선들이 해파리처럼 부착돼 있었다. 흔히 뇌파를 측정할 때 사용하는 것과 비슷해 보였다.

평의원들 중에 저렇게 생긴 녀석이 있었다고? 낯이 익기는 한데, 이름이 선뜻 떠오르지 않았다.

'왓슨을 설계한 사람만이 드나들 수 있는 방, 왓슨을 설계한 사람…… 낙원의 설계자…… 평의회의 구성원…… 그런데 왜 회의할 땐 한 번도 본 적이 없는 거지?'

빈센트는 문득 뇌리를 스치는 생각에 눈이 얼어붙었다. 몸이 사시나무처럼 떨렸다.

평의원직을 십 년 넘게 해 왔지만, 대회의실에 '전원 참석'의 불이 들어오는 건 한 번도 보지 못했다. 원인은 늘 하나였다. 의원석은 차지하고 있지만 절대 모습을 드러내지 않던 한 사람.

'열두 번째 의원!'

베일에 싸여 있던 테이블 맨 끝자리의 주인. 우리야 세르게이 총사령관도, 엘 카인 대표도 감히 건들지 못하던 명예 의원직. 실제로 존재하는지조차도 의심스러웠던 그자가 지금 이 자리에 있었다.

비록 상상한 것보다 훨씬 젊고 또 괴팍한 인간이었지만 빈센트는 확신했다. 이 남자가 열두 번째 의원이다.

"여러분에게 내릴 수 있는 가장 효과적인 처형이 뭘까 고민했습니다. 누군가를 처벌하기 위해 이런 이벤트를 준비한 건 이로써 두 번째인데…… 꽤 흥분되는군요. 아주 재밌는 실험이 될 것 같아요."

빙긋 웃으며 속삭이는 그의 목소리가 달콤하게 들려왔다. 빈센트는 등골이 오싹해지는 걸 느꼈다.

처형이라니? 저 미친놈이 대체 무슨 짓을 벌이려는 거지? 재밌는 실험? 사람을 이렇게 묶어 놓고 실험을 하겠다고?

"그렇게 겁먹지 마세요. 하나씩 설명해 줄 테니."

이 녀석은 아까부터 자꾸 내 속마음에 답을 하잖아? 역시 내 생각이 들리는 거야? 너 이 새끼 대체 정체가 뭐야! 뭐하는 놈이냐고! 아하, 알았다. 내 머리에 연결한 이 뇌파 탐지기 같은 걸로 머릿속을 읽는 거구나. 내 말 맞지?

빈센트를 빤히 보던 그가 장밋빛 입술 새로 쿡쿡 웃었다.

"상상력이 뛰어나네요. 그래도 다른 의원들보다 과학적인 추론을 하고 있다는 점에 박수를 드리도록 하죠. 나머지 의원님들의 추리는 들어 주기가 괴로울 정도로 한심해서요. 다들 비슷한 수준으로 생각한다는 게 놀라울 정도예요. 뭐, 잘됐어요. 너무 다른 것들끼리 합치는 것보단 비슷한 것들끼리 섞이는 게 좀 낫겠지."

합쳐? 섞는다고? 대체 뭘 하려는 거야……. 자, 장기라도 적출하려는 건가? 내 몸은 그러기에 너무 늙었어. 차라리 내 클론을 가져가! 얼마든지 줄 테니 제발…….

빈센트가 읍읍거리며 애원했다. 그러나 상대는 더 이상 그의 생각을 신경 쓰지 않는 듯했다. 대신 남자는 딱딱한 말투로 전환해서

강의를 하듯 설명조로 이야기를 꺼냈다. 아마 다른 의원들이 머릿속으로 던지는 바보 같은 질문 목록에 질려 버린 모양이었다.

"지금부터 당신들의 뇌를 여기 보이는 중앙 메인 시스템에 융합시킬 겁니다. 낙원을 통제하는 슈퍼컴퓨터에 인간의 뇌를 직접 연결하는 거죠. 사실 당신들을 이곳에 옮기기 전에 실험 삼아 한 명을 먼저 시도해 봤는데, 수술 과정을 견디지 못하고 쇼크사하더군요. 뇌에 과부하가 걸리는 것도 같고……. 이론상으로는 분명 가능한 수치였는데, 실험체가 너무 고령이어서 그런가 봅니다."

의원들이 누워 있던 여덟 개의 유리관들 중 하나가 수직으로 서더니 가운데로 천천히 이동했다. 그 속에는 앙상한 시체 하나가 해골처럼 걸려 있었다. 그는 고개를 옆으로 푹 꺾은 채 입을 헤 벌리고 죽어 있었다. 시체의 얼굴을 알아본 빈센트의 눈시울이 울컥 빨개졌다.

'아이작 라이트 의원?'

죽은 지 얼마 안 됐는지 그의 입가에는 보글보글한 거품이 남아 있었다. 눈은 흰자위를 내보이며 뒤집혀 있었는데, 안면 근육이 심하게 뒤틀린 걸 보니 상당한 고통 속에 숨이 끊어진 듯했다. 누워 있던 의원들의 눈동자가 공포로 핏대가 선 채 부들부들 떨리기 시작했다. 다들 묶인 몸을 들썩이며 고함을 치기 시작했다.

'살려 줘! 살려 달라고!'

빈센트 의원은 입을 막은 테이프를 읍읍 삼키며 애원했다.

죽음의 순간은 누구에게나 찾아오는 법이다. 그래도 이건 아니었다. 제2의 삶을 꿈꾸던 차에 이런 식으로 사신의 칼날을 마주하는 건 너무 잔인했다. 자신이 그렇게 큰 죄를 진 것도 아니지 않은가?

엘 카인처럼, 혹은 우리야 세르게이처럼 다른 생명을 무참히 앗으며 살아온 것도 아니었다.

"아, 아아아악! 살려 줘!"

브라운 의원의 목소리다. 입을 막아 놨던 테이프를 제거해 준 모양이었다. 빈센트는 지렁이처럼 꿈틀거리며 머리를 필사적으로 쳐들었다. 반원으로 놓인 여덟 개의 캡슐 중 좌측 끝에 있는 캡슐 하나가 약 40도 각도로 세워진 게 보였다.

유리로 된 캡슐의 뚜껑이 열리자 브라운 의원의 곱슬한 머리칼이 언뜻 보였다. 천장에서 내려온 수술 기계가 그의 캡슐 위로 '윙―' 하며 이동하고 있었다.

"여기 계신 분들 중에는 이분이 제일 젊은 것 같습니다. 최고령을 해 봤으니 최연소도 해 봐야겠죠? 나머지 분들은 평균값을 위해 한꺼번에 할 테니 잠시만 기다리고 계세요."

미쳤다. 이놈은 제정신이 아니었다. 사람 목숨을 대체 뭐로 보는 거야? 그냥 네 심심풀이용 실험 도구로 생각하는 거야? 어? 그런 거냐고! 대답해, 설계자! 내 말에 대답하라고!

케이는 빈센트 의원을 내려다보더니 붉은 동공에 살기를 띤 채 매서운 눈초리를 던졌다.

시끄러워.

머릿속에 번개처럼 울려 퍼진 목소리에 빈센트는 창백한 얼굴로 충격받은 채 얼어붙었다. 쪼르르 새어 나온 오줌이 바짓가랑이를 눅눅하게 적셨다. 그를 차갑게 보던 케이는 아무 일 없었다는 듯 생긋 웃더니 친절하게 설명을 이었다.

"뉴 라이프 프로젝트라고 했던가요? 여러분이 알렉스 아브라함과 계약한 프로젝트의 이름. 그가 당신들한테 해 준다던 불멸 프로젝트도 이것과 별반 다르지 않아요. 그것도 종국에는 사람 뇌를 이식하는 게 최종 목표죠. 즉 그거나 이거나 그게 그거란 소리예요. 그러니 그냥 즐겁게 받아들이면 됩니다."

빈센트는 멍한 눈으로 아이작의 시신을 바라보았다. 흰 머리가 길게 듬성듬성 난 그의 정수리는 밑동만 남은 채 윗부분이 수평으로 잘려 있었다. 두개골을 뚜껑 열 듯 절개한 것이다.

케이는 시작하라는 신호로 허공에 대고 손가락을 '딱' 튕겼다. 그러자 브라운 의원이 누운 침대 위로 대기 중이던 수술 기계가 내려오기 시작했다.

"으아아아악! 크악! 아악! 흐억……."

브라운 의원은 숨넘어갈 듯한 비명 소리를 내지르며 물고기처럼 몸을 파닥거렸다. 톱니처럼 윙윙거리며 다가온 칼날이 그의 머리통을 반으로 잘라서 열고 있었다. 희번덕이며 뒤집어진 눈으로 멍하니 의식을 놓던 브라운 의원은 전기 충격이라도 맞은 것처럼 온몸을 경련했다. 침대가 끽끽거리며 크게 흔들렸다. 쇼크사 직전의 브라운 의원은 "히엑! 히에에엑!"거리며 손발을 허우적거렸다.

"아아악! 아악! 살려 줘…… 어흐…… 흐으웃……."

끼릭끼릭 수술용 칼날이 움직이는 소리가 소름 끼치게 울려 퍼졌다. 브라운 의원은 온몸의 관절을 기이하게 꺾은 채 몸을 튕기며 절규했다.

"히이이익! 히익! 흐윽…… 흐어……."

살기 위해 버둥거리던 그의 손목에서 피가 흘러내렸다. 수갑 채워진 손을 격하게 움직여서 살가죽이 다 벗겨진 채였다. 흐느끼며 꺽꺽거리던 그는 '꾸에웩!' 하고 토악질을 했다.

별안간 쥐죽은 듯 잠잠해졌다.

그의 갈라진 두개골 사이로 붉은 점액질의 뇌가 모습을 나타냈다. 산 채로 머리를 열고 두 개의 반구를 적출한 기계는 다시 '윙—' 소리를 내며 천장 위로 올라갔다. 붉은 뇌는 표본병처럼 생긴 유리통 속으로 이동됐다. 수갑을 찬 채 몸부림치던 브라운 의원은 눈을 부릅뜬 채 턱 사이로 침을 질질 흘리며 죽어 있었다.

수술 기계는 레일을 타고 이동하기 시작했다. 날카로운 금속으로 이루어진 살인마는 한 치의 오차도 없이 정확히 옆 캡슐에 멈췄다.

캡슐 안에 누워 있던 오카다 의원은 살려 달라며 울부짖었다. 유리관이 열리자 그는 눈을 커다랗게 뜬 채 여자처럼 고음으로 '끼아악!'거렸다. 흉기를 들이댄 기계는 가차 없이 그의 횅한 정수리를 부우욱 찢기 시작했다. 마취 따윈 없었다. 상상을 초월하는 고통에 오카다는 누가 자신을 산 채로 뜯어먹는 양 울음을 터뜨리며 숨넘어가는 비명을 질러 댔다.

"크흐억! 어억……."

이마를 타고 내려오는 피가 그의 뒤집힌 눈깔을 벌겋게 적셨다. 목젖이 보이도록 소리치던 그는 정신을 잃어 가면서 차츰 흐느낌 어린 신음을 내뱉었다. 오카다 의원의 마지막 몸부림은 짧은 경련이었다. 퍼덕거리며 있는 힘을 다해 캡슐 밖으로 몸을 튕기던 그도 결국 아이작과 브라운처럼 쇼크사했다.

다른 의원들의 낯빛에 절망이 내려앉았다. 그들은 하나둘씩 울음을 터뜨리기 시작했다. 살려 달라고 애원하는 그들 앞에서, 케이는 편안한 얼굴로 중앙 의자에 몸을 묻었다.

"여러분들이 원하던 게 이런 거 아니었나? 이게 바로 뉴 라이프 프로젝트의 패러다임이잖아요. 영원한 삶, 죽어 가는 육신으로부터의 해방. 쾌감이란 육체가 주는 게 아니라 뇌가 느끼는 것이란 게 뉴 라이프의 핵심 이론인데……. 아브라함이 궁극적으로 지향하는 건 분명 이런 형태일 거예요. 날 믿어요."

케이는 턱을 괴고 구경하며 해사하게 웃었다.

"그에겐 여러분의 최종 모습을 샘플로 보여 줄 생각이에요. 평의회는 물리적으로나 영적으로나 완벽한 하나의 응집체로서 더 강력하게 기능하게 될 겁니다. 앞으로 여러분은 누군가로부터 암살당할 염려를 할 필요도 없을뿐더러 영원불멸한 존재로 남게 되었으니, 이보다 더 만족스러운 결과가 또 있을까요? 부작용이라면 여러분 개개인의 자아는 이제 사라져 버린다는 건데…… 여러분의 의식과 기억이 곧 하나로 뒤섞여 버릴 거거든요. 왓슨이 마련한 시스템 속에서 거품처럼 그의 일부로 흡수될 테니까. 흐음, 뭐 그래도 상관없지 않나?"

상냥하게 설명하던 케이는 돌연 싸늘한 눈초리로 중얼거렸다.

"어차피 네놈들 모두가 지저분한 오물 덩어리인데."

잠시 후, 적출된 여덟 개의 뇌가 유리로 된 표본병에 담겨 실려 왔다. 표본병 안에 둥둥 떠 있는 붉은 점액질로 된 반구들이 살아 숨 쉬는 듯 신선해 보였다.

은색 카트에 실린 표본병들을 내려다보던 케이는 고개를 들었다. 누워 있던 수면 캡슐들이 일으켜진 채 그가 있는 쪽을 향하고 있었다. 숨진 여덟 명의 의원들은 하나같이 전기 고문이라도 당한 듯 일그러진 얼굴이었다.

– 융합할까요? 아이작 라이트 의원의 뇌는 이미 융합에 실패한지라 폐기해야 할 듯합니다.

"알아서 해."

케이는 관심 없다는 듯 대충 손짓으로 일렀다. 그의 시선은 아까부터 유림 일행의 영상에 못 박혀 있었다.

지하의 왓슨 연구소에 도착한 유림이 막 엘리베이터에서 내리는 게 보였다.

그 모습을 바라보던 케이의 입가에 금세 미소가 어렸다. 툴툴대는 듯한 그녀의 표정과 억울해 죽겠다는 커크를 보니 또 구박 중인 모양이었다. 귀엽다는 듯 웃던 그는 주섬주섬 일어섰다.

'슬슬 저쪽으로 합류할까?'

출입구 쪽으로 향하던 케이는 둥실둥실 뜬 채 따라오는 홀로그램 영상을 종료하려고 손을 뻗었다. 그 순간, 유림이 토악질을 하며 쓰러지듯 몸을 숙였다. 그는 놀란 듯 멈칫 서서 입을 열었다.

"유림?"

밀러가 급히 다가와 그녀를 부축하는 게 보였다. 케이는 창백해진 안색으로 화면을 뚫어져라 응시했다. 밀러에게 기대 몸을 일으키던 유림이 또 기우뚱하며 비틀거렸다. 케이는 사색이 된 얼굴로 소리쳤다.

"왓슨!"

– 네, 마스터.

"어떻게 된 거야?"

케이는 화면을 터치해서 유림의 맥박 지수와 체온, 스트레스 지수 등의 그래프를 확인했다.

– 스트레스 반응인 것 같습니다. 아무래도 과거 일로 트라우마가 생기신 듯한데 심각한 수준은 아니니 걱정하지 않으셔도 됩니다.

걱정하지 말라는 말이 더 걱정이었다. 이미 엘리베이터 앞까지 온 케이는 초조한 듯 발을 굴렸다.

– 마스터, 우선 이것부터 좀 봐 주심이…….

"나중에 해. 일단 유림부터……."

– 위즈덤 본사 내부에 스마트 더스트가 활성화되었습니다.

왓슨은 케이가 또 말을 자르기 전에 재빠르게 보고를 덧붙였다. 케이의 눈초리가 허공의 보고서로 향했다.

– 내부 조사를 시작할까요?

그는 한숨을 삼키며 머리를 쓸어 올렸다.

'하필 지금…….'

요한이 계획대로 잘해 준 모양이었다. 스마트 더스트가 위즈덤 로비에서부터 지하까지 고르게 분포되어 있었다.

– 난 괜찮아.

유림의 목소리였다. 케이는 영상 속을 응시했다. 몸을 일으킨 그녀가 왓슨을 똑바로 보며 빙긋 웃고 있었다.

– 그러니까 걱정하지 마.

그녀의 안색은 여전히 창백했지만 걸음걸이는 한결 가벼워 보였다.

– 가자, 왓슨.

제복을 입은 왓슨은 다행이란 듯 웃으며 고개를 끄덕였다. 그 모습을 보던 케이도 안심한 표정으로 숨을 내쉬었다. 그의 눈빛이 잔잔한 감동으로 일렁이고 있었다.

왓슨한테 말하는 게 아니었다. 그에게 말한 것이다. 괜찮으니까 걱정하지 말라고, 이쪽 일은 신경 쓰지 말고 계획에 집중하라고.

전장의 성녀, 나의 이브.

가끔은 그가 없으면 아무것도 못하는 그녀가 보고 싶기도 했지만, 저렇게 강하고 아름다운 그녀의 모습은 역시나 가슴을 설레게 했다.

케이는 돌아서서 다시 자리에 앉았다. 그는 허공에 뜬 보고서를 훑으며 물었다.

"분포 활성도는?"

— 99.9%로 기대 이상의 수치입니다. 마스터.

요한이 생각보다 훌륭하게 성공시켰다. 위즈덤 본사의 가장 깊숙한 곳까지 침투한 걸 보니, 아브라함 회장의 본체와 만나는 데 성공한 모양이었다.

— 내부 영상을 송신합니다.

위즈덤 본사를 잠식한 스마트 더스트는 건물 안 구석구석을 카메라처럼 훤히 찍어서 보여 주기 시작했다. 스마트 더스트는 겉으로 보이는 외관과 소음뿐 아니라 공기 중에 떠다니는 미세입자, 곰팡이, 세균까지 모두 스캔해서 분석한다.

'지상층은 소돔과 관련된 부서들 위주고, 지하에 위치한 시설들이 관건이군.'

그중에서 눈여겨봐야 할 곳은 두 군데였다. 지하 5층 구간의 80% 이상을 차지한 안드로이드 생산 시설과 최하층에 위치한 큐브 홀이다. 신형 안드로이드들은 열 맞춰 격자무늬로 세워진 채 창고 내

가득 진열되어 있었다.

– 총 4,173기입니다. 이미 로스티아벤에 납품된 기기들은 제외한 숫자입니다. 모래의 도시로 옮겨진 기기들의 숫자도 꽤 될 거라고 생각합니다.

엄청난 숫자였다. 연맹군을 이끌고 저것들과 싸우는 건 무리다.

– 제일 현명한 방법은 위즈덤 본사 자체를 폭발시켜 버리는 것입니다.

아브라함의 본체가 있는 큐브 홀을 본 케이의 눈동자가 흔들렸다. 제정신이 아닌 남자였다. 정말 본인의 뇌를 전산화해서 기계에 이식하다니. 그걸 성공시킨 기술도 놀랍지만 실행시킨 본인의 의지는 더욱 놀랍다고 할 수밖에 없었다.

큐브 홀을 자세히 들여다보던 케이는 요한과 아브라함 회장이 나누는 대화에 귀를 기울였다. 탐색전을 끝낸 두 사람은 드디어 본론에 돌입하고 있었다.

아브라함 회장이 말을 꺼낼 때마다 크리스털 큐브 홀 전체가 벼락치듯 번쩍였다.

– 굳이 연맹군에게 정체를 노출하면서까지 날 찾아온 이유가 뭐지?

"익명의 과학자가 원하니까요."

아브라함은 미심쩍은지 말이 없었다. 요한은 마른 입술을 혀로 축이며 재빨리 설명을 덧붙였다.

"그는 회장님과 단둘이서 접촉하길 원합니다. 그리고 저보고 직접 두 눈으로 회장님의 실체를 똑똑히 확인하라고 명하기도 했고요. 정말 솔로몬 프로젝트는 성공한 게 맞는지, 대니얼 아브라함은 '어떠한 형태로든 간에' 살아 있는 게 맞는지 말입니다."

여기서 살아 있다는 건 개체 스스로 인지하고 판단할 수 있는 능력을 상실하지 않았음을 의미한다. 심장이 뛰고, 호흡을 하고, 생식기가 있다는 따위의 생물학적 기능은 전혀 고려하지 않는다는 주장이었다.

"그는 회장님께 흥미가 많습니다. 그도 그럴 것이, 로스트 헤븐의 시스템과 가장 완벽하게 부합하는 존재가 바로 회장님이시니까요."

– 호오……

케이는 불쾌한 표정으로 턱을 괴었다. 왓슨과 스마트 더스트를 저 변태에게 이입하는 건 짜증 났지만 요한은 아주 훌륭하게 그를 설득하고 있었다. 그가 아브라함 회장의 성격과 취향을 잘 알고 있다는 건 부인할 수 없을 듯했다. 아브라함이 듣기 좋아하는 말만 쏙쏙 뽑아서 그의 귀가 쫑긋하게 만드는 데에는 그만 한 인재가 없었다.

– 나도 그에게 흥미가 많지. 그가 만든 낙원의 시스템은 내 이상에 완벽하게 부합하거든. 그런데 말이야, 최근 내 관심을 끄는 존재가 하나 더 생겼어.

"왓슨 3세 외에 말입니까?"

요한이 의아한 표정으로 되물었다. 큐브 홀이 번쩍이면서 기괴한 웃음소리를 흘렸다. 아브라함 회장은 흥분한 듯 계속해서 말했다.

– 이브 페트로비치.

가만히 지켜보던 케이가 놀라서 벌떡 일어났다. 그는 얼어붙은 눈으로 요한과 아브라함 회장이 대화하는 모습을 빤히 응시했다.

– 현재는 정유림 소위라는 이름과 직책으로 살고 있다지? 브루클린의 성녀라고 불리는 그녀 말이야.

요한은 말문이 막혔는지 난감한 표정으로 딱히 대답을 하지 못했다. 그는 아까 전에 케이에게 맞아서 부은 얼굴을 손으로 문지르며 일단 침묵으로 응수했다.

- 이브에 관한 옛 기밀문서들은 모두 파기된 채 남아 있는 게 없더군. 하지만 다른 이름으로 남아 있는 게 있었어. 이브가 아닌 정유림이란 이름으로 말이지. 최근 기록이었어. 정말 놀랍도록 흥미진진하던데?

케이는 긴장한 듯 하얘진 손을 꽉 쥐었다. 그가 유림에 관해 흥미를 가질 걸 예상하긴 했지만 이렇게나 빨리……. 초조함에 숨이 막혀 왔다.

큐브 홀의 한쪽 벽이 열리고 반짝이는 거울들로 가득 찬 방이 나타났다. 소돔 포주의 거주지로 알려진 거울이벽의 신전이었다. 그 안에서 황금 가면을 쓴 남자 한 명이 나타났다. 솔로몬이었다. 그는 요한의 앞으로 걸어오더니 가면을 벗고 얼굴을 드러냈다. 케이는 잇새로 나직이 중얼거렸다.

"낙원 뉴스의 조셉이군."

저 녀석이 안드로이드인 건 알고 있었지만 솔로몬이었을 줄이야. 실제로 아브라함 회장이 밖에서 몸처럼 사용한 건 알렉스가 아니라 조셉이었다는 이야기였다. 클론이자 아들로 알려진 알렉스 아브라함 쪽이 오히려 위장용에 불과했다는 건가?

조셉의 모습을 한 아브라함은 요한을 마주 보고 서서 빙긋 웃었다.

"자, 이제 이 모습으로 이야기를 나누어 볼까?"

케이는 두 사람의 영상을 바라보며 손가락으로 테이블을 톡톡 쳤다. 불안에 잠긴 눈초리였다. 그는 요한과 함께 엘리베이터에 오르는 솔로몬을 향해 싸늘한 시선을 보냈다.

"준비해, 왓슨."

- 예?

"곧 마지막 손님이 도착한다."

케이의 눈짓에 평의원들의 뇌가 담긴 여덟 개의 표본병들이 카트에 실린 채 이동하기 시작했다. 중앙 동력 장치를 향해 굴러 가는 카트에서 표본병들이 날카로운 마찰음을 내며 서로 짤랑짤랑 부딪혔다.

왓슨은 에덴 타워 시스템과 연동된 융합 장치를 가동시키며 표본병들 속의 뇌를 꺼냈다. 케이는 긴장이 팽배한 얼굴로 조용히 허공을 노려보며 생각을 정리했다. 왓슨은 그의 침묵 속에서 무엇을 해야 할지 눈치챈 듯 조용히 보고를 올렸다.

– 그럼 융합을 시작하겠습니다.

· · ·

에덴 타워 지하에 위치한 왓슨 연구소는 폐쇄 도시처럼 스산한 분위기를 풍겼다. 엘리베이터에서 내린 유림은 께름칙한 표정으로 앞으로 나아가길 꺼렸다.

"왜 그래?"

커크가 뒤에서 팔꿈치로 그녀의 등을 찌르며 물었다. 유림은 혼란스러운 눈동자로 어두컴컴한 통로를 바라보며 중얼거렸다.

"모르겠어, 그냥……."

몸서리칠 정도로 끔찍한 느낌이 스멀스멀 전신을 휩쓸고 있었다. 더 이상 앞으로 나아갈 수가 없다. 토악질이 나올 것처럼 속이 울렁거리면서 내딛는 발걸음에 저항하고 있었다.

가지 말라고.

이 앞은 끔찍한 곳이라고.

"나 여길…… 알고 있어."

머릿속에 번개처럼 스쳐 가는 기억들이 화살처럼 그녀를 공격했다. 유림은 비틀거리며 땅을 짚었다.

"괜찮아?"

밀러가 다가와 그녀의 어깨를 감싸며 물었다. 유림은 걱정하는 그에게 애써 웃어 보였지만 치밀어 오르는 구역질에 결국 바닥에 웩웩거리며 구토를 하고 말았다.

– 트라우마 때문이에요. 이브 페트로비치는 지하 연구소에서 오랫동안 생체 실험을 당했으니까요.

왓슨 3세는 안타까운지 위로의 눈빛으로 말했다. 그녀에게 있어선 지옥 같은 기억일 텐데 데리고 와서 미안하다는 투였다. 인공지능치곤 놀라울 정도의 배려심이었다. 그녀는 유림의 앞에 다가오더니 빙긋 웃으며 말했다.

– 기억나세요? 이곳에 갇혀 있던 당신을 한 소년이 구하러 왔던 것을…….

토악질을 하던 유림은 멍한 눈으로 왓슨 3세를 응시했다. 퀭해졌던 그녀의 눈가에 차츰 빛이 어렸다.

– 너무 늦게 와서 미안해.

유림은 핏기가 없는 얼굴로 힘없이 웃었다.

"그랬지."

한 소녀를 구하겠다고 인류 역사상 말도 안 되는 것들을 창조해

낸 소년이 있었지. 오로지 그녀만을 위해 그는 인간들에게 주어선 안 될 것들을 넘겨주고 말았다. 그의 세상에 존재하는 단 하나의 숨소리만을 위해서.

유림은 바닥을 짚고 일어서서 손을 털었다. 그녀는 천장을 올려다보며 한층 밝아진 얼굴로 말했다.

"난 괜찮아, 그러니까 걱정하지 마."

왓슨 3세는 기력을 회복한 유림을 보며 오동통한 얼굴로 방긋 웃었다.

"가자, 왓슨."

– 네!

어두침침한 복도 끝에는 두꺼운 철문이 엑스 자 모양으로 잠긴 채 앞을 가로막고 있었다. 제한 구역이었다. 왓슨은 손가락 터치로 1급 제한 구역의 잠금을 풀었다. 커크와 랜스는 긴장한 듯 침을 꿀꺽 삼켰다.

어두운 통로를 지나자 왓슨은 세 갈래 길에서 그들을 왼쪽으로 이끌었다. 적막에 휩싸인 유리 벽 너머 방들에는 푸른 조명에 빛나는 시험관들이 보였다. 커크와 랜스는 신기하다는 얼굴로 힐끔거리며 실험실들을 구경했다.

이윽고 등장한 높다란 벽은 마치 도서관 사물함처럼 유리 덮개로 된 수많은 칸막이들로 이루어져 있었다. 왓슨은 그 앞을 서성이더니 정중앙에 위치한 보관함으로 붕 떠올라 이동했다.

– 보관함 SY17B.

유리관으로 된 상자가 서랍처럼 튀어나오자 천장에서 집게 모양의 기계가 내려와 보관함을 잡았다. 천천히 지상으로 내려오는 상자를 보는 유림의 눈시울이 붉어졌다.

투명한 상자 안에 들어 있는 건 메리의 뇌였다. 연회색질의 두 개의 반구는 그녀의 손바닥만 한 크기였다.

"메리……."

보관함을 품에 안은 유림의 눈에 눈물이 고였다. 다들 충격받은 듯 멍하니 서 있는 가운데 밀러가 천천히 걸어왔다. 그는 유림의 어깨 너머로 메리의 뇌를 내려다보며 아무 말도 하지 못했다.

커크와 랜스는 착잡한 표정으로 고개를 외면했다. 잠시 둘만의 시간이 필요할 듯했다.

그때 왓슨 3세가 다급히 외쳤다.

– 쉿!

다들 긴장한 듯 전투 자세를 취하며 몸을 낮췄다. 무슨 일이냐고 묻는 밀러의 표정에 왓슨은 목소리를 낮추고 속삭였다.

– 위즈덤의 안드로이드예요.

왓슨은 허공에 영상을 띄웠다. 지하 엘리베이터 쪽에서 집무관 복장을 한 안드로이드 하나가 또각또각 걸어오고 있었다. 갈색 제복을 입은 그녀는 복도를 두리번거리며 주위를 정찰했다.

"에덴 타워의 집무관들은 원래 다 위즈덤의 안드로이드들이잖아."

유림은 그게 새삼 뭐 큰일이냐는 듯 물었다. 왓슨은 고개를 가로 저었다. 동그란 이마를 찌푸린 그녀의 표정이 심상치 않았다.

– 제 말은 위즈덤에서 이번에 새로 제작한 신형 안드로이드라는 거예요. 최근 평의회는 에덴 타워의 집무관들을 싹 교체했어요. 바로 저 신형 안드로이드들로 말이에요.

"신형이라면…… 병기형 안드로이드를 말하는 거야?"

– 맞아요. 로스티아벤의 정예 부대인 STF도 현재 80% 이상이 병기형 안드로이드들로 이루어진 상태예요. 신형 안드로이드들은 저와 시스템 링크가 되어 있지 않습니다. 그래서 제 명을 듣지 않는다는 게 가장 큰 문제죠.

"그럼 쟤네를 통솔하는 건 누군데? 평의회가 하진 않을 거 아니야."

– 위즈덤에서 직접 하고 있어요.

좋지 않은 징조였다. 낙원의 심장부에 적들이 풀어 놓은 들개가 판치고 있는 상황이라니. 유림은 긴장한 얼굴로 이를 꽉 물었다.

"STF의 팔십 퍼센트 이상이면 한두 명이 아니잖아. 그건 곤란한데……"

"저놈들 강하냐?"

커크가 모퉁이 쪽으로 몸을 밀착시키며 물었다. 그는 '그래 봤자 고철 덩어리 아니야?'라는 표정으로 으쓱거렸다. 유림은 고개를 절레절레 저으며 한숨을 내쉬었다.

"일전에 교전했다가 죽을 뻔했어. 일반 군인들은 상대도 안 될 거야. 전투력은 델타 이상이라고 보면 돼."

"으아! 진짜야?"

델타 이상이라니 전투 능력치가 얼마나 괴물급인 거야? 커크는 믿기지 않는다는 눈으로 영상 속 집무관의 모습을 훔쳐봤다.

"최대한 상대하지 않는 편이 좋아. 머리통을 박살 내지 않는 이상 끝까지 공격한다고."

"하지만 돌아가려면 저쪽으로 가야 하는데?"

네 사람은 코너에 모여서 머리를 맞대고 고민하기 시작했다. 상대가 안드로이드 하나라면 손쉽게 제압하고 넘어갈 만한 수준이긴 했다. 저들과 교전 경험이 있는 유림이 나머지 세 사람에게 설명했다.

"저놈들은 적을 발견하면 곧장 아군에게 지원 요청부터 날려."

"그럼 눈치채기 전에 무력화시키는 게 관건이겠네."

"맞아. 왓슨, 네가 저 녀석 주의를 좀 끌어 봐. 그 틈에 커크나 내가……"

허공에 둥둥 떠 있는 왓슨에게 지시를 내리던 유림의 눈이 커졌다. 엘리베이터 문이 열리고 누가 또 내리고 있었다.

"망할, 한 놈 더 왔잖아!"

"뭘 저렇게 두리번거리는 거야? 이러다가 여기까지 오는 거 아니야?"

─ 이런…….

왓슨이 낭패라는 듯 끙끙거리며 입술을 깨물었다.

─ 아무래도 수색 명령이 내려진 것 같아요.

"수색 명령?"

─ 사라진 평의원들을 찾고 있나 봐요. 집무관 둘이 지하로 더 내려오고 있어요.

"평의원들을 왜 여기서 찾아? 찾으려면 S관 쪽을 뒤져야지."

유림의 말에 커크가 의심스러운 눈초리로 물었다.

"혹시 우리를 찾고 있는 거 아냐?"

"설마……."

잠자코 있던 밀러가 입을 열었다.

"작전 솔개에서 두더지로 전환한다."

작전명 솔개가 스카이웨이Sky way였다면, 작전명 두더지는 언더그라운드 웨이Underground way였다.

상공에서 대기 중이던 럼스펠드 대위는 밀러의 작전 변경 명령에 즉각 답신했다.

─ Yes, sir.

그의 아크레인은 에어쉽 승강장에서 대기 중으로 날아올랐다.

왓슨은 고개를 끄덕이며 다시 앞장섰다.

– 알겠습니다. 그럼 계속 가도록 하죠.

지하 연구소 제일 깊숙한 곳에는 반즈 박사의 연구실이 존재하고 있었다. 그곳을 지나던 유림은 시험관 속에서 둥둥 떠다니는 신체 일부들을 발견하고선 눈살을 찌푸렸다. 커크는 혀를 차며 중얼거렸다.

"악취미네. 여기 프랑켄슈타인[7]이라도 살아?"

"왜? 무섭냐?"

농담을 주고받는 커크와 랜스와 달리 밀러의 눈은 뭔가를 느낀 듯 고요히 일렁였다. 기체 속에서 보글거리며 떠 있는 팔다리는 아직 썩지 않은 채였다.

"누가 이미 뒤엎고 갔나 봐. 아니면 주인이 이사라도 갔나? 안이 텅텅 비었는데?"

커크가 연구실 안쪽을 둘러보고 나오며 말했다. 랜스도 한 발 안쪽으로 디디며 빼꼼 고개를 내밀었다. 반즈 박사의 개인 연구실 내부는 물건들을 급히 찾고 옮긴 듯 엉망진창이었다. 벽 쪽에 숨겨져 있던 비밀 실험실 입구와 기밀 자료실들도 활짝 열려 있었다. 유림은 별로 보고 싶지 않다는 듯 빠른 걸음으로 지나쳤다. 밀러도 조용히 그녀의 뒤를 따랐다.

지하 대피로 입구에 도착한 그들은 왓슨을 쳐다보았다. 그녀는

---

7 프랑켄슈타인: 영국의 작가 메리 셸리가 쓴 소설. 제네바의 물리학자 프랑켄슈타인은 죽은 자의 뼈로 신장 8피트의 인형을 만들어 생명을 불어넣는다. 소설 속의 괴물은 프랑켄슈타인에게 자신과 함께 살 여자를 만들어 달라고 요구하나 받아들여지지 않자 프랑켄슈타인의 신부를 죽인다. 흔히들 프랑켄슈타인을 소설에 등장하는 괴물의 이름으로 혼동하는 경우가 많은데, 프랑켄슈타인은 괴물을 창조한 박사의 이름이다.

뒷짐을 지고 선 채 빙그레 웃으며 말했다.

– 여기서부터는 저 없이 가셔야 합니다. 대신 다른 안내자분들께서 여러분을 모실 거예요.

"다른 안내자?"

동굴처럼 어두운 입구 쪽에서 후드를 입은 여자 세 명이 걸어 나왔다. 제일 앞에 선 여자가 유림을 보더니 망토에 달린 모자를 벗었다. 그러자 그녀의 이마에 찍힌 웁실론의 상징 'Y'자 화상이 붉게 나타났다. 커크는 예쁜 얼굴에 저게 웬 재앙이냐는 듯 경악한 표정을 지었다.

"밧세바가 보낸 거야?"

유림이 여자에게 반갑다는 눈빛으로 물었다.

"그렇습니다. 혹시 몰라서 대기하고 있었죠."

"이쪽은 실비아, 폐쇄 도시에서 웁실론들을 이끌고 있어. 밧세바의 오른팔 격인 사람이야."

유림은 두 일행에게 서로를 간단히 소개했다.

"헤벨의 함장이신 마이클 밀러 중령님이시고, 동료인 커크와 랜스."

"반갑습니다. 시간이 없으니 일단 움직이시죠."

실비아가 재촉하며 앞서 걸었다. 유림 일행이 쫓자 나머지 웁실론 두 명은 대피로 입구의 문을 닫은 뒤 따라왔다.

총총걸음으로 뒤쫓던 유림은 미궁에 들어서자마자 전속력으로 달리기 시작하는 실비아를 보며 의아한 표정을 지었다. 체력이 약한 그녀들은 웬만하면 뛰는 일이 없었다.

"무슨 일이야?"

"STF가 미들 타운을 습격했습니다. 피닉스 부대가 일방적으로 고스트들을 학살하고 있다는 것 같은데 소식을 들은 나츠 군이 곧장 미들 타운으로 향했습니다. 드레이크 씨도 쫓아갔어요."

"피닉스 부대?"

"로스티아벤의 새로운 정예 부대라고 합니다. 무슨 로봇들로 이루어진 부대라던데 무지막지하게 강하답니다."

왓슨이 말했던 안드로이드 부대다. 그녀 말대로 새로운 조직 편성이 끝난 모양이었다. 새 부대의 이름까지 붙여 놓다니.

"그 두 사람만 간 거야? 둘 실력이 뛰어나긴 하지만 군부대 하나를 상대하기엔 역부족일 텐데."

"그래서 저희도 걱정하고 있는 중입니다."

"합류할까?"

밀러는 걱정스러운 눈빛을 지우지 못하는 유림에게 넌지시 물었다. 유림은 고민하듯 어둠 속을 응시했다.

"혹시 상대측 지휘관은 누군지 알아?"

실비아는 경멸 어린 눈초리로 이를 악문 채 말했다.

"고스트 사냥꾼이라고 소문난 그놈입니다. 특보대의 셰인 필란 중위요."

"필란 중위라고?"

유림은 인상을 쓴 채 서쪽으로 고개를 돌렸다. 모래의 도시 방향을 향한 그녀의 눈동자가 타오르듯 일렁였다.

"실비아, 방향 바꿔."

뒷말은 더 들을 필요가 없었다. 실비아는 예상하고 있었다는 듯 고개를 짧게 끄덕이며 모래의 도시 쪽으로 걸음을 틀었다.

셰인은 찝찝한 표정으로 서 있었다. 그는 무너진 콘크리트 잔재 위에서 한숨을 내쉬며 눈두덩을 주물렀다. 굉장한 피로감이다. 안 드로이드들을 조종하는 건 정신적인 소모가 큰 운동이었다.

위즈덤이 개발한 신형 안드로이드들은 인간이 뇌파로 직접 명령 을 전달할 수 있다는 게 특장점이었다. 생각하는 것만으로 그들을 수족처럼 움직일 수 있다는 건 얼핏 굉장히 획기적으로 보였지만 그만큼 부작용도 뒤따랐다.

처음 명령 전달을 시도할 때는 헛구역질에 호흡곤란까지 경험했 다. 좀 익숙해진 지금도 지속적인 두통 때문에 눈알이 튀어나올 지 경이었다. 조금만 집중이 흐트러져도 대열을 이탈하는 기기가 생 겨서 긴장을 늦출 수가 없었다.

즉, 편리하고 효율적이지만 지휘관의 생명력을 갉아먹는 시스템 이었다.

그가 지휘하는 부대의 인원은 총 서른 명. 즉, 안드로이드 서른 기를 혼자서 지휘하고 있었다. 훈련을 할수록 더 많은 인원을 지휘 할 수 있다는데, 솔직히 서른도 버거웠다.

'으, 코피잖아!'

셰인은 손등으로 코를 벅벅 문지르다가 묻어나온 피를 보고 하얗 게 질렸다.

'진짜 괜찮은 건가?'

검은색 전투복에 붉은색 조끼를 입고 있는 피닉스 부대는 전투병 들의 생김새가 모두 동일했다. 굳이 차별을 둘 필요가 없긴 했지만 너무 인간미 없다는 느낌이었다. 함께 싸우고 있어도 전우라는 생 각이 들지 않았다.

외롭다.

전장에 홀로 서 있는 기분이었다. 머릿속에는 얼마 전까지 한솥밥을 먹고 지냈던 부대원들의 모습이 스쳐 지나갔다. 대부분 저번 형무소 테러 사건 때 델타에게 목숨을 잃고 말았다.

세인은 발밑에 너부러진 시체들을 보며 멍한 표정을 지었다. 부대원들을 통해 들려오던 비명 소리도 이제 거의 잦아들고 있었다.

"대강 끝냈으면 이만들 철수하지?"

그는 손등으로 뚝뚝 떨어지는 코피를 보며 명했다. 왜 이렇게 기분이 찝찝한지 모르겠다. 죄책감이 드는 건 아닌데, 그냥 불쾌한 기분이었다.

이곳은 미들 타운의 중심부인 화이트 채플 근방이었다. 고스트들이 자주 다니는 술집이나 레스토랑 등이 모여 있는 장소다. 튀어나온 철골들과 짓다 만 건물들 사이로 툭 튀어나와 있는 간판들이 부서진 채 내려앉은 게 보였다. 전기가 들어오지 않는 뒷골목 쪽으로 도망치다가 죽은 이들이 쓰레기통 위에 걸레짝처럼 쌓여 있었다.

— 아직 주거 지역의 청소가 끝나지 않았습니다. 여자와 아이들 대부분이 흩어져서 도망친 듯합니다. 10분 안에 마무리 짓겠습니다.

여자와 아이들까지 죽이는 건가? 이딴 건 작전이 아니다. 학살이었다. 굳이 자신이 지휘를 해야 하는 이유조차 알 수 없었다. 그냥 살인 기계들이 돌아다니면서 사람을 죽이는 것뿐이다. 저항하지 않는 노약자들도, 이미 투항하겠다고 무릎을 꿇은 자들까지도.

— 모래의 도시 상층부 쪽으로 달아난 인원은 어떡할까요?

피닉스 부대원들은 그의 머릿속에 끊임없이 음성을 보내왔다. 세인은 지끈거리는 두통을 느끼며 발밑에 너부러진 잔재들을 걷어찼다. 그는 신경질적으로 답했다.

"대충해! 빈대 한 마리까지 잡아 죽일래?"

─ 중위님, 적습입니다!

─ 인식 번호 PHA12, 2시 방향에 아군 3기 파손! 지원 요청합니다.

콘크리트 잔재 위를 미끄러지듯 내려오던 셰인은 의아한 눈초리로 소리쳤다.

"뭐야? 무슨 일이야?"

적습이라니? 남은 고스트들은 저항 의지도 없을 터였다. 그는 삑삑거리며 깜빡이는 스마트 워치의 화면을 내려다보았다. 녹색 연결 신호가 우수수 사라지고 있었다. 연결이 살아 있는 기기들도 적과 교전 중이라는 붉은빛을 띠었다.

─ 인식 번호 PHA21, 9시 방향에 델타 확인!

"델타라고?"

적습 보고를 하는 기기들은 모두 화이트 채플에 있었다. 셰인은 그 방향으로 달려가기 시작했다. 활짝 열린 문 사이로 들어선 그는 전투 대열로 선 피닉스 부대를 발견했다. 적과 대치 상황인 듯 그들은 불빛이 꺼진 어둠 속에서 자욱한 먼지 사이를 노려보고 있었다.

'뭔가 오싹한데.'

본능적으로 위험을 감지한 그의 발이 슬금슬금 뒷걸음질을 치기 시작했다. 그는 안드로이드 사이를 헤집던 손으로 얼굴을 긁적였다. 착각인지 모르겠으나 어디선가 그르렁거리는 거친 숨소리가 들려오는 듯했다.

탕!

날카로운 총격 소리가 적막을 갈랐다. 동시에 굳어 있던 셰인의 앞으로 안드로이드 병사 하나가 점프하며 몸을 날렸다. 그는 셰인 대신 총탄을 맞고 머리통이 터진 채 쓰러졌다.

'뭐, 뭐지?'

셰인은 동그랗게 커진 눈을 끔뻑였다. 그는 어둠에 익숙해진 눈으로 아레나가 열리던 무대 쪽을 빤히 응시했다. 무대 가운데 누군가 서 있었다. 특수대원이 입는 검은 전투복, 가슴에 새겨진 쌍검에 독수리 문양.

아몬드형 눈동자의 주인은 그와 눈이 마주치자 씩 웃었다. 셰인은 놀라서 숨을 멈췄다. 그 옆에는 저격 소총을 쥔 나츠가 그를 겨냥한 채 서 있었다.

"이런, 씨발!"

그는 냅다 돌아서며 줄행랑을 치기 시작했다. 그런 셰인의 등을 보던 나츠는 천천히 방아쇠를 당겼다.

피슉!

이번에도 그의 등 뒤로 안드로이드 하나가 몸을 던져 총탄을 막았다. 지휘관을 지키기 위해 몰려드는 안드로이드들을 보며 드레이크는 인상을 찌푸렸다.

"쳇, 병사들을 방패 삼아 빠져나가는군."

화이트 채플 밖으로 나온 셰인은 뒤를 힐끔 돌아보았다. 드레이크와 눈이 마주치고 나서야 알아차릴 수 있었다. 몸을 낮춘 채 크르렁, 크르렁거리던 그림자들을.

'대체 저 많은 수의 델타가 다 어디에서 온 거야?'

답이 뇌리를 번뜩이며 스쳤다. 수용소다! 형무소 테러 사건 때 수용소에서 탈출한 델타들이 틀림없었다. 미들 타운에 숨겨 놓고 있었던 거로군.

어깨 너머를 돌아보며 도망치던 셰인은 멀리 에어쉽들이 보이자 안도의 숨을 내쉬었다. 중앙 활주로 근처에 대기시켜 놨던 수송용 에어쉽들이었다.

"잡아!"

쫓아오던 드레이크가 외쳤다. 그의 명에 델타들이 바닥을 달려서 무섭게 거리를 좁혀 오기 시작했다. 셰인은 까무러칠 듯 놀란 채 젖 먹던 힘까지 내 달음박질을 하기 시작했다.

한편 측면의 무너진 건물 틈새로 달려오던 유림 일행은 상공이 뻥 뚫린 활주로를 향해 달려가는 셰인과 안드로이드 부대를 발견했다. 유림은 셰인의 뒤를 추격하는 드레이크를 보며 눈을 크게 떴다. 안드로이드와 접전을 벌이며 쫓아가는 델타들까지, 아주 장관이었다.

유림은 허둥지둥 에어쉽에 올라타는 셰인의 뒤꽁무니를 포착하고는 눈초리를 가늘게 접었다.

상황 파악 완료.

그녀는 빠르게 달려오는 델타의 딱딱한 등껍질을 구름판처럼 밟고 도약했다. 델타가 울부짖으며 점프하자 유림은 그 반동으로 공중에 날아올랐다. 그리고 막 이륙하는 에어쉽 문 사이로 날카롭게 발차기를 날렸다.

"크어억!"

안에서 안도의 숨을 내쉬던 셰인은 그녀의 발에 얻어맞고선 휘청거리며 고꾸라졌다. 그가 허공으로 기우뚱 떨어지자 같이 탄 안드로이드가 그의 몸을 황급히 붙잡았다. 유림은 바닥에 착지하며 아쉽다는 듯 미간을 찌푸렸다.

"젠장, 저 미친년이……."

무식하게 힘만 좋아 가지고! 셰인은 왼쪽 뺨을 부여잡으며 다시 에어쉽 안쪽으로 기어 들어갔다. 그는 부러진 이를 허공에 퉤 뱉으며 창밖에 고개를 내밀고 소리쳤다.

"정유림, 너 미쳤어?"

"닥쳐, 이 개만도 못한 새끼야!"

유림은 나츠의 총을 뺏어 들더니 그를 향해 '탕!' 쐈다. 화들짝 놀란 셰인은 재빨리 문 뒤로 숨었다. 그는 문짝에 정확히 날아와 박힌 총탄을 보고선 침을 꿀꺽 삼켰다. 예상보다 뛰어난 유림의 사격 실력에 나츠는 휘둥그레진 눈으로 그녀를 쳐다보았다.

"운 하나는 더럽게 좋네."

유림은 이를 바득 갈며 멀어져 가는 셰인의 에어쉽을 죽일 듯 노려보았다. 그는 뻥 뚫린 활주로 밖으로 쏜살같이 날아 도망치고 있었다.

피슉.

혼란을 틈타 뭔가가 날카롭게 기류를 갈랐다. 궤도를 그리며 날아간 작은 주사기가 유림의 어깨에 제대로 '콕' 하고 박혔다.

"아야!"

유림은 왼쪽 어깨를 내려다보며 얼굴을 찡그렸다. 밀러가 놀라서 소리쳤다.

"유림!"

주삿바늘을 발견한 그녀는 바로 잡아서 뽑았다. 주사기 내 피스톤이 이미 바늘로 약물을 투입한 상태였다. 붉은 핏방울이 뾰족한

침 끝에 똑 맺힌 채 떨어졌다. 밀러는 피 묻은 바늘 끝을 스마트 워치에 가져다 댔다. 음성 반응으로 파란색 불이 들어왔다. 독은 아니었다. 그는 걱정스러운 눈빛으로 유림의 안색을 살폈다.

"괜찮아?"

"그냥 따끔 정도? 괜찮습니다."

"어디서 날아온 거지?"

"위쪽이었던 것 같은데……."

유림은 하늘 위를 보며 뭔가 이상하다는 듯한 눈빛을 지었다. 세인의 뒤를 따라서 도주하던 상대 에어쉽은 겨우 한 기뿐이었다.

"무슨 약물인지 성분이 정확히 확인되질 않아. 돌아가서 왓슨에게 검진받는 게 좋겠어."

"에덴 타워로요? 거긴 집무관들이 쫙 깔렸잖아요."

유림은 상처에 일단 상비약을 바르며 걱정 말라는 듯 웃었다.

"총탄에 맞은 것도 아니고, 이 정도는 금방 말끔히 낫습니다. 마취제는 아닌 것 같으니 폐쇄 도시에 가서 검진받으면 되겠죠. 것보다……."

유림은 고양이 같은 눈초리를 치켜세우며 홱 돌아섰다. 그녀는 불안한 표정으로 서 있는 나츠에게 소총을 던져 준 뒤, 드레이크를 향해 사뿐사뿐 걸었다. 그의 주변에는 델타들이 원을 그린 채 한데 모여 바닥에 엎드려 있었다.

"못 본 새 우리 부대 식구들이 꽤 늘었네?"

"아, 소위님! 그게 저기……."

나츠는 드레이크를 대신해 변론이라도 하려는 듯 앞으로 튀어나왔다.

"드레이크 씨는, 그게 그러니까……."

유림은 나츠를 무시한 채 드레이크를 빤히 응시했다. 드레이크는 말없이 차분히 서 있었다. 창백한 그의 안색은 긴장한 기색이었다. 엎드린 델타들은 주먹 쥔 그의 양손만 쳐다보며 명령을 기다리고 있었다. 그런 그녀들을 보던 유림의 눈동자가 서서히 일렁였다.

"네 권속이구나."

드레이크의 눈이 흠칫 커졌다. 밀러의 눈초리도 날카롭게 돌변했다. 유림은 허리춤에 있던 칼을 뽑았다. 은색 칼날이 순식간에 그의 턱밑을 겨누며 다가왔다. 드레이크는 곁눈질로 그의 목젖에 닿아 있는 칼끝을 흘끗거렸다. 나츠는 손으로 입을 막은 채 어쩔 줄 몰라 했다.

"델타의 권주가 그간 내 코앞에 있었다니."

유림은 살기를 억누른 채 살며시 미소 지었다. 그녀의 강렬한 눈빛을 홀린 듯 쳐다보던 드레이크는 애써 쓴웃음을 지었다.

"제 권속인 건 맞지만, 제가 만든 건 아닙니다."

"네 권속인데 네가 창조한 게 아니다? 요즘 유행하는 말장난인가?"

유림은 여차하면 그의 목을 벨 기세로 손에 힘을 주며 되물었다.

"대니얼 아브라함."

드레이크의 목소리가 쉰 것처럼 가라앉았다. 그의 눈초리엔 덮을 수 없는 살기가 남아 있었다. 해묵은 감정과 기억 속에 잔존하던 불씨였다.

"스타시티 회장?"

"오래전 그자와 계약을 했습니다."

적대감으로 가득하던 유림의 눈동자가 호수처럼 차분한 파동을 그렸다.

"제 권속을 넘겨주겠다는 내용이었죠."

아브라함은 그의 혈액을 채취했다. 그리고 그것으로 사람들을 감염시키기 시작했다. 처음에는 신경 쓰지 않았다. 델타니 바이러스니, 어차피 자신과는 상관없는 일이라 여기며 외면했다. 하지만 사태는 점차 심각해졌다. 델타라 불린 감염자들은 어느새 세상의 재앙이 되었고, 그녀들의 울음소리는 그의 주변을 떠돌기 시작했다.

"전 현재 권주의 능력을 상실한 상태입니다. 몇 년 전 얼떨결에 치료제를 맞고 말았거든요."

드레이크는 농담을 하듯 웃으며 말했다. 가만히 지켜보던 밀러가 놀란 듯 눈을 크게 뜨며 중얼거렸다.

"방주에 타고 있던 일족 중 마지막 하나가 너였나?"

혼혈이라고 했던가. 노아 말로는 자신과 엘, 케이와 달리 그는 일족의 피를 오롯이 간직한 후손이 아니라고 했다. 피부색도 생김새도 조금씩 달랐지만 신체 능력은 뛰어나다고.

밀러는 드레이크의 권속인 델타를 물끄러미 바라보았다. 확실히 엘과 자신의 권속과는 확연히 다른 모습이었다. 전혀 다른 종류의, 다른 형태의, 다른 성질의 권속.

"낙원에 온 이유는?"

유림이 나직이 묻자 드레이크는 여전히 목에 닿아 있는 그녀의 칼끝을 바라보며 조용히 눈을 감고 대답했다.

"제 권속을 해방시켜 주기 위해서입니다."

드레이크의 발밑에 모여 있는 델타들을 바라보던 유림은 뭔가 떠오른 기억에 미간을 굳혔다.

'델타7: 살육자'

그녀를 마지막으로 처치한 건 드레이크였다. 그는 둥글게 부푼 그녀의 배에 꽂힌 검을 보며 일말의 망설임도 없이 그녀의 목을 베었다. 하지만 누구보다도 안타까운 눈초리를 짓고 있었다. 그 모습이 너무도 인상적이어서 한참 동안 눈을 뗄 수 없었던 기억이 난다.

유림은 드레이크의 얼굴을 뚫어져라 쳐다보았다. 잠시 후 그녀는 그의 목에서 천천히 검을 거뒀다. 그러고는 돌아서서 밀러와 눈빛을 교환하더니 어깨를 으쓱였다.

익명의 과학자 K, 브루클린의 성녀, 헤벨의 함장, 오베론의 수장 그리고 옛 입실론들과 델타의 권주까지.

밀러는 깊은 한숨을 내쉬었다. 한배에 태운 녀석들 하나하나가 언제 터질지 모를 폭탄들이었다.

이미 닻은 올렸다. 그러니 바람을 따라가 볼 수밖에.

밀러가 고개를 끄덕이자 유림은 굳어 있던 드레이크의 어깨를 툭툭 두들겼다. 긴장한 채 있던 그는 크게 심호흡을 하며 눈을 떴다.

"아군이라고 믿어도 되겠나?"

그를 지그시 바라보는 그녀의 눈빛이 진중했다. 드레이크의 시선이 흘끔 나츠에게로 향했다. 그는 피식 웃더니 고개를 숙였다가 들며 끄덕였다.

"드레이크 앤더슨, 현 특별수사대 소속입니다."

그를 물끄러미 보던 유림의 입가에 미소가 떠올랐다. 그녀는 다시 한 번 그의 어깨를 꽉 쥐었다. 긴장이 사라진 그녀의 눈빛엔 신뢰가 깃들어 있었다. 유림은 장난스럽게 턱짓으로 한쪽을 가리키며 입을 열었다.

"저 두 녀석들은 아직 델타에 익숙지 않아서 숨소리만 들어도 경기를 일으키는 수준이니까, 배려 부탁한다."

그녀가 가리킨 쪽에는 커크와 랜스가 델타를 향해 총구를 겨눈 채 이를 꽉 물고 서 있었다. 떨떠름한 표정으로 그들을 보던 드레이크는 '푸흡!' 하고 웃었다. 그러자 옆에 서 있던 유림이 '우리 애들이 웃기냐?'라며 그의 뒤통수를 휘갈겼다. 그녀에게 걷어차이면서도 드레이크는 죄송하다며 웃음을 터뜨렸다. 그런 드레이크를 보며 나츠는 서서히 미소를 지었다.

다행이다.

유림에게 맞으면서도 웃는 드레이크의 모습에 가슴 한쪽이 불편하기도 했지만 정말 다행이었다. 일순 그녀가 그를 적대시하고 공격하지 않을까 두려웠다.

'그런데 중사님께선 어디 계시지?'

드레이크 씨가 소위님하고 저렇게 친밀하게 스킨십하는 걸 보고만 계실 분이 아닌데. 나츠는 걱정스럽다는 표정을 짓다가 쓸쓸한 미소를 머금었다. 또 이런 비겁한 변명에 치졸한 질투를 한다. 나츠 시게노, 언제까지 그럴래?

"아오, 씨! 얘네 왜 자꾸 나한테 오는 건데?"

커크는 총구를 들고 제자리에서 껑충거리며 소리쳤다. 델타들이 엉금엉금 기어 와 그의 주변에서 코를 킁킁거리고 있었다. 키 작은 랜스는 커크의 어깨 위에 매달려서 식은땀을 뻘뻘 흘렸다.

"그녀들도 일단은 여성이라서 여자보다 남자에게 흥미가 많습니다."

드레이크가 별거 아니란 어조로 말하자, 유림은 그렇구나 하며 고개를 끄덕였다. 본인만 귀찮지 않으면 상관하지 않는다는 신조답게 신경도 쓰지 않는 기색이었다.

"떨어져! 확, 그냥! 쏴 버린다?"

커크가 발길질을 하자 델타가 그르렁거리며 송곳니를 드러냈다. 움찔한 커크는 하얗게 질리더니 울상을 지으며 유림을 향해 부리나케 뛰어왔다. 유림은 한심하다는 얼굴로 그를 쳐다보았다.

"이거 놔."

"브루클린의 성녀는 눈 감고도 델타 열 마리를 쓰러뜨린다며? 전설의 성녀님께서 솜씨 좀 발휘해 봐! 자꾸 나만 쫓아온단 말이야."

커크가 징징거리자 유림은 어이없다는 눈빛으로 매정하게 팔을 뿌리쳤다.

"싫어."

"쯧, 이 자리에 애덤슨 중사가 없는 게 다행인 줄 알아라. 중사가 봤으면 벌써 뒈졌다, 너."

밀러의 옆에 딱 붙은 랜스가―저도 무서워서 숨었으면서― 쯧쯧거리며 그를 나무랐다. 유림의 등 뒤에 숨은 커크는 황당하다는 얼굴로 랜스를 노려보며 욕설을 내뱉었다.

"이르면 죽어."

"델타랑 애덤슨 중사 중에 하나만 선택한다면?"

"둘 다 싫어. 둘 다 좆같이 끔찍해."

랜스는 낄낄거리며 배를 잡고 웃었다. 커크는 저 망할 리본 수염을 다 태워 버리겠다고 중얼거리며 이를 바득 갈았다.

"엘 카인, 거기에 있지?"

유림이 나직이 묻자 드레이크는 말없이 고개를 끄덕였다. 유림과 밀러는 무거운 눈빛으로 서로를 쳐다보았다.

"가자, 나츠."

유림은 미궁을 잘 아는 나츠를 앞장세웠다. '엘 카인'이라는 이름에 표정이 어두워진 나츠는 애써 내색하지 않으며 고개를 끄덕였다. 다시 어둠 속으로 향하는 다섯 명의 발걸음이 저벅저벅 움직였다.

건물 사이사이 무너진 잔재 속에 숨어 있던 고스트들은 고개를 빼꼼 내밀었다. 그들은 전투복을 입고 걷는 유림 일행을 바라보며 수군거리다가, 그들의 뒤를 쫓아가는 델타들을 발견하고선 눈이 휘둥그레 커졌다.

. . .

기다리던 손님이 도착했다.

케이는 코어의 조명을 환하게 밝히고 상대를 맞이했다. 그의 얼굴을 본 조셉은 한 방 먹었다는 표정으로 헛웃음을 지었다.

"자네였군. 익명의 과학자 K. 케이…… 케이 애덤슨 중사…… ."

평소 기자를 연기했던 조셉의 깐족대는 말투가 아니었다. 아브라함 회장 본연의 말투다. 조셉은 중앙 동력 장치를 보더니 박수를 치며 감탄했다. 그는 내부를 한 바퀴 빙그르 둘러보며 코어를 느긋하게 감상했다.

"그래서, 의원들은 어찌 됐나?"

케이는 동력 장치 밑에 위치한 융합기를 가동시켰다. 긴 원통으로 된 푸른 관이 은은한 빛을 뿜으며 모습을 나타냈다. 관 속에는 액체가 담겨 있었고 그 안에는 기포 같은 게 보글거리며 떠 있었다. 여덟 명의 의원들의 뇌가 합쳐진 의식체였다. 조셉은 홀린 듯한 표정을 지었다. 케이가 빙긋 웃으며 설명했다.

"집단 지성의 구현이랄까요?"

"한층 더 고차원적인 영체 같은 건가? 사고 의식은 어떻게 작용하지?"

"저들은 현재 왓슨 3세에게 흡수된 상태입니다. 독립적인 사고를 하지만 왓슨의 지시하에 움직이고 있죠."

"그럼 만약 내가 왓슨 3세를 갖게 된다면 저들도 내 밑으로 오게 되나?"

"물론입니다."

케이는 융합기 앞으로 다가가더니 의원들 쪽으로 고개를 까닥하며 물었다.

"직접 대화를 나눠 보시겠습니까?"

"평의원들과?"

"정확히 말하면 평의회죠. 이제 그들은 개개인이 아닌 하나의 기구, 하나의 의식체로서 존재하니까요."

조셉은 고민했다. 반신반의하는 눈치였다.

"이쪽으로."

케이가 유혹하듯 손짓했다. 조셉은 멍한 눈길로 융합 장치를 쳐다보았다. 컴퓨터로 뇌 이식을 한 그와 달리 실제 뇌를 융합해서 의식체로 합친 결과물이라니, 궁금해서 참을 수가 없었다.

케이는 그런 그를 보면서 여유롭게 기다렸다.

호기심. 인간은 그놈의 호기심 때문에 모든 걸 시작한다. 진화의 시작도, 멸망의 방아쇠도 모두 인류의 호기심이란 녀석 때문이다.

조셉은 아까 의원들이 누워 있던 캡슐 안에 눈을 감고 누웠다. 유리관이 융합 장치 쪽으로 이동해 다가왔다. 캡슐 안 침대가 60도 가까이 일어서고 그의 뒷목 쪽으로 융합기의 단자가 다가왔다.

조셉이 흠칫 놀라 고개를 들었다.

"코어에 접속할 겁니다. 그 몸도 안드로이드죠? 오히려 잘됐습니다. 인간의 몸이었다면 하기 힘든 경험이었을 테니까요. 왓슨 3세와 조셉 에반스를 연결시키겠습니다."

아브라함은 벼락에 감전되는 듯한 충격을 느꼈다. 조셉 에반스의 신체를 통해 모든 감각이 생생하게 전해졌다.

블랙홀을 넘어가듯 까마득한 통로가 보였고, 그 끝에는 빛의 물결이 존재했다.

굽이치는 빛의 파도는 왓슨 3세였다.

수많은 빛의 기호로 이어진 수면 속에 거대 해파리처럼 둥둥 떠다니는 의식체가 하나 있었다. 실타래처럼 엉킨 빛 덩어리는 평의원들의 의식이 혼재된 집합체였다. 그들은 잠이 든 채, 나무뿌리처럼 얽힌 뇌수를 녹이며 완전한 하나로 굳어지고 있었다.

눈을 뜬 조셉은 몸을 벌떡 일으켰다. 말문이 막혔다. 어떻게 이런 시도가 가능하지? 뇌를 전산화해서 컴퓨터로 이식하는 점에서는 자신과 다를 바 없었다. 하지만 저들은 여덟이었다. 여덟 명의 의식을 하나로 뭉쳐 새로운 자아를 탄생시키다니!

안드로이드인 조셉의 몸은 침착했지만 위즈덤의 큐브 홀에 있는 그의 의식은 경련을 일으키며 흥분하고 있었다.

이건 신세계다.

"왓슨 3세의 관리자 권한, 스마트 더스트의 전권. 로스트 헤븐의 시스템 자체를 원한다."

"이건 거의 갈취에 가까운데요?"

케이가 난처한 기색을 보였다. 보아하니 호락호락 넘겨줄 기색이 아니었다. 조섭은 어쩔 수 없다는 표정으로 입을 열었다.

"정 소위는 지금쯤 어쩌고 있으려나?"

유림의 이야기가 나오자 차분하던 케이의 눈동자가 흔들렸다. 무슨 이야기를 하는 거지? 상대가 안드로이드이다 보니 머릿속을 들여다볼 수가 없다.

"지하 미궁을 통해 폐쇄 도시로 간 것 같더군. 가는 길에 미들 타운도 들렀고. 지금 그녀의 상태가 어떤지는 좀 알고 있나?"

"상태?"

"오호, 전혀 모르고 있나?"

조섭의 입가에 사악한 곡선이 걸렸다. 케이는 불길한 예감이 들었다. 낙원에 온 걸 들킬 거라고는 예상했지만 실시간으로 그들의 이동 경로까지 체크당할 줄은 몰랐다.

케이는 헤벨에서 준비해 온 긴급 연락용 수신기를 꺼냈다. 조섭이 그건 뭐냐는 표정으로 쳐다봤지만 그는 개의치 않았다. 어차피 다 들킨 마당에 뭘 숨기겠나 싶었다.

밀러는 그의 연락을 기다리고 있었다. 그는 다급한 목소리로 긴급 상황이라며 영상 하나를 송신했다. 손바닥보다 작은 원형 수신기에서 홀로그램 영상이 부연 빛으로 흘러나왔다. 허공에 뜬 영상을 보던 케이의 표정이 굳었다.

유림이 몸부림치며 악다구니를 지르고 있었다. 그녀는 전투복에 찬 검을 뽑아 들더니 정면에 서 있던 밀러를 향해 휘둘렀다. 밀러의 옆구리를 스친 검에서 피가 뚝뚝 떨어졌다. 옆에 있던 랜스와 커크가 몸을 날려 그녀를 막기 시작했다. 밀러는 옆구리를 움켜쥔 채 당혹스러운 얼굴로 유림을 바라보았다. 커크와 랜스까지 주먹질로 날려 버린 그녀는 결국 진정제를 투여받은 후에야 풀썩 쓰러졌다.

"저런, 생각보다 상태가 심각하군. 자기 동료들까지 공격할 줄은 몰랐는데."

조셉이 혀를 끌끌 차며 말했다. 송신기를 움켜쥔 케이는 숨이 멎은 듯한 표정이었다.

"그녀에게 무슨 짓을 한 거지?"

어둠에 잠긴 행성처럼 고요한 눈이 물었다. 장난을 치던 조셉의 웃음이 뚝 그쳤다. 그는 휘둥그레진 눈으로 머리를 긁적이더니 진지한 표정으로 물었다.

"그게 자네의 본모습인가?"

케이의 눈동자가 암적색으로 가라앉았다. 무표정한 얼굴은 감정 없이 차분해 보였지만 모든 인내심을 최대한 동원해 분노를 억누르는 중이었다.

"알고 있는지는 모르겠지만 나는 두 번 묻는 걸 아주 싫어해. 유림에게 무슨 짓을 했어?"

조셉은 케이를 지그시 바라보았다. 이와 비슷한 느낌을 받은 적이 있었다. 안드로이드를 통해 대화하고 있음에도 시공간을 넘어 느껴지던 두려움과 공포, 영혼이 사로잡히는 듯한 불가항력의 힘.

그때와 아주 흡사했다. 경외라는 걸 처음 알려 준 그와의 만남과.

"알파가 말한 동족 중 하나가 너였군."

"벌써 세 번째 질문이야, 대니얼 아브라함."

케이의 동공이 한층 더 붉어졌다. 위험한 적신호였다.

"그녀에게 무슨 짓을 했어?"

조셉은 가볍게 웃더니 알았다는 표시로 고개를 끄덕였다. 이거원, 남 이야기에는 관심도 없군. 정유림, 그 여자에게만 반응을 보이는 건가?

"내 주특기가 원래 약물 제조거든? 예전에 엔젤 키스라는 걸 만든 적이 있었는데, 어떤 녀석이 그걸 기가 막히게 인용해서 더 기가 막힌 걸 만들어 냈지 뭔가? 어떻게 그걸 사람 뇌파에 직접적으로 적용할 생각을 한 건지 모르겠지만 입이 안 다물어지더군."

"……."

"드리밍 플라워. 자네가 만든 그 아름다운 테크놀로지를 말하는 걸세. 보면 볼수록 감탄할 수밖에 없는 기술이더군. 과학, 철학, 미학이 함께 버무려져 있어. 자네가 만든 것들은 하나같이 그래. 과학보단 예술에 가깝지."

조셉은 케이의 어깨 너머를 바라보며 웃었다. 그의 눈길엔 푸르게 빛나는 동력 장치가 담겨 있었다.

"그 완성체가 바로 왓슨 3세고."

케이는 천천히 그의 멱살을 놓았다. 그의 동공이 동요로 물결치듯 일렁이고 있었다. 그러니까 저 녀석이 유림에게 쓴 약물의 기반이 드리밍 플라워와 엔젤 키스란 말인가?

조셉은 반복해서 재생되는 영상 속의 유림을 힐끔거리며 피식 웃었다.

"자네와 나의 첫 번째 합작이야. 좀 더 감탄해 줬으면 좋겠는데."

창백한 얼굴로 울부짖는 그녀의 눈동자는 충혈된 채 초점이 없었다. 울음을 터뜨리며 칼을 휘두르는 모습은 분명 평소 그녀의 모습이 아니었다.

케이의 눈동자가 흐릿하게 젖었다. 지나가듯 읽은 수많은 책에서 충고했다. 죄는 굴레가 되어 돌아오고, 네 손에 묻은 피는 네 사랑하는 이의 피를 보게 하리라.

하지만 과거의 그에게 그런 교리 따위가 눈에 들어올 리 없었다. 복수의 칼을 움켜쥔 이들은 대개 잃을 것이 없는 자들이다. 자신이 만든 칼날이 그녀의 목을 겨누게 될 줄 알았더라면 차라리 양손을 잘라 버릴지언정 절대 만들지 않았을 것이다.

"자, 다시 협상을 해 볼까, 아담 페트로비치 군?"

조셉은 신이 난 아이처럼 웃었다. 케이는 목울대를 울렁이며 이를 악물었다. 머릿속으로 순식간에 모든 경우의 수를 떠올렸지만 답은 하나였다.

유림의 안위를 두고 저울질은 불가능하다.

"왓슨 3세를 넘기면 유림은?"

"중화제를 주도록 하지. 빨리 진정시키는 게 좋을 거야. 계속 발작을 일으키면 돌이킬 수 없게 될 테니."

"약조하는 건가?"

조셉은 개구진 눈웃음으로 피식 웃었다.

"이래 봬도 장사꾼으로서의 프라이드는 있네. 믿거나 말거나 고객과의 약속은 절대 어긴 적이 없거든."

케이는 선뜻 승낙하지 못했다. 그가 생각에 잠긴 사이, 왓슨 3세가 제복을 입고 나타났다. 사랑스러운 소녀의 형상을 한 그녀를 보며 조셉은 신기한 듯 눈을 크게 떴다. 그녀는 홀로그램 영상으로 부유하듯 다가와 두 사람을 쳐다봤다. 케이는 차마 그녀를 바라보지 못한 채 손으로 이마를 짚었다.

– 괜찮습니다, 마스터.

왓슨은 이브를 닮은 얼굴로 말갛게 웃었다. 아직 아무런 말도 하지 않았는데, 그녀는 이미 각오한 눈빛으로 담담히 말했다. 케이의 눈시울이 붉어졌다.

– 아가씨를 구해 주세요.

타이탄에게서 넘겨받은 메모리가 그녀의 회로를 번뜩이며 스친 것일까? 유림을 '아가씨'라 칭한 왓슨은 미소를 머금은 채 고개를 끄덕였다.

그럴 리 없겠지만 이 순간 왓슨의 '마음'이 느껴졌다. 케이는 슬픈 눈빛으로 그녀를 응시했다.

"왓슨."

– 네, 마스터.

조셉은 기대 어린 눈동자로 흥분한 표정을 지었다. 짜증이 솟구쳤지만 케이는 냉정을 되찾은 얼굴로 입을 열었다.

"이 시간 이후, 로스트 헤븐의 관리자 권한을 알렉스 아브라함에게 이임한다. 내 명령하에 실행된 지난 모든 프로세스와 로그를 삭제하고 남아 있는 기밀문서는 복구 불가하게 폐기하도록."

왓슨은 고요히 눈을 감았다.

– 알겠습니다.

눈을 뜬 그녀는 잠시 케이를 응시했다. 둘의 눈빛이 허공에서 얽혔다. 케이가 살짝 고개를 끄덕이자 왓슨의 입가에도 옅은 미소가 고였다. 그녀는 마지막 인사를 위해 허리를 깊이 숙이며 말했다.

– 그동안 감사했습니다, 마스터.

허공에 관리자 센터창이 열렸다. '아담'이 입력되어 있던 관리자 이름 칸이 '알렉스 아브라함'으로 변경됐다. 조셉은 뒷짐 진 채 싱글벙글 웃음꽃을 피웠다. 케이는 그런 그를 뒤로한 채 출구를 향해 뚜벅뚜벅 걸어갔다.

"정 소위는 위즈덤으로 직접 데려와! 중화제는 거기서 주도록 하지."

조셉은 그의 등에 대고 소리친 뒤 피식거리며 양손을 비볐다.

"자, 그럼 뭐부터 하면 좋을까?"

– 죄송하지만 관리자 권한 발동은 알렉스 아브라함 본인만 가능합니다. 조셉 에반스는 안드로이드 기체이기 때문에 명령을 내릴 수 없습니다.

그는 아쉽다는 표정을 지었다.

"06번을 불러 와야겠군. 일단 조셉을 융합기에 연결시켜서 왓슨 3세 본체에 날 이식시키는 작업부터……."

조셉은 무아지경에 빠진 채 부산스럽게 떠들어 댔다. 출구로 나가던 케이는 그런 그를 향해 흘끗 눈초리를 던졌다. 조셉의 뒷모습을 노려보던 케이는 헤벨과 연결된 수신기를 꺼냈다.

– 본함 지휘 본부다.

호크의 굵은 목소리가 들려오자 그는 통로를 걸으며 낮게 속삭였다.

"요한에게 연락할 방법 좀 찾아 봐."

– 요한 제이콥스 말입니까?

"유림이 약물을 맞았어. 위즈덤 본사에서 중화제를 찾아야 돼. 그리고 럼스펠드 대위 위치 추적해서 알려 주고."

– 럼스펠드 대위는 낙원 내에서 함께 움직이고 있는 것 아니었습니까?

"그런 줄 알았는데 독자적으로 움직이고 계시더군."

- 그렇군요……. 알겠습니다. 이쪽에서 움직여 보죠.

통신을 종료한 케이는 에덴 타워 옥상으로 나왔다. 하늘에서 에어쉽 하나가 반짝이며 날아오는 게 보였다. 그는 허공을 향해 가볍게 뛰어내렸다. 그러자 하얀 에어쉽이 쏜살같이 다가와 그를 낚아채듯 태웠다. 에어쉽 천장 위로 유연하게 착지한 케이는 몸을 낮추고 무릎을 굽혔다.

- 돌아오셔서 기쁩니다, 중사님.

"그래."

반갑게 안부를 주고받을 겨를이 없었다. 케이의 침묵으로 분위기를 파악한 리사는 빠르게 보고부터 올렸다.

- 헤벨의 아벨로부터 수신받은 좌표입니다.

"어디야?"

리사가 띄운 좌표는 근방이었다. 케이는 서늘한 눈으로 앞을 응시했다. 그의 붉은 동공이 아까부터 꾹꾹 눌러 온 분노로 점철된 채 타오르고 있었다.

그는 기류 속에 움직이는 먼지 하나조차 놓치지 않을 기세로 눈썹을 치켜세웠다. 투명한 공기 속에 불가시 모드로 변한 아크레인이 물 흐르듯 움직이며 모습을 숨기고 있었다.

- 거리 2, 두 시 방향입니다!

리사의 말이 떨어지기 무섭게 에어쉽 천장에 서 있던 케이가 거꾸로 제비 돌며 날아올랐다. 중력을 무시한 움직임은 인공지능인 리사가 봐도 불가사의했다. 그는 허공에서 반 돌며 아무것도 없는 상공에 '쿵!' 하고 착지했다. 충격에 놀란 아크레인이 흔들리면서 불가시 모드를 해제했다.

– 애, 애덤슨 중사?

당황한 럼스펠드 대위의 목소리가 울려 퍼지자, 케이는 미끄러지듯 은색 기체의 옆면을 타고 내려가 매달렸다. 그의 손이 오른쪽 문짝을 잠자리 날개처럼 '부욱' 뜯어냈다.

안쪽에서 "으악!" 소리가 들려왔다. 경악한 럼스펠드가 조종석에 탄 채 눈을 휘둥그레 뜨고 있었다.

"대, 대기 중인데 무슨 일이라도?"

케이는 무표정한 얼굴로 그를 뚫어져라 응시했다. 럼스펠드 대위는 불안한 얼굴로 "대체 무슨 일인데 그래?"라고 물으며 허리춤에 찬 총을 움켜쥐었다.

그를 물끄러미 바라보던 케이는 몸을 숙인 채 성큼 안으로 들어왔다. 조종석 밑에서 굴러다니는 가스총 하나가 보였다. 보통 가스 압력으로 마취제나 약물이 든 피하주사기를 발사시킬 때 쓰는 총이었다. 분노로 서늘해진 주먹에서 '으득' 소리가 새어 나왔다.

위험을 감지한 럼스펠드는 재빨리 총구를 들고 방아쇠를 잡아당겼다. '우직' 하며 콧등과 뺨을 스치는 바람이 일었다. 깜짝 놀란 럼스펠드는 동그란 눈으로 허공에서 반토막 난 총구를 응시했다.

케이는 들었던 팔을 내려놓으며 손에 움켜쥔 총구를 바닥에 버렸다. 좌르르 가루가 되어 쏟아지는 쇳덩이를 보며 럼스펠드는 하얗게 질린 얼굴로 고개를 들었다. 그와 눈이 마주친 케이는 표정 없던 입매를 짜증스럽게 웃으며 뒤틀었다.

"잡았네, 위즈덤의 쥐새끼."

· · ·

3층 복도 끝에 위치한 유리 벽 너머의 방. 어둠이 내려앉은 그곳에 엘 카인은 잠든 듯 누워 있었다.

'어쩌다가 이 지경이 됐냐, 엘?'

밀러는 사지가 뭉뚝 잘린 그의 네모난 몸뚱이를 응시하며 한숨을 내쉬었다. 갈비뼈가 툭 튀어나오고 볼이 팬 그는 앙상하게 마른 상태였다.

처음부터 죽고 못 사는 형제애 따윈 없었다. 우주 만물의 창조주인 질서와 혼돈처럼 두 사람은 태어날 때부터 판이하게 달랐다. 그래서인지 오히려 서로를 경멸하는 쪽에 가까웠다. 일족에서도 드물다는 쌍둥이. 그럼에도 그들은 서로를 등에 붙은 종기처럼 떼어내지 못해 안달이었다.

돌아선 밀러는 괴로운 듯 벽을 짚었다. 미워도 피붙이였고 아무런 감정이 없다 한들 완전한 타인으로 치부할 수 있는 건 아니었다.

그를 지켜보던 밧세바는 다가와서 어깨를 다독이며 그를 위로했다. 밀러는 창백한 얼굴로 몸을 구부정하게 숙인 채 물었다.

"유림은요?"

"반즈 박사와 함께 있소. 상처는 좀 괜찮으신게요?"

밧세바가 그의 옆구리를 살피며 걱정스러운 눈빛을 지었다. 밀러는 벌써 다 아물었다는 표정으로 빙긋 웃었다. 밧세바는 헛웃음을 지었다. 이 남자가 엘 카인과 형제라는 것을 잠시 잊었다.

"그나저나 정 소위는 왜……."

밧세바는 말끝을 흐리며 밀러의 눈치를 봤다. 그는 계단을 내려가며 착잡한 표정을 지었다.

폐쇄 도시로 오는 와중 유림의 상태는 급속도로 나빠졌다. 어지럼증을 호소하던 그녀는 급기야 바닥에 주저앉더니 구토를 하기 시작했다. 식은땀을 뻘뻘 흘리며 머리가 쪼개질 듯 아프다고 흐느꼈다. 부축을 받아 간신히 이곳까지 온 그녀는 밧세바와 읍실론들 그리고 반즈 박사를 보자마자 비명을 내질렀다. 그리고 별안간 돌변해서 모두를 공격하기 시작했다.

진료실 앞에는 커크와 랜스가 초조한 얼굴로 서 있었다. 그 옆에는 나츠와 드레이크도 대기 중이었다. 귀퉁이가 부서진 문이 벌컥 열리고 하얀 가운을 입은 반즈 박사가 걸어 나왔다. 모두가 긴장한 채 그녀를 쳐다보았다. 그녀는 어두운 낯빛으로 입을 열었다.

"이브…… 아니, 소위님은……."

반즈 박사의 시선이 흘끗 밀러를 향했다. 입을 옴짝거리던 그녀는 그에게 눈짓으로 따라오라는 신호를 했다. 밀러가 고개를 끄덕이며 진료실 안으로 따라가자 커크는 "아오!" 하고 벽에 머리를 박았다.

"답답해 죽겠네! 그냥 말해 주면 덧나냐?"

한숨을 내쉰 랜스는 걱정스럽다는 표정으로 말했다.

"아까 유림이 맞은 가스총이 원인 아닐까?"

"나도 그런 것 같긴 한데, 걔한테는 원래 웬만한 마취제나 수면제는 먹히지도 않잖아."

커크의 말에 랜스는 양 갈래 콧수염을 만지작거리며 "그렇긴 하지……." 하고 중얼거렸다.

"처음부터 유림을 노리고 초강력 약물을 준비했다든지 한 건 아니겠지?"

"설마…… 녀석들이 유림의 몸에 대해 어떻게 알고 그랬겠어? 아니, 애초에 우리가 로스트 헤븐에 잠입한 것도 몰랐을 텐데."

"몰랐을까? 내부 스파이, 아직 잡지 못했잖아."

커크와 랜스는 께름칙한 표정으로 서로를 응시했다.

유림은 창백한 얼굴로 잠들어 있었다. 반즈 박사는 곱슬곱슬한 갈색 머리를 하나로 묶으며 그녀의 체온을 쟀다.

"상태가 좀 어떻습니까?"

"급성 약물 중독이에요. 아까 미들 타운에서 주사기를 맞았다고 했죠? 피검사를 해 보니 검출된 약물 성분이 낯익더군요. 과거에 비슷한 걸 본 적 있어요. 증상도 아주 흡사하고요."

반즈 박사는 망설이다가 조심스럽게 물었다.

"혹시 엔젤 키스라고 아시나요?"

"유림의 몸에 주입된 게 엔젤 키스입니까?"

"훨씬 더 강력한 거예요. 엔젤 키스와 비슷하지만 업그레이드 버전이랄까요?"

엔젤 키스는 군에서 은밀히 사용하는 고문용 약물이었다. 이걸 맞고 제정신으로 돌아온 녀석은 없었다. 그런데 그보다 더 강력한 물질이라니, 제정신일 리가 없었다.

"환청부터 시작해서 환각을 보게 되고, 종국에는 정신분열을 일으키게 되죠. 난폭한 행동이 잦아지면서 주변 사람을 못 알아보는 경우도 생기고요."

밀러는 초조해진 듯 자리를 서성였다.

"드리밍 플라워가 나온 이후 뇌파에 직접 영향을 가하는 형식의 환각제가 유행했어요. 보통은 가스 형태인데 이건 액상인 걸 보니 중화제가 있을 거예요. 그것만 주입하면 괜찮아질 텐데……."

"중화제만 있으면 되는 거군요."

"문제는 쉽게 제조할 수 있는 게 아니라는 거죠. 성분 분석이 끝났다 해도 제조 포뮬라부터 시작해서 임상 실험까지 거치려면 많은 시간이 필요해요. 그래서 대부분의 약물 제조자들은 중화제도 함께 가지고 있는 경우가 많아요."

"알겠습니다. 중화제는 제가 방법을 찾아보죠. 박사님은 유림의 곁에 있어 주십시오."

반즈 박사는 걱정스러운 눈빛을 지었지만 아무것도 묻지 않은 채 고개를 끄덕였다. 밀러는 고개를 꾸벅인 뒤 문을 닫고 나갔다.

고요한 방에 혼자 잠들어 있는 일은 익숙했다. 눈을 뜨면 하얀 방에는 항상 혼자였고, 대부분의 연구원들은 스피커를 통해 말을 건넸다. 우리에 갇힌 원숭이처럼 늘 관찰하는 타인의 시선이 느껴졌다. 그중에서도 제일 불쾌한 사람은 단연코 그 남자였다.

— 안녕, 이브? 오늘은 무슨 꿈을 꿨니?

카리브 해처럼 파란 눈동자가 비릿하게 웃으며 물었다. 그녀는 소름 끼친다는 듯 뒷걸음치며 몸을 끌어안았다. 하지만 팔다리는 수갑이 채워진 채 실험대 위에서 꼼짝도 할 수 없었다. 그의 커다란 손이 시야를 덮으며 다가오자 그녀는 눈을 질끈 감았다.

'내 몸에 손대지 마!'

유림은 식은땀을 흘리며 몸을 벌떡 일으켰다. 눈을 껌뻑이자 흐릿한 시야가 점차 또렷하게 초점이 맞춰졌다.

"정신 들어요? 몸은 좀 어때요?"

하얀 가운을 입은 연구원이 다가오며 물었다.

"좀 어지럽죠?

여자가 친절하게 웃으며 물었다. 유림은 그녀와 눈을 빤히 마주쳤다. 어디서 본 듯한 얼굴의 여자는 억지로 웃고 있었다. 유림은 그녀의 손에 든 주사기를 보고선 방어적으로 몸을 뒤로 젖혔다.

하얀 주사기. 그녀에겐 아주 익숙한 것이었다. 저걸 맞으면 끝없는 악몽을 꾸거나 끔찍한 지옥 불을 경험하게 된다.

"영양제예요. 팔 좀 내밀어 볼래요?"

거짓말이야, 믿으면 안 돼! 알잖아, 저걸 맞으면 온몸이 불에 타는 듯 뜨거워지고 며칠간 고통에 펄쩍펄쩍 뛰게 될 거야.

머릿속에서 속삭이던 소녀가 등을 떠밀 듯 소리쳤다.

'도망쳐, 이브!'

침대에서 내려온 유림은 연구원을 퍽 밀치며 문을 열었다. 뒤에서 그녀가 자신의 이름을 외치는 게 들렸다.

비상 전등이 켜진 복도를 달렸다. 힘없는 다리를 지탱하고자 발가락 끝에 잔뜩 힘을 주었다. 파지직거리며 전깃불이 번쩍였다. 어둠 속에서 얼굴 하얀 여자들이 놀란 눈을 하고 나타났다. 엘 카인, 그 자식의 추종자들이다.

"꺄아아악!"

여자들이 넘어지며 비명을 질렀다. 계단에서 보초를 보던 실비아와 드레이크가 뛰어왔다.

"무슨 일입니까?"

"저, 정 소위가……."

웁실론들은 몸을 일으키며 어둠 속을 가리켰다. 유림이 비틀거리며 달려가고 있었다. 드레이크가 뒤를 쫓았다. 그는 휘청대는 유림의 꽁무니를 금방 따라잡았다.

"소위님! 정신 차리십시오!"

"이거 놔!"

"으윽!"

명치를 퍽 가격당한 드레이크가 자리에 주저앉으며 끙끙댔다. 뒤늦게 따라온 나츠는 드레이크를 부축하며 유림을 쳐다보았다. 순식간에 드레이크를 제압한 그녀의 실력은 역시 대단했다. 유림은 창백한 얼굴로 나츠를 쳐다보더니 다시 겁에 질린 듯 도망가기 시작했다.

"소위님!"

넘어질 듯 위태롭게 뛰어서 도달한 곳은 어둠이 자욱한 복도의 끝이었다. 이마와 관자놀이에 맺힌 땀을 손등으로 닦았다. 낡은 환자복을 입은 몸에 한기가 스며들었다.

'여기가 어디지?'

머릿속에 울려 퍼지던 목소리가 잠시 잦아들었다. 유림은 두통에 미간을 찌푸렸다. 눈두덩이 불타는 듯 뜨거웠다.

애쉬드 블론드의 그 남자가 실험실에 오는 날이면 반드시 악몽을 꿨다. 그가 연구소에 도착하면 본능적으로 알 수 있었다. 그에게서는 특유의 불쾌한 냄새가 났기 때문이다. 그의 추종자들은 그것을 '페로몬'이라고 불렀다. 이성을 유혹하는 향기라고. 그 말을 들은 그녀는 혐오스럽다는 표정으로 우엑 하며 혀를 내밀었다.

그런데 그 향이 여기서도 느껴졌다. 멍한 눈으로 두리번거리던 유림은 끈적끈적한 열기가 새어 나오는 문틈을 응시했다. 그녀는 홀린 듯한 눈초리로 문을 열고 안으로 진입했다.

비릿한 냄새가 코를 찔렀다.

"어서 와, 이브."

어둠 속에 누워 있던 형체가 석고처럼 꼼짝도 하지 않은 채 입을 열었다. 남자는 가자미처럼 눈을 움직여서 흘끔거렸다. 눈초리를 휘는 그의 시선이 느껴졌다. 몸도 움직이지 못하는 주제에 그는 뭐가 그렇게 신났는지 실룩거리며 웃고 있었다.

"오랜만이야."

그도 그녀를 기다리고 있었다. 서로의 냄새를 맡은 거다. 유림은 주먹을 쥔 채 그를 노려보았다.

동정이란 게 어울리지 않는 남자였다. 어둠을 먹고 자라는 해초처럼 그의 내면에는 닿을 수 없는 깊이의 늪이 자리하고 있다. 그 속에 한번 삼켜졌다가 기어 나온 그녀로서는 그와 같은 공간에 서 있는 이 순간마저 고통스럽고 숨이 막혔다.

"참 재밌지? 우리 입장이 이렇게 뒤바뀌다니."

"……."

"그날 공중 정원에서 널 보자마자 눈치챘어야 했는데…… 이렇게 가까이 있었을 줄이야."

그는 아쉽다는 듯 중얼거렸다. 제인 왓슨인 척 연기하던 모습의 그녀에게서 뭔가를 느꼈던 건 사실이었다. 그때 낚아챘더라면 케이에게 뺏기지 않았을지도 모르는데.

"역시 네 본질을 꿰뚫어 볼 수 있는 건 나밖에 없어."

유림은 무표정한 얼굴로 그를 응시했다.

구역질이 났다. 녀석이 자신에 대해 잘 안다는 듯 지껄이는 게 참을 수 없이 화가 난다. 매일 저런 눈으로 실험실에 갇힌 그녀를 쳐다보곤 했다. 욕정에 물든 눈으로 아름다운 예술품을 감상하듯이. 그리고 그때와 똑같은 눈초리로 지금 또 자신을 훑어보고 있었다.

그래, 어디 다시 한 번 지껄여 보시지. 그 입꼬리를 찢어 놔 줄 테니. 그의 말대로 두 사람의 입장은 이제 정반대였다. 사지가 없는 이 남자는 더 이상 아무런 짓도 할 수 없다.

"내 본질이 뭔데?"

"넌 모든 수컷들이 잃어버린 그들의 일부야. 아름다운 절망. 모두가 널 원하지만 넌 누구의 갈증도 축여 주지 않거든."

그가 새하얗게 웃었다. 거무튀튀해진 피부 위로 하얀 이를 드러내며, 그녀에게 있어 '절망'의 상징이었던 카리브 해의 눈동자를 빛내며.

무서워할 필요 없다. 지금의 이 남자는 나약하다. 언제든 끝내 버릴 수 있을 만큼.

"이브도 그렇게 웃을 줄 알게 되었구나."

경멸 어린 눈초리로 쿡 조소를 그리던 유림은 바로 정색했다. 그와 그녀 사이에 남은 건 악몽뿐이었다. 절망에는 색이 없다. 혼자 멋대로 미화하며 색칠한 기억에 이 남자는 역겨운 추억 놀이를 하고 있었다.

"인정하기 싫겠지만 넌 나와 아주 비슷해. 우리는 주변 사람들을 미치게 하거든. 난 말이야, 아주 공들여서 네게 나를 묻혀 놨어. 설령 내가 죽는다 해도 네 영혼에 들러붙은 나의 흔적까진 지울 수 없을걸?"

"시끄러워."

"나는 점점 더 깊게 널 잠식할 거야. 우리들이 진정 하나가 되는 건 수면 밑에 위치한 네 깊은 구렁 속이 되겠지. 거기서 난 너를 아주 천천히 탐할 거야."

그는 움푹 팬 뺨 위로 실성한 듯 웃었다. 메마른 눈빛이 희번덕거리고 있었다. 귀공자처럼 아름답던 외모는 어디 가고, 추악한 몰골에 시큼한 냄새를 풍기는 남자가 되었다. 저런 모습이 되어서까지 자신에게 집착하는 그가 소름 끼쳤다.

"지금 내 모습은 바로 너야. 헐벗고 광기에 미친 가련한 영혼. 네가 그렇게 날 쳐다보는 것처럼 다른 이들도 널 그렇게 본다는 걸 알아? 우리는 닮았어. 그만 인정해! 우린 닮았다고!"

가까스로 붙잡고 있던 끈이 탁 풀리는 걸 느꼈다. 눈앞에서 번쩍하고 불꽃이 튀었다. 이성을 잃고 눈이 뒤집힌 유림의 손이 그의 목덜미를 향해 뻗어 나갔다.

목을 졸랐다.

눈 밑 근육이 뒤틀릴 때까지 팔에 힘을 주었다. 핏대가 서고 눈알이 터질 듯 부풀어도 그는 웃음을 잃지 않았다. 오히려 희열에 찬 것처럼 보였다.

"이브, 너의 구렁엔…… 나…… 밖에 없어…… 그렇…… 지?"

"닥쳐!"

유림은 씩씩대며 그의 입안에 주먹질을 했다. '으득' 하고 턱뼈가 으스러지는 소리가 났다. 턱이 부서진 그는 입을 쩍 벌린 채 신음을 흘리며 경련을 일으켰다. 그 뒤로 얼마나 더 많이 때렸는지는 기억조차 나지 않았다.

복도에서 그 광경을 지켜보던 유메는 놀란 채 굳은 눈을 껌뻑였다. 유림이 칼을 쥔 손을 무자비하게 휘두를 때마다 붉은 피가 사방으로 분수처럼 튀었다. 유리창에 차락차락 흩뿌려지는 핏줄기는 어느 공포영화의 장면보다도 잔인했다.

유메는 황급히 부유 체어를 돌렸다. 누군가를 불러와야 했다. 그녀는 저곳에 들어갈 수 없었다. 저곳만큼은 자신이 들어갈 수 있는 공간이 아니었다. 부리나케 아래층으로 날아온 유메는 진료실 앞에 있던 밀러와 밧세바를 만났다.

"그게 무슨 소리야?

유메는 황망한 얼굴로 더듬더듬 설명했다. 스스로 울먹이고 있다는 사실도 알지 못했다. 밀러와 밧세바는 차근차근 말해 보라며 그녀를 진정시켰다.

"에, 엘 카인이 칼에…… 정 소위가 엘 카인을…….”

유메는 끅끅거리며 두서없이 말을 이었다. 밀러는 단박에 사태를 직감했다. 돌아선 그의 모습이 허공 사이로 유령처럼 사라졌다. 밧세바는 나츠에게 유메를 맡기고 계단 쪽으로 향했다. 절뚝절뚝 걸어가는 그녀의 뒷모습을 보며 유메는 나츠에게 안겨 울었다.

"울지 마, 유메. 괜찮아, 내가 있잖아…….”

"나츠, 나츠…….”

그녀는 '으앙' 하고 울음을 터뜨렸다. 평생 동안 원하던 장면을 목격했는데 그 심정은 끔찍하기 짝이 없었다. 괴로워, 나츠. 너무 괴로워. 나츠의 눈시울도 덩달아 붉어졌다.

다른 사람은 몰라도 그는 유메를 이해했다. 그토록 증오하던 인간이었는데 어찌하여 그의 죽음에 이리도 가슴이 저려 오는 것일까? 고작 이런 최후나 보여 주려고 우리를 버렸단 말인가? 가슴에 구멍이라도 난 것처럼 공허함이 밀려왔다. 허탈한 기분에 눈물이 쏟아졌다. 두 사람은 처음 미궁에서 나왔던 그날처럼 서로를 끌어 안고 흐느꼈다.

온몸에 피를 뒤집어쓴 유림은 하얀 눈자위만 내놓고 서 있었다. 밀러는 굳은 얼굴로 그녀를 쳐다보았다. 유림은 제 어깨를 스스로 끌어안으며 한 발짝 내디뎠다. 홀딱 젖은 머리칼과 발뒤꿈치에서 진득한 핏방울이 '뚝' 소리를 내며 떨어졌다.

"유림……."

그녀는 유령처럼 창백한 얼굴로 힘없이 그를 바라보았다. 졸린 듯 반쯤 감긴 눈에는 어떤 의욕도 없었다.

"다치진 않았어? 괜찮아?"

밀러는 행여나 그녀가 놀랄까 조심스럽게 물었다. 유림은 몽유병 환자처럼 몽롱한 표정을 지었다. 그러다가 문득 양손을 내려다보며 중얼거렸다.

"내가 왜 여기에……."

그녀는 퍼뜩 정신을 차린 듯 오른손에 쥐고 있던 검을 툭 떨어뜨렸다. 그리고 피로 물든 손바닥과 시뻘건 손가락들을 물끄러미 응시했다.

유림은 충격을 받은 눈빛으로 고개를 들었다. 대체 자신이 뭔 짓을 한 거냐는 표정이었다. 밀러는 유림의 팔을 잡고 어깨 너머를 바라보았다.

그곳엔 난도질당한 시체 한 구가 있었다. 형체조차 알아볼 수 없게 뭉개진 시신은 잘게 분쇄된 고깃덩이처럼 보이기도 했다. 곁눈질을 하던 유림은 차마 뒤를 돌아보지 못한 채 가녀린 몸을 웅크렸다.

"내가⋯⋯."

잠긴 목소리가 두려움에 젖은 채 속삭였다.

"내가 그런 거지?"

시체의 복부에는 커다란 구멍이 나 있었다. 구멍이라고 보기도 뭐했다. 그냥 가죽만 남은 상태였다. 안의 내장들은 잘게 찢겨서 바닥과 벽 여기저기에 튀어 있었다. 어떻게 한 건지 상상조차 되지 않았다.

밀러의 눈이 얼어붙은 채 다시 유림을 응시했다. 충격이 어린 그의 표정에 유림은 양손에 얼굴을 묻으며 흐느꼈다.

"지금 넌 정상이 아니야. 약물 때문에 그래. 그러니까 괜찮아, 자책하지 마."

밀러는 무슨 말을 해야 할지 난감했지만 대수롭지 않은 척 위로했다. 그러나 이미 유림은 절망스러운 눈으로 그를 바라보고 있었다.

"정상이든 아니든 내가 그런 거잖아. 다 기억나는걸?"

"아니야! 네가 그런 게 아니야!"

밀러는 버럭 소리치며 그녀의 어깨를 잡았다. 그러다 아차 싶어 그녀의 팔을 놓았다. 유림은 텅 빈 눈으로 허탈하게 웃었다. 그녀는 천천히 뒤를 돌았다. 그리고 직접 만든 잔혹한 살해 현장을 빤히 직시했다.

전투에서 적군을 죽이는 것과 암살 대상을 처리하는 것은 임무고 생존이었다. 하지만 이건 다르다.

이것은 살인이었다.

가장 효과적인 방법으로 빠르게 상대를 제압하고 죽인다. 그게 늘 해 오던 방식이었다. 하지만 좀 전의 그녀는 어떻게 하면 가장 잔인하게 그를 살해할 수 있을지만 생각하며 칼을 휘둘렀다. 눈앞에서 선혈이 낭자해도 치밀어 오르는 분노는 멈추지 않았다. 더 이상 움찔거리지도 않는 시체를 배 속 창자까지 못 볼꼴로 헤집어 놓고 나서야 머리를 옥죄던 두통이 끝났다.

유림은 구역질을 하며 하얀 위액을 쏟아 냈다. 우웩거리는 그녀의 등을 치던 밀러는 손을 확 뿌리치는 유림의 태도에 움찔하며 물러섰다.

"위로하지 마."

"유림……."

"이건 그 녀석이 메리에게 한 짓과 다를 바 없어."

하얀 어둠이 몰려오고 의식이 까맣게 잠식되는 시간, 수면 밑에 잠수한 그녀는 물속에 부유하던 소녀와 눈을 마주쳤다. 하얀 옷을 입은 소녀는 고통에 일그러진 표정으로 발버둥 치며 살려 달라고 외치고 있었다. 유림은 그녀를 수면 위로 건져 올렸다. 괜찮냐고 물으려 했다. 그러나 소녀와 눈이 마주친 순간, 그녀는 돌이킬 수 없는 실수를 했다는 걸 깨달았다.

물에서 나온 소녀의 붉은 눈은 증오에 젖어 있었다.

유림은 그녀를 구한 양손을 내려다보았다. 검붉은 피가 선연했다. 문득 케이가 스치듯 해 준 말이 떠올랐다. 붉은 눈의 일족은 누구나 잔혹한 본성을 품고 있다고.

어쩌면 그녀가 건져 올린 게 이브가 아니었을지도 모른다. 유림은 혼란스러운 눈으로 고개를 들었다. 물안개만 남은 주위에 소녀는 없고 질척질척한 핏물만 사방에 튀어 있었다.

웅크린 몸은 상처받았다는 몸짓이었다. 다가오지 말라는 경고였다. 이곳은 광기의 현장이었다. 가장 연약한 것이 부서진 장소.

먹색 수면에 얼굴 없는 형체가 비쳤다. 양손으로 입꼬리를 쭉 끌어올렸다. 엘 카인이 웃고 있었다. 수심 없는 호수에 구렁이 아득했다.

본성이 아가리를 벌리고 내면을 집어삼켰다.

Chapter 5

황금의 바벨탑 3층, 위즈덤 본사 앞.

승강장도 아닌 곳에 하얀 에어쉽 한 대가 급히 도착했다. 투명한 문이 열리고 검은 하이힐 굽 소리가 빠르게 울려 퍼졌다.

– 위즈덤에 오신 걸 환영합니다.

홀로그램 문구가 멋스럽게 조각조각 떠다니며 인사했다. 사샤는 날카로운 눈초리로 주위를 훑었다. 천장의 크리스털 조명과 번쩍이는 금색 인테리어가 눈부셨다.

널따란 홀 중앙으로 향하자 테이블 옆에 커다란 대리석 화분이 보였다. 꽃을 좋아하는 그녀의 시선이 수줍게 오므린 꽃봉오리로 향했다. 백조처럼 고개를 숙이고 있는 자태가 어여쁘기 그지없었다. 그녀가 곁을 지나며 곁눈질로 흘끔거리자, 몸을 웅크리고 있던 봉오리가 난데없이 활짝 만개했다. 깜짝 놀란 사샤는 걸음을 멈추고 눈을 깜빡였다.

'조화?'

그녀의 입가에 픽 조소가 걸렸다. 너도 겉모양만 여자구나. 암 술, 수술도 없이 향기 있는 척 오므린 몸짓이 처량하다.

안드로이드와 클론 사업을 하는 위즈덤 본사. 사방이 반짝거리는 이곳은 화려한 무덤 속처럼 보였다. 온통 생기가 없는 반짝임. 늙 은 별의 최후처럼 가련했다.

사샤는 눈살을 찌푸리며 엘리베이터 쪽으로 향했다. 때마침 엘리 베이터 문이 열리고 안쪽에서 알렉스가 걸어 나왔다. 그녀를 발견 한 그는 놀란 눈으로 멈칫 걸음을 세웠다.

"사샤?"

사샤의 표정이 흠칫 굳었다. 말문이 막힌 표정으로 서 있는 그녀 에게 그는 빙긋 웃으며 손을 내밀었다.

"정말 오랜만이다. 잘 지냈어?"

말끔한 양복을 입은 알렉스는 기억 속 모습보다 조금 더 마른 체 격에 부드러운 인상이었다.

"아, 으응."

맞잡은 손에서 극명한 온도 차가 느껴졌다. 사샤는 식은 눈빛으 로 예의상 한번 웃은 뒤 손을 거뒀다. 엉덩이 뒤로 손바닥을 슥 문 질러 닦았다. 불편한 기분에 목울대가 울렁였다.

"여기까진 어쩐 일이야? 날 보러 온 거야?"

"아니, 여긴 손님으로서 온 거야."

"손님?"

"좀 수리할 게 있어서."

사샤는 아트피셜인 두 다리를 내려다보며 멋쩍은 얼굴로 웃었다.

알렉스의 눈이 살짝 커졌다. 그는 당황한 눈빛으로 "아⋯⋯." 하고 중얼거렸다.

"이런 거 전문이잖아, 위즈덤이."

"그렇지."

그의 눈초리가 허공에서 째깍째깍 돌아가는 시계를 흘끔거렸다. 미간이 급한 기색으로 구겨진다. 알렉스는 난감한 표정으로 그녀의 어깨를 잡았다.

"비서에게 안내하라고 지시해 둘게. 내가 지금 급히 가 봐야 해서, 다음에 따로 차라도 한잔하자. 만나서 반가웠어."

"그래, 어서 가 봐."

그는 웃으며 손을 흔들고 출입구 너머로 사라졌다. 사샤는 끝까지 환한 표정을 잃지 않는 그의 등을 쳐다보다가 허공을 응시했다.

리쩨이 스쿨 시절의 일을 기억하고 있다면 저렇게 뻔뻔스러울 수는 없다. 기억만으로 감정까지 변이시킬 수 있다면, 그런 게 정말 가능하다면 저건 뭐라고 정의해야 하는 걸까? 저 남자는 아브라함 회장의 클론이자, 그녀가 만났던 05번 알렉스의 기억을 이식한 복사본이다. 그럼에도 그는 그녀를 정말 아는 것처럼 웃었다. 오래전의 첫사랑과 재회라도 한 듯 소년 같은 얼굴로.

"사샤?"

또 다른 이가 그녀를 불렀다. 사샤는 이곳에 온 이유를 상기하며 돌아섰다. 지팡이를 짚고 선 요한을 보자마자 그녀의 입가에 경련이 일었다. 안드로이드의 안내를 따라 나오던 요한도 창백한 얼굴로 놀란 채 얼어붙었다.

두 사람은 잠시 말없이 서로를 응시했다.

사샤는 잘 다듬어진 손톱으로 손바닥을 꾹 눌렀다. 좀 전에 봤던 06번의 미소가 떠올랐다. 그녀는 비로소 06번이 얼마나 처절하게 몸부림치며 웃은 것인지 깨달았다. 감정을 속이는 건 영혼을 팔아 먹는 것보다 힘들다. 사샤는 싸늘한 입매를 끌어올려 한껏 거짓된 곡선을 그렸다.

"안녕, 요한?"

생각보다 어렵지 않다. 아, 이래서 사람들이 때로는 거짓이 진실 보다 상냥할 수 있다고 하는 거구나.

"그간 잘 지낸 것 같네."

중화제만 아니었다면 이 자리에서 녀석의 목을 졸랐을지도. 세월 은 감정을 부식시킨다고 했는데 그것도 아니었다. 이 남자의 얼굴 을 보자마자 잘려 나간 두 다리가 다시 끊어질 듯 아팠다.

사샤는 향기 없는 웃음 속에 목소리를 담았다.

"아담의 말을 전하러 왔어."

기도했다. 이 미소가 부디 그에게도 아주 끔찍한 것으로 보이기를.

누구도 예상하지 못했다.

엘 카인의 실추가 낙원에 더 큰 그늘을 가져오게 될 것이라고는.

연맹군은 이날만을 기다리고 있었다. 딱히 로스트 헤븐을 탐내서 가 아니었다. 입실론과 치료제를 독점하고 있는 왓슨 그룹을 무너 뜨리기 위해서였다. 위즈덤 측은 다른 이유에서 그의 몰락을 바랐 다. 각자의 잇속을 챙기려는 세력들은 기다렸다는 듯이 낙원을 향 해 손을 뻗었다.

공습경보를 알리는 사이렌 소리가 낙원 전체에 울려 퍼졌다. 뉴스에서는 델타를 탈취하고 고스트들과 함께 낙원을 전복시키려 했다던 브루클린의 성녀에 대한 기사가 흘러나왔다. 그녀에게 동조한 특별수사대 대원들도 함께 수배범으로 지목됐다.

주민들은 믿을 수 없다는 표정으로 뉴스를 시청했다. 낙원의 영웅인 브루클린의 성녀가 평의원들을 암살했고 부대원들을 구슬려서 델타를 탈취한 뒤 아군을 공격했다니? 게다가 불법 체류자들을 선동해서 전쟁까지 일으키려고 한다고?

바람의 도시에 떠 있던 빌라들이 모두 지상에 착륙했다. 사람들은 밖에서 총을 들고 돌아다니는 헌병들을 보며 두려움에 떨었다.

– 대피소로 이동합니다. 주민 여러분께서는 방탄복을 착용하신 뒤 현관 밖으로 나와 주시기 바랍니다.

전투용 에어쉽들과 수송기가 온 하늘을 누비며 날아다녔다. 가정에 비치된 방탄복을 착용한 주민들은 바람의 도시 한가운데에 모여 헌병들의 지시를 따르며 수군거렸다.

"브루클린의 성녀가 고스트들과 한패였다는데요?"

"제가 듣기론 무슨 스파이였다고 하던데."

"말도 안 돼요! 예전에 뉴욕에서 거의 목숨을 잃을 뻔했잖아요. 델타하고 싸우다가요. 이번에 공중 정원에서도 모델 이브를 구했다면서요. 무슨 스파이가 그렇게까지 해요?"

"그러니까요…… 대체 어떻게 된 일인지."

헌병들 뒤로 전투복을 입은 군인들이 소총을 들고 우르르 몰려왔다. 그들은 삼백여 명의 주민들을 에워싸더니 딱딱한 말투로 안내했다.

"대피소로 이동하겠습니다."

"저기, 게이트로 가는 건 안 되나요? 차라리 낙원을 잠시 떠나 있고 싶은데요."

누군가의 용기 있는 발언에 다들 이때다 싶어 말을 얹었다.

"저도요!"

"부모님 댁에 가 있는 게 낫겠어요."

"외부와 연락은 왜 안 되는 건가요? 지금 낙원 내 상황이 밖에 보도되는 건 맞아요?"

"불안해서 여기 못 있겠어요."

삽시간에 술렁임이 번졌다. 동요하던 주민들 몇 명이 대열을 이탈하기 시작했다. 자가용 에어쉽으로 게이트에 갈 심산이었다. 그러자 헌병들이 앞을 가로막으며 위협적으로 총을 들었다.

"지시에 따라 주십시오. 지금은 누구도 낙원 밖으로 나가실 수 없습니다."

"뭐, 뭐야……."

"당신들이 뭐라고 이래라 저래라야? 내가 내 마음대로 어디 가지도 못해?"

"주민 여러분의 안전을 위해서입니다. 위즈덤은 여러분의 생명 보호를 최우선으로 여기고 있습니다."

주민들은 꼼짝없이 지하 대피소로 끌려갔다. 다들 억압적인 분위기에 분노한 표정이었지만 저항은 없었다.

제1대피소는 수면실과 식당으로 나뉘어져 있었다. 수면실의 2층 침대들 위에는 얇은 모포가 차곡차곡 접혀 쌓인 게 보였다. 식당에는 진공 포장된 식품들이 선반을 빼곡하게 채운 채 진열되어 있었다. 사람들은 식당 테이블에 모여 앉았다. 몇몇은 진공 포장 식품들 앞을 기웃거리며 구경했다.

잿빛 벽면 화면에 뉴 라이프 프로젝트 광고가 재생되기 시작했다. 주민들은 절망에 빠진 눈으로 화면을 응시했다. 영상을 시청하기 무섭게 광고 속으로 빠져들었다. 죽음에 대한 공포와 인간의 무기력함을 이용한 광고는 자괴감에 빠진 주민들의 심리를 순식간에 파고들었다.

그래, 맞아. 여분의 목숨을 준비해 놨다면 이토록 두렵지만은 않았을 거야. 제2의 삶, 뉴 라이프 프로젝트에 가입되어 있었더라면.

누군가 곱씹듯 중얼거리며 한숨과 함께 머리를 쥐어뜯었다. 진작 클론을 만들어 둘 걸 그랬다. 미리 대비해 둘 것을…….

"안 됩니다, 여러분."

구부정하게 굽힌 몸들이 고개를 들었다. 사람들은 주먹을 불끈 쥐고 나타난 여자를 의아한 눈길로 쳐다보았다. 그녀는 화면 앞으로 성큼성큼 걸어와 분개한 목소리로 말했다.

"위즈덤의 농간에 속지 마세요. 그들은 이 상황을 이용해 여러분에게 뉴 라이프 프로젝트를 홍보하려는 겁니다."

제인을 본 주민들의 눈이 커졌다. 모델 이브다. 엘 카인하고 같이 떠난 거 아니었나? 그녀가 여기 왜 있지? 그들은 어리둥절한 표정을 짓다가 불신 어린 눈빛으로 그녀를 쏘아보았다.

"뉴 라이프 프로젝트는 여러분에게 헛된 희망을 내주고 돈을 갈취하는 사업입니다. 속으면 안 됩니다. 저게 성공적이었다면 아브라함 회장이 솔선수범해서 성공 케이스로 등장했겠죠. 클론과 본체는 서로 달라요. 쌍둥이라고 서로 같은 사람은 아니잖아요."

누군가가 눈썹을 비스듬히 끌어올리며 신경질적으로 외쳤다.

"당신이 여기서 뭘 하고 있는 겁니까? 엘 카인하고 같이 간 거 아니었어요?"

"그러게요. 입실론들은 다 어디 갔대요? 저들끼리만 홀라당 도망간 거 같던데."

결국 너도 저들과 한편이지 않느냐는 비난이 홍수처럼 들이닥쳤다.

"미즈 왓슨, 이게 어떻게 된 일입니까? 왓슨 양은 낙원을 떠났다고 들었는데……."

뒤쪽에 서 있던 남자들이 주민들 사이를 헤치고 걸어 나왔다. 제인과 함께 함정 헤벨을 외부 수사기관으로 추천했던 고모라의 사업가들이었다. 그들은 제인이 낙원을 떠난 뒤, 특보대의 감시를 받으며 스파이 취급을 받는 생활을 해 온 탓에 까칠한 태도를 보였다.

"스파이는 저 여자겠죠. 엘 카인하고 결혼할 사이였잖아요."

"알렉스 아브라함하고 재혼이라도 하려나 보죠."

주민들의 비웃음에 제인은 수치스러운 얼굴로 입을 다물었다. 군중의 차가운 시선이 이렇게도 혹독할 줄은 몰랐다. 언론과 미디어가 늘 그럴듯한 포장지를 입혀 줬기에 세상은 그녀에게 있어 언제나 달콤한 솜사탕처럼 상냥한 존재였다.

제인은 아랫입술을 질끈 깨물며 감정을 억눌렀다. 이런 걸로 나약해져서는 아무것도 할 수 없다. 할아버지도, 로스트 헤븐도, 나락으로 떨어진 자신도 절대 구할 수 없었다. 하지만 이런 상황에서 어떻게 해야 하는지는 누구도 가르쳐 주지 않았다. 아무것도 없는 상태에서 타인의 마음을 얻는 방법이 무엇인지 그녀는 알지 못했다.

그때 멜리사가 제인의 옆으로 걸어 나왔다. 붉은 암사자를 본 주민들의 시선이 그녀에게로 모였다. 다들 뾰족한 표정이었다. 멜리사는 능숙하게 미소를 지었다. 주민들은 집중한 표정으로 그녀를 뚫어져라 응시했다. 멜리사는 가라앉은 눈빛으로 차분하게 입을 열었다.

"엘 카인은 죽었습니다."

충격적인 첫 마디에 다들 멍한 표정을 지었다.

"본인이 저지른 수많은 죄가 부메랑이 되어 그를 살해했죠. 처참한 죽음이었습니다. 제인은 그걸 눈앞에서 다 지켜봤어요."

멜리사의 목소리는 천장이 낮은 대피소 안에 충분히 울릴 만큼 메아리쳤다. 다들 놀란 얼굴로 제인을 쳐다보았다.

제인은 담담한 표정을 지으려 노력했다. 그녀는 엘 카인의 시신을 안고 오열하던 웁실론들과 달랐다. 계속 태양의 도시에 있었다면 그녀 역시 모래시계 속에 갇혀 있던 웁실론들과 다를 바 없었겠지만, 지금의 그녀는 모델 이브가 아닌 제인 왓슨이었다. 더 이상 낙원의 환영 속을 사는 건 사양이었다.

제인은 복잡한 눈빛으로 자신을 바라보는 주민들을 보며 곁눈질로 멜리사를 응시했다. 전 홍보부 장관이었던 멜리사는 주민들을 주무르는 데 이골이 난 사람이었다. 엘 카인과 솔로몬도 군중의 사랑을 얻는 데 천재적인 사람들이었지.

멜리사는 그들과 같은 수법을 쓰고 있었다. 주민들이 보는 앞에서 '가여워라, 얼마나 힘들었을까?'라는 식으로 등을 토닥이는 그녀의 손길에 제인은 정신이 번쩍 들었다. 그녀는 이를 악 물고 멜리사에게 속삭였다.

"멜리사, 우리는 이런 식으로 하지 않기로 했잖아."

그 어떤 훌륭한 양치기도 양들의 협조 없이는 협곡을 지나기 어렵다. 대중을 선동하는 게 반드시 나쁜 것만은 아니었다. 때로는 길 잃은 그들을 올바르게 이끄는 것도 리더들의 의무다.

하지만 이런 식은 아니었다. 그럴듯한 드라마를 쓰고, 그에 맞춰 연기를 하고, 인위적인 감동과 눈물을 자아내는 방식은 더 이상 싫었다.

문득 자신만만한 눈초리로 도도하게 웃던 유림의 모습이 떠올랐다. 브루클린의 성녀라면 이 자리에서 어떻게 행동했을까?

제인도 안하무인하기로 둘째가라면 서러운 사람이었다. 어릴 때부터 이기적이었던 그녀는 늘 주변의 반감을 달고 살았다. 하지만 유림은 반대였다. 사람들은 그녀의 제멋대로인 성질머리를 좋아했다. 그녀의 고집에는 신념이 있었다. 대중은 뚝심대로 밀고 나가는 그녀의 시원한 행보에 환호성을 지르고 응원했다.

신뢰가 우선인 거다. 브루클린의 성녀처럼 사람들의 마음을 먼저 얻어야 해.

제인은 혀로 입술을 축인 뒤 긴장한 채 입을 열었다.

"알렉스 아브라함은 제 조부에게서 낙원을 강탈했습니다. 공식적으로 제게는 더 이상 아무런 권한도 없어요. 그럼에도 제가 낙원에 돌아온 이유는 하나입니다. 이곳이 제 집이기 때문이죠. 또 조부의 꿈이었던 장소고요. 지금은 제 꿈이기도 합니다. 전 낙원을 지킬 겁니다. 왓슨가는 끝까지 이곳에서 여러분과 함께 싸우겠습니다. 비록 저 하나뿐이지만, 제가…… 여러분 곁에 끝까지 남겠습니다."

주민들은 여전히 미심쩍은 눈빛이었다. 그들의 표정에 감동과 미소 따위는 없었다. 당연한 결과였지만 실망감이 몰려왔다. 강렬한 전투 장면 하나로 사람들의 마음을 움직이던 유림처럼 쉬이 되지는 않을 거라 예상했지만, 그래도 아쉽다.

누군가 더운지 방탄복을 벗어 손부채질을 하며 물었다.

"아까 전 공습경보는 뭡니까?"

"낙원이 대치 중인 건 고스트들뿐만이 아닙니다. 새 관리자인 아브라함은 연맹군과 전쟁을 일으키려 하고 있어요. 이대로 가다간 낙원이 궤멸되고 말 겁니다. 여러분의 안전도 보장할 수 없어요."

"연맹군이 낙원을 공격한 거라고? 연맹국이 대체 왜 우리를……."

"브루클린의 성녀 때문 아닐까요?"

"설마 소문이 다 진짜였던 건가?"

뭐라 설명해야 할지 머뭇거리던 제인은 삽시간에 번져 가는 추측성 이야기에 당황한 표정을 지었다. 그녀는 멜리사를 쳐다보았다. 멜리사는 알아서 하라는 시늉으로 팔짱을 낀 채 뒤로 한 걸음 물러서 있었다.

제인은 이해할 수 없다는 표정으로 주민들을 응시했다.

왜 브루클린의 성녀를 탓하지? 그녀는 당신들의 영웅이잖아. 낙원의 일원으로서, 브루클린의 성녀를 아끼던 팬으로서 화가 나야 정상 아닌가?

답답했다. 그렇게 아무 종소리에나 홀려서 따라가는 양들이니까 여기저기서 늑대처럼 달려드는 거다.

"정말 그렇게 믿으세요? 브루클린의 성녀가 여러분에게 칼을 겨눴다고요?"

숙연한 분위기 속에 정적이 내려앉았다. 동요하며 옆 사람들과 말을 주고받던 사람들은 제인과 눈을 마주치자 뜨끔한 표정을 지었다.

"그냥 던져 본 한마디가 모여서 여론이 되는 거예요. 생각보다 말의 힘은 엄청나요. 하지만 그게 다 진실은 아니죠. 여러분들이 진짜로 믿는 건 뭔가요?"

제인의 질문에 누구도 쉽게 입을 열지 못했다. 옆 사람들과 대화를 멈추자 각자 홀로 생각할 시간이 생겼다. 이들에게 있어서는 아마 처음일지도 모른다. 언론의 추측성 기사도, 미디어의 쏟아지는 정보도, 주변의 '그렇다더라'라는 이야기도 차단한 채 오롯이 자신의 생각이 뭔지 정립해 보는 기회를 가져본 것은.

로스트 헤븐은 여신의 낙원이었다. 입실론들의 성역인 이곳은 '이브의 가호'를 받은 파라다이스였고, 공식 홍보 모델인 제인은 입실론들을 대표해 이브의 미모와 여성성을 연기했다. 하지만 그런 여신들을 보호하는 존재가 나타났으니 그게 바로 브루클린의 성녀였다. 그녀는 낙원의 수호신으로 숭배받던 이브를 지키는 '여신의 방패'로서 추앙받았다.

제인은 침묵하는 주민들을 보며 허심탄회하게 말을 이었다.

"저만 해도 허구한 날 영상 속에서 이브나 연기할 뿐, 실제로 제 목숨 깎으면서 낙원을 지켜온 건 블랙 호크나 브루클린의 성녀와 같은 승전 영웅들이었습니다. 하지만 그들이 지켜온 것은 저나 입실론들이 아니에요. 그들이 그토록 지키고자 했던 이들은 여러분이었습니다. 그래서 그들은 평의회와 군부의 부조리를 눈감아 주지 못한 채 저항할 수밖에 없었던 겁니다."

"······."

"지금도 그들은 낙원 어딘가에서 분투하고 있습니다. 그 사람들은 아직 포기하지 않았어요. 그러니 이제 우리들이 도와줄 차례예요. 여러분께서 도와주세요. 더 이상 언론과 정치인들의 거짓 선동에 넘어가지 말고, 그들에게 힘을 실어 주세요."

"우리가 뭘 어떻게 하면 되는데요?"

좀 들어 볼 의향이 생겼다는 듯 누군가 팔짱을 풀며 눈썹을 까딱거렸다. 제인은 반가운 표정을 지었다.

당신이 믿는 것은 무엇인가? 그런 질문을 받은 건 다들 처음이었다. 낙원에서는 뭐든 생각할 필요가 없었다. 모든 건 슈퍼컴퓨터 왓슨이 알아서 해결해 줬기 때문이다. 완벽한 시스템 속에서 의심이란 건 피어오를 틈이 없었다.

모두의 눈빛이 달라졌다.

그녀의 말이 맞았다. 그들 스스로가 현명해져야 했다. 블랙 호크가 떠나고, 브루클린의 성녀마저 쫓기는 현실 속에서 이제 자신들이 직접 이곳을 지켜야 했다. 진실이 무엇인지는 개개인이 판단할 일이었다. 입실론들이 사라졌다고 해서 낙원도 사라지는 건 아니었다. 진정한 낙원의 가치란 무엇일지 각자 고민해 볼 필요가 있었다.

우리는 그동안 무엇을 향해 손을 뻗었나? 에덴 타워가 보여 준 허상에 눈이 멀어 이면에 커 가는 그림자를 보지 못한 채 도시에 암흑을 가져오고 말았다.

지금 이 사태는 그들 모두의 책임이었다.

"낙원 밖에서는 지금 이곳에서 무슨 일이 일어나는지 하나도 모르고 있어요. 평의회가 낙원과 외부를 철저하게 단절시켜 놨기 때문이죠. 저희들이 세상에 나가서 알려야 해요. 여러분께서 증언하고 억울한 누명을 쓴 이들의 이야기를 밝혀 주세요. 제가 돕겠습니다."

"그거야 어렵지 않지."

"나가기만 해 봐요! 평의회고 위즈덤이고 내 이걸 가만두나 봐라!"

"그럼요."

주민들이 하나둘씩 고개를 끄덕이자 멜리사는 미소 지었다. 불가능할 거라 믿었던 바람의 방향이 바뀌었을 때, 그 바람을 알아채는 건 선장이 할 일이다. 제인 왓슨, 당신은 그런 선장이 되어야 한다.

제인은 고개 숙여 감사를 표했다. 이상하게 가슴이 뭉클하고 눈물 나는 기분이었다.

─ 고생이 많으십니다, 미즈 왓슨.

지직거리는 음성과 함께 굵은 목소리가 들려왔다. 제인은 화들짝 놀라 주위를 두리번거렸다.

─ 감동적인 연설이었습니다. 정 소위를 대신해서 감사를 표하도록 하죠.

밀러로부터 받은 원형 통신기에서 흘러나온 음성이었다. 헤벨과 연락을 주고받을 수 있다고 해서 가져온 건데, 허가도 없이 멋대로 작동되는 거였나? 목소리의 주인을 알아본 제인은 멜리사의 손바닥에 올려진 통신기에 대고 불만스럽게 쏘아붙였다.

"호크 대령?"

─ 지원 부대로 왔습니다. 합류 가능하십니까?

이 남자가 반가울 때도 있다니, 제인은 헛바람 섞인 웃음을 흘렸다. 명장 블랙 호크의 명성이 거짓부렁은 아닌 모양이다. '호크'라는 이름에 주민들의 안색도 한층 밝아졌다.

"뭐야, 당신. 어디 있는데?"

─ 해저입니다.

"우리는 지금 주민들과 함께 바람의 도시 지하 대피소에 있어요. 헌병들이 문 앞을 지키고 있고."

– 알고 있습니다. 모래의 도시 하층부에 있는 해군기지 아시죠? 그곳으로 가면 잠수정들이 대기하고 있을 겁니다. 지금 빨리 오십시오.

"뭐? 아니, 밖을 헌병들이 지키고 있다니까…… 잠깐, 호크 대령!"

말이 채 끝나기도 전에 통신이 뚝 끊겼다. 홱 돌아선 제인은 마른침을 꿀꺽 삼켰다. 몇백 명의 주민들이 동그란 눈으로 그녀를 바라보고 있었다. 머리가 하얘지고 숨이 턱 막혔다. 이런 거구나, 낙원을 이끈다는 무게감. 이런 거였어. 아무 말도 못하고 얼어 있는 그녀의 어깨를 멜리사가 가만히 움켜잡았다.

"거, 걱정들 말아요. 다 방법이 있으니까."

제인은 애써 웃으며 주민들을 안심시켰다. 그녀는 초조한 속내를 달래며 입술을 깨물었다. 이럴 때 자신도 브루클린의 성녀처럼 뛰어난 전투 능력이 있었더라면. 유림이었다면 벌써 저 문을 때려 부수고 헌병들 따위 가볍게 제압했을 텐데.

고민하며 머리를 쥐어뜯던 제인은 자리에 쪼그리고 앉았다. 아랫배를 움켜잡았다. 배 아픈 연기라도 해서 주의를 끌어 볼까? 안드로이드 헌병에게 이런 꾀병이 먹힐 리는 없지만 뭐라도 시도해야 했다.

브루클린의 성녀, 당신이라면 이런 상황에서 어떻게 했을까? 나도 당신처럼 목숨을 걸고 모두를 지켜내고 싶다. 그러기 위해서라면 죽음도 두렵지 않았다. 신기하게도 어느 순간, 그런 각오가 마음 한편에 자리 잡았다.

콰쾅!

소형 폭탄이 터지는 소리였다. 식당 선반에 쌓여 있던 진공 포장 음식물들이 바닥에 와르르 쏟아졌다.

깜짝 놀란 주민들은 귀를 막으며 비명을 질렀다. 대피소 입구의 쇠문이 덜컹거리며 열렸다. 머리가 잘린 안드로이드 헌병이 데굴데굴 구르며 쓰러졌다. 그 뒤로 검은 연기가 치솟는 게 보였다.

검은 전투복을 입은 남자들이 일사불란하게 등장했다. 주민들은 몸을 웅크린 채 겁먹은 눈초리로 그들을 바라보았다.

"연맹군입니다. 주민 여러분들을 헤븐까지 무사히 호위하라는 임무를 받고 왔습니다. 다들 일어나시죠. 그렇게 겁먹은 얼굴 하지 않으셔도 됩니다."

"연맹군?"

총구를 내린 그들은 피식 웃으며 고개를 끄덕였다. 제인은 미어캣처럼 벌떡 몸을 일으켰다. 그녀의 푸른 눈동자에 안심 어린 미소가 번져 나갔다.

. . .

상아색 에어쉽 한 기가 폐쇄 도시 상공을 독수리처럼 빙글빙글 돌며 정찰하고 있었다. 그 안에 탄 셰인은 께름칙한 얼굴로 아래를 내다보았다. 먼저 도착한 피닉스 부대가 바둑판처럼 정렬한 채 폐쇄 도시 입구에 집합해 있는 게 보였다.

복잡한 표정을 짓던 그는 "윽!" 하고 고개를 젖히며 손등으로 코를 막았다. 붉은 코피가 인중을 타고 줄줄 흘러내렸다.

"젠장!"

머리가 띵했다. 머릿속에 흘러드는 안드로이드 병사들의 메시지가 뇌에 과부하를 일으키는 것 같았다. 두통이 지끈지끈 끊이질 않았다.

'이러다가 나 죽는 거 아니야?'

특진에 눈이 멀어서 제 생명을 깎아내리는 짓을 하고 있었다. 이딴 작전을 맡는 게 아니었다. 뇌출혈이라도 일어나면 어쩌지 하는 생각이 들었다. 그는 높으신 양반들이 줄 서서 등록했다는 뉴 라이프 프로젝트의 멤버도 아니었다. 할 수만 있다면 안드로이드들과 이어진 뇌파 인식이란 걸 끊고 다 때려치우고 싶은데 어떻게 해야 할지 알 수가 없었다.

– 중위님, 명령을 내려 주십시오.

– 공격 준비 완료입니다.

피닉스 부대원들이 머릿속으로 끊임없이 명을 요청하고 있었다. 셰인은 관자놀이를 부여잡으며 괴로움에 신음을 흘렸다. 끙끙대던 그는 폐쇄 도시의 철조망 너머를 바라보았다. 바닥에 굴러다니는 철조물과 에어쉽 잔해 외에는 쥐새끼 한 마리도 보이지 않았다. 을씨년스러운 광경이 어지러운 시야 속에 울렁거리며 다가왔다.

– 중위님.

– 명령을…….

욕지기가 치밀어 올랐다. 그래, 될 대로 되라. 차라리 빨리 끝내 버리자. 셰인은 두개골이 쪼개질 것 같은 통증을 느끼며 "공격해!"라고 소리쳤다.

대열을 이루고 있던 오백 기의 안드로이드가 앞줄부터 차례차례 뛰어가기 시작했다. 선봉에 선 건 피닉스 부대였다. 그들은 금색 불사조 마크가 달린 전투복을 입고 몸을 낮춘 채 무섭게 달려갔다.

구 연구 단지를 에워싼 철조망이 끽끽거리다가 쓰러졌다. 가시덩굴처럼 날카로운 철조망은 안드로이드 군단에 의해 무참하게 밟혔다. 납작 찌그러진 철조망 사이에는 과거 델타들이 이로 물어뜯은 자국이 남아 있었다. 그때도 굳건하게 버텨 준 울타리건만 날카로운 엄니도 발톱도 없는 안드로이드에게 허망하게 무너지고 말았다.

피닉스 부대가 제일 먼저 연구 단지 앞마당에 들어섰다.

"최우선 순위는 정유림 소위를 생포하는 거다. 그다음이 연맹군의 마이클 밀러 중령의 생포다. 나머지는 사살해도 좋다."

– 알겠습니다. 제1소대 연구소 A동 앞입니다.

– 제2소대 에어쉽 승강장이 보입니다.

– 제3소대 연구소 A동 뒷문 포위 완료.

열원이 감지되는 A동 앞에 전력의 90퍼센트가 배치됐다. 제1소대가 정문을 가로막은 채 대기 중이었다.

황량한 바람에 날아온 나뭇잎들이 시멘트 바닥을 까끌까끌하게 긁으며 가랑가랑 굴러갔다.

"쉬잇."

상공에서 상황을 지켜보던 셰인이 대기 신호를 보냈다. 얼룩으로 거뭇거뭇해진 건물 안에서 누군가 걸어 나오고 있었다. 거침없는 발걸음으로 나오던 인영은 센서가 망가진 유리문을 걷어차고 모습을 드러냈다.

여자는 임부복처럼 헐렁한 환자복 차림이었다. 그녀는 무표정한 얼굴로 손가락에 묻은 초콜릿을 할짝 혀로 핥았다. 달콤한 맛에 취한 눈빛치고는 사뭇 담담한 기색이었다. 사태를 파악한 그녀는 여유롭게 반원을 그리며 주위를 응시했다.

철컥.

총을 겨누는 소리가 정적을 깨뜨렸다. 뺨을 긁으며 무신경하게 서 있던 눈초리가 눈썹을 치켜세웠다. 풀어헤친 긴 머리칼은 피딱지가 엉킨 채 바람에 자유롭게 흩날리고 있었다.

"정 소위다."

셰인이 목울대를 꿀꺽 삼키며 속삭였다. 그녀와 대치한 채 서 있던 피닉스 부대가 눈알을 '윙' 하고 돌렸다. 그들의 눈동자가 초록색으로 변하는 걸 본 유림의 표정에 언짢은 기색이 어렸다.

– 목표 대상 발견. 최우선 타깃 정유림 소위. 포획 작전에 돌입합니다.

– 포메이션 A, 제압 부대 돌격합니다.

유림은 맨 앞에서 달려오는 안드로이드 부대를 빤히 응시했다. 이들의 움직임이 아주 느리게 보였다. 연습 대전으로 상대했던 케이에 비하면 어린애 장난 수준이었다.

그녀는 뺨과 턱에 튄 핏물을 손등으로 슥 훔쳤다. 차분하게 뛰는 맥박 소리 외에는 아무것도 들리지 않는다.

마음이 고요했다.

수면 위로 고개를 처든 소녀는 코까지 물에 담근 채 핏빛 눈동자를 드러냈다. 소녀가 다시 머릿속에 속삭인다.

'다 없애 버려.'

귓가에 닿는 듯한 가녀린 입김, 잠겨 있던 광기가 깨어나는 신호였다.

유림은 옷자락 뒤에 감추고 있던 은색 검을 꺼내 들었다. 가늘지만 힘 있는 손목에 피가 묻어 있었다. 새까만 먼지 터럭이 묻어 있는 발목이 뽀얘서 유난히 돋보였다. 여기저기 긁히고 상처가 난 발등 아랜 아무것도 신지 않은 맨발이었다.

탕!

허공에서 날아오는 마취탄이 마른 바람을 안고 포물선을 그렸다. 유림은 정면에서 날아오는 탄환을 응시하더니 고개를 까딱 움직여서 피했다. 오른뺨을 스치듯 지나가는 주사기를 본 그녀의 눈초리가 사납게 이지러졌다.

숨을 훅 들이마시고는 양손의 쌍검 자루를 날개처럼 움켜쥐었다. 맨발로 다다다 뛰면서 번개처럼 날아올랐다. 그녀는 정면에서 뛰어오는 안드로이드의 어깨를 손으로 짚고 제비 돌며 무용하듯 검을 휘둘렀다. 그 뒤에서 일렬로 쫓아오던 녀석들의 머리가 촤악 베이며 수액을 뿜어냈다.

짜릿한 쾌감에 입가가 붉은 곡선을 그렸다.

사각지대에서 빈틈을 노리며 뛰어오른 안드로이드가 목에 검이 대롱대롱 박힌 채 허우적댔다. 유림은 칼을 뽑으며 안드로이드의 가슴을 발로 밟아서 걷어찼다. 그가 '끼깅' 소리를 내며 뒤로 넘어졌다. 산 채로 목 잘린 노루의 목덜미처럼 녀석의 목에서도 물줄기가 푸슉 뿜어져 나온다.

귓등에 튄 회색 수액을 소매로 슥 훔쳤다. 흘끗 돌아본 그녀의 눈동자가 검붉게 타올랐다. 평소 타이트한 전투복을 입었을 때 그렇게도 육감적이던 몸이 헐렁한 환자복을 입으니 소녀처럼 가녀려 보였다. 잠시 숨을 고르던 손이 칼자루를 손안에서 빙그르르 돌렸다.

어디를 겨누는지 알 수 없던 그녀의 칼끝이 텅 빈 허공을 찌르고 나갔다. 그러자 양옆으로 달려들던 안드로이드들이 썰린 갈대밭처럼 풀썩 쓰러졌다.

"유림!"

A동 출입구 앞에 선 커크가 갈비뼈를 움켜잡으며 소리쳤다. 뒤따라 나온 랜스도 다리를 절뚝이며 정면을 응시했다. 두 사람의 표정이 멍해졌다. 순식간에 약 오십 기의 안드로이드가 쓰러진 광경은 헤벨의 정예 요원마저도 할 말을 잃게 만들었다.

유림이 피와 수액으로 얼룩진 얼굴을 손등으로 훔치고 있었다. 시선을 느낀 그녀는 고개를 들어 두 사람 쪽을 바라보았다. 흠칫한 커크는 슥 돌아서더니 괜히 옆구리를 붙잡고 엄살을 피우기 시작했다.

"아야, 나 7번 갈비뼈가 부러진 거 같아."

"너만 다쳤냐? 나도 지금 왼쪽 다리 두 동강 났다."

"괜히 나왔다. 다시 들어가자."

커크가 옆구리를 움켜잡으며 팔꿈치로 쿡 찌르자 랜스가 그의 어깨를 덥석 잡아 세웠다.

"어디가? 유림 혼자 싸우게 놔두려고?"

"지 혼자 우리 둘 패 죽이고 나갔잖아! 몰라, 난 감당 안 돼."

"야, 그래도!"

"그럼 어떡할 건데? 때려서 막을래? 동료도 못 알아보고 죽일 듯 덤비는 애를 무슨 수로 막아! 우리 둘이 죽기 살기로 덤벼도 쟤 하나한테 안 되는 실력인데. 그렇다고 총을 겨눌 수도 없는 노릇이잖아!"

커크가 버럭 소리쳤다. 랜스는 말문이 막힌 표정으로 그를 쳐다보았다. 씨근덕거리는 커크의 눈시울이 붉게 젖어 있었다. 그는 손등으로 눈시울을 훔치며 볼멘소리로 말했다.

"저러다 돌아오겠지."

"그게 무슨…… 어라, 두 시 방향, 커크!"

오른쪽 상공에서 불가시 모드로 있다가 번쩍 등장한 안드로이드 병기가 커크를 향해 돌진했다. 홱 돌아선 그가 당황한 채 주춤거렸다. 총을 겨눌 새도 없었다. 안드로이드는 그의 코앞까지 다가와 흉기로 변환시킨 손을 날카롭게 뻗었다. 표창처럼 서늘한 칼날이 콧등을 베며 안구로 향했다. 커크는 "으악!" 하고 소리치며 팔을 휘둘렀다.

"커크, 숙여."

등 뒤에서 들려온 나직한 목소리에 커크는 재빨리 허리와 머리를 구부렸다.

허공에서 나타난 밀러가 일그러진 공간 사이로 팔을 뻗었다. 전투복을 입은 그의 몸은 검게 갈라진 공간 안쪽에 묻혀 있는 상태였다. 밀러는 안드로이드의 머리통을 움켜쥔 채 비틀린 공간 사이로 몸을 빼내며 커크의 등을 밟고 뛰었다.

"꽥!" 소리를 낸 커크는 바닥에 엎어졌다. 목이 제대로 붙어 있는지 뒤통수를 더듬거리던 그는 멍하니 하늘을 올려다보았다. 안드로이드의 머리통을 뜯어낸 밀러가 상공에 점프해 비스듬히 사격 자세를 취하고 있었다. 그는 불가시 모드로 숨어 있던 안드로이드들을 향해 빔 건을 '지잉' 하고 발사했다.

하얀 레이저포가 허공을 가르자 순식간에 녹아내린 안드로이드들이 흐느적거리며 바닥에 추락했다. 밀러는 은색 빔 건을 빙그르르 돌리며 바닥에 가볍게 착지했다. 옅은 머리칼은 흐트러짐 하나 없었다.

커크는 침을 꼴까닥 삼키며 일어섰다. 그는 떨떠름한 표정으로 눈을 비볐다. 이게 소문으로만 듣던 중령님의 능력인가? 순간이동을 하듯 눈앞에서 사라지고 나타난다던.

유림은 무표정한 얼굴로 이쪽을 빤히 바라보고 있었다. 밀러는 자리에 못 박힌 채 서서 그녀를 응시했다. 그녀는 펄럭이는 옷과 함께 흩날리는 머리칼을 대충 귀 뒤로 넘겼다. 고집스러운 눈매가 바람 사이로 인상을 썼다.

유령처럼 하얀 그녀는 그날과 모습이 비슷했다.

2085년, 요한을 따라 아크레인을 타고 나갔던 그는 낙원에 몰래 숨어 들었다. 소란에 휩싸여 있던 에덴 타워의 언덕. 그곳에는 필사적으로 도망치는 소년소녀가 있었다. 소년을 보호하며 달리던 소녀는 창백한 안색으로 절뚝거리며 뛰었다. 얇은 잠옷처럼 흩날리는 하얀 원피스를 입고서.

군인들과 에어쉽에 쫓기며 달리던 두 사람은 절벽 위에서 서로를 부둥켜안았다. 소녀는 한 치의 망설임도 없이 소년을 안고 절벽 아래로 뛰어내렸다.

'또 절벽을 향해 달려가는 거니?'

일렁이는 밀러의 눈빛에 응답 없이 서 있던 유림은 차갑게 돌아섰다.

"나오지 말라고 했잖아."

커크는 자기한테 말하는 줄 알고 울컥해서 벌떡 몸을 일으켰다. 그러자 랜스가 가만있으란 듯 그의 뒤통수를 총자루로 후려쳤다.

"아프잖아!"

"조용히 좀 해 봐, 눈치 없는 새끼야."

두 사람은 숨을 죽인 채 두 사람의 대화에 집중했다.

"다시 머릿속이 흐릿해지려고 해."

유림은 핏줄이 도드라지는 눈가를 비비며 중얼거렸다. 머릿속 누군가가 보글거리는 물밑에서 비명을 지른다. 수면 위로 고개를 쳐든 이브가 붉은 눈을 부라리며 소리쳤다.

'죽여, 다 죽여 버려!'

이브의 분노가 커질수록 감당할 수 없는 살의에 휩싸였다. 호수에서 건져 낸 소녀는 여전히 수면 한쪽에 몸을 담그고 있었다. 호수는 이브의 기억과 절망의 웅덩이다. 안개가 자욱한 그곳은 어느새 그녀의 머릿속을 점령하고 있었다.

비틀거리던 유림은 쓰러질 듯 상공을 올려다보았다. 낮게 떠 있는 에어쉽 한 기가 보였다. 저 안에 지휘관이 있을 것이다. 숨을 한 줌 들이마셨다. 마지막으로 삼킨 맑은 정신이었다. 그녀는 감기는 눈을 뜨며 힘겨운 목소리로 말했다.

"지휘관을 잡을게. 밀러는 여기에서 남은 녀석들을 처리해 줘."

"잠깐, 나도 같이……."

밀러가 다급한 표정으로 그녀의 팔을 잡았다. 돌아선 유림은 모호한 눈동자로 그를 바라보았다. 화염이 연기처럼 흩날리는 그녀의 동공 속에 끊어질 듯 요동치는 물결이 있었다. 그녀가 눈을 깜빡일 때마다 거친 파랑이 불어닥쳤다. 점차 가팔라지는 호흡처럼.

유림은 밀러의 양 볼을 움켜잡았다. 마지막 한 줌의 시야가 옅어져 간다. 흐릿해지는 시야 사이로 몸이 휘청거렸다. 그녀는 사력을 다해 발뒤꿈치를 들었다. 부르튼 입술이 그의 입술을 스치고 뺨에 입을 맞췄다.

"밀러는 오지 마."

바람 속에 사라질 듯 투명하게 웃었다. 하얀 이를 드러내고 개구진 얼굴로 헤벨에서 놀던 그 시절처럼.

"절대 오지 마. 약속이야."

고집스럽게 외친 그녀는 돌아서서 달리기 시작했다. 밀러는 멍한 얼굴로 아랫입술에 남아 있는 감촉을 매만졌다. 일순간이나마 스치듯 닿았던 그녀의 온기가 몸의 절반을 잡아 뜯어가는 것만 같았다.

이런 모습, 밀러에겐 보여 주기 싫었어.

작게 속삭이던 유림의 목소리가 귓가에 맴돌았다. 붉어진 눈시울에 물기가 차올랐다. 뺨을 적시는 눈물 사이로 검을 들고 뛰어드는 그녀의 모습이 가슴을 저며 왔다.

그러니까 밀러는 오지 마.

본능적으로 느꼈다. 이것이 어쩌면 유림과의 마지막 순간이 될지도 모른다는 것을. 그럼에도 차마 그녀의 손을 붙잡을 수 없었다.

유림은 스스로도 멈추는 방법을 몰라서 울고 있다. 넘어질 듯 위태롭게 달리는 그녀를 잡아 세우는 건 그의 역할이 아니었다. 그녀가 달려가 안기길 원하는 사람도, 그녀를 어둠 속에서 꺼내 줄 수 있는 사람도 더 이상 자신이 아니었기에.

유림에게는 늘 상냥한 사람이 되고 싶었다. 그래서 그녀의 눈동자 깊은 곳에 위치한 검은 호수의 존재를 모른 척했다. 그녀가 울부짖을 수 있는 곳은 그보다 더 캄캄하고 아득한 절망을 가진 이의 품속이었다.

그런 숨 막히는 절애로 그녀를 속박하는 것은 곧바른 그에게 있을 수 없는 일이었다. 한없이 깊은 나락으로 스스로를 떨어뜨리고,

끝없는 심연 속으로 함께 잠기고 나서야 '이브'를 만날 수 있다는 것을 그는 미처 알지 못했다.

아마 알았어도 불가능했을 일이었다.

상공에서 무서운 속도로 질주하던 아크레인 한 기가 곤두박질치며 A 연구동 옥상 위로 떨어졌다.

쾅!

폭발과 함께 착륙한 아크레인에서 거뭇한 연기가 피어올랐다. '끼긱'거리며 접혀 있던 문이 '퉁강!' 하고 떨어져 나갔다. 케이는 깨진 계란처럼 찌그러진 은색 기체 안에서 굽힌 등을 펴며 뻐근한 목을 들었다. 스트레칭을 하듯 고개를 한 바퀴 돌린 그는 반듯하게 걸어 나왔다.

"주, 중사님?"

나츠가 놀란 얼굴로 소리쳤다. 옥상 난간에 걸터앉아 있던 그는 저격 소총을 어깨에 얹은 채 대기 중이었다. 갑자기 하늘에서 떨어진 아크레인에 혼비백산한 얼굴로 '꽈당' 하고 뒤로 자빠지기 전까진 말이었다.

나츠는 찌그러진 아크레인을 쳐다보며 몸을 일으켰다. 기체 안에 누군가 쓰러져 있었다. 미동도 하지 않는 몸을 들여다보던 나츠는 놀라서 뒷걸음질을 쳤다.

시체다.

그것도 몸이 갈기갈기 찢긴 채 아주 참혹하게 살해당한 주검이었다. 조각난 몸이 입고 있는 군복을 보니 연맹군 쪽 사람인 듯했다. 아마 저 기체의 조종사일 확률이 높았다.

'설마 중사님께서?'

나츠는 긴장한 표정으로 케이를 쳐다보았다. 말없이 다가온 케이는 나츠의 머리를 툭툭 쓰다듬으며 고즈넉한 음성으로 물었다.

"유림은?"

"네? 아, 그, 그게……."

나츠는 대답을 주저하며 난간 너머를 흘긋거렸다. 거짓말을 못하는 나츠의 얼굴에서 대충 상황을 파악한 케이는 시선을 옮겼다.

사실 아크레인에서 내렸을 때부터 알아챈 상태였다. 주변에서 그녀의 기척이라고는 털끝 하나 느껴지지 않았다. 케이는 난간 너머를 바라보았다.

소나기라도 내렸던 건지 옥상 여기저기에 작은 물웅덩이가 괴어 있었다. 찰팍거리며 걷던 케이는 바닥에 떨어져 있는 초콜릿 피규어를 발견했다.

"아까 클라크 의원님께서 나눠 주신 거예요."

나츠는 물에 젖은 채 떠 있는 피규어를 보며 아쉽다는 표정을 지었다. 한 입 제대로 맛보지도 못했는데, 케이가 타고 온 아크레인에 놀라서 떨어뜨리고 말았다.

케이는 말없이 피규어를 내려다보았다. 그 모습을 쳐다보던 나츠의 눈동자가 파도치며 흔들렸다.

중사님의 저런 표정, 일전에도 본 적 있다. 소복한 눈길처럼 금방 쓸려 갈 듯한 슬픔이 어린 눈동자. 사격 연습장에서 셰인의 부대와 마주쳤던 날, 중사님과 함께 갔던 바람의 도시 빵집 앞에서였다. 뭉개진 케이크 상자를 보며 케이는 그날도 저렇게 비에 젖은 표정을 하고 있었다.

"이거, 유림도 먹었어?"

잠겼지만 나긋한 목소리가 물었다. 나츠가 정신을 퍼뜩 차리고선 고개를 끄덕였다.

"네!"

그의 대답에 케이의 눈빛이 일렁였다.

"그건 브루클린의 성녀 시리즈가 아니고, 이번에 새로 만든 상품이래요. 풍차 모양이 알록달록해서 귀엽죠?"

"……."

"중사님?"

옥상 난간 위로 올라간 케이가 무표정한 얼굴로 아래를 내려다보고 있었다. 반듯하게 선 몸은 금방이라도 앞으로 고꾸라질 듯 위태로워 보였다. 나츠는 조마조마한 얼굴로 그를 바라보았다.

중사님의 분위기가 평소와 다르다.

주변 온도가 뚝 떨어진 듯 한기가 느껴졌다. 차분하게 선 케이의 몸에서 알 수 없는 기류가 새어 나오고 있었다. 하얀 설원에서나 볼 수 있는 냉기가 아름답게 피어오른다. 케이는 곁눈질로 나츠를 응시하며 옅은 입김이 서린 입술을 열었다.

"아직도 유림이 네 이상형이야?"

"예?"

투명한 빛이 스며든 다색 눈동자가 진홍빛으로 물든다. 나츠는 두근거리는 얼굴로 케이를 바라보았다. 붉은 눈의 중사님이다. 이럴 때의 중사님은 숲 한가운데 자리한 호수처럼 아주 고요하고 깊게 상대를 사로잡는다. 그러다가 아름다운 숲의 요괴처럼 웃는다.

"유림은 안 돼, 내 거야."

"네? 제, 제가 감히 소위님을…… 저, 전혀요! 저는 전혀 그런 생
각이……."

"그래, 안 돼."

"그리고 소위님께서는 중사님을……."

나츠의 눈이 커졌다. 붉은 눈초리가 만족스럽다는 듯이 가늘게
웃고 있었다.

"소유하고 있지. 내 영혼과 육체, 집착과 광기에 가까운 사랑마
저도."

침이 꼴까닥 목구멍 뒤로 넘어갔다. 저 두 사람은 보는 사람의
애간장을 바짝 녹였다. 서로가 서로 없이는 절대 안 될 것 같은데,
어쩔 때는 서로를 파멸시킬 것 같이 위태로워 보이기도 했다.

케이는 뭔가를 감지한 듯 정면을 응시했다. 그의 입가에 사라질
듯 여운처럼 맺힌 곡선이 미소를 그렸다. 애틋한 눈빛에 환희가 차
오른다. 유림을 바라볼 때나 보여 주는 그런 애타는 표정이었다.

그의 시선이 먼 허공을 향했다. 나츠는 멍한 얼굴로 케이에게서
눈을 떼지 못했다. 허공에 몸을 툭 내려놓는 듯한 그의 몸짓이 월
광처럼 아름다웠다. 정면에서 돌풍이 불어왔다. 얼굴에 부닥치는
바람에 나츠는 질끈 눈을 감았다. 그 찰나, 바람을 휘감은 그는 난
간 아래로 순식간에 사라져 버렸다.

"중사님!"

뒤늦게 정신을 차린 나츠가 황급히 소리쳤다. 그는 식은땀을 흘
리며 옥상 아래를 응시했다.

"끼이이익!"

"끼에엑!"

정문에서 드레이크가 델타들을 이끌고 출격하는 게 보였다. 그 뒤로 커크와 랜스가 레이저 건을 든 채 따라 나오고 있었다. 후방 지원을 맡은 나츠는 엉겁결에 저격 소총을 움켜쥐었다.

'중사님은?'

그의 모습은 어디에도 보이지 않았다. 눈 뜨고 꿈이라도 꾼 건가 싶어 휙 뒤를 돌아보았다. 찌그러진 아크레인은 여전히 옥상 출입구 쪽 벽을 박은 채 연기를 뿜고 있었다. 문밖으로 툭 튀어나온 시체의 팔도 그 자리에 있었다.

마지막에 어딘가를 바라보던 케이는 뭔가를 찾아낸 듯한 표정이었다. 몸을 허공에 수직으로 뚝 떨어뜨린 그는 중력을 무시한 채 바람을 밟고 날아가는 것처럼 보였다.

— 아직도 유림이 네 이상형이야?

참 이상하다. 심장 떨리게 만들던 그의 붉은 눈동자가 오늘따라 서편에 부서지는 노을처럼 가슴을 알알하고 먹먹하게 만들었다. 장난스럽게 보이던 눈웃음도, 그녀는 내 거라고 나지막이 속삭이던 목소리도…….

두 번 다시 볼 수 없는 풍경을 보고 온 기분이었다.

나츠는 불안한 생각을 떨치려 총을 움켜잡았다. 몸을 낮추고 저격 자세를 취하자 머리 위에 먹구름이 드리운 것처럼 시야가 어두워졌다.

스코프 너머에서 빛들이 번쩍였다. 그는 어리둥절한 얼굴로 고개를 들었다. 저게 뭐지 싶어서 찌푸리던 눈동자가 이내 소스라치게 놀라며 커졌다.

"저게 뭐지?"

하늘 위를 벌 떼처럼 까마득히 채운 에어쉽들이 이쪽을 향해 날아오고 있었다.

상공을 낮게 배회하는 에어쉽은 초조한 기색이 다분했다. 그 속에 탄 셰인은 믿을 수 없다는 눈초리로 무섭게 질주하는 유림을 내려다보았다. 그녀의 뒤로 머리가 두 동강 난 안드로이드들이 쓰러져 있는 게 보였다.

"와, 쟤 진짜……."

그녀의 붉은 눈을 본 셰인은 껴입은 방탄복을 확인했다. 그가 도주할 준비 중이라는 걸 눈치챈 유림은 걸음을 멈추고 붉은 입술을 열었다.

— 멈춰.

셰인은 "아악!" 비명을 지르며 머리를 부여잡았다. 섬뜩한 목소리가 두개골을 열고 직접 속삭인 것처럼 생생하게 울려 퍼졌다. 귀에서 '삐이이이' 하고 이명이 울렸다. 어디선가 알 수 없는 언어가 두개골을 조이며 흘러들고 있었다.

— Καταστρέφεστε τον εαυτό σας…….[8]

---

8 'Destroy yourself스스로를 파괴하라'라는 뜻이다.

지상의 안드로이드 병사들이 별안간 관절이 꺾인 것처럼 팔다리를 끼릭끼릭 움직이며 오작동을 보이기 시작했다. 셰인은 관자놀이를 주무르며 고래고래 소리를 질렀다. "공격해! 공격하라고!" 그가 날뛰며 명했지만, 전달이 되지 않는 건지 명령을 수행할 수 없는 건지 안드로이드 병사들은 기름칠이 필요한 철가면처럼 바닥에 끼끽거리며 엎어졌다.

코어 이상이었다. 접속 단자나 회로에 이상이 생긴 것 같은데, 뇌파 신호를 전달받는 코어가 과부하라도 걸린 것처럼 '푸시식' 하고 망가졌다. 원을 그리며 쓰러진 안드로이드들 중심에는 유림이 서 있었다. 그녀는 울분에 찬 눈으로 쓴웃음을 머금었다.

'조금은 속이 시원하니?'

어디서부터 이 마음의 빗장이 풀린 건지 모르겠다.

이브가 수면 밖으로 나오면, 그때부터는 태풍 속에 갇힌 것처럼 정신이 번쩍 들었다가 또 번쩍 사라지기를 반복했다. 가슴의 들판에 걷잡을 수 없는 화염이 치솟는다. 온몸을 열기로 태워 버릴 것 같은 분노는 상대의 끈적끈적한 잔해를 뒤집어써야 소강된다. 핏줄이 도드라진 붉은 눈은 동공을 잡아먹고 정신까지 갉아먹지만 광기 속에서 단 하나, 선명하게 다가오는 감각이 있었다.

피.

그것이 유일하게 그녀를 흥분시키고 또 진정시켰다.

셰인은 비틀거리며 에어쉽 문을 열었다. 쪼개질 것 같은 머리를 부여잡으며 밖을 내다본 그는 인상을 찌푸렸다. 유림의 모습이 보이질 않았다.

"뭐야, 어디 갔……."

'쾅!' 하고 부닥쳐 온 무언가에 에어쉽이 출렁이며 흔들렸다. 셰인은 바닥에 넘어지며 천장에서 내려온 안전 손잡이를 잡았다. 그의 눈이 휘둥그레 커졌다.

유림이 문밖에 매달려 있었다. 펄럭이며 흩날리는 하얀 위생복이 검은 머리칼과 대조되었다. 붉은 눈과 창백한 입술. 무채색의 그녀는 얼음장 같은 눈초리로 그를 쏘아보았다.

다리에 쥐가 난 셰인은 주저앉은 채 바닥을 더듬으며 총을 찾았다. 안쪽으로 들어온 유림은 바닥에 떨어져 있던 총자루를 에어쉽 바깥으로 걷어찼다. 그러고는 그의 뒷덜미를 낚아채 질질 끌고 가기 시작했다.

"놔! 안 놔?"

셰인은 속절없이 끌려가면서도 거세게 반항했다. 그녀는 곁눈질로 문이 활짝 열린 에어쉽 밖을 내다보았다. 질주하는 에어쉽은 어느새 바람의 도시에 도달해 있었다. 그 많던 구름 떼 빌라들은 어디 갔는지 없고 텅 빈 하늘에는 건물 몇 개만 호젓하게 서 있었다.

십오 년 전, 실험실에 갇혀 있을 땐 나비가 되어 바람에 몸을 맡기고 싶었다. 상상 속 서풍은 그리운 향기들을 실어 날라 주었다. 사라의 자장가와 바딤의 연장 소리, 아담이 연주하는 바이올린 소리는 눈을 감고 붉은 언덕에 오를 때마다 언제든 들을 수 있었다.

바람은 자유로웠다.

"야, 너 미쳤어? 미쳤냐고!"

유림은 발버둥을 치는 그를 데리고 에어쉽 문 앞에 섰다. 얼굴에 부딪혀 오는 파풍이 시원했다. 그녀는 몽롱한 눈으로 허공을 응시했다. 셰인은 그런 유림의 얼굴을 쳐다보다가 안색이 파리하게 젖었다.

평소 정 소위의 분위기가 아니었다. 약에 취한 것처럼 눈동자에 초점도 없고, 핏기 없는 보랏빛 입술은 섬뜩했다. 그녀 특유의 상대를 도발하는 눈빛에 생기 넘치는 표정은 어디에도 없었다. 아까부터 몽유병 환자처럼 넋을 잃고 있는 게 아무래도 제정신이 아니었다.

세인은 발악하며 소리를 빽 질렀다.

"야, 정유림! 정신 안 차릴래? 미쳤어? 죽으려면 혼자 죽어! 왜 사람을 물귀신처럼 잡고 난리야? 돌았냐고! 아아악, 씨발! 이거 놔 아아아! 놓으라고!"

높은 곳이 왜 두려운지 궁금했다. 바람과 하늘이 이토록 좋은데 어째서 높은 곳에만 오르면 다리가 후들거리는지 알 수 없었다. 한 번쯤은 '둥실' 불어오는 바람결에 '풍덩' 하고 몸을 내던지고 싶었다. 두려움 따위 훨훨 날려 버리고 편안한 마음으로 날개를 펼치듯 뛰어 보고 싶었다.

그러면 분노와 울분으로 터질 듯한 가슴이 조금 시원해질지 몰랐다. 이 고통과 외로움을 영원히 끊어 내고 가슴을 뻥 뚫을 수만 있다면, 이 끔찍한 감각과 악몽을 종결시킬 수만 있다면.

다 끝내고 싶다, 자유롭게 날아서.

세인의 비명 소리가 메아리치듯 처절하게 울려 퍼졌다. 유림에게 잡힌 채 허공에 기우뚱 떨어지는 그의 눈동자가 공포로 확장되었다. 상공에서 발버둥 치던 그는 등에 착용하고 있던 낙하산복을 떠올렸다. 세인은 옆구리와 등을 더듬다가 얼른 낙하산복 버튼을 눌렀다.

추락하는 두 사람을 포착한 건물들 사이에서 안전 그물망이 '팡!' 하고 튀어나왔다. 촘촘한 그물망은 손처럼 뻗어 와 유림의 몸을 휙 낚아챘다. 그물망에 돌돌 휘말린 유림은 뒹굴거리며 그물 안에서 통통 튀어 오르다가 스펀지형 바닥에 털썩 떨어졌다. 그녀는 사지를 펼친 채 하늘을 바라보며 멍한 눈을 깜빡였다.

'땅인가?'

등에 닿는 안전한 감촉이 느껴졌다. 답답한 기분에 실망스러운 눈빛이 지어졌다.

날개 없는 비상은 불가능하다. 속박된 채 덜컹거리는 부서진 마음을 끊어 내는 데에도 실패했다. 자유를 만끽할 시간조차 없었다. 온몸이 솟구치는 피로 뜨거운 가운데 여전히 가슴 한가운데는 황량하고 덧없는 느낌이었다. 온갖 감정이 꾸역꾸역 차오르는데 채울 곳이 없어 허망하다.

몸을 일으킨 그녀는 좌우를 두리번거렸다. 셰인이 보이지 않았다. 잽싸게 낙하산을 펼친 그는 그물망을 피해 다른 곳으로 날아간 모양이었다.

유림은 손등과 팔다리에 든 보랏빛 멍을 내려다보았다. 금세 사라질 멍이니 신경 쓸 필요는 없다. 문득 저 멍이 그냥 쭉 남았으면 좋겠다는 생각이 들었다. 발바닥이 새까만 걸 확인하고선 다시 걷기 시작했다. 바스락거리며 발바닥을 찌르는 돌멩이가 느껴졌지만 상관없었다. 상처는 흉이 남을 때나 걱정되는 법이다.

멀리 빵집이 보였다.

서서히 늦추던 걸음을 멈췄다. 하늘은 나는 돼지 간판이 오늘따라 풀죽어 보였다. 불 꺼진 조명 때문일까? 늘 유쾌하게 웃고 있던 돼지가 시무룩한 눈길로 그녀를 기다리고 있었다. 기다리고 있었다는 건 말이 안 되나? 환각과 망상에 미쳐 가는 머릿속에선 이제 돼지 간판도 살아 움직이는 것처럼 보이는 모양이다.

혼잣말을 하던 유림은 실소를 터뜨렸다. 허탈한 눈빛으로 양손을 내려다보았다. 붉은 피로 젖은 손에서 비린내가 났다. 그녀의 표정이 슬프게 일그러졌다.

"아이구, 우리 성녀님 아니세요?"

창밖에서 어른거리는 그림자를 본 폴이 얼른 가게 문을 열며 소리쳤다. 유림은 깜짝 놀라 양손을 뒤로 감췄다. 그녀를 본 폴이 위생모를 벗고 걸어오며 걱정스럽게 물었다.

"세상에 이 피 좀 봐! 다치셨어요? 괜찮으세요?"

폴은 입고 있던 하얀 위생복 소매로 유림의 뺨을 슥슥 문질렀다. 유림은 당황한 눈초리로 굳은 채 서서 그를 쳐다보았다. 제가 다친 것도 아닌데 그의 얼굴은 온통 속상해 죽겠다는 표정이었다. 폴의 커다란 덩치 뒤로 유리 케이스에 덮인 케이크 진열대가 보였다. 유림은 얼굴의 피를 닦아 주던 그의 손을 뿌리치고 빵집 안으로 들어섰다.

케이크 진열대 바닥에서 올라오는 냉기가 은은한 조명에 반짝이며 피어올랐다. 삼단 진열대에 나열된 케이크들은 제각각 알록달록한 색감을 뽐냈다. 바람의 도시 내에서 유일하게 인공지능이 아닌 사람이 운영하는 상점. 폴의 케이크에는 이야기가 담겨 있었다. 그가 살아온 인생의 이야기가.

어느새 종류가 더 다양해진 피규어들이 진열대 맨 위층에 쪼르르 나열되어 있었다.

쌍검을 든 브루클린의 성녀 시리즈.

이제는 바람의 도시의 명물이 된 상품이었다. 진한 초콜릿색 피규어를 바라보던 유림은 못 보던 피규어들 쪽으로 눈길을 돌렸다.

초콜릿 언덕 위에 피스타치오색 바람개비 모양 피규어들이 금방이라도 수레바퀴처럼 졸졸 돌아갈 듯 우뚝 서 있었다.

"아, 이번에 새로 만든 아이들인데 아직 못 드셔 보셨죠? 곧 아내 기일이 돌아오길래 뭘 할까 고민하다가 만들어 봤어요."

일렁이던 눈동자가 흐려졌다. 가슴에 누가 뜨끈한 물을 붓는 것처럼 심장이 뻐근하게 팽창했다. 코끝이 시큰거렸다. 유림은 목멘 울음을 억누르며 어금니를 있는 힘껏 사리물었다.

"아저씨, 여기서 뭐해요? 다들 대피한다고 난린데."

"우리 성녀님이 지켜 줄 건데 뭐."

폴은 격자무늬 커튼이 쳐진 조리대 안쪽 서랍에서 하얀 구급상자를 꺼냈다. 느긋한 말투로 푸근하게 웃으며 커튼 사이로 나오던 그는 허겁지겁 상자를 열다가 물건을 와르르 쏟았다. 곁눈질로 그 모습을 바라보던 유림은 '풋' 하고 작게 웃었다. 여전했다, 곰 같은 몸으로 서툰 면모는.

빨개진 코끝으로 쿡쿡 웃던 그녀는 금세 어두워진 표정을 지었다. 잠긴 목소리가 입술 새로 중얼거리듯 흘러나왔다.

"성녀는 미쳤어. 제정신이 아니라서 낙원 여기저기를 부수고 다닐 거야. 도망가요, 아저씨. 얼른 도망쳐."

"에이, 이래 봬도 내가 자칭 성녀님 팬 1호인데 가길 어딜 가."

그는 바닥에 떨어진 구급약품을 주워 담으며 주름진 눈으로 웃었다. 걱정 없는 얼굴로 고개를 든 그는 유림을 향해 이리 오라고 손짓을 했다. 태평해 보이는 폴을 보며 유림은 울컥해서 소리쳤다.

"그게 무슨 바보 같은 소리야! 다치거나 잘못되면 어쩌려고?"

"우리 성녀님이 내 걱정을 다 해 주고, 내가 참 영광이네. 허허,

더 바랄 게 없어."

"아저씨!"

깜짝 놀란 그가 놀라서 다시 상자를 떨어뜨렸다. 유림은 뭐라고 말하려다 입술을 꾹 깨물었다. 말 못할 상황에 눈시울이 뜨끈해졌다. 가슴에 누가 불구덩이를 쑤셔 넣은 듯했다. 뜨겁고 답답한 게 목구멍을 콱 틀어막고 목젖을 수도꼭지처럼 비틀었다. 왈칵 명치에서 뭔가가 쏟아져 나올 것만 같았다.

"성녀님?"

그녀는 도망치듯 가게 밖으로 나왔다. 폴이 그녀의 뒤를 황급히 쫓았다. 그는 성큼성큼 따라와 유림의 어깨를 덥석 잡아 세웠다.

"괜찮아요? 아니, 치료는 하고 가야지…… 서, 성녀님?"

그는 흐느끼듯 고개를 떨어뜨리는 유림을 보며 머뭇머뭇 손을 놓았다. 처연하게 떨어진 그의 눈썹이 한동안 그녀의 여린 어깨를 지켜보았다. 안아 주고 싶어도 안을 수 없는 손이 오갈 곳 없이 괜히 주머니만 푹 찔렀다.

"성녀님, 나는요…… 난 어디 못 가요. 우리 가족이 여기 다 있거든."

유림은 어깨를 떨었다. 숨죽여 우는 울음소리가 입을 틀어막은 손등 사이로 새어 나왔다. 폴은 슬픈 미소로 애써 밝게 말했다.

"아이고, 우리 성녀님 왜 울어! 눈물 뚝 하시라니까? 내 걱정은 마요. 우리 아들 녀석이 노상 투덜거려도 날 끔찍하게 챙겨요. 아주 귀찮을 정도예요. 날 닮아서 싸움은 더럽게 못하는데 비상한 데가 있거든. 이 녀석이 우리 빵집은 미사일이 날아와도 안전하게 지어 놨다고 했어요. 주민들이 대피한 방공호보다 여기가 더 안전할걸? 그러니까 성녀님…… 난 여기서 꼼짝 말고 기다릴 거예요. 우리 성녀님이 무사히 올 때까지 어디 안 가고 기다릴 테니까, 나는 신경 쓰지 말고 우리 성녀님이나 다치지 않았으면 좋겠어요."

그는 등 돌린 채 서 있는 그녀의 손에 덥석 구급약을 쥐어 주었다. 유림은 그냥 가려는 그의 옷소매 끝을 저도 모르게 붙잡았다. 폴의 눈이 멈칫 커졌다. 그는 머뭇거리며 자신의 소매를 잡은 그녀의 손을 바라보며 눈시울을 붉게 적셨다. 피와 수액이 잔뜩 묻은 손, 얼마나 아팠을까?

서로의 손을 만지작거리며 잠긴 목을 삼키던 둘은 목구멍까지 올라온 속내를 힘겹게 억눌렀다.

"이 옷 말고 전투복 입어야죠. 브루클린의 성녀는 그걸 입어야 멋진데."

"……알았어, 잔소리 되게 많네."

유림은 구급약을 받은 손등으로 눈두덩을 비볐다. 코를 훌쩍이며 가던 그녀는 어깨 너머를 흘끗 돌아보았다. 폴은 너털웃음을 지었다. 다치지 말라고, 그 말 한마디만 덧붙이고 싶었는데 차마 입이 떨어지질 않았다.

유림은 고개를 뒤로 젖히며 하늘을 향해 눈을 깜빡였다. 쏟아지려는 눈물을 억지로 참는 게 이렇게 힘든 일인 줄 몰랐다. 군인은 감정적이 되어선 안 된다. 군인은 그래야 한다지만 지금 그녀의 손은 누구를 위해 총을 잡고 있는가?

손안에 꽉 쥔 연고가 터져서 손가락 사이로 하얀 크림이 줄줄 새어 나왔다. 꽉 쥔 주먹이 부르르 떨렸다. 울먹임을 참느라 어깨가 들썩이는 줄도 모른 채 그녀는 설움을 참는 아이처럼 턱과 미간에 힘을 주었다.

뒤에서 폴이 눈물을 뚝뚝 흘리며 웃는 게 보였다. 굳이 돌아보지 않아도 알 수 있었다. 오랜 기억 속에 남아 있던 풍경이니까. 폴한 테선 늘 딸기 케이크 냄새가 났다. 나비가 된 그녀에게 상상 속 바람이 실어다 주던 그것과 똑같은 냄새.

"흐…… 흐윽……."

참던 울음이 터지자 그녀는 억지로 뛰었다. 발바닥이 아팠다. 상처가 낫지 않을 것 같았다. 피딱지가 진 발로 돌아가면 폴 아저씨가 약을 발라 줄 거다. 그건 그거대로 괜찮았다.

— 성녀님, 나는요…… 난 어디 못 가요.

긴 시간의 고독 속에서 가족을 원망한 적도 있었다. 혹시 날 잊어버린 건 아닐까, 이제 어쩔 수 없는 것이라며 포기한 건 아닐까, 그런 생각에 홀로 분노한 적도 있었다. 그래서 몰랐다. 파도가 쓸고 가버린 자리를 하염없이 바라만 봐야 했던 이들의 심정이 어땠을지는.

이번에 돌아오면, 그때는 다 함께 케이크를 먹을 거다. 다 함께 카레도 먹고, 다 함께 식탁에 옹기종기 앉아서 옛날이야기도 하고…… 그렇게 다 해 볼 것이다. 그러니까 기다리고 있어. 이번에는 꼭 돌아올게.

뿌옇게 된 시야를 비비며 달려가던 그녀는 정면에서 걸어오던 누군가와 쾅 부딪혔다.

"아야!"

"찾았다."

나직한 음성이 손목을 잡고 품 안으로 잡아당기며 속삭였다. 달밤의 공기처럼 선선한 향기가 그녀를 한가득 끌어안았다.

"그렇게 눈 질끈 감고 달리다가…… 다치면 어쩌려고."

눈을 뜨자 고요한 눈동자가 그녀를 바라보며 조각 같은 입술에 호선을 그렸다.

"내가 속 타서 미치는 꼴 보려고 그래요?"

벌에 쏘인 듯 시큰시큰하던 코끝에 힘없는 웃음이 실렸다. 말로는 형언할 수 없는 안도감이 전신을 녹여 내린다. 유림은 비로소 긴장하던 온몸에 힘을 쭉 뺐다.

"케이……."

그는 엉망이 된 그녀의 몰골을 훑으며 속상한 눈빛을 지었다. 몸 여기저기가 피와 수액에 젖어 있었다. 손발은 시커먼 때로 모자라 자잘한 돌멩이와 유리 조각이 콕콕 박혀 있고. 이런 것도 자각하지 못할 만큼 끔찍한 악몽 속을 헤맨 거다. 가슴이 꽉 쥐어짜이듯 욱신거리며 아려 왔다.

유림이 목멘 목소리로 울음을 터뜨릴 듯 힘겨운 말들을 쏟아 냈다.

"케이, 나 자꾸 화가 나. 이상한 게 보이고…… 머릿속에서 나 아닌 누군가가 계속 말을 걸어와."

그가 그녀를 가만히 바라보며 눈을 마주쳤다.

"밀러랑 커크랑 랜스를 때렸어. 커크 녀석 갈비뼈랑 랜스 다리를 부러뜨리고 칼도 휘둘렀어."

"……."

"웁실론들도 공격하고, 또 내가……."

머뭇거리던 유림은 죄책감 어린 표정으로 그를 올려다보았다. 케이는 계속 말해 보라는 듯 고요한 눈길로 기다리고 있었다.

"내가 엘 카인도……."

그의 눈빛이 잠시 일렁였다.

"엘 카인도 죽었어."

정적이 내려앉았다. 유림은 눈을 질끈 감았다. 제 손에 고깃덩이가 되었던 엘 카인의 시체가 피 냄새까지 고스란히 눈앞에 재현되는 것 같았다. 말없이 서 있던 케이는 그녀의 이마와 뺨에 달라붙어 있던 피딱지를 어루만지며 쓸어내렸다.

"녀석에게는 황홀한 죽음이었겠네요."

잔잔한 음성에 유림은 감았던 눈을 살포시 떴다. 그가 희미하게 웃고 있었다. 조금은 부럽다는 듯이.

"나…… 괴물이 된 거 같아."

유림이 괴로운 얼굴로 눈물방울을 큼직하게 뚝뚝 떨어뜨렸다. 케이는 웃음 밴 얼굴로 유림의 입술에 쪽 입을 맞췄다.

"내 눈 봐요. 붉어요?"

"아니."

"붉은 눈은 분노의 증거예요. 평소에는 그걸 이렇게 억누르고 평온한 척하고 있지만, 내면 깊은 곳은 늘 어둠과 광기가 몰아치고 있어요. 유림은 아직 그게 조절이 안 되는 것뿐이에요. 아이처럼 불안정한 상태니까……."

"나도 엘 카인처럼 된 거야?"

케이는 입가에 웃음기를 머금었다. 그는 그녀를 끌어안더니 정수리에 턱을 대고 속삭였다.

"예전에 나도 스스로에게 같은 질문을 한 적이 있어요. 기억나요? 그 답을 유림이 줬던 거."

"내가?"

"내가 짐승이 아니라는 증거. 나에게도 온기를 주고 간 사람이 있다고."

유림의 눈동자가 멈칫 일렁였다. 케이는 그런 그녀의 뺨을 쥐더니 고즈넉이 내려다보았다. 천천히 입을 맞추려던 그의 눈이 물끄러미 그녀를 응시했다. 그와 시선이 마주친 그녀의 붉은 눈동자가 혼란을 안고 소용돌이치며 어그러졌다.

유림은 스스로를 체벌하는 경향이 있다. 지금처럼 자기 자신에게 벌을 내리는 그녀를 볼 때마다 생각했다.

'그녀를 이렇게 만든 건 나다.'

유림은 천성적으로 순수하고 선한 존재였다. 혼돈과 어둠 속에서 태어난 그와 달리, 빛과 질서를 따르며 살아갈 사람이었다. 그걸 억지로 물들인 게 자신이었다. 사라의 깨끗하고 곧은 마음씨에 붉은 광기를 끌어안으려니 이렇게 괴롭고 힘든 거다.

하지만 미안하진 않았다.

이기적이라 욕해도 할 말은 없다. 그녀를 끌어들임으로써 그는 오히려 지독한 고독과 절망 속에서 구원받을 수 있었기에.

"그냥 다 그만두고 나랑 떠날래요?"

그가 흐릿한 눈으로 말했다.

"낙원도 버리고, 로스티아벤도, 헤벨도 다 잊고…… 알혼 섬으로 돌아갈까?"

유림의 눈동자가 점차 커졌다. 놀란 듯 굳은 그녀의 눈이 물끄러미 대답을 기다리는 그의 얼굴을 잠시 바라보았다. 이윽고 그녀는 뭔가를 발견한 듯 젖은 눈을 일렁였다. 그의 반듯한 콧날 위를 가로지른 눈물 자국이 옅게 남아 있었다.

그녀는 천천히 손을 뻗어 그의 콧날과 뺨을 어루만졌다. 아직 녹녹하다. 물기가 남아 있는 온기에 그녀의 눈시울도 시큰해졌다. 담담해 보였던 그의 눈빛 속에서 휘몰아치는 감정이 보였다. 아무렇지 않은 척하며 늘 다정하고 부드럽게 그녀를 감싸 안던 그의 고통이 가슴에 가시처럼 따끔하게 박혀 왔다.

유림을 깨질 듯 소중하게 안은 케이가 절박한 목소리로 물었다.

"거기서 우리 그냥…… 결혼할까?"

유림의 눈에 고인 눈물이 후드득 떨어졌다. 말없이 허공을 바라보던 그녀를 향해 그의 입술이 천천히 다가왔다. 차갑지만 다정한 숨결이 입술을 한 입 베어 삼켰다. 하아, 둘 중 누군가의 한숨이 하얀 입김이 되어 바람에 실려 갔다. 입술 사이를 오가던 그의 혀가 안타까우리만큼 조심스럽게 그녀의 아랫입술을 핥았다. 바스러질 듯 빨아 삼킨 입술이 들뜬 숨을 불어넣으며 그녀를 응시했다.

"유림?"

그녀의 손이 그를 멈춰 세우듯 밀어냈다. 케이는 뭔가로 끈적끈적한 그녀의 손을 내려다보았다. 손가락과 손등 새로 하얗게 터져 나온 연고가 그의 옷에까지 진득하게 묻어 있었다. 얼마나 세게 쥐고 있던 건지 눅눅해진 연고가 난로처럼 따뜻했다.

유림은 괴로운 눈으로 울먹이며 중얼거렸다.

"폴 아저씨가 기다릴 거래."

줄곧 충혈된 채 괴롭게 타오르던 그녀의 눈동자가 굵은 눈물을 뚝뚝 흘리며 그를 바라보았다. 꽝꽝 얼어 있던 것이 한꺼번에 녹아

내리듯 끝없는 눈물이 쏟아져 내리고 있었다.

"바보같이 내가 올 때까지 기다리겠대."

멍하니 듣던 케이가 충혈된 눈으로 허탈하게 웃었다.

'이 영감이……'

덜 떨어진 훈련생 하나를 구하기 위해 델타들로 득실거리던 입대 테스트 장에 뛰어들던 여자였다. 불법 체류자인 주민들을 보호하기 위해 앞장서 검을 뽑고, 적이라 할지어도 약한 여자애를 구하려 몸을 날리던 여자였다. 그런 그녀가 만신창이가 되어 마음이 부서진 채 울고 있었다.

"울지 마."

세상 누구보다도 이브를 사랑하고 있다고 여겼는데, 다시 만난 유림은 그에게 또 다른 사랑을 가르쳐 주었다. 그녀가 가르쳐 준 온기로 그녀를 다시 녹이는 건 어려운 일이 아니었다.

"8분 31초."

그가 '쉬이' 하며 바람처럼 그녀를 안았다.

"눈 감아, 무서운 생각들…… 내가 다 없애 줄 테니."

입을 꾹 다문 채 흐느끼던 유림은 주문처럼 속삭이는 케이에게 안겨 스르르 눈을 감았다. 손바닥에 끈적끈적하게 달라붙어 있던 연고가 툭 떨어졌다. 몽글몽글하게 덩어리진 크림을 떼어 내며 그의 허리를 감은 주먹을 옹송그렸다.

— 만 번을 기도하면, 만 번을 소망하면, 만 번의 바람개비를 돌리면…… 다시 만날 수 있을까?

먼 길을 돌고 돌아서 보게 된 풍경은 노을도 지고, 달도 지고, 별도 진 뒤였지만 소망하던 바람만은 남아서 기다려 주고 있었다.

그가 남겨 둔 다정한 한 줌만은.

"아직도 이브가 머릿속에서 속삭여?"

"응."

"뭐라고 하는데? 나도 좀 듣자, 우리 이브가 뭐라 하는지."

유림은 소리 없이 입가에 미소를 그렸다. 그녀는 그의 가슴에 뺨을 기대며 말했다.

"사랑한대."

담운이 남긴 곡선처럼 웃던 그의 눈빛이 잘게 흔들렸다.

"이브가 모두를 사랑한대. 엄마도, 아빠도, 아담도, 케이도, 아서도, 마이클도, 메리도…… 정말 많이 사랑한대."

소녀는 물안개가 걷힌 호수 위로 뛰쳐나왔다. 손안에 쥔 바람개비가 졸졸 돌아가며 노래했다. 첨벙거리는 호수 위로 한 줄기 햇살이 내려앉았다. 검은 수면이 반짝이는 입자를 뿜어내며 환하게 밝아졌다.

그녀는 빙판처럼 맑은 면을 밟고 빙글빙글 돌며 노랫말을 흥얼거렸다. 한 손을 잡은 바딤이 같이 돌며 웃었다. 반대편 손을 잡은 사라가 웃음을 터뜨렸다. 그리고 맞은편에서 다가온 아담이 그녀를 높이 들어 안으며 입을 맞췄다.

어둠이 사라진 호수가 거울처럼 부서진 채 드넓은 초원으로 변했다. 언덕 위를 물들인 석양이 따스하게 그들을 비췄다.

케이가 섭섭하다는 표정을 짓더니 한숨처럼 말했다.

"나만 사랑해 줬으면 좋겠는데."

유림이 웃음을 터뜨렸다. 그녀는 케이의 겨드랑이 사이를 손으로 파고들며 간지럼을 폈다. 그가 눈을 크게 뜨더니 간지럼 피우는 손을 피해 그녀의 귓불을 장난스럽게 깨물었다. 서로를 끌어안은 두 사람은 장난을 치며 어린아이처럼 캬득캬득 웃었다. 그녀는 그의 뺨을 잡아당기며 '쪽' 하고 입술 도장을 눌렀다. 뭔가를 한 꺼풀 탈피한 듯한 눈동자가 흔들림 없이 맑게 빛났다. 그 모습을 바라보던 그의 입가에 노을처럼 잔잔한 곡선이 걸렸다.

이브는 더 이상 젖은 몸으로 웅크리지 않는다.

더 이상 그 무엇도 두렵지 않다는 눈빛의 소녀는 여신처럼 아름다웠다. 그 모습에 왠지 모를 아쉬움이 밀려왔지만 그럼에도 이렇게 행복한 것은…… 그녀가 조각난 시간 속에서 잃어버렸던 모습 그대로 기지개를 켰기 때문이다.

돌개바람이 눈두덩을 스쳤다. 서풍이 춤을 추듯 불어와 입을 맞췄다.

"사랑해."

누구의 고백일지 모를 속닥거림이 하얀 숨결이 되어 머물렀다. 진주구름을 수놓은 기억이 나비처럼 날갯짓을 하며 흩어졌다.

이브가 웃고 있었다.

· · ·

아수라장이 된 낙원 전 지역에 왔슨 3세의 시스템 메시지가 떠올랐다. 홀로그램 메시지 창이 하얗게 반짝거리며 시선을 끌더니 그

위에 정장을 입은 아브라함의 모습이 나타났다.

– 안녕하세요, 주민 여러분. 관리자 알렉스 아브라함입니다.

폐쇄 도시에서 델타를 이끌던 드레이크가 인상을 쓰며 허공을 응시했다. 연구동 옥상에서 총을 겨누던 나츠도 굳은 얼굴로 고개를 들었다.

바람의 도시 주민들을 이끌고 미궁을 통과하던 제인은 어둠 속에서 황급히 달려온 고스트들을 보고 걸음을 멈췄다. 그들은 제인과 멜리사에게 밖에서 벌어지고 있는 상황을 전달하며 부릅뜬 눈을 부들부들 떨었다. 이대로 가다간 모두가 죽게 될 거라며 분통을 터뜨렸다.

– 지금으로부터 약 삼십 분 뒤, 낙원 내 스마트 더스트의 농도를 200%까지 올릴 예정입니다. 주민 여러분들께서는 안전을 위해 호흡기를 착용하신 뒤 대피소 내에 꼼짝 말고 대기해 주시기 바랍니다. 다시 한 번 말씀 드립니다. 낙원 내 스마트 더스트의 농도를······.

유림은 허공에 미친 듯이 떴다 사라지는 아브라함의 메시지를 보며 날카로운 눈빛을 지었다. 그녀는 손에 쥔 은색 검을 빙그르 돌렸다.

"아브라함이 왓슨 3세와 동기화를 마쳤어."

그녀를 뒤에서 끌어안은 케이가 속삭였다. 유림은 굳은 턱을 끄덕였다. 두 사람은 하늘에서 들려오는 소음에 고개를 들었다. 수많은 에어쉽들이 먹구름처럼 몰려와 하늘 전체를 가득 채우고 있었다.

"위즈덤의 에어쉽들이잖아."

에어쉽들을 빤히 쳐다보던 케이의 눈동자가 흠칫 커졌다. 폐쇄 도시 쪽으로 출격한 편대의 수송기들이 발사관을 열고 뭔가를 떨어뜨리고 있었다.

콰쾅!

쾅!

폭발음이 연이어 터졌다. 발밑에서 느껴진 지면의 충격에 돌 부스러기들이 탁탁 튀어 올랐다. 붉은 화염이 하늘 위로 솟아올랐다.

"안드로이드들이 자폭을 하고 있어."

유림이 결심한 듯 허리를 안은 케이의 손을 잡았다.

"우리도 실행하자."

그녀의 말에 고요히 일렁이던 그의 눈동자가 서늘하게 가라앉았다.

아브라함은 끝없이 밀려드는 빛의 물결 사이에 의식을 놓고 눈을 감았다. 극치의 쾌감이 전신을 관통한다.

낙원 전체가 손바닥처럼 훤히 내려다보였다. 조물주가 된 것처럼 지상 곳곳의 모든 정보가 쉴 새 없이 생생하게 흘러든다.

왓슨 3세는 어둠 속에 잠긴 채 그를 말없이 바라보고 있었다. 더 이상 그녀에게는 아무 통제권도 없다. 그녀는 이제 그의 명령어를 듣는 하위 AI 중 하나일 뿐이었다. 아브라함은 통쾌하게 웃었다.

그는 낙원을 떠도는 한 줄기 바람이자 낙원의 모든 것을 적시는 빗물이고 낙원 전체를 비추는 태양이었다.

폐쇄 도시가 내려다보였다.

스마트 더스트를 통해 상황을 내려다본 아브라함은 혀를 끌끌 찼다. 겨우 델타 몇십 마리에게 밀린 피닉스 부대는 전멸 수준이었다. 전투력은 비슷할 텐데 이상하다. 병기형 안드로이드 부대의 진면목은 지휘관의 능력에 크게 좌지우지된다. 그런데 그 지휘관이 보이지 않았다.

'셰인 녀석, 어디로 내뺀 거지?'

하늘을 까맣게 메운 수송기들이 발사관을 열었다.

"그만둬, 아브라함!"

어디선가 고래고래 외치는 고함 소리가 들려왔다. 스마트 더스트에 편승하고 있던 아브라함은 A 연구동 입구 쪽을 돋보기처럼 확대에서 들여다보았다. 잔뜩 흥분한 델타 사이에 서 있는 드레이크 앤더슨이 보였다. 그는 건물 그늘 밖으로 저벅저벅 걸어 나오더니 하늘을 올려다보며 성난 얼굴로 다시 외쳤다.

"네 녀석은 신이 아니야! 이 미친 짓거리들은 당장 그만둬!"

아브라함은 말없이 그를 응시하다가 놀랐다. 아몬드형의 새까만 눈동자, 날카로운 눈매 그리고 그를 따르듯 주변에 엎드린 델타들. 설마…….

"알파?"

반신반의하며 그를 뚫어져라 쳐다보던 아브라함은 이윽고 웃음을 터뜨렸다. 그의 통쾌한 웃음소리가 낙원 전체에 쩌렁쩌렁 울려 퍼졌다. 연구동 밖으로 나온 웁실론들은 곳곳에 떠 있는 아브라함의 얼굴을 한 홀로그램들을 보며 뒷걸음질을 쳤다. 웁실론 무리 제일 앞에 서 있던 밧세바는 긴장한 얼굴로 침을 삼켰다.

보는 것만으로도 매우 불길한 남자다. 주변을 모두 불행하게 만들 것 같은, 검은 기운으로 그득한 사내.

― 난 새로운 인류다. 신이었던 그대는 지렁이처럼 지상에서 꿈틀대고 인간이었던 나는 육체를 벗어나 새로운 형태로 진화했다. 이제 나는 그대를 내려다보고 그대는 나를 올려다본다. 기구한 운명 따위로 설명할 것이 아니지.

난 스스로 올라섰고, 그대는 스스로 추락을 택했으니까.

신나게 웃던 아브라함은 정색한 얼굴로 눈썹을 비스듬히 추켜세웠다. 그는 지구본처럼 동그란 홀로그램 형태로 지상에 내려오더니 드레이크와 마주하며 조롱 어린 표정을 지었다.

– 신들도 별거 없더군.

하늘에 떠 있던 수송기에서 은색 안드로이드들이 출격하며 허공에 몸을 말았다. 묵직한 쇳소리와 함께 지상에 착지한 그들은 달려오며 초록색 눈깔을 '삐삐' 경보음과 함께 빛내기 시작했다.

– 본기는 5초 후에 자폭합니다…….

– 자폭을 실행합니다.

쾅!

콰쾅!

다들 귀를 막았다. 파도처럼 연이어 달려오는 안드로이드들이 폭발할 때마다 델타들이 조각조각 찢기며 피를 쏟았다. 드레이크의 옆에 있던 델타들은 겁먹은 듯 끽끽대며 머리를 처박았다. 옥상에서 총을 겨누던 나츠도 당황한 채 서 있었다.

그만.

부드러운 목소리가 밤바람처럼 흩어졌다. 쾌감과 흥분으로 번쩍이던 회로가 잠시 우뚝 멈췄다. 아브라함은 우왕좌왕하며 사고 회로를 다시 가동시켰다.

'뭐지?'

그의 본체인 뇌 회로가 있는 큐브 홀에 긴장이 어렸다. 자폭 명령을 내린 안드로이드들이 일제히 멈춘 채 차렷 자세로 서 있었다. 하늘에 뜬 수송기들은 발사관을 접고 대기 상태였다.

'방금 무슨 일이⋯⋯.'

자신도 모르게 정지 명령을 내린 모양이었다. 그럴 생각이 전혀 아니었는데 불가항력으로 모든 것을 멈췄다.

'대체 어떻게 된 거지?'

크리스털처럼 반짝이는 큐브 홀 허공에 사람의 형체가 안개처럼 나타나기 시작했다. 아브라함은 홀린 듯 그 광경을 바라보았다.

허공에 앉은 자세로 등장한 케이가 무릎에 댄 팔에 턱을 괴며 생긋 웃고 있었다. 전신에 소름이 쫙 끼친 아브라함의 뇌 회로가 충격을 받은 채 번개처럼 번쩍이며 요동쳤다.

'낙원의 설계자? 저놈이 여긴 어떻게⋯⋯.'

그가 요물처럼 섬뜩하고 아름답게 웃고 있었다. 조각 같은 입술이 천진난만한 인사말을 건넸다.

"안녕, 대니얼 아브라함."

대체 큐브 홀 내에는 어떻게 들어온 거지? 잠깐, 저 모습은 실체가 아니다.

문득 스타시티 창립 파티에서 후계자였던 05번이 당했던 일이 생각났다. 알렉스의 뇌파에만 작용했던 환각 매체. 그것과 비슷한 방식이었다.

'내 뇌파에 개입을 했다고?'

케이는 잠시 생각할 시간을 주듯 아무 말도 없었다. 아브라함을 빤히 쳐다보던 그의 눈가에 달콤한 눈웃음이 번졌다.

"이번에 네가 개발한 뇌파 인식 안드로이드의 코어를 해독하는

데 걸린 시간은 정확히 한 시간. 사실 한 시간도 채 걸리지 않았어. 그렇다면 여기서 문제, 뇌를 융합한 평의원들의 의식체를 왓슨 3세의 새로운 코어로 만드는 데에는 과연 얼마의 시간이 걸렸을까?"

아브라함은 당황한 채 할 말을 잃었다.

'설마 평의원들의 의식체를…… 바이러스로 심어 놨다는 건가? 그 단시간에 그들을 왓슨 3세의 코어로 만들었다고?'

큐브 홀 전체에 빛이 번쩍이며 충격파가 진동을 했다. 케이는 주위를 휙 둘러보더니 혀를 찼다.

"아브라함, 네가 간과하고 있는 게 뭔지 알려 줄까? 넌 인간이 아니야. 오히려 거대한 인공지능에 가깝지. 네 뇌는 전산화된 빛의 기호들로 움직이고 있어. 그게 왓슨 3세와 뭐가 다르지? 위즈덤에서 만든 안드로이드들처럼 너 역시도 명령어를 받으면 따를 수밖에 없는 프로그램에 불과해."

'마, 말도 안 돼!'

"말도 나오지 않지? 왜냐면 내가 널 지금 뮤트 상태로 지정해 놨거든. 회로가 번쩍이고 난리치는 걸 보니, 충격이 꽤 큰가 보군."

케이는 쉴 새 없이 번쩍거리는 큐브 홀을 올려다보며 피식 웃었다. 그러다가 바로 정색한 표정을 지었다. 차갑게 얼어붙은 그의 눈초리에서 서늘한 살기가 뚝뚝 떨어졌다.

"누군가의 머릿속을 헤집는 건 내 특기지. 이제부터 네게 세상에서 가장 황홀한 공포를 선사하려고 해. 네가 남들에게 그리했던 것처럼 나도 네 영혼을…… 아주 잘게 도륙 내 볼 생각이거든."

나긋하게 속삭이던 그의 목소리가 흐르는 물처럼 의식 곳곳에 스며들었다.

'말도 안 돼, 이건 악몽이야!'

물방울이 수면 위로 '똑' 하고 떨어진다. 범람한 채 광활하게 펼쳐져 있던 그의 호수가 우묵한 바닥을 드러냈다.

그득하던 그의 의식이 물길을 따라 어디론가 끌려갔다. 가뭄처럼 갈라진 토양 사이로 흐르던 물길마저 마르자 호수 밑바닥에는 죽은 잡초만이 무성하게 남았다.

그 순간, 말로 형언할 수 없는 공포심이 밀려왔다.

'안 돼!'

아브라함은 고함치며 절규했다.

'안 돼애애! 그만둬!'

울부짖는 그의 목소리가 빛 하나 없는 어둠 속에서 다시 한 번 처절하게 울려 퍼졌다.

비눗방울처럼 부풀던 마지막 물방울이 '똑' 하고 터졌다.

위즈덤의 수송기들이 황금의 바벨탑을 향해 화살처럼 모여들었다. 떼 지어 날아오던 그들은 날개 밑에 위치한 발사관을 열었다. 각각 여섯 기의 안드로이드를 실은 수송 에어쉽들은 그들을 지면에 우르르 떨어뜨린 뒤 우회해 건너편 하늘로 사라졌다.

지상을 가득 메운 안드로이드들은 착지하자마자 무서운 속도로 위즈덤 본사를 향해 뛰어들었다.

쾅!

본사 내에서 함께 움직이던 요한과 사샤는 밖에서 들려오는 굉음에 굳은 얼굴로 서로를 응시했다.

"서둘러야 돼."

마침 두 사람이 타고 있던 엘리베이터가 지하 2층에 '띵' 소리를 내며 멈췄다. 엘리베이터 문이 열리자마자 사샤는 검은 대리석 바닥 위를 뛰었다. 요한은 지팡이를 짚으며 절뚝절뚝 그녀의 뒤를 좇았다.

지하 2층은 위즈덤의 연구소와 실험실이 위치한 곳이었다. 아브라함 회장이 이곳에 있으니 분명 가까이 두는 연구원들도 스타시티에서 위즈덤으로 소속을 옮기고 따라왔을 거란 게 요한의 추측이었다.

회색 천장에 단조롭게 박혀 있는 동그란 조명들.

오페라 하우스처럼 화려하던 본사 입구의 외관과 달리 이곳은 무채색의 공간이었다. 안드로이드 비서관들도 보이지 않는 차가운 복도 끝에는 작은 연구실 하나가 숨어 있었다. 감옥처럼 네모난 철문으로 이루어진 연구실 문은 비밀스러운 느낌을 선사했다.

"스마트 더스트가 아니었다면 절대 알 수 없었을 거야, 이런 곳에 위치한 비밀 연구실 따위."

숨 가쁘게 좇아온 요한도 의심스러운 눈으로 직사각형 쇠문을 쳐다보았다. 최첨단 시설을 갖춘 위즈덤 내에 이런 구식 수동 문이라니, 홀로 동떨어진 무인도 같은 공간이었다. 망설이는 듯한 표정으로 서 있던 사샤는 주먹을 쥐더니 문을 '쾅쾅!' 두들겼다. 요한은 놀란 표정으로 "쉬이!" 하며 사샤의 팔을 붙잡았다. 뒤를 흘끗거리며 경계하는 그에게서 조바심이 느껴졌다.

'끼익' 하는 소리와 함께 문이 열렸다. 누군가 문틈으로 눈알을 굴리며 빼꼼 밖을 내다보았다. 듬성듬성 빠진 머리칼 사이로 휑한 정수리가 보였다. 끝이 헤져서 낡은 소매가 문틈 사이로 삐져나왔다. 그 사이로 나온 앙상한 손가락들이 거미처럼 기어다니며 벽을 짚었다.

수척한 몰골의 남자를 본 요한은 놀라서 뒤로 주춤 물러섰다.

"04번?"

검게 그늘진 눈 밑 지방이 불룩 튀어나온 남자는 오랜만에 듣는 소리에 흠칫하며 고개를 들었다. 요한을 본 남자의 눈동자가 얼어 붙은 채 파동을 그렸다. 수술로 생김새가 많이 달라졌지만 04번은 요한을 한눈에 알아보았다. 그가 말없이 슬픈 표정으로 웃었다. 요한의 눈시울이 뜨겁게 젖어 들었다.

'살아 있었구나.'

약한 몸이라 걸핏하면 폐기당할 위기에 처했던 아이였다. 영특한 두뇌 덕분에 아브라함 회장의 주목을 받은 적도 있었지만 유전적 결함 때문에 바로 눈 밖에 나고 말았다. 어릴 때도 체구가 작았지만 성인이 된 지금에도 04번의 키는 그의 어깨에 겨우 닿는 정도였다.

요한은 지팡이를 문틈 사이에 끼우며 안으로 들어섰다. 04번은 주춤거리며 벽에 등을 붙인 채 두 사람에게 길을 내줬다.

따로 통로라고 할 것도 없는 연구실 내부는 두 개의 작은 방으로 이루어져 있었다. 왼쪽 실험실에는 기다란 테이블 위에 시험관들과 삼각 플라스크가 즐비해 있었다. 유리 벽으로 나뉜 오른쪽 방에는 간이용 침대 두 개가 나란히 놓여 있는 게 보였다. 하나는 이곳을 지키는 04번의 것일 테고, 또 하나는…….

"06번의 것이니?"

요한의 질문에 04번은 홀쭉한 뺨을 패며 웃었다. 그는 실험대로 가더니 조르르 세워진 시험관들 중 하나를 뽑아서 내밀었다.

"이걸 찾으러 오신 거죠?"

긴 시험관 속에 담긴 투명한 액체는 중화제였다. 선뜻 받지 못하고 서 있는 요한 대신 사샤가 냉큼 시험관을 가로챘다. 그녀는 손아귀에 시험관을 꼭 쥐고선 요한의 옆구리를 찔렀다. 그리고 곁눈질로 출입구를 가리키며 입 모양으로 '얼른 나가자'고 속삭였다.

콰쾅!

밖에서 다시 폭발음이 들려왔다. 삼각 플라스크들이 충격에 잘랑잘랑 흔들렸다. 04번은 퀭한 눈으로 천장을 올려다보았다.

"우리와 함께 가자."

문 앞에 선 요한이 돌아서며 말했다. 04번의 푸른 눈동자가 동요로 크게 일렁였다. 오랜 시간 햇빛을 보지 못한 그의 등은 곡선으로 굽어 있었다.

요한은 착잡한 표정을 지었다. 04번의 얼굴은 깊은 주름과 머리숱이 없는 탓에 더 늙어 보였다. 어느 누가 그를 이십 대 청년으로 보겠는가? 하얗게 센 머리칼이 저렇게 몇 가닥밖에 없는 그를 어느 누가…….

괴로운 낯빛으로 갈등하던 04번은 힘없이 웃으며 실험대를 짚은 손에 몸을 기댔다.

"두 분은 가세요. 전 이 친구가 오면 데리고 나가겠습니다."

그가 곁눈질로 유리 벽 너머의 빈 침대를 가리키며 말했다. 요한은 한숨을 내쉬었다. 04번과 06번은 어려서부터 동고동락하며 서로를 한 몸처럼 여기던 사이였다. 죽을 때 같이 죽더라도 혼자만 빠져나갈 수는 없겠지.

엘리베이터에 올라탄 사샤는 주머니에 넣은 중화제를 손으로 꼭 움켜쥐었다. 아까부터 뭔가를 곰곰이 생각하던 그녀는 이해가 되지 않는다는 표정으로 중얼거렸다.

"06번이라면 낙원의 관리자인 알렉스를 뜻하는 거지? 그는 이제에덴 타워 꼭대기에서 생활하잖아. 게다가 어쨌든 대외적으로는 위즈덤의 대표고 아브라함 회장의 후계자인데 저렇게 구석진 감옥같은 곳에서 지낸다는 게 이상하지 않아?"

사샤의 말에 요한의 눈빛도 의아한 파동을 그렸다. 두 사람은 혼란스러운 눈빛으로 서로를 쳐다보았다.

로비인 1층에 도착한 엘리베이터 문이 '띵' 하고 열렸다. 두 사람은 어두운 표정으로 나란히 내렸다. 정면을 본 사샤의 눈동자가 얼어붙었다. 창백하게 질린 그녀의 낯빛에서 식은땀이 흘러내렸다.

안드로이드 병사들이 개미 군단처럼 로비를 꽉 채우고 있었다. 노랗게 번뜩이는 눈알들이 일제히 데룩데룩 굴러 두 사람을 쳐다보았다. 소속된 편대가 없고 지휘관도 없는 안드로이드들은 적을보면 자폭하도록 설정된 상태였다.

"도망쳐, 사샤!"

요한이 그녀의 앞으로 뛰어들며 소리쳤다. 그는 허둥대며 총을 뽑았다. 절뚝대는 그의 주머니 안쪽에서 주사기 한 대가 툭 떨어졌다.

"뭐하고 있어? 빨리 가!"

부릅뜬 요한의 눈이 충혈된 채 그녀에게 소리쳤다. 사샤는 허리를 숙여 바닥에 떨어진 주사기를 주웠다. 요한은 그녀가 손에 쥔주사기를 보더니 애써 웃으며 가라고 손짓했다.

"버리고 가. 어차피 쓸모없는 거니까."

안색이 급격히 어두워진 그는 진즉부터 식은땀을 뻘뻘 흘리고 있었다. 혈중 스마트 더스트 농도가 위험 수치에 다다른 것이다.

사샤의 눈동자가 흔들렸다.

요한의 눈에 비친 그녀의 미소가 끔찍해 보이길 바랐다. 불구덩이 속을 사는 게 어떤 건지 그가 똑똑히 봤으면 했다. 자신은 두 다리를 잃었는데, 고작 절름발이 신세로 불우한 척 절뚝거리는 제 놈이 얼마나 가증스러운지 깨우치길 원했다. 수도 없이 많은 밤을 다짐했다. 다시 만나면 반드시 이 손으로 복수해 주겠다고.

피에 젖은 엘 카인을 보고 넋을 잃었던 제인의 모습이 뇌리를 스쳤다. 두 팔 두 다리 모두 잘려 나간 엘 카인과 몸을 섞던 옵실론들의 모습도 떠올랐다.

그들의 이해할 수 없던 행동들이 입가의 경련으로 와 닿았다. 세상에서 제일 죽이고 싶은 상대에게 연민을 느끼고, 때로는 사랑을 느낀다. 인간은 모순의 동물이다.

"사샤?"

요한의 눈이 휘둥그레 커졌다. 그녀가 그의 팔뚝에 주사기를 꾹 찔러 넣고 있었다. 사샤는 빈 주사기를 바닥에 내던지며 공허한 눈동자로 중얼거렸다.

"너 따위가 날 어떻게 지킨다고."

"사샤……."

목이 멘 요한은 차마 말을 잇지 못했다.

"너답지 않은 영웅 놀이는 그만둬."

경멸 어린 표정으로 말한 사샤는 샹들리에가 걸려 있는 로비 천장을 올려다보았다. 몸을 꼿꼿하게 편 그녀는 뭔가를 기다리는 눈치였다. 요한은 불안한 눈빛으로 그녀의 시선을 좇았다. 주렁주렁 매달린 크리스털 가지 등들이 휘청휘청 흔들리고 있었다. 건물 밖에서 불어오는 파풍과 진동 때문이다.

'진동?'

요한은 미간을 좁혔다. 출입구 쪽 위에 통유리로 된 벽이 덜컹거리며 위태롭게 바람을 막아내고 있었다. 닥쳐올 무언가에 대비하는 것처럼.

사샤의 표정이 환해졌다. 그녀의 영웅이 달려오기라도 한 것일까?

와장창!

강풍에 무너진 유리창이 날카로운 비수가 되어 비처럼 바닥에 쏟아져 내렸다. 방사형 샹들리에가 충격으로 깨지며 요란한 마찰음을 이뤘다. 바닥에 '쿵!' 하고 내려앉은 샹들리에 밑에는 안드로이드 수십 기가 깔린 채 지렁이처럼 꿈틀대며 팔을 허우적거렸다.

"사샤!"

요한이 그녀의 손을 덥석 잡았다. 몸을 동그랗게 만 채 귀를 막고 있던 사샤는 엉겁결에 그를 따라갔다. 하지만 몇 걸음 못 가서 그들 앞으로 안드로이드 하나가 초록색 눈을 '삐빅'거리며 등장했다.

─ 본기는 3초 후에 자폭합니다. 2초 후에 자폭합니다, 1초 후에 자폭…….

"피해, 사샤!"

사샤를 덥석 밀친 요한은 '삐이이' 하며 눈을 붉게 번뜩이는 안드로이드 앞에서 눈을 질끈 감았다. 어설픈 영웅 놀이가 아니다. 이제 와서 예전 일을 합리화시킬 생각은 더더욱 없었다.

그냥 어떻게든 살고 싶었다. 십오 년 전에도 그랬다. 도와준 친구들을 배신한다는 죄책감보다 살고 싶다는 생각이 강했다. 이번에도 다를 바 없었다. 아담의 말에 꼼짝없이 따랐지만 계속 도망칠 기회를 엿보는 중이었다. 바닥을 기어 다니는 쥐새끼처럼.

그런데 로비에서 사샤와 만난 순간 가슴이 덜컥 내려앉았다. 분노를 억누른 채 독 장미처럼 웃던 그녀를 보면서 그는 십오 년 전, 피눈물을 흘리던 자신의 모습을 보았다.

그때 그를 구해 준 것은 사샤였다. 그렇다면 지금 절망 속에 갇힌 그녀를 구해 줄 사람은? 아무도 없는 건가?

"요한!"

입을 틀어막은 사샤는 주춤 뒤로 물러섰다. 바닥에서 일어난 먼지바람에 그녀는 양팔로 얼굴을 가리며 눈을 질끈 감았다.

콰쾅!

거대한 폭발과 함께 뒤로 쓰러진 사샤는 혼미한 정신으로 몸을 일으켰다. 귀에서 '삐이이' 하고 이명이 들렸다.

불가시 모드를 해제한 아크레인 한 기가 안드로이드를 밀어 버린 채 그들 앞에 서 있었다. 아크레인 밑에 깔린 안드로이드는 부서진 채 턱만 남은 입구멍에서 연기를 '푸슉' 뿜어냈다. 은색 에어쉽이 날개처럼 문을 열었다.

유림이 안쪽에서 문을 걷어차며 등장했다. 그녀는 멍한 얼굴로 서 있는 사샤를 보더니 생긋 웃었다. 그 뒤로 따라 나온 케이가 고요한 눈길로 그녀를 내려다보았다. 얼굴에 까만 얼룩이 덕지덕지한 사샤의 눈에 눈물이 차올랐다.

"아담⋯⋯."

케이는 사샤의 앞에 다가와 몸을 숙였다. 그는 주먹을 쥔 채 펴지 못하는 그녀의 손가락들을 가만히 움켜잡았다. 하나씩 부드럽게 손가락을 펴주는 그를 보며 사샤는 말없이 눈물을 흘렸다. 줄곧 목숨처럼 손안에 부서져라 쥐고 있던 중화제는 무사히 그의 손에 건네졌다.

"고생했어, 사샤."

나직한 속삭임에 사샤는 울먹이며 고개를 끄덕였다.

"으윽!"

아크레인에 깔린 채 쓰러진 안드로이드들 사이에서 요한이 끙끙대며 몸을 일으켰다. 그의 오른쪽 눈두덩과 입가에서 피가 흘러내리고 있었다. 요한을 죽일 듯 노려보던 사샤는 성큼성큼 그를 향해 걸어갔다. 그녀는 바닥에 떨어진 지팡이를 주워 동아줄처럼 쑥 내밀었다.

"잡아."

"고맙다."

케이를 본 요한은 다친 어깨를 부여잡은 채 고개를 숙였다. 두 사람을 번갈아 바라보던 케이는 인상을 쓰고 있는 사샤의 표정을 보더니 피식 웃었다.

"두 사람은 먼저 탈출하도록 해."

"하지만……."

사샤가 당황한 얼굴로 케이를 쳐다보았다. 그러자 요한이 그녀의 팔을 잡고 에어쉽 쪽으로 이끌었다.

"가자, 우리가 가는 게 도와주는 거야."

"그, 그래도…… 아담!"

사샤의 외침에 케이가 그녀 쪽을 돌아보았다. 고개를 살짝 기울인 그의 입가에 걸린 미소가 그 어느 때보다도 다정했다.

"잘 가, 사샤."

가슴이 시소처럼 덜컹 내려앉았다. 사샤는 주춤거리며 떨어지지 않는 발걸음을 억지로 옮겼다.

뒤를 흘끔거리며 아크레인에 올라탄 그녀는 손바닥으로 창을 짚은 채 밖을 내다보았다. 무너진 벽 사이로 날아오르는 아크레인을 향해 유림이 짧게 손을 흔드는 게 보였다.

왼쪽 가슴에 올린 오른손이 불길한 예감으로 떨렸다.

'아담⋯⋯.'

속눈썹이 눈을 찌르듯 따가웠다. 물기로 흐려진 시야를 손등으로 지운 사샤는 발을 동동 구르며 온몸을 끌어안았다. 그리고 멀어지는 황금 탑에 애써 등을 돌렸다.

두 다리를 잃고 난 후 그를 향해 다가가던 걸음도 멈췄다. 늘 일정한 궤도를 맴돌며 바라볼 수밖에 없던 사람이었다. 달처럼 위성이 되어 연모했지만 그는 결국 다른 별에 사로잡힌 행성이었기에.

이것은 결코 마지막 이별이 아니라고 스스로에게 위로했다. 보이지 않아도 늘 그 자리에서 기다리는 것, 그게 그를 공전하는 그녀의 역할이니까.

'그렇지, 아담?'

위성은 행성의 중력 없이 살아갈 수 없다. 그러니 사라지지 말아 줘, 늘 그 자리에, 그 궤도 위에 있어 줘.

케이는 유림을 등 뒤에서 끌어안고 부드럽게 속삭였다.

"나의 성녀님께서는 대미를 장식할 준비가 되셨나?"

"기다리다가 목 빠지겠다는데?"

그가 차분한 숨결을 귓불에 가져왔다.

"유림은 검을 들고 달리기만 하면 돼요. 길은 내가 열어 줄 테니."

유림은 미소를 머금고 고개를 끄덕였다. 어깨를 끌어안은 그의 온기에 아무것도 두렵지 않았다.

몸을 일으킨 케이의 눈두덩 주변에는 울긋불긋한 혈관이 도드라져 있었다. 유림은 숨을 크게 들이마셨다. 옆에 서 있는 그의 전신에서 숨 막히는 에너지가 느껴졌다. 가까이 서 있는 것만으로도 몸이 짓눌릴 것 같은, 공기가 팽팽하게 압축되는 느낌.

그의 눈가에 모인 혈관은 터질 듯 팽창한 끝에 급격히 진정되었다. 비스듬히 내려뜬 눈동자에 쏠린 혈류는 그녀의 것보다 훨씬 짙고 어두웠다. 평소 은근하고 부드럽게 포장하고 있던 미소는 찾아볼 수 없었다. 조각처럼 아름다운 외모 이면에 숨어 있던 그의 잔혹한 본성이 이미 수면 위로 떠올랐다.

눈꺼풀을 들어 올린 그는 얕은 호흡을 내뱉었다. 가느다란 입김을 따라 주변에 한기가 내려앉았다. 으슬으슬해진 온도에 공기 알갱이가 서리꽃처럼 얼어붙었다.

긴 세월 억누르고 감춰 왔던 그의 또 다른 얼굴은 낯설었지만 두렵지 않았다. 붉은 눈으로 잔인하게 웃는 그의 위험한 면모 또한 그녀를 설레게 하는 모습 중 하나였다.

아름답다 하여 모두 선량한 천사는 아니다. 상대를 녹일 듯 눈부시게 웃는 얼굴 뒷면엔 항상 무자비하고 변덕스러운 얼굴이 존재했다. 그리하여 그들은 고대부터 기나긴 인류의 역사 속에서 숭배의 대상이자 공포의 존재로 군림해 온 것이다.

케이는 우르르 몰려오는 안드로이드들의 중심으로 도약해서 가볍게 착지했다. 그가 원을 그리며 팔을 휘두르자 안드로이드들 목에서 '뻑!' 소리가 났다. 목이 꺾인 안드로이드는 비틀거리며 쓰러졌다. 그의 손에는 회로까지 뽑혀 수액을 뚝뚝 떨어뜨리는 안드로이드의 목이 잡혀 있었다. 깔끔하게 잘린 모가지는 번개 같은 속도로 허공을 가르며 날아가더니 멀리 위치한 유리문을 '쨍그랑!' 하고 뚫고 사라졌다.

"Σας διατάζω τώρα.[9]"

입술 새로 흘러나온 나직한 음성이 바람을 타고 주변을 짓눌렀다. 그러자 대기 중이던 공기 입자들이 물먹은 솜처럼 무거워지면서 '드드드!' 하고 지면에 압력을 가하기 시작했다.

초록 눈을 끔뻑거리던 수십 대의 안드로이드들이 '어라?' 하며 일제히 위를 올려다보았다. 케이는 한 손을 가볍게 들었다. 섬뜩한 붉은 눈동자가 살기와 함께 다시 숨을 한 입 들이마셨다.

"Αέρας, χτύπησε το έδαφος.[10]"

광풍이 몰아닥쳤다. 바닥이 지진 난 듯 흔들리며 와르르 무너져 내렸다. 정지한 채 서 있던 안드로이드들의 동공이 휘둥그레 커지며 얼어붙었다.

끼이잉.

공기 입자가 부닥치는 소리가 귓전을 찢어발기고, 몸을 짓누르는 중력이 땅 위의 모든 것들을 내리눌렀다. 압력을 못 이기고 주저앉

---

9 command you now. 그대들에게 명한다

10 Wind, blow the ground. 바람은 지면을 흔들어라

은 안드로이드들은 입을 뻐끔거리며 기괴한 소음을 내질렀다. 끼 긱대던 그들은 떼 지어서 팔을 허우적거리며 푹 꺼진 바닥과 함께 지하로 추락했다.

무표정한 얼굴로 그 광경을 지켜보던 유림은 검을 들었다. 잔해 위에 서 있던 케이가 그녀를 향해 싱긋 웃었다. 유림은 잠시 허공 을 보며 일전에 엘 카인을 향해 아크레인을 날려 버리던 그의 모습 을 떠올렸다.

중력을 무시하는 능력.

케이의 투명한 눈동자는 공기 입자처럼 깨끗하고 소리 없이 상대 의 머릿속을 꿰뚫어 본다. 물 흐르듯 유연한 그의 움직임은 다정하 지만 때로는 광풍처럼 매섭고 잔인하다.

그는 바람이었다.

그녀를 자유롭게 만들어 줄 바람.

유림의 입가에 소소한 웃음이 어렸다. 그녀는 바닥에 생긴 커다 란 구멍을 향해 몸을 던졌다. 뒤에서 따뜻한 서풍이 안아 주는 게 느껴졌다. 어둠 속에서 하얀 날개를 단 기분이었다. 반경 15미터의 검은 홀은 두 사람을 흡수하듯 빨아들이자마자 '콰쾅!' 하며 폭발음 을 일으켰다.

지하에 떨어진 안드로이드들은 고장 난 나침반처럼 사방을 돌아 다니며 멋대로 자폭하기 시작했다.

– 그만해! 그만두지 못해? 내 명을 들으란 말이야!

큐브 홀 내로 들어와 벽면 회로에 '쾅!' 부딪치며 폭발을 일으키 는 안드로이드의 모습에 아브라함은 전기를 계속 번쩍였다. 그는 노여워하고 있었다. 뚜벅뚜벅 걸어 다니며 자폭하는 안드로이드들은 이미 죄다 코어가 망가져서 폭주 상태였다.

"이 홀 전체가 아브라함 회장이란 말이야?"

유림은 돔 모형으로 된 천장 위에 서서 황당하다는 표정을 지었다. 에덴 타워에 있는 왓슨 3세의 본체가 떠올랐다. 하얀 방에 무수히 떠 있던 홀로그램 창들. 거대한 슈퍼컴퓨터 왓슨과 아주 흡사한 모습이었다.

'이게 인간이라니.'

아니, 스스로 여전히 인간이라고 믿고 있다니! 그녀는 서늘한 눈초리로 검을 들었다. 이 사태는 스스로를 인간이라고 믿은 슈퍼 인공지능의 반란이다.

– 이러지 마, 내 몸에 무슨 짓을 하는 거야!

손톱으로 벽을 긁는 듯한 소리가 '끼기기긱!' 하고 울려 퍼졌다. 유리로 된 거대한 회로판을 가른 검에서 마찰과 함께 불꽃이 튀었다. 큐브 홀 천장까지 닿아 있던 아브라함 회장의 뇌 회로판 중 하나가 정확하게 반으로 갈라지는 소리였다.

– 안 돼애애애!

까마득한 암흑 속에서 피가 튀었다. 제 몸을 내려다본 아브라함은 공포에 차서 비명을 내질렀다.

"왜 그래, 자기?"

그의 사타구니 사이에서 고개를 든 여자가 고개를 갸웃거리며 물었다. 검은색 레이스 슬립을 입은 여자는 쇄골에 묻은 정액을 닦아 내며 요염하게 웃었다.

"에밀리?"

고개를 홱 돌린 아브라함의 동공이 멍하니 커졌다. 뉴욕의 마천

루가 보이는 유리창에 알몸으로 주저앉은 그의 모습이 비치고 있었다. 에밀리는 다시 머리를 숙이고 그의 가랑이 사이를 핥았다. 유리창으로 그 광경을 보던 아브라함은 넋이 나간 듯 중얼거렸다.

"네가 여긴 어떻게……."

"뭘 어떻게야? 오늘 우리 첫날밤이잖아. 자기의 처음은 나라고 한 거 잊었어?"

"넌 죽었어. 분명 그날 내 손으로 널……."

"그게 무슨 소리야? 내가 죽긴 왜 죽어, 이렇게 자기랑 있는데."

다시 고개를 든 에밀리는 콧소리를 내며 말했다. 얼빠진 얼굴로 그녀를 쳐다본 아브라함의 눈이 경악하며 커졌다. 그녀의 입에서 피가 줄줄 흘러내리고 있었다. 살점을 물어뜯어 질겅질겅 씹는 그녀의 눈초리에 독기가 서렸다.

황급히 가랑이 사이를 내려다본 아브라함은 "끄아아악!" 하고 소리치며 에밀리의 머리를 밀어냈다. 축 늘어진 고환 위, 그녀가 애무하던 성기가 어금니에 물어뜯긴 채 피를 줄줄 흘리고 있었다.

몸을 일으킨 에밀리는 독살스러운 표정으로 다시 달려들었다. 그의 어깨를 넘어뜨린 그녀는 다시 날카로운 이로 음낭을 거세게 물어뜯었다.

"아아악!"

아브라함은 금방이라도 혼절할 듯 비명을 질렀다. 가랑이를 부여잡은 그는 핏물이 엉덩이 사이를 흠뻑 적실 때까지 절규했다. 고통에 울부짖던 그는 눈깔을 뒤집고 몸을 펄떡거렸다. 맑은 대리석 바닥에는 에밀리가 '퉤' 하고 뱉어 낸 살점들이 여기저기 흩어져 있었다.

잇자국으로 움푹 팬 고환이 완전히 찢겨 나갈 때까지 그녀는 끔찍한 공격을 멈추지 않았다. 아브라함의 비명 소리도 목이 쉴 때까지 끊일 줄 몰랐다.

2023년 어느 날 밤, 대니얼 아브라함은 에밀리 로즈를 살해했다. 하지만 그가 기억하는 그날 밤은 달랐다. 아브라함은 반대로 그녀가 그의 에로스[11]를 살해했다고 믿고 있었다. 그의 리비도는 평소 수면 밑에서 잠든 채 고요했다. 그것을 깨우기 위해선 제물이 필요했고, 그는 그것을 '심판'이라 칭하며 정의롭게 여겼다.

아브라함은 본인이 내린 첫 번째 심판이 레이첼의 연인이었던 조셉 에반스라고 여겼지만 사실은 그렇지 않았다.

그가 처음으로 심판을 내린 대상은 모친인 레이첼이었다.

"괜찮니, 대니얼?"

끊어질 듯 연결되는 시야 속에서 빛이 쏟아졌다. 아브라함은 흐릿한 의식을 복구하고자 이를 악물었다. 한 점으로 모인 빛줄기 속에 나타난 여인의 정체는 레이첼이었다. 그녀는 머리카락을 귀 뒤로 넘긴 채 다정하게 웃었다. 언젠가 그가 수학 경시대회에서 1등을 했다며 미용실에서 머리를 하고 온 날과 똑같은 모습이었다.

'어, 어머니……'

아브라함은 신음하듯 그녀를 불렀다.

큐브 홀 내 회로판들을 죄다 베어 내던 유림은 손안에서 검을 휘리릭 돌리며 돌아섰다. '아브라함 회장의 머릿속은 대체 어떤 모습일까?' 유림이 궁금한 표정으로 다가오자 케이는 그녀를 보며 피식 웃었다.

케이의 어깨에 기댄 유림은 뭔가를 발견하고선 뚫어져라 쳐다보

---

11 에로스: 에로스적 사랑은 육체적 사랑을 뜻한다. 반대말은 플라토닉 사랑이다.

았다. 퍼즐 조각처럼 떨어져 나온 회로판 하나가 아직 작동하며 빛을 발하고 있었다. 작은 유리판 위에선 빛의 화살들이 올챙이처럼 구불거리며 사방으로 부딪쳤다.

"날 두고 가지 말렴, 대니얼."

레이첼이 슬픈 눈으로 애원했다. 그녀의 동공이 녹색으로 번쩍이며 자폭 카운트를 시작했다. 눈물을 흘리던 그녀는 입을 쩍 벌렸다. 두꺼비처럼 벌린 입 안쪽에서 '삑삑'거리며 경고음이 흘러나왔다. 동공의 깜빡임이 멈췄다. 레이첼은 부자연스러운 움직임으로 한 걸음, 한 걸음 다가오다가 마지막 남은 회로판을 향해 달려갔다.

"대니얼! 내 아들! 사랑한다!"

그녀는 양팔을 활짝 벌린 채 그를 향해 온몸을 부딪쳤다. 커다란 굉음과 함께 그녀의 몸이 유리처럼 산산조각 나며 부서졌다.

아브라함은 끔찍한 비명을 내질렀다.

눈앞에서 폭발한 레이첼의 몸은 수액과 함께 여기저기 음식물 찌꺼기처럼 튀었다. 아무런 감흥도 일지 않았다. 사실 이 감정이 무엇인지 판단되질 않았다. 상실의 고통도, 두려움도, 슬픔도 아닌 백색 감정이 밀려왔다. 모든 것이 부식되는 듯한 그런 기분이었다.

"아버지."

공허한 목소리가 그를 불렀다. 아브라함은 마지막 남은 빛의 회로 한 줄기를 버팀목 삼아 무거운 눈꺼풀을 열었다. 알렉스가 노곤한 얼굴로 서 있었다. 그는 붉게 충혈된 눈을 빗뜨며 아래를 내려다보았다. 거기엔 손바닥만 한 크기로 깨져 나온 회로판이 몇 개 안 남은 빛의 회로들을 반짝이며 남아 있었다.

─06번이냐?

알렉스의 두 손에는 어항처럼 큰 표본병 하나가 들려 있었다. 그 안에는 일반 뇌보다 크기가 약 1.8배 정도 크게 부푼 회색 점안질의 뇌가 들어 있었다. 그걸 본 아브라함은 고장 난 형광등처럼 발광하며 흥분했다.

– 그래, 그것만 있으면 돼! 그것만 있으면 다시 시작할 수 있어!

알렉스는 무표정한 얼굴로 조막만 한 회로판을 응시했다. 그의 입가에 일그러진 조소가 어렸다. 그는 천천히 양 손아귀에 힘을 주었다. 그러자 표본병에서 '와작' 소리가 나더니 쩍쩍 금이 가기 시작했다. 아브라함이 놀라서 소리쳤다.

– 무슨 짓을…….

'쨍그랑!' 하고 깨진 표본병 사이로 물이 와르르 쏟아졌다. 알렉스는 유리 조각 사이로 받아 든 아브라함의 뇌를 물끄러미 응시했다. '콰직!' 하고 두부처럼 으깨진 뇌가 그의 손가락 사이사이로 흘러내렸다. 알렉스는 만족스럽게 웃었다. 누런 치아를 드러내며 웃자 사이사이로 썩어서 까맣게 부식된 이들이 보였다. 아브라함이 멍한 목소리로 물었다.

– 너 설마…… 05번인 거냐?

알렉스는 침을 삼키며 실성한 듯 웃음을 터뜨렸다. 낄낄거리며 웃던 그는 바닥에 쏟아진 뇌를 미친 듯이 밟았다. 으깨진 뇌가 신발의 낡은 굽창에 지렁이처럼 들러붙었다. 밟고 또 밟아도 물컹거리는 뇌수는 여전히 미끄덩거리며 주변에 떠다니고 있었다.

아브라함의 회로판이 점차 빛을 잃고 뿌옇게 깜빡였다. 그는 더 이상 아무 말도 없었다. 미쳐 날뛰며 그의 뇌를 짓밟는 알렉스를 바라볼 뿐. 마지막 남은 빛의 회로는 느릿하게 반짝이다가 끊어질 듯한 희미한 선을 그렸다.

– 어리석은 녀석…….

한숨처럼 토한 음성이 졸린 듯 버벅거렸다. 역시 저 녀석은 진작 폐기했어야 했다. 은혜도 모르고 등에 칼을 꽂다니.

마지막으로 감기는 그의 눈에 들어온 것은 불 꺼진 회로판 뒤에 숨어 있는 04번의 모습이었다. 눈 주위가 퀭한 그는 창백한 얼굴로 겁에 질린 기색이었다.

수많은 클론들 중 쓸모 있었던 놈은 단 하나도 없었다. 성에 차는 녀석이라고는 단 하나도.

똑같은 유전자인데 어째서 자신만큼 뛰어나지 못한 것인지, 왜 하나같이 저렇게 감정적인 녀석들뿐인지 실망스럽기 짝이 없었다.

– 인류는 틀렸어, 모두 틀렸어, 가망 없는 족속들 같으니! 나의 죽음은 인류 역사상 최대 비극으로…… 남을…… 것이다…….

끊어질 듯 이어지던 목소리가 점차 웅얼거리며 사라졌다. 부릅뜬 눈으로 발을 구르던 알렉스는 고함을 지르며 머리를 쥐어뜯었다.

"아버지! 아버지! 더 후회하셔야지요! 더 말해 보세요! 아버지!"

원망 어린 목소리는 목이 쉴 때까지 증오에 찬 대상을 부르짖었다.

건물 전체가 급격히 흔들리기 시작했다. 용암처럼 뜨거운 열기가 지하에서부터 솟구쳤다. 유림과 케이는 굳은 얼굴로 서로를 바라보았다. 천장으로 올라가려던 두 사람은 차단벽이 생기는 걸 보고 눈이 커졌다.

큐브 홀 입구에는 04번이 서 있었다. 그는 이미 마지막 불빛마저 꺼진 회로관을 주먹으로 부수고 있는 05번을 바라보며 속이 시원하다는 표정을 지었다.

"이제 다 끝났어, 모두 다…… 비로소 우리는 자유의 몸이야."

그는 씁쓸한 눈빛으로 손 안에 쥔 원격 조종 버튼을 꾹 눌렀다. 그의 신호에 지하에 대기 중이던 수많은 안드로이드들이 눈을 번쩍 떴다.

"저 녀석이 안드로이드의 개발자였군."

케이는 놀랍다는 듯 중얼거렸다. 어쩌면 저 녀석은 아브라함 회장을 뛰어넘는 존재가 될 수 있었을지도 모른다. 그걸 못 알아본 아브라함에게 감사해야 하는 건가?

그때 진동으로 크게 출렁이는 바닥을 느낀 케이는 유림을 확 끌어안았다. 바닥에 떨어진 크리스털 조각들이 쨍그랑거리며 튀어 올랐다. 거울 조각처럼 얼굴을 비추는 그들을 내려다보며 유림의 눈동자가 불안하게 일렁였다.

"괜찮아."

그의 목소리가 차분하게 속삭였다. 꼭 안아 주는 그의 품속에서 유림은 안도한 듯 천천히 고개를 끄덕였다. 그녀는 그의 허리에 팔을 두르고 눈을 감았다.

⋅ ⋅ ⋅

─ 대령님, 스마트 더스트와의 연결이 완료되었습니다.

헤벨의 조종실, 아벨이 푸른 지구본 형태로 나타나 빙글빙글 돌며 보고했다. 그 앞에 뜬 상태 막대기 창은 녹색으로 끝까지 차오르더니 '100% 완료' 메시지를 띄웠다.

럼스펠드 대위가 스파이였다는 게 밝혀지자마자 호크는 아벨의 시스템을 재가동시켰다. 그리고 왓슨 3세를 통해 스마트 더스트와 동기화 작업을 시작했다.

– 주민들은 모두 격납고로 이동 조치시켰습니다. 부상자 0명, 별다른 이상 징후는 없습니다.

몇 차례 잠수정을 통해 온 주민들을 모두 수용한 뒤, 헤벨은 로스트 헤븐의 해역을 빠져나오자마자 수면 위로 긴급 부상했다. 낙원 곳곳에서 구출 작업을 한 아크레인과 에어쉽들을 귀함시키기 위해서였다.

– 모든 기체 귀함 완료. 경미한 손상 외에 큰 문제는 보이지 않습니다.

뒷짐을 진 채 서 있던 호크 대령은 나직한 목소리로 입을 열었다.

"좋아, 긴급 부상 종료. 수심 70까지 긴급 잠항한다."

– Aye, sir.

수심을 표시하는 숫자를 빤히 보던 호크는 조종실 전면 화면에 파란색으로 떠오른 시스템 메시지를 보며 미간을 좁혔다.

왓슨 3세로부터 공격 요청

공격 대상: 위즈덤 본사 지하 4F 안드로이드 생산 시설

공격 수단: 우라노스2 순항미사일

폭격 지점 좌표 수정 완료.

공격을 승인하시겠습니까?

조종실 내 잠시 침묵이 가라앉았다. 조종석에 앉아 기다리는 장교들은 곁눈질로 호크의 눈치를 살폈다.

주민들은 무사히 구출했고, 기체들도 모두 귀함했지만 아직 돌아오지 못한 이들이 있었다.

밀러 함장과 함께 갔던 전 기동수색대 대원들이었다. 유림, 커크, 랜스가 아직 낙원 내에 있었다. 그중 밀러에게는 즉시 귀함할 것을 전했지만 문제는 통신이 두절된 유림과 케이 쪽이었다.

"공격 요청이라……."

복잡한 표정으로 중얼거린 호크는 손으로 거칠거칠한 뺨을 쓸어내렸다. 함장석 팔걸이에 홀로그램으로 붉은색 승인 버튼이 떠올라 있었다. 지문 형식으로 반짝이는 승인 버튼을 바라보는 그의 눈동자가 주저하며 일렁였다.

위즈덤의 안드로이드 생산 시설은 폭격하는 게 마땅하다. 왓슨 3세의 요청은 곧 낙원의 설계자의 뜻이었다.

망설이던 그의 손이 승인 버튼 위에 엄지를 올렸다.

– 승인 완료. 미사일 발사관을 선택해 주십시오.

"3번, 4번으로 하지."

– 3번 발사관의 미사일 준비 완료입니다.

"해치 개방."

– 3번 해치를 개방합니다.

"스텔스 모드는 탑재했나?

– 스텔스 모드가 탑재되어 있습니다. 결과 시뮬레이션을 확인하시겠습니까? 목표 지점 반경 500m가량 완전 괴멸이 예상됩니다.

화면을 바라보던 호크는 천천히 눈을 내리감았다. 폭격 즉시 미사일 낙하 지점으로부터 반경 500m 지점은 초토화. 즉, 기억의 도시 자체가 완전 소멸된다는 뜻이다.

눈꺼풀을 연 호크는 입술 새로 나직이 명했다.

"발포하도록."

– 발포 명령 확인, 카운트다운을 시작합니다.

동그란 해치가 수중에서 기포를 생성하며 드르르 열렸다. 코가 뾰족한 미사일이 발사관에 실린 채 빙글빙글 돌아가며 모습을 드러내자 아벨이 '3, 2, 1…….' 카운트다운을 시작했다.

– 카운트다운 완료, 3번 미사일 발사.

해치 내 기압에 의해 '펑' 하고 발사된 미사일이 수면을 박차고 직선으로 하늘을 향해 날아올랐다.

– 컨테이너를 해체합니다.

미사일을 감싸고 있던 외부 컨테이너가 쪼개지며 해체되자, 프로펠러가 돌아가는 꼬리에서 불꽃이 점화되며 로켓처럼 연기를 뿜어냈다. 무서울 정도로 빠른 속도로 날아오른 미사일은 섬광을 그리며 상공으로 사라졌다.

"4번 해치 개방."

– 4번 해치를 개방합니다.

"4번 미사일 발사."

– 4번 미사일을 발사합니다.

연이어 발사된 두 번째 미사일이 수면 밑에서 물보라를 일으키며 날아올랐다. 제트엔진 소음을 일으키며 등장한 우라노스2[12]는 컨테이너 해체와 동시에 '콰앙!' 소리와 함께 혜성처럼 뻗어나갔다.

– 발포 완료. 폭격 지점까지 예상 시간 5분 29초.

조종실의 선원들은 긴장한 얼굴로 화면을 응시했다.

같은 시각, 폐쇄 도시 상공을 떠나던 에어쉽들은 황급히 우회해 반대 방향으로 부리나케 도망가기 시작했다. 이상한 낌새를 느낀 밀러는 창밖을 내다보았다. 무슨 상황인지 파악하기도 전에 등골이 서늘했다.

하늘 저편에서 긴 빛 꼬리 하나가 유성처럼 떨어지고 있었다. 회색 연기를 몰고 추락하는 비행 물체가 보이자 밀러의 눈동자가 충격으로 흔들렸다. 그는 황급히 돌아서며 에어쉽 내 웁실론들에게 소리쳤다.

"다들 손잡이 잡고 기체 흔들림에 대비하십시오!"

밧세바와 웁실론들은 안전벨트를 확인한 뒤 천장에서 내려온 손잡이를 잡았다. 당황한 그들이 고개를 들고 무슨 일이냐며 밀러를 찾았다.

"하, 함장?"

기체 문 앞에 서 있던 그의 모습이 온데간데없이 사라지고 없었다.

'미사일이다, 헤벨에 탑재된 순항미사일, 우라노스2가 틀림없다. 대체 누가 발포 명령을…… 설마 호크 대령인가? 유림과 케이는? 설마 아직 기억의 도시에 있는 건가?'

쿠과쾅! 콰쾅!

포물선을 그리며 날아온 첫 번째 미사일이 황금의 바벨탑 옆구리

---

12 우라노스2: 연맹군의 강력한 군사력을 상징하는 무기 체계 중 하나로, 적의 레이더에 발견될 확률이 극히 낮고, 오차 없이 정확하게 목표물을 명중시키며 파괴력 또한 무시무시하다. 목표물의 특성에 따라 수직, 수평 공격이 가능하며 또한 순항 중 지형과 고도를 파악해 최상의 타격 조건을 스스로 계산함으로써 폭발적인 피해를 입힌다.

를 파고들 듯 꿰뚫었다. 천둥소리보다도 큰 폭발음이 하늘을 뒤흔들었다. 시커먼 연기와 분진 구름 사이로 빛의 기둥이 창처럼 하늘로 치솟아 올랐다. 이어서 두 번째 미사일이 가파른 각도의 포물선을 그리며 내리꽂혔다.

슈우우웅! 콰쾅!

번쩍이는 섬광이 반원을 그리며 주위를 휩쓸었다. 섬광 속에서 재처럼 까만 윤곽을 내보인 바벨탑은 녹아내리듯 붕괴했다. 형체를 잃고 스러져 가는 모습 속에서 붉은 화염이 '쾅!' 하고 폭발을 일으켰다. 가스 폭발처럼 연쇄적으로 콰르릉거리던 불꽃은 거대한 버섯구름을 형성했다.

지상에 버려진 에어쉽들은 덜컹거리며 뒤집혔다. 근방 가로수들이 뿌리째 뽑혀 날아갔다. 기억의 도시에서 한참 떨어진 바람의 도시 빌라들마저 지면에서 드드득거리며 흔들림을 느꼈다.

사샤는 화염에 휩싸인 바벨탑을 보며 넋을 잃은 표정이었다. 그녀는 에어쉽 창문을 짚으며 믿을 수 없다는 얼굴로 주저앉았다.

"아, 아담……."

바닥을 짚은 그녀는 엉금엉금 기다시피 해서 기체 문 앞에 다다랐다. 수동으로 문짝을 열려는 그녀의 팔을 요한이 덥석 잡아 세웠다.

"사샤! 위험해!"

"이거 놔! 저기 아담이…… 이브가 있단 말이야!"

"진정해, 사샤! 문을 열고 어쩌려고?"

"이거 놔! 내가 가서 구해 줘야 돼! 놓으라고! 아담!"

그녀는 오열하며 갈라진 목소리로 외쳤다. "아아악! 아담!" 하고 몸부림치는 그녀를 요한이 뒤에서 끌어안았다.

"그만둬, 사샤! 이미 늦었어! 늦었다고!"

땅이 울부짖듯 흔들렸다.

쿠르르릉.

황금의 바벨탑을 지탱하던 지반이 무너지는 소리였다. 와르르 붕괴한 탑은 싱크홀처럼 움푹 가라앉은 지면 아래로 '콰쾅!' 추락했다. 검은 구멍만 남긴 채 사라진 건물은 지하에서 내뿜는 연기 속으로 자취를 감추고 말았다.

아벨의 보고

미사일 폭격으로 파손된 안드로이드 기체 수 4,173기.

목표 대상 완전 궤멸에 성공했습니다.

럼스펠드 대위 작전 중 사망.

정유림 상사, 케이 애덤슨 중사, 작전 수행 중 연락 두절.

로스트 헤븐 구출 작전을 종료합니다.

남태평양전대 사령 본부로 귀환합니다.

Chapter 6

2100년 5월 30일, 로스트 헤븐은 공식적으로 폐쇄 조치를 밝았다. 낙원의 관리자와 평의원들의 죽음, 위즈덤과의 전쟁. 이 충격적인 사태에 관해 언론의 질문이 쇄도했지만 연맹군은 대부분의 사항에 침묵으로 일관했다.

스타시티 아브라함 회장의 실체는 결국 세상에 공개되지 않았다. 위즈덤의 대표였던 알렉스 아브라함은 아브라함 회장의 친아들이 아니라 그의 클론이었다는 사실과 아브라함 회장은 이미 오래전에 죽었다는 기사만 대대적으로 보도되었고, 이것만으로도 세상은 큰 충격에 빠졌다.

연맹국은 더욱 강력한 인체 복제 금지법을 의회에 통과시켰다. 이전까지는 의료용 목적이나 예외적인 조항을 둬서 여지를 남겼지만 그마저도 뿌리를 뽑는 법안이었다.

위즈덤이 병기형 안드로이드를 생산해 로스트 헤븐 내에서 테러를 일으킨 사실 또한 밝혀졌다. 이에 안전보장이사회는 전 세계 안드로이드 회사들과 함께 병기형 안드로이드 생산 금지 조약을 맺었다.

로스트 헤븐이 복원 작업을 위해 잠정 폐쇄된 후로 삼 년이란 시간이 흘렀다.

에덴 타워와 기억의 도시는 폐허만 남긴 채 사라졌고, 모래의 도시와 폐쇄 도시는 고스트들과 안드로이드들의 격한 전투로 인해 여기저기 상흔만 남았다. 낙원에서 유일하게 멀쩡한 모습으로 남은 곳은 바람의 도시뿐이었다.

헤벨로 무사히 대피한 주민들은 남태평양전대 사령 본부로 옮겨진 뒤, 연맹군 수송기로 주변국에 이송 조치되었다. 이후 미들 타운에 남아 있던 고스트들까지 무사히 구출 완료, 탈영한 로스티아벤 병사들까지 색출해 실질적으로 낙원에 남은 사람들은 없다고 봐도 무방했다.

낙원이 닫히고 일 년 뒤, 제인 왓슨은 로스트 헤븐 내에서 비밀리에 진행되던 각종 생체 실험을 언론에 인터뷰 형식으로 고발했다. 왓슨 연구소와 왓슨 제약회사의 이사진들은 책임을 피할 수 없었고, 그 불똥은 물론 제인 자신에게도 튀었다. 다행히도 멜리사와 밀러를 비롯한 이들이 그녀를 변호하기 위해 발 벗고 나서 주었다. 무엇보다도 전 입실론이었던 밧세바와 웁실론들이 제인을 위해 입을 열어 준 것이 여론에 큰 영향을 끼쳤다.

로스트 헤븐의 소유권과 경영권을 되찾은 제인 왓슨은 낙원을 새로운 곳으로 탈바꿈시키기 위한 작업에 착수했다. 이듬해 그녀는 로스트 헤븐을 국제 구호 기관으로 등록한 뒤, 로스티아벤을 재정

립하기 위해 노아 호크를 총사령관 자리에 앉혔다.

아직도 세계 각국에서는 델타가 속출하고 있었다. 제인은 로스트 헤븐의 설립 목적을 감염자 구제에 두고, 그들의 치료와 보호 관리 과정을 전부 투명하게 공개할 것을 선언했다. 용병대 로스티아벤은 국제 구호군으로 활동하게 되었다. 이들의 주 임무는 전과 사실 크게 다를 것은 없었다. 감염자들을 포획한 뒤 낙원까지 무사히 이송시키는 것, 그리고 감염자들로부터 일반인들을 안전하게 보호하는 것이다.

일정

2103년 6월 15일 오전 9시

신병 훈련

언론 및 각국 정상들에게 새로운 낙원을 공개하기 일주일 전이었다.

모래의 도시 내 신병 훈련소는 아침부터 기합 소리로 활기찼다. 훈련을 받고 있는 이들은 최근 우수한 성적으로 입대 테스트를 통과한 예비 STF 요원들이었다.

"오늘 오전 일정은 사격 훈련이다."

낭랑한 목소리가 탄약 냄새로 가득한 사격장 내에 울려 퍼졌다.

"마취탄은 조준한 곳을 정확히 맞추기가 쉽지 않다. 또한 델타는 마취제가 잘 듣지 않기 때문에 마취탄을 맞고 나서도 아군에 공격을 가하는 경우가 비일비재하다. 따라서 방아쇠를 당긴 뒤 바로 적습에 방어할 태세를 갖추는 게 아주 중요하다. 알겠나?"

"예, 시게노 교관님!"

병사들은 우렁찬 목소리로 대답했다. 검은색 전투복을 입은 나츠는 고개를 끄덕이며 뒷짐을 진 채 돌아섰다. 교관답게 카리스마 있는 말투로 교육했지만, 오늘 나츠를 처음 본 병사들은 의심스러운 눈초리로 그녀를 주시하고 있었다. 교관이란 사람이 한 대 치면 넘어갈 듯 가냘픈 몸에, 자그마한 손은 방아쇠나 제대로 당길 수 있을까 싶을 정도로 못 미더워 보였다.

그런 병사들의 시선을 눈치챈 나츠는 곁눈질로 사격대를 응시했다. 장갑을 벗고 사격대에 올라온 나츠는 우측에 위치한 녹색 버튼을 눌렀다. 그러자 바닥에서 연습용 탄환이 들어 있는 M7 소총이 지문인식용 거치대에 준비된 채 올라왔다.

— 나츠 시게노 중사님, 어서 오십시오. 사격 훈련을 시작합니다. 훈련 프로그램을 선택해 주십시오.

"동체 훈련, 난이도 최상급, 목표물 속도 최대, 종합 방어 훈련 추가."

총을 쥐자마자 눈초리가 달라진 그녀의 모습에 병사들의 표정도 긴장한 채 굳었다. 말로만 듣던 시게노 교관의 사격을 눈앞에서 보게 되는 건가? 현 로스티아벤의 최고 저격수 중 하나라는 그녀는 삼년 전에 일어난 위즈덤과의 전쟁의 승전 영웅 중 하나로 유명했다.

25미터 간격의 과녁 형태가 흐물흐물하게 변하더니 거대한 짐승처럼 네발로 달리기 시작했다. 간격이 점차 멀어졌다. 30미터, 35미터, 40미터, 45미터……. 놓치지 않고 목표물을 따라 총구를 움직이던 나츠는 호흡을 멈춘 채 버릇처럼 왼쪽 눈초리를 찌푸렸다.

오른쪽 검지가 방아쇠를 단번에 당겼다.

피슝!

바람을 가르는 소리가 명쾌했다. 빠른 속도로 날아간 마취탄은 도망치던 목표물의 목덜미를 정확하게 맞췄다. 네발로 달리던 목표물이 기괴한 울음소리를 내며 털썩 쓰러졌다. 발포하기 무섭게 천장에서는 거센 바람이 불어닥쳤다.

나츠는 몸을 말아 뒤구르기를 하며 바람 공격을 피했다. 흐트러짐 없이 몸을 일으킨 그녀는 곧바로 허벅지에서 총을 꺼내 지면에서 델타의 발톱 모양으로 갈고리처럼 튀어나오는 연쇄 공격을 향해 총구를 겨눴다.

— 1차 훈련 완료. 점수를 확인하시겠습니까? 최고 점수 갱신입니다.

인상 깊게 본 병사들은 박수갈채를 보냈다. 나츠는 총을 집어넣고 일어서며 차분하게 말했다.

"실제 상황은 훨씬 더 긴박하고 정신없을 거다. 실전에서는 당황하면 목숨을 잃는다. 따라서 평소에 훈련을 통해 최대한 익숙해지도록 한다. 최근 제작된 총기류의 자동조준 능력은 상당히 뛰어난 편이지만 결국 방아쇠를 당기는 건 여러분 자신이다. 여러분의 정신력이 흔들리면 아군의 목숨도 위태롭게 된다는 걸 명심하도록."

"만약 정말 목숨이 위급할 때는 어떡합니까? 그런 상황에서조차 델타를 죽여서는 안 되는 겁니까?"

손을 든 병사가 서늘한 눈초리로 물었다. 인도에서 왔다는 청년의 얼굴에서는 델타에 대한 증오가 이글이글 뿜어져 나오고 있었다. 나츠는 말없이 그를 응시했다. 입대 테스트 때 분노지수 검사를 받았을 텐데…… 재검을 해 보라고 일러야겠군.

곤란한 눈빛을 하던 나츠의 눈동자에 누군가 뚜벅뚜벅 걸어 오는 모습이 맺혔다.

"델타를 죽이는 게 말처럼 쉬운 줄 아나? 델타는 생포보다 죽이는 게 더 어렵다. 상대에게서 살기를 느끼면 더 흉포하게 덤비기 때문이지."

드레이크의 목소리였다. 그를 본 병사들이 긴장한 채 대번 거수경례를 올렸다.

"앤더슨 상사님!"

STF의 델타 포획조를 전면에서 이끌고 있는 드레이크는 현재 병사들로부터 가장 많은 지지를 얻고 있는 지휘관이었다.

"한 시간 동안 자유 훈련이다. 너희들 교관은 잠깐 나와 함께 갈 곳이 있어서 말이야."

드레이크가 싱긋 웃으며 나츠에게 눈짓을 보내자 병사들이 짓궂은 표정을 그렸다. 그들은 환호성과 휘파람을 던지며 장난 어린 말들로 이죽거렸다.

"어딜 가십니까? 휴게실에 가십니까?"

"거기엔 침대가 없지 말입니다."

"보건실을 추천하지 말입니다."

"입 다물고 훈련들이나 해. 돌아왔는데 동체 사격 훈련을 9점 이상으로 통과 못하는 녀석은 정오까지 얼차려다."

병사들이 원망 어린 표정으로 투덜거리기 시작했다. 누군가 그 와중에도 실실 쪼개며 "그렇게 금방 돌아오실 겁니까?"라며 키득거렸다. 드레이크가 "이놈들이 빠져 가지고……."라며 인상을 쓰자, 얼굴이 빨개진 나츠는 뺨을 식히며 손부채질을 했다. 웃음을 꾹 참으며 입을 꽉 다문 병사들을 보니 드레이크의 엄포 따위, 전혀 무서워하는 기색이 아니었다. 하여간 병사들과 워낙 친하게 지내는 드레이크라 으름장이 먹히는 걸 본 적이 없었다.

"너희들 다 죽게 될 거야!"

느닷없이 울려 퍼진 고성에 다들 눈을 동그랗게 뜨며 사격장 입구를 쳐다보았다.

"붉은 눈, 그 녀석들이 다 죽이러 올 거라고!"

머리가 하얗게 센 장발의 남자가 미역처럼 얼굴에 달라붙은 머리카락 사이로 퀭한 눈을 부릅뜬 채 고래고래 고함을 쳐 댔다. 그는 홍채 인식이 필요한 유리문 밖을 서성이며 불안한 눈초리로 주변을 두리번거렸다. 꼬깃꼬깃한 옷은 넝마처럼 해지고 너덜너덜했지만 그가 입고 있는 옷은 분명 전 STF 요원용 전투복이었다.

'필란 중위님?'

나츠는 그를 알아보고선 눈을 일렁였다. 셰인은 흘끗 뒤를 돌아보다가 갑자기 뛰어나가며 하늘을 올려다보았다. 나선형으로 뻥 뚫린 모래의 도시 하늘엔 수송기들이 날아다니고 있었다. 핏대가 선 그의 눈동자는 충혈된 채 보이지 않는 무언가를 겁내며 두려움에 벌벌 떨었다. 셰인은 온몸이 가려운지 벅벅 긁어 대더니 하늘을 향해 또 고함을 지르기 시작했다.

"나는 네가 누군지 알아! 애덤슨! 네 정체를 안다고!"

병사들은 불쾌한 기색으로 얼굴을 찌푸렸다.

"저 사람이 그 유명한 미들 타운의 유령 장교야?"

"그럴걸? 원래는 군 지휘관이었는데 생체 무기 때문에 실성했다며?"

"생체 무기?"

"위즈덤이 낙원을 공격할 때 사용한 거라던데?"

"그런데 어떻게 저렇게 돌아다니는 거지?"

"하루에 삼십 분인가 모래의 도시를 돌아다닐 수 있게 해 준대. 저렇게 혼자인 것처럼 보여도 안 보이는 곳에 감시관들이 다 붙어 있다고 하더라."

나츠와 드레이크는 밖으로 나오며 한쪽 구석에 몸을 웅크리고 있는 셰인을 바라보았다. 그는 드레이크와 눈이 마주치자 흠칫하며 양손으로 황급히 눈을 가렸다.

셰인은 병기형 안드로이드들을 지휘하면서 과도하게 사용한 뇌파 명령으로 인해 결국 뇌 손상을 입었다. 그는 치료 및 연구 대상으로 아주 귀중한 사례였다. 고스트 사냥꾼이라 불리던 그가 허깨비 같은 삶을 살게 되다니 참 기구한 운명이었다.

사격장 밖으로 나온 두 사람은 모래의 도시 명물인 화이트 캡에 올라탔다. 나츠와 마주 앉은 드레이크는 유리 벽을 타고 움직이는 화이트 캡 창밖을 잠시 바라보다가 입을 열었다.

"몸은 좀 어때?"

"괜찮아요. 반즈 박사님께서 다음 달까지만 경과를 보고 이제 안 와도 될 것 같다고 하셨어요."

볼을 발그레 적시며 웃는 나츠를 보며 드레이크도 기분 좋게 웃었다. 누구도 상상하지 못할 것이다. 저렇게 소녀처럼 앉아 있는 그녀가 실상 몇 년 전까지 남자로 살아왔다는 사실을.

"교관 일은 적성에 맞아?"

"꽤 즐거워요. 그래도……."

나츠는 빤히 쳐다보는 드레이크를 흘끗거리며 부끄러운 듯 웃었다.

"드레이크 씨와 같이 있는 게 더 좋긴 해요. 보고 싶기도 하고……."

"그럼 다시 STF로 올래?"

"위험하다고 오지 말라면서요."

드레이크의 웃음소리와 함께 화이트 캡 문이 열렸다. 도착한 곳은 에어쉽 승강장 앞이었다. 나츠가 궁금한 표정으로 내리며 물었다.

"그런데 저희 지금 어디 가는 거예요?"

"총사령관님 뵈러."

짤막하게 대답한 드레이크의 표정이 어두웠다. 나츠는 눈을 동그 랗게 뜨며 갸웃거렸다.

· · ·

황금의 바벨탑이 사라진 기억의 도시에는 새로운 건축물이 들어 섰다. 대리석으로 지어진 그리스 신전 형상의 구조물은 화려하진 않지만 주변에 심어진 수목들과 함께 신비롭고 성스러운 분위기를 자아냈다.

높이만 몇 미터나 되어 보이는 강화유리 문은 굳게 닫힌 채 위엄 을 뿜냈다. 혹시 닫힌 것처럼 보이게 하는 홀로그램인가 싶어 나츠 는 손을 뻗어 문이 실체인지 확인했다.

"두 사람 다 오랜만이군."

묵직하고 걸걸한 목소리가 뒤에서 등장했다. 예스러운 문양이 새겨진 크리스털 문고리를 만지작거리던 나츠는 황급히 손을 떼며 뒤를 돌았다. 신전 주변의 잔디를 밟으며 나타난 호크는 긴장한 듯 서 있는 드레이크와 먼저 눈을 마주쳤다.

"총사령관님."

드레이크가 경례를 하자 호크는 손사래를 치며 웃었다.

"우리끼리 있을 땐 편하게 하지."

"여기서 뭘 하고 계신 겁니까?"

신전 안으로 들어선 드레이크는 휑뎅그렁하니 어두컴컴한 내부를 둘러보며 물었다. 축구장만 한 신전 내부는 커다란 조각상 외엔 아무것도 없었다. 하지만 알 수 없는 무언가로 가득 차 있는 기분이었다. 눈에 보이지 않는 입자들이 별처럼 무수히 펼쳐져 있는 듯 신비로운 느낌.

독특한 향불 냄새가 코를 찔렀다. 눈을 감고 킁킁거리던 나츠는 발에 차인 나뭇가지를 발견했다. 구부러진 가지 끝에 사람의 손바닥을 닮은 독특한 잎사귀가 달려 있었다. 나뭇가지를 들어 코에 가져온 나츠는 가지 끝에 붙어 있는 나뭇잎에서 신전 내를 채우고 있는 것과 동일한 향을 느꼈다.

"방주를 고치고 있었다."

"방주를……."

드레이크의 눈이 휘둥그레 커졌다. 그는 다시 한 바퀴 돌며 주변을 응시했다. 한없이 높은 천장은 밤하늘처럼 어둠이 가득했다. 끝없는 암흑은 우주처럼 드넓고 신비로웠다.

"여기는…… 설마 저희가 방주 안에 들어온 겁니까?"

호크는 어느새 붉은 대리석 의자에 앉아 옅게 웃고 있었다. 그는 성운처럼 아름답게 마블링이 된 테이블 위에 케이크 상자를 꺼냈다. 알 수 없는 행동을 하는 호크를 보며 드레이크는 인상을 찌푸렸다.

"그건 뭡니까?"

"바람의 도시 상점들이 오늘부터 다시 영업을 시작한다더군. 거기 빵집 하나가 문을 연 기념이라나? 선물로 주고 갔다. 자네들과 함께 먹으려고 가져왔지."

싱긋 웃으며 케이크를 꺼낸 그는 앉으라는 듯 손짓했다. 여전히 속을 알 수 없는 영감이었다. 드레이크는 황당하다는 표정으로 그를 빤히 쳐다보다가 나츠의 손을 잡고 걸어왔다. 붉은 대리석 의자가 두 개 더 늘었다.

기억났다. 방주 속은 뭐든지 노아의 뜻대로였다. 방주는 일족의 작은 요람이었고, 노아는 그곳을 지키는 수호신이자 길잡이였다.

호크는 하얀 생크림 케이크 꼭대기에 장식된 초콜릿 피규어를 손끝으로 톡 건드렸다. 나뭇잎으로 뺨을 간질이던 나츠의 눈이 커졌다. 그는 남녀 한 쌍인 초콜릿 피규어를 물끄러미 응시했다.

맨발에 원피스를 입은 소녀가 눈을 감은 채 입술을 쭉 내밀고 있었다. 바람에 입이라도 맞추는 것일까? 남자는 그런 그녀를 사랑스럽다는 눈길로 바라보며 도둑키스를 하듯 허리를 비스듬히 숙이고 있었다. 남자의 눈에는 눈가리개가 씌워져 있었는데 한쪽 손으로 눈가리개를 슬쩍 내리고선 몰래 눈웃음을 짓고 있었다.

어디서 많이 본 듯한 익숙한 광경이었다.

"폴 아저씨네 케이크네요."

케이크 한 조각을 손으로 들어서 한 입 먹던 호크는 나츠의 말에 고개를 갸웃거렸다.

"폴?"

그는 케이크 상자 안에서 카드를 꺼내더니 맨 아래 적혀 있는 이름을 읽었다.

"페트로비치라는데? 덩치가 아주 크더군. 어찌나 덜렁대던지 상자를 두 번이나 떨어뜨렸어."

그 제빵사 말이야. 그렇게 덧붙인 호크는 피식 웃으며 다시 케이크를 꿀꺽 삼켰다. 나츠는 멍한 표정을 지었다.

그때 그녀의 스마트 워치에서 '삐' 하고 긴급 메시지 알람이 울렸다. 모래의 도시 훈련소의 집무관이 보낸 영상이었다. 드레이크도 호기심 어린 눈으로 고개를 빼꼼 내밀었다. 그가 화면을 터치하자 허공에 영상이 재생됐다.

좀 전에 갔던 사격 훈련장에서 찍힌 것이었다. 발가벗겨진 채 과녁에 빨래처럼 걸려 있는 병사들이 살려 달라며 애원을 하고 있었다. 그들의 이마에는 불합격을 뜻하는 'F' 표시가 검은 펜으로 진하게 쓰여 있었다. 그중 한 명은 심하게 구타를 당했는지 볼이 알사탕처럼 부어 있었다.

그를 본 드레이크는 미간을 찌푸렸다. 눈에 익은 녀석이다. 평소 나츠에게도 종종 성희롱적인 발언을 날리고는 해서 한번 손봐 줘야지 했던 놈이었다. 가슴 털을 쫙 밀어 버린 그의 가슴에는 질질 흘린 코피로 '나는 고자입니다. 다시는 성녀의 엉덩이를 보지 않습니다.'라는 글씨가 써져 있었다.

"대체 누가 이런 짓을……."

황당한 목소리로 중얼거리던 드레이크의 눈이 서서히 커졌다. 그

는 홱 호크를 쳐다보았다. 태연하게 와인을 따고 있던 호크는 천연
덕스럽게 왜 그러냐는 표정을 지었다.

드레이크는 의심스러운 눈초리로 그를 빤히 쳐다보았다. 그때 옆
에서 말없이 앉아 있던 나츠가 벌떡 일어섰다. 그녀는 손에 쥐고
있던 나뭇가지를 테이블 위에 올려놓고는 고개를 숙였다.

"죄송합니다. 먼저 가 보겠습니다."

나츠는 어디 가냐는 드레이크의 말도 귓등으로 흘려들은 채 뛰어
갔다. 어둠과 대조되는 빛으로 가득한 문이 열리자 그녀는 순식간
에 그 빛 속으로 사라지고 말았다.

"저 녀석 대체 어딜……."

나츠를 따라 일어선 드레이크는 태연하게 의자에 앉아 있는 호크
를 쳐다보았다. 그가 앉아 있는 검은 대리석 테이블 위에는 어느새
붉은 과실이 바구니 안에 주렁주렁 가득 담겨 있었다. 그중 하나는
누가 먹다 남긴 듯 한 입 베어 문 자국이 선명하게 보였다.

"혹시 저희가 오기 전에 누가 있었습니까?"

테이블 밑에는 성목의 가지와 잎사귀들이 수북하게 쌓여 있었다.
아스포델로스의 향기가 코를 찔렀다. 이상하리만큼 편안하고 향긋
한 정취였다.

드레이크는 일렁이는 눈동자로 불현듯 물었다.

"그 두 사람…… 설마 이곳에 있었던 겁니까?"

호크는 검지로 와인이 묻은 입가를 닦아 내며 그를 쳐다보았다.
붉은 성운이 담긴 눈동자가 말없이 의뭉스럽게 웃었다. 드레이크
는 '쳇' 하고 인상을 구겼다. 능구렁이 같은 영감, 대답해 줄 생각이
없는 모양이다.

그는 마지막으로 물었다.

"원하는 게 뭡니까?"

"이곳에서의 내 소임은 끝마쳤다."

이곳? 소임? 드레이크는 무슨 소리냐는 표정으로 콧잔등을 긁었다. 노아의 진정한 능력이 무엇인지는 자신을 비롯해 누구도 알지 못했다. 많은 것이 베일에 휩싸여 있는 부모 세대의 마지막 일족. 그의 심중에 감춰져 있는 진정한 속내는 끝까지 오리무중이었다.

"떠나려는 겁니까?"

호크는 여유로운 미소로 대답을 허물었다. 그는 둥그런 과실을 손안에서 야구공처럼 굴리며 허공에 휙 던지고 받다가 불쑥 제안했다.

"나와 함께 가지 않겠냐?"

"예?"

드레이크는 황당하다는 얼굴로 되물었다. 호크는 나츠가 떨어뜨리고 간 성목 가지를 향해 부드러운 눈길을 보내며 잔잔한 음성으로 말했다.

"너와 나츠라면 환영이다."

복잡한 표정을 짓던 드레이크는 나뭇가지를 쳐다보더니 기분 나쁘다는 듯 반으로 뚝 부러뜨렸다. 그는 바구니 속 붉은 과실을 하나 집어서 주머니에 넣었다. 성큼성큼 걸어가는 그의 뒷모습을 보며 호크가 입꼬리를 비스듬히 올린 채 슬쩍 물었다.

"대답은?"

"안 갑니다. 누가 이딴 방주에 또 탈 줄 알고?"

버럭 성질을 낸 드레이크는 툴툴거리며 나츠가 나간 방향으로 문을 열었다. 그러다가 문득 생각났는지 돌아서서는 인상을 팍 구겼다.

"그 두 사람의 대용품이 되는 건 사절입니다. 소위와 중사가 없으니 저희한테 이러시는 거 아닙니까?"

"음, 그건 아닌데……."

드레이크는 과실을 던져 버릴 듯 높이 들었다가 씨근덕대며 돌아섰다. 억울하다는 듯 대답하던 호크의 말소리도 물론 그의 발소리에 묻혀 버렸다.

드레이크가 열었던 문에 의해 잠시 빛이 쏟아져 들었다. 그 바람에 어둠에 감춰져 있던 신전의 동상 윤곽이 어스름하게 드러났다. 거대한 대리석 동상의 정체는 허름한 옷을 걸친 노인이었다. 그는 한 손에 낫을 들고 다른 한 손에는 지팡이를 짚은 채 서 있었는데, 특이한 점이라면 그의 손목에 작은 모래시계가 걸려 있다는 것이었다.[13]

와인을 한 모금 마신 호크는 의미심장한 미소를 지었다. 붉은 과실을 챙겨 들고 가던 드레이크의 손을 떠올린 그는 기분 좋은 표정으로 눈을 감은 채 몸을 기댔다.

• • •

나발루니예 언덕 위 파란 지붕 저택은 여전히 소나무처럼 그 자

---

13 시간의 신 크로노스는 우라노스의 아들이고 제우스의 아버지이다. 시간을 지배하는 그는 흔히 주름진 노인의 얼굴을 한 거지 행색인데 한 손에는 낫을, 다른 한 손에는 모래시계를 든 채 걸어 다닌다고 한다.

리를 지키고 서 있었다. 알혼 섬의 정경이 한눈에 보이는 곳에서 바이칼 호를 굽어보며 석양과 달빛을 받았다.

두터운 구름을 뚫고 나타난 검은 에어쉽이 인사를 하듯 알혼 섬 상공 위를 크게 한 바퀴 배회했다. 여인의 몸처럼 우아한 능선이 옆으로 누워 아늑한 손짓을 했다.

에어쉽에서 내린 사샤는 잠시 정취에 잠긴 눈으로 주변을 응시했다. 검은 레이스 치마와 하얀 블라우스가 거센 언덕 바람에 펄럭였다. 귀 뒤로 넘긴 머리칼이 실핀에 고정된 채 바람에 솔솔 춤을 췄다.

작년까지는 자주 왔지만 한동안 걸음을 하지 못했다. 로스트 헤븐의 개장이 코앞으로 오면서 제인을 돕느라 덩달아 바빠진 탓이었다.

삼 년 전, 사라진 두 사람과 함께 폴도 모습을 감추고 말았다. 사샤는 그가 살아 있다고 믿었다. 시체도 발견되지 않았고, 무엇보다도 타이탄이 아직 가동 중이었다. 그리고 살아 있다면 이곳에 모습을 드러낼 가능성이 제일 컸다.

— 사샤 씨, 알혼 섬에 가 줘요!

나츠로부터 갑작스럽게 온 연락이 아니었다면 아마 개장 이후까지 올 생각을 못 했을 것이다. 한창 신병 훈련 중이었을 그녀가 훈련소에서 영상 통화를 걸어온 건 정말 예상치도 못한 일이었다.

눈을 감고 잠시 바람 냄새를 맡던 그녀는 코끝을 자극하는 향에 저도 모르게 군침을 삼켰다. 냄새를 쫓던 그녀의 시선이 저택으로 향했다.

저택 현관은 활짝 열려 있었다. 안쪽을 들여다보며 기웃거리던 사샤는 어리둥절한 표정을 지었다. 설레던 마음도 잠시, 그녀의 푸른 눈동자에는 긴장감이 서렸다.

조심스럽게 안에 들어서며 입을 열었다.

"타이탄?"

종알거리며 손님맞이를 해야 할 녀석이 보이지 않았다. 썰렁한 분위기도 잠시, 따뜻한 정적이 그녀를 대신 맞이했다.

슬리퍼를 신고 거실로 향한 사샤는 음식 냄새를 따라 고개를 돌렸다. 하얀 식탁 위에 구수하게 지어진 밥과 난이 있었다. 이제 막 완성된 듯한 카레는 살짝 열린 냄비 뚜껑 사이로 냄새를 솔솔 풍겼고, 푸른 꽃무늬가 새겨진 밥그릇 두 개와 은색 수저가 냄비 옆 조리대에 가지런히 놓여 있었다.

거실의 테이블 위에는 연회색 머그잔과 우유 잔 하나가 입 맞추듯 나란히 놓여 있었다. 머그잔 안에는 누군가 먹다 남긴 커피가 온기를 품은 채 남아 있었고, 깨끗하게 마신 우유 잔에는 서리처럼 하얗게 남은 입술 자국이 보였다.

회색 머그잔을 손끝으로 조심스럽게 어루만진 사샤는 장미가 새겨진 타일을 따라 걸었다. 은색 타일을 따라가다 보니 안방 침실 앞에 다다랐다. 원목으로 된 문틈 사이로 따뜻한 빛이 새어 나오고 있었다. 문을 살짝 터치하자 미닫이문이 자동으로 스르르 열렸다.

베개 깃털이 허공에서 날아와 그녀의 뺨에 찰싹 붙었다. 놀라서 이마를 찌푸린 사샤는 허공에 부유하는 깃털들을 바라보며 눈이 커졌다.

커다란 원목 침대엔 하얀 이불이 구겨진 채 돌돌 말려 있었다.

거위 털 베개 하나는 북북 찢어진 채 바닥에 떨어져 있었고, 다른 하나는 침대 헤드에 걸려 있는 게 누군가 몸싸움이라도 한 모양이었다.

바닥에는 가사로봇인 타이탄이 나사까지 분해된 채 너부러져 있었다. 졸지에 봉변을 당한 게 분명했다. 그래도 조립을 해 주려고 가지런히 준비를 해 뒀던 것 같은데 몸싸움을 하면서 발에 채이고 구른 듯했다. 하나뿐인 집게손은 개조를 당한 건지 웬 국자 모양으로 바뀌어 있었다.

그중 눈에 띄는 것은 여기저기 흩어져 있는 장미 꽃잎들이었다. 햇살이 부서져 내린 창틀에도, 나사와 부품이 굴러다니는 바닥 곳곳에도 붉은 향기가 묻어 있었다.

서성이며 구경하던 사샤는 얼른 나와서 문을 닫았다. 그녀의 얼굴에 혼란스러운 표정이 맺혔다. 돌아서자 햇살이 가득 드리워진 통유리 창이 그녀의 미간을 비췄다. 아치형 창밖으로 시베리아의 진주, 바이칼 호가 한눈에 보였다. 하늘 위로 터널처럼 기다란 구름이 사선을 그리며 다가오고 있었다. 알혼 섬으로 진입하는 에어쉽 한 기가 남긴 긴 꼬리구름이었다.

'설마……'

사샤는 일렁이는 눈으로 현관을 향해 뛰었다.

바람이 부는 언덕 위를 올랐다. 작은 바람개비들이 꽂힌 이곳은 어느새 꽃밭처럼 알록달록한 색색개비들의 천국이었다. 그 사이에 정갈한 묘비 하나가 세워져 있었다.

「사라 페트로비치, 그녀의 온기와 미소를 추억하며.」

긴 세월 에덴 타워에 갇힌 채 죽어서도 돌아오지 못했던 그녀가 비로소 이곳에 평온하게 잠든 게 보였다. 묘비 앞에는 바람개비들 외에도 아기자기한 들꽃을 묶은 꽃다발들이 주변을 장식했다. 낡은 토끼 인형과 코끼리 담요도 보였다. 그것들 하나하나를 바라보던 사샤의 눈동자가 멈칫하며 굳었다.

금색 섀도우 칩이 목걸이 줄을 단 채 토끼 인형 목에 반짝이며 걸려 있었다. 금속 칩 정면에는 알파벳 'M'이 또렷하게 새겨져 있었다.

등 뒤에서 갑자기 '부우웅' 하는 엔진 소리가 들려왔다. 깜짝 놀란 사샤는 어깨 너머를 돌아보았다. 동그스름한 언덕 아래 로스티아벤의 마크가 붙은 에어쉽 한 기가 착륙하고 있었다.

심장이 터질 듯 뛰었다. 꽃다발을 쥐고 있던 그녀의 손에서 꽃송이들이 투두둑 떨어졌다. 특수요원복인 검은색 전투복에 익숙한 군화가 저벅거리며 걸어오고 있었다.

"벌점 50점? 매길 수 있으면 매겨 보라지? 망할 영감탱이가 씨도 안 먹힐 협박을……."

"그러니까 밥이나 마저 먹자고 했잖아요."

"갑자기 나 대신 나츠를 벌주겠다잖아!"

"그러든지 말든지 우리랑은 아무 상관이……."

티격태격하던 목소리의 주인공들은 흙모래를 밟으며 언덕길을 올랐다.

"자꾸 토 달래?"

"네, 죄송합니다, 소위님."

발길질을 하던 인영이 등에 덥석 업히자, 그가 고개 돌려 쪽 입을 맞췄다.

두 사람의 웃음소리를 바라보던 사샤의 눈시울이 시큰거리며 젖었다. 그녀는 울음을 터뜨리며 한달음에 비탈길을 내려갔다.

"어서 와!"

눈물이 하얗게 부서지며 웃었다. 깜짝 놀란 얼굴들이 언덕 위를 올려다보며 멈췄다. 바람처럼 뛰어오던 사샤는 그들을 와락 끌어안았다.

얼떨결에 넘어진 군화에 잔디가 누웠다. 손에 쥐고 있던 것들이 하늘로 빙글빙글 날아올랐다. 구름꼬리에 걸린 바람개비가 수평선을 향해 팽이처럼 춤을 추며 멀어졌다. 자신의 몸도 함께 붕 떠오르는 기분이었다. 콧등을 스치는 바람에 사샤는 웃으며 눈을 감았다.

삐빅.

스마트 워치에서 알람이 울렸다. 웃음소리로 떠들썩하던 머릿속이 삽시간에 정적으로 가라앉았다. 몸을 일으킨 사샤는 멍한 표정을 지었다. 차가운 머리맡에 사라의 묘비가 보였다. 주먹 쥔 그녀의 손안에는 메리의 섀도우 칩이 꼭 쥐여져 있었다.

저수지 둑이라도 터진 것처럼 가슴이 울렁거렸다. 그녀는 허둥지둥 땅을 짚고 일어섰다.

묘비 옆에는 누가 벗어 놓고 간 듯한 방탄조끼 하나가 너부러져 있었다. 의아한 얼굴로 조끼를 주워들자 안쪽에서 쌍검독수리가 새겨진 금색 배지가 또르르 굴러 나왔다.

언덕을 내려온 사샤는 불 꺼진 저택을 응시했다. 저택의 현관은 아까와 달리 굳게 잠겨 있었다. 다시 찾아가 봤지만 타이탄은 아무 응답도 없었다. 적막에 휩싸인 저택 내부에서는 인기척이라고는 느낄 수가 없었다. 검은 에어쉽에 올라탄 그녀는 비구름 낀 하늘을 올려다보았다.

한바탕 쏟아진 폭우를 맞고 온 기분이었다. 아직도 몸이 물에 젖은 것처럼 정신없었다.

옷깃에 금색 배지를 단 그녀는 오른손을 내려다보았다. 힘없이 풀어지던 눈동자가 멈칫 굳었다. 주먹 쥔 손바닥 안에는 웬 장미 꽃잎 하나가 달라붙어 있었다.

헛웃음이 들썩들썩 흘러나왔다. 눈시울이 붉어진 그녀는 울먹이다가 고개를 묻고 오열했다.

바람이 불고 있었다.

—

epilogue

보안 질문
이브가 좋아하는 음식은?

케이는 너무 쉽다는 듯 낮게 헛기침을 했다. 웃음 밴 목소리가
대답했다.

"카레."

"땡."

쯧쯧거리며 틀렸다고 비웃는 소리가 들려오자 그는 황당하다는
표정으로 메시지 창을 응시했다.

"그럴 리가 없는…… 아니, 애당초 이 질문 사항을 내가 만들었
는데 땡은 무슨…… ."

"정답 바꿔. 내가 좋아하는 음식은 케이로 시작해."

"뭔데? 말해 봐."

"아이, 에스, 에스……."

목을 휘감은 온기가 '촉' 하고 입을 맞췄다. 몸을 녹일 듯한 요염한 웃음소리가 새어 나왔다.

"한 번 더."

"케이, 아이……."

물끄러미 바라보던 그의 눈동자가 못 참겠다는 듯 일렁였다. 살짝 벌어진 입술이 고개를 숙이더니 그녀의 입술을 향해 거침없이 달려들었다. 그만하라며 몸을 비트는 그녀를 결박한 채 약탈하듯 입술을 삼켰다. 달콤하게 맛본 그는 만족스럽다는 듯 사악하게 웃었다. 또 다가오려는 입술을 향해 유림은 손가락을 꾹 눌러 막았다.

"그만."

"어째서?"

"흠, 애덤슨 훈련병, 8분 31초를 원하나?"

"이 상황에 벌칙을 원하냐고 묻는 건…… 좀 이상한데요."

귓가에 확 다가온 숨결이 나직하게 속삭였다.

"지금 당장 소위님을 미칠 듯이 원해."

"뭐?

"이러면 벌칙을 줄 건가요?"

"엉큼하긴."

"벌칙당하고 싶은데."

"변케이 같으니."

"변케이 할 테니까 벌칙 한 번만……."

유림이 쿡쿡 웃으며 데굴데굴 구르자, 그는 베개 사이로 숨은 그녀를 향해 와락 달려들었다. 하얀 거품처럼 출렁거리는 이불 사이로 두 사람의 몸이 하나로 겹쳐졌다. 매끄러운 움직임이 잘게 부서지는 노을 사이로 유영하듯 스륵거린다.

빗방울 소리가 들려왔다. 창가를 톡톡 인사하듯 두들기던 빗줄기는 이내 '쏴아아' 하고 시원한 물소리를 연주했다. 먹장구름이 뒤덮은 하늘이 새근새근 잠든 두 사람의 알몸을 가려 주었다. 구름 새로 숨은 달님은 부끄럽게 웃으며 얼굴을 옆으로 돌렸다.

누군가 셰익스피어의 햄릿을 낭송했다. 시끄럽다며 걷어찬 발길질에 우당탕 넘어진 국자 모양 손은 바닥에서 피핏거리며 불만을 토로했다. 서로를 끌어안은 두 그림자는 키득거리며 온기 속을 파고들었다.

창문을 연 유림은 커튼을 젖히고 까치발을 들어 고개를 쭉 내밀었다. 강바람이 얼굴을 차게 적셨다. 간밤에 빗물을 마신 바이칼호의 수면이 윤색으로 흘렀다. 턱을 괴고 숨을 크게 들이마시며 기분 좋게 웃었다. 코로 흡입되는 아침 공기에 커피 향기가 솔솔 묻어왔다.

"뭐지?"

창틀 위에 붉은 꽃잎들이 젖은 채 달라붙어 있었다. 두리번거리는 머리 위로 꽃 한 송이가 툭 떨어졌다. 콧등까지 굴러 내려온 장미꽃을 잡아 떼어내자 꽃받침 안쪽에서 푸른 빔이 쏟아져 나왔다.

– 휴식은 잘 취했나, 상사.

당황한 유림의 눈이 커졌다. 마침 따뜻한 커피를 들고 침실로 들어오던 케이가 미간을 찌푸리며 질색하는 표정을 지었다.

유림은 탄식하며 침대 위에 벌러덩 드러누웠다. 귀찮아 죽겠다는 그녀의 표정을 읽은 화면 속 밀러가 웃으며 말했다.

– 복직 임무다.

"복직한다고 한 적 없는데요?"

– 사진 속 인물이 이번 임무 대상이다. 이름은 길리안 라이트, 나이는 대외적으로 41세지만 실제 나이는 더 많을 거라는 추측이야. 최근 로스트 헤븐의 상임 위원들과 계속 접촉을 시도하고 있는데, 제인 왓슨을 축출하려는 움직임을 보인다는 정보가 있어.

유림은 자신의 말을 무시한 밀러를 쳐다보며 입을 삐죽거렸다. 창턱에 기대 듣고 있던 케이의 눈빛이 흐려졌다.

"라이트라면……."

– 맞아, 죽은 아이작 라이트의 아들이지.

유림은 애벌레처럼 이불로 몸을 감싼 채 끙끙거리며 침대 위에서 좌우로 굴렀다. 데굴데굴 구르는 그녀의 눈동자가 천장을 향했다. 양 볼을 풍선처럼 부풀린 채, 하기 싫어 죽겠다는 얼굴이었다.

– 데드캣, 그리고 익명의 과학자가 한 팀으로 수행해 줬으면 하는데.

"신혼 생활을 즐기라더니 완전 민폐네, 미카엘."

– 그럼 익명의 과학자는 빠지고 다른 팀원을 붙일까?

맨발로 걸어온 케이는 하얀 테이블 위에 놓인 장미꽃을 들더니 손안에서 움켜쥐었다. '와작' 하고 우그러지는 소리가 들렸다. 유림이 놀라서 쳐다보자 그는 가루가 된 채 떨어진 통신기를 내려다보며 생긋 웃었다.

"케이, 밖에……."

유림이 멍한 눈으로 손가락질을 하자, 그는 활짝 열린 창밖을 쳐다보았다. 창틀에 장미꽃 수십 송이가 떨어져 있었다.

– 그럴 줄 알고 여분을 많이 보내 놨지. 칩거 생활은 끝났어. 아니면 저번처럼 내가 두 사람을 꺼내 와야 하나?

인상을 쓴 케이는 손으로 꽃송이들을 확 뿌리쳤다. 바이칼 호를 향해 너울너울 떨어지는 장미꽃들 사이로 영상 속 밀러는 쿡쿡 웃으며 '핏' 통신을 종료했다.

"밀러가 점점 독수리 영감탱이를 닮아 가!"

하얀 티셔츠에 검은 팬티만 입은 유림이 떼를 쓰며 애꿎은 베개를 쥐어뜯었다. 북 찢어져서 터진 베개 속에서 하얀 깃털이 분수처럼 터져 나왔다. 허공에 주먹질을 하며 성질을 부리던 그녀가 침대에 털썩 누웠다. 그 위로 다가온 케이가 입을 맞추며 쿡쿡 웃었다.

"도망갈까?"

"어디로?"

"다른 별로."

유림이 어처구니없다는 듯 웃음을 터뜨렸다.

"노아의 방주를 훔쳐서 달아나는 거야."

"아무도 없는 행성으로?"

케이가 어떻게 알았냐는 표정을 짓자 그녀는 옆구리를 쿡 찌르며 눈꼬리를 치켜세웠다.

"거기서 대체 무슨 짓을 하시려고?"

"글쎄, 무슨 짓을 할까?"

호숫가 근처 높다란 언덕 위에 나무를 심고, 바람이 부는 곳에 문을 만들까? 달빛이 우묵하게 고이는 곳에 보금자리를 펴고 머리 위로 쏟아지는 별을 헤면서 그 많은 수만큼 헛헛한 밤, 무엇을 할까?

"아이나 만들까?"

벌떡 일어난 유림이 토끼 눈을 했다. 새침하게 눈을 흘긴 그녀는 침대 밑으로 껑충 뛰어내렸다. 그러고는 걸음아 나 살려라 달려 나갔다. 케이는 텅 빈 옆자리를 보며 떨떠름한 표정을 지었다. 피식 웃으며 일어선 그는 성큼성큼 거실로 쫓아나갔다. 비명을 지른 유림이 까르르 웃으며 들썩였다. "안 돼! 아이는 안 돼!" 유림을 냉큼 붙잡은 그는 "이제 그만 포기해."라며 달콤하게 속삭이고선 그녀를 번쩍 어깨에 둘러멨다.

"여보, 살려 줘요."

침대에 눕혀진 유림이 몸을 웅크린 채 속삭였다. 소녀처럼 복숭 앗빛으로 뺨을 붉히면서. 그의 손이 넋을 놓았다. 그 틈에 미꾸라지처럼 빠져나간 그녀는 욕실로 쏙 들어가 문을 걸어 잠갔다. 샤워기에서 차륵차륵 물 쏟아지는 소리가 들렸다. 뜨거워진 몸을 차갑게 적시는 소리였다.

유림이 몸을 가리느라 질질 끌고 간 이불이 욕실 문 앞까지 카펫처럼 쭉 깔려 있었다. 불투명한 유리문 너머로 비친 욕실 조명이 가슴을 후눅하게 데웠다. 아이처럼 알몸으로 뛰어가던 그녀의 모습을 떠올리며 케이는 졌다는 얼굴로 웃었다.

고개를 든 그녀의 이마에 달빛이 번졌다. 유림은 닿을 듯 코앞에 다가와 있는 그의 콧날을 물끄러미 응시했다. 팔베개를 해 준 채 잠든 얼굴이 가슴 설레게 아름다웠다. 긴 속눈썹이 들숨날숨을 따라 평온하게 흔들린다. 무방비인 입술을 어루만지던 그녀는 보시시 웃으며 '쪽' 입을 맞췄다. 그러자 감긴 속눈썹이 살며시 눈꺼풀을 들었다. 졸음 묻은 눈동자가 그녀를 나른하게 바라보았다.

"더 자지 않고?"

그가 잠긴 목소리로 물었다. 긴 손가락이 그녀의 머리칼을 귀 뒤로 넘기며 어루만진다. 그녀는 그의 가슴 속으로 고개를 파묻으며 중얼거렸다.

"꿈을 꿨어."

"무슨 꿈?"

"밀러가 무슨 복직 임무라며 장미를 보내는 꿈."

그는 팔베개를 하던 손으로 머리를 짚더니 몸을 비스듬히 일으켰다. 흥미롭다는 얼굴을 한 그의 휘우듬한 눈썹이 짓궂게 웃었다.

"그래서?"

"케이가 신혼 생활을 방해하지 말라며 잔소리했어."

유림은 고개를 들더니 침실 바닥을 물끄러미 응시했다. 찢긴 장미 꽃잎들이 여기저기 어지럽게 너부러져 있었다.

"이상해. 어디가 꿈이고 어디가 현실인지 모르겠어."

인상을 쓴 채 중얼거리는 어깨에 그의 입술이 보드랍게 내려앉았다. 등 뒤에서 끌어안는 온기에 그녀는 눈을 감았다.

"전쟁은 다 끝난 거지? 낙원은 무사한 거지? 우리…… 함께 있는 거지?"

유림이 불안한 목소리로 묻자 그는 고개를 끄덕이며 그녀를 끌어안았다. 바람이 턱짓을 하며 커튼을 건드렸다.

"조금 더 자요."

"나 화장실 가고 싶은데."

케이가 유림을 번쩍 들어 안았다. 욕실로 향하는 발걸음이 깃털을 밟듯 조심스러웠다.

"요즘 밤마다 왜 이렇게 자주 가지?"

"글쎄……."

그의 시선이 그녀의 아랫배로 향했다. 달빛을 삼킨 눈초리가 고개 숙여 입을 맞췄다. 하품을 하며 눈을 감는 그녀의 모습 뒤로 그의 입술이 몰래 웃었다.

쏴아아.

하늘이 안개를 벗었다. 창밖에서 불어오는 바람에 달빛이 묻는다. 다리가 긴 그림자가 바닥을 밟고 아로록아로록한 무늬를 새겼다. 푹신한 담요 위에 세상모르고 잠든 그녀는 아기처럼 숨소리를 내며 꿈을 헤매고 있었다. 그 옆에 비스듬히 누운 케이는 한 손으로 머리를 받치고 고즈넉한 눈길로 그녀를 바라보았다. 배꼽을 조심스레 어루만진 손길로 작은 맥박이 두근거리는 게 느껴졌다.

어느 시대든 이상향을 꿈꿨다. 현실보다 나은 곳을 필요로 하던 이들은 완벽한 유토피아를 상상하는 것만으로도 커다란 위안을 얻었다. 그러나 절망이 존재하지 않는 곳만이 낙원은 아니었다. 어디든 같은 풍경을 바라보는 이가 있어 준다면 그곳이 바로 당신의 낙원이다.

아무리 서로를 할퀴어도 오롯할 수 없던 밤. 끝나지 않던 밤을 색칠하던 건 어둠이었다. 허기진 위장을 채워 주던 것은 그녀의 가느다란 숨결뿐, 고통 속에서 서로를 끌어안고 밤을 견뎠다. 그는 비로소 모자람 없이 온전한 존재가 되었다.

여명보다 밝고 석양보다 찬란한 어둠, 두려워할 것 없는 밤. 그런 시간을 기다렸다. 긴 밤, 입술에 맞닿는 연인의 이마에 입 맞추며 우묵한 마음은 터질 듯 가득 차오른다.

감정에 온몸을 산산조각 부서뜨려 본 적 있는가? 나를 허물고 그녀의 안으로 헤엄치는 과정은 용광로 속처럼 혼미하고 고통스럽다. 하지만 그것을 견뎌 낸 자만이 알 수 있는 환희가 존재한다.

"으음, 케이……."

알몸으로 끌어안은 채 겨드랑이 속을 파고들었다. 조그마한 틈새의 온기를 찾아 헤매는 몸짓이 사랑스러워 부러질 것 같은 허리를 바짝 당겨 안았다.

파도가 되어 적셔 주고, 빗물이 되어 채워 주는 그대 없이 어찌 잠들 수 있을까?

엎치락뒤치락 하며 삐져나온 팔다리가 넝쿨처럼 서로를 휘감았다. 푹신한 살결에 고개를 묻었다. 어깨에 부서지는 숨소리가 입가에 옅은 미소를 남겼다.

나의 낙원은 이곳에 있다.

내 불안한 영혼이 조각난 곳.

나의 백야, 유일한 세계.

그는 고즈넉한 눈을 내리감았다.

나는 그녀를 사랑한다.

—완결—

후기

영원히 끝나지 않을 것 같던 작품이 종결을 맺을 때의 기분은 첫
사랑의 아쉬움과 비슷한 것 같아요. 그 기억 그대로도 예쁘지만 후
회되는 부분도 있고, 이랬더라면 어땠을까라는 생각을 해 보기도
하고. 지금 전 첫사랑을 떠나보내는 심정이에요.

『로스트 헤븐』은 아주 오래된 작품입니다. 열아홉에 이 소설을
처음 썼을 때에는 '위험한 파트너'라는 제목으로 연재를 했었는데,
지금보다 전반적으로 풋풋하고 톡 쏘는 느낌이 강했어요. 여주인
공인 유림에게 제 자신을 투영하며 즐거워했던 기억이 나요. 십 대
의 저는 그런 여자가 되고 싶었던 것 같아요. 세월이 지난 지금 제
가 과연 유림과 닮은 모습인지 생각해 보니 웃음이 터져 나오네요.
하지만 집필 작업은 여전히 즐겁고 행복합니다.

당시 쓴 초고 분량과 출간된 글은 크게 다르지 않습니다. 처음
로스트 헤븐을 쓸 무렵에도 근 미래를 배경으로 한 액션 로맨스를

그랬어요. 작품 내 세세한 설정은 바뀌었지만 주인공인 두 사람은 특히나 그대로입니다. 대사와 에피소드도 그렇고, 둘 사이의 긴장감도 그래요. 그래서 이 작품이 제게 있어 더 특별하고 애틋한 것 같아요. 종이책으로 출간된 작품들 중, 열아홉의 제 감성이 유일하게 남아 있는 글이거든요.

로스트 헤븐을 보면 '아스포델로스'라든지 '암브로시아'라든지 그리스 로마 신화와 관련 있는 단어들이 가끔 나옵니다. 끝까지 의문이 풀리지 않아 아리송하신 분들도 계실 거예요. 이유는 개정판으로 출간될 『데메테르의 딸』이 로스트 헤븐의 프리퀄 격인 작품이기 때문입니다.

처음에는 그럴 의도가 없었는데, 로스트 헤븐을 리메이크하면서 두 작품의 접점을 만들어 보면 재밌을 것 같다는 생각이 들었어요. 프리퀄이라고 해서 데메테르의 딸을 반드시 먼저 읽어야 하는 건 아니에요. 영화도 본편을 보고 난 후 프리퀄을 찾는 경우가 많은 것처럼, 로스트 헤븐을 먼저 보시고, 데메테르의 딸을 보셔도 아무 문제없답니다.

어쨌든 제가 현재 출간을 그 방향으로 하고 있기 때문에 '이 순서로 읽는 게 더 흥미롭지 않을까' 하는 생각입니다. 만약 데메테르의 딸 개정판이 먼저 출간된 상태였다면 어땠을지 모르겠지만, 이 아이는 아무래도 내년까지 기다리셔야 할 것 같아요.

작품을 집필할 당시에는 작품 내에 부여한 상징성이라든지, 집필 의도 같은 것을 후기에서 자세하게 밝혀야겠다고 생각했어요. 그런데 막상 글을 마무리 짓고 보니 실없이 웃게 됩니다. 그냥 독자님들 손에 맡기는 것도 좋을 것 같다는 기분이 들어요. 제가 구구

절절 포스트잇 붙이듯 말씀드리면 두 사람의 이야기는 정말 여기서 종결을 맺게 될 테니까요. 연재할 때에는 오히려 저보다 독자님들께서 더 꼼꼼하게 설명과 주석을 붙여 주시는 모습에 놀라기도 했어요. '작가인 나는 그렇게까지 의도하지 않았는데, 그런 해석도 가능하구나.'라는 생각에 감탄도 무수히 했답니다.

노아의 방주는 결국 무엇이었느냐. 그 답은 데메테르의 딸에서 보여 드리게 될 것 같습니다. 덧붙여 광장의 성목과 금발의 신관도요. 저는 변덕이 심한 사람이라서 개정판에서 어떤 이야기를 쓰게 될지는 아직 전혀 모르겠어요. 평소에도 계획적으로 사는 사람이 아니라 그런가 봐요. 다만 아주 신화적인 분위기의 글을 쓰고 싶다는 생각입니다. 그건 확실해요. 읽다 보면 그리스 여신들과 하얀 대리석 신전들이 자연스레 떠오르는 그런 이야기들 말이에요.

몇 년간 계획만 했던 여행을 다녀오려고 합니다. 학부 시절 수강했던 신화학 강의의 교수님도 찾아뵙고, 책도 많이 보려고 해요. 지난 일 년 가장 고통스러웠던 점은 독서를 마음껏 할 수 없었다는 것이었어요. 활자의 홍수에 '풍덩' 빠졌다가 오겠습니다.

『로스트 헤븐』이라는 작품을 오랫동안 기억해 주시고 기다려 주신 독자님들이 계셨기에 늦게나마 책으로 찾아뵐 수 있었습니다. 중간에 스스로도 시큰해져서 몇 번이고 펜을 내려놨던 작품이지만, 게으르게 쓴 글일수록 이상하게 마음이 쓰이나 봐요. 막상 내려놓으려니 왜 이리 서운한지요. 거북이처럼 느린 손이지만 꾸준하게 써서 다음 작품으로 돌아오겠습니다.

여름 날씨가 치열합니다. 소금바람이 몰고 오는 청량함이 그립네요. 시원한 바다를 따라 걸으며 책 한 권을 읽고 싶은 계절입니다. 이 글을 읽는 여러분의 가슴속에도 여름날 파도 소리가 밀려오시는지요? 유림과 케이, 두 사람의 이야기가 그런 여운으로 남기를 바라봅니다.

　읽어 주셔서 감사합니다.

2017. 7.
박슬기 드림.